Ghost Lover

Ivy

Info:
Komplett überarbeitete und erweiterte Neuauflage der im Jahr 2011 erschienenen Verlagsausgabe von „Ghost Lover“

Klappentext

Marcus Stapleton ist gefangen zwischen Jenseits und Diesseits. Die Jahrhunderte fließen ineinander über und sein ruheloser Zustand scheint für die Ewigkeit.

Doch dann erbt Ella sein altes Cottage. Dem Charme ihres attraktiven Hausgeistes bald erlegen, setzt sie alles daran, sein Geheimnis zu lüften. Das könnte seine Rettung vor der endlosen Verdammnis sein. Doch was, wenn ausgerechnet die Wahrheit sie auf ewig voneinander trennt?

Kann ihre Liebe Zeit und Raum überwinden?

Für Christine, die Unvergessene,
ohne die diese Geschichte nie erzählt worden wäre.

Meine Damen,

schenkt Ihnen ein Mann rote Rosen,
so bedeutet dies:
Ich liebe dich über alles!
Überreicht er Ihnen fünfzig Rosen, so habt Ihr sein
Herz mit bedingungsloser Liebe und Hingabe erobert.

Melinda Cunningham, Duchess of Norfolk, 1816

Prolog

Wie viel Zeit war vergangen?

In der Einsamkeit des Hauses fühlte er sich elender denn je. Sein Herz wurde schwer. Für ihn gab es nichts außer ewigem Wahnsinn und unendliche Dunkelheit.

Der Wind trug den Duft von Rosen heran. Rote Rosen versprachen Liebe. Dergleichen war für Sterbliche. Und doch sog er ihren süßen Geruch ein. Versuchte, die Erinnerung festzuhalten, sich daran zu klammern und im Hier und Jetzt zu verweilen. Ein wenig länger er selbst zu bleiben, ehe er wieder hineingesogen wurde ins allmächtige Vergessen.

Kapitel 1

„Ich brauche etwas Abwechslung." Aster

„Dumme Idee", schalt sich Ella, als sie den Mietwagen auf den Motorway Richtung Kent lenkte. „Was habe ich mir nur dabei gedacht?"

Selbst zu dieser späten Nachtstunde herrschte auf der Londoner Autobahn reger Verkehr. Das Brummen der Fahrzeuge erinnerte sie an das geschäftige Summen, das in einem Bienenstock herrschen musste. Die immer wieder aufblitzenden Lichter, die Ella mal mehr, mal weniger blendeten, störten sie zunehmend und der erstklassige Zustand der mehrspurigen Straßen half nur bedingt. Sie war übermüdet, und das machte sie nicht zur sichersten Fahrerin.

Sie hätte sich ein Hotelzimmer nehmen und erst einmal ausschlafen oder noch besser einen späteren Flug morgen oder am Tag darauf buchen sollen.

Aber sie hatte wieder alles überstürzt. Abends die Lesung in einem Frankfurter Buchladen, dann zum Flughafen gehetzt und anstatt bei Heathrow zu übernachten, fuhr sie weiter zu einem Cottage in einem kleinen südenglischen Dörfchen, mit einem Namen so skurril wie aus einem Inspector-Barnaby-Krimi.

Ella steckte sich einen Kaffeedrops in den Mund. Das bittere Aroma flutete ihre Geschmacksnerven. Sie schob ein zweites hinterher und ihr Magen begann beleidigt zu protestieren. Natürlich, sie hatte im Überschwang der Gefühle das Abendessen ausfallen lassen. Sie seufzte.

Vor ihr blinkten die grellgrünen Lichter einer Autobahnraststätte wie ein Fingerzeig Gottes – wenn man denn an himmlische Mächte glauben wollte.

Sie lenkte den Wagen auf den Parkplatz.

Zwischen den Reihen wuchsen kleine Büsche, dürre Gestrüppe, kaum einen halben Meter hoch. Auf einem Mauervorsprung zum Eingang des Lokals stand ein Blumenkasten mit Geranien, die im Gegensatz zum Grünzeug prächtig gediehen. Vermutlich nahm das Gebüsch die ständigen Abgase übel, die ihnen auf die Blätter quarzten, während die Blumen mehr Licht und Frischluft abbekamen. Beim Anblick der farbenfrohen Blüten erinnerte sie sich an das Zitat, Blumen seien das Lächeln der Erde.

Ella blieb einen Moment sitzen, um ihre Gedanken zu sortieren. Dann warf sie einen Blick in den Rückspiegel. Die violetten Schatten brachten ihre grünen Augen zum Leuchten wie die eines Zombies. Seufzend schminkte sie sich die Lippen, griff nach ihrer Handtasche und betrat das Lokal.

Im Innern empfing sie grelles Neonlicht. Blinzelnd suchte sie sich einen Platz an einem der Tische und hing ihre Jacke über einen der Stühle. Ihr Hungergefühl wurde vom vorherrschenden Geruch angestachelt. In der Luft hing der Duft von Frittenfett, gebratenem Fleisch und irgendwas Würzigem, gut, doch nicht gerade der Himmel auf Erden für einen Gourmet.

Der Laden schien billig, aber sauber. Hinter der hellgrau gefleckten Resopaltheke stand ein rothaariges Mädchen mit grüner Schürze. Sie wirkte müde und deutete auf ein Schild an der Wand: Selfservice.

„Selbstbedienung.“ Die Angestellte lächelte entschuldigend.

Sie erwiderte die Geste der Bedienung, erhob sich und trat näher. „Einen doppelten Espresso, wenn möglich.“ Ihr Magen knurrte wie zur Erinnerung an das versäumte Abendessen. Sie musterte die Auslage. Einigen der Sandwiches sah man den langen Tag an. Offenbar war die Raststätte nicht die beliebteste Anlaufstelle am Motorway.

„Ich kann Ihnen nur Kaffee anbieten, aber die Muffins sind sehr lecker und wurden heute Nachmittag vom hiesigen Bäcker geliefert und die Schinken-und-Ei-Sandwiches habe ich erst vorhin zubereitet“, erklärte das Mädchen, als könnte sie Ellas Gedanken erraten.

Sie nickte freundlich. „Ich nehme beides.“

Die Bedienung legte das Gewünschte auf ein weißes Plastiktablett und stellte einen dampfenden Kaffeebecher dazu. „Guten Appetit."

„Danke." Ella zahlte und gab dem Mädchen ein großzügiges Trinkgeld, was diese mit einem Strahlen entgegennahm.

Sie setzte sich zurück an den Fenstertisch und verzehrte ihr Sandwich langsam. Auf dem Motorway sausten die Lichter der Autos vorbei, kreisrunde Blitze vor einer samtschwarzen Kulisse.

Nachdenklich beugte sie sich über ihren Kaffee. Seit dem Tod ihrer englischen Großmutter war sie nicht mehr in Südengland gewesen. Nun war Tante Edith gestorben und hatte ihr Rose Cottage hinterlassen. Ella wollte ohnehin Urlaub machen und so nahm sie den Anlass, Erbangelegenheiten zu bereinigen als Grund wahr, nach Großbritannien zu reisen. Die Schwester von Ellas Mutter hatte im ehemaligen Witwensitz der Wyndhams gelebt und dieses Haus war uralt. Vermutlich würde es sich als ungemütlicher Kasten erweisen, in dem es an allen Ecken zog und an dem ständig etwas zu reparieren war. Sicher war es das Beste, die alte Bude rasch loszuwerden.

Hoffentlich besaß das Cottage fließendes Wasser und ein modernes WC. Und ein Bett! Beim Betreten des Fliegers hatte sie auf ein, oder noch besser zwei Stunden Schlaf gehofft, doch bereits während des Starts war ihr übergewichtiger Sitznachbar zusammengesackt, hatte bis zur Landung in London lautstark geschnarcht und somit jeden Gedanken an ein Nickerchen zunichtegemacht.

Seufzend wandte sie sich ihrem Kaffee zu und trank den letzten Schluck. Sie erhob sich und brachte das Tablett zur Theke.

Die kleine Pause und das Essen hatten gut getan und so lenkte sie den Wagen kurz darauf wieder über die Autobahn. Die Fahrt führte sie immer weiter aufs Land hinaus, nach Kent, jene Grafschaft, die wegen ihrer unzähligen Parks auch der Garten Englands genannt wurde. Sie erreichte die Ausfahrt und fuhr eine unspektakuläre Landstraße entlang bis die Wegweiser sie auf ihren Bestimmungsort, das kleine Dörfchen Maidenly Green hinwiesen. Es war gefühlt ewig her, dass sie in Britannien Auto gefahren war. Und noch länger, dass sie sich auf dem Land abseits der Touristenstrecken aufgehalten hatte. In einem Anflug von Selbstüberschätzung hatte sie den billigeren Mietwagen ohne

Navigationssystem gewählt und vergessen, dass die englischen Landstraßen im deutschen Vergleich eher Feldwegen gleichkamen und durch Kurven, hohe Hecken und Enge zugleich unübersichtlich und gefährlich waren. Sie lenkte den Vauxhall in eine Ausweichbucht auf der Schotterstraße, in die sie abgebogen war, wie es die Straßenkarte verlangt hatte.

Sie griff nach dem Plan, schaltete die Innenbeleuchtung an und studierte die Karte.

„Nein, ich bin richtig“, murmelte sie. Die Lippen zusammengepresst fuhr sie weiter, unsanft durchgeschüttelt von den Schlaglöchern, die die Straße zierten, bis sie die ersten Häuser von Maidenly Green in einer Senke auftauchen sah. Der Vollmond beleuchtete die Umgebung, die Scheinwerfer des Vauxhalls taten das Übrige.

Ein typisch englisches Dörfchen lag vor ihr. Im Internet hatte sie gelesen, dass Maidenly Green eines jener südenglischen Dörfer war, die heute noch so aussahen wie zu Queen Victorias Zeiten. Natürlich war das übertrieben, denn sogar in der Nachtschwärze konnte Ella ein Sportfeld ausmachen. Außerdem gab es Stromleitungen und die eine oder andere Satellitenschüssel an Hauswänden und auf den Dächern. Von Autos, die an den Straßenrändern herumstanden, ganz zu schweigen.

Ansonsten präsentierte sich ihr an der Hauptstraße eine bunte Mischung aus Backsteinfassaden, weißen Gebäuden mit Fachwerk und Reetdach und moderne Bauten mit glatten, farbigen Wänden. Eines hatten alle Häuser gemein: Sie waren winzig. Am Dorfanger befand sich eine Kirche, ein düsteres Bauwerk, dessen Entstehung sie auf das siebzehnte Jahrhundert schätzte. Drumherum verteilten sich Gräber. In der Dunkelheit ragten deren Gedenksteine wie missgebildete Zwerge aus dem Boden. Der Friedhof erschien ihr unheimlich und sie fuhr rasch weiter. Am Ende des Dorfes gab es auf der einen Seite eine mannshohe, efeuüberwucherte Steinmauer, gegenüber davon lag der Fußballplatz. Der fahle Mondschein tauchte den Rasen in eine unwirkliche Atmosphäre und sie wäre nicht verwundert gewesen, wenn Skelette auf dem Feld Fußball gespielt hätten.

Sie wendete das Auto und parkte am Dorfanger, obwohl sie der Anblick der uralten Gräber nervös machte. Sie schalt sich eine Idiotin, weil sie weit nach Mitternacht an ihrem Ziel war, aber weder Schlüssel besaß, noch eine Ahnung hatte, wo genau sich Tante Ediths Haus befand. Sie würde wie ein übermütiger Teenager im Wagen schlafen müssen. Sie verschloss die Wagentüren von innen, brachte den Fahrersitz in eine bequemere Stellung und schloss die Lider für ein Nickerchen...

Das Gras unter ihren nackten Füßen war üppig und saftig. Zwischen den tiefgrünen Halmen wuchsen vierblättriger Klee und Gänseblümchen, hie und da leuchteten blaue Schlüsselblumen und roter Klatschmohn auf der Wiese. Die Sonne strahlte und tauchte alles in goldenes Licht. Ein paar Schmetterlinge schwebten in der Luft. Ella hielt einen Moment inne und sah an sich hinunter. Sie trug ein luftiges, weißes Spitzenkleid, altmodisch hochgeschlossen und feminin. Als sie den Blick hob, entdeckte sie am Ende der Blumenwiese ein altes Fachwerkhaus mit ebenholzfarbenen Holzstreben. Kletterrosen überwucherten die Vorderfront und explodierten zu einer wahren Blütenpracht. In der Abendsonne glühte das Kupferdach rotgolden. Ihr Herz schlug vor Freude schneller. Jemand erwartete sie. Wer das war, wusste sie nicht, doch sie konnte die eigene Ungeduld kaum bezähmen. Die Sehnsucht und das Verlangen in ihrem Innern wollten sie schier zum Platzen bringen und beflügelten ihre Schritte, als sie über die Blumenwiese dem Haus entgegenlief.

Als sich die Haustür öffnete und eine dunkle Gestalt im Rahmen erschien, begann sie voller Freude darauf zuzurennen. Unbändiges Glück erfüllte sie …

Sie erwachte, als jemand an die Scheibe klopfte.

Ella zuckte erschrocken zusammen, dann erkannte sie hinter der giftgrünen Fratze eine ältere Frau im Morgenmantel und mit einer Pflegemaske im Gesicht. Sie hatte eine Tageszeitung unter den Arm geklemmt.

Entgeistert kurbelte Ella das Fenster auf. „Guten Morgen.“ Sie unterdrückte ein Gähnen.

„‘n Morgen, was haben Sie hier verloren?“ Die grünen Täler auf der Stirn milderten sich nur wenig.

„Ich möchte zum Pastor oder zum Bürgermeister. Mein Name ist Ella Francke. Ich bin Edith Willoughbys Nichte. Als ich nachts hier ankam, wollte ich im Pub niemanden mehr wegen eines Zimmers aus dem Schlaf reißen.“ Sie wollte auf keinen Fall für eine Betrunkene gehalten werden, die einen Rausch ausschlief.

Die Stirn der Frau glättete sich. „Wenn wir das gewusst hätten! Kommen Sie, steigen Sie aus, Sie müssen ja völlig erschöpft sein, meine Liebe!“ Sie öffnete die Fahrertür und schüttelte Ella die Hand. „Ich bin Elizabeth Payton, mein Mann William ist der Bürgermeister.“ Sie trat einen Schritt zurück. „Kommen Sie erstmal mit zu uns herein. Ich mache Ihnen eine schöne Tasse heißen Tee.“ Mrs Payton strahlte und schien sich nicht im Mindesten daran zu stören, dass ihre Maske Risse bekam.

Ella stieg aus und folgte der Frau in eines der Backsteinhäuser.

Hinter der Eingangstür lag das Wohnzimmer, ein niedriger Raum, der durch das gewaltige Sprossenfenster auf den Garten hinaus an Licht und Freundlichkeit gewann. Mrs Payton zwang Ella sanft, aber bestimmt auf das Sofaungetüm, das wirkte, als würde es jeden Sitzenden in seine tiefblauen Polster saugen, dass aber erstaunlich fest und bequem war.

„Machen Sie es sich gemütlich. Ich bringe Ihnen sofort eine Tasse Tee.“

„Danke Mrs Payton.“

Die Frau drehte sich um und schenkte ihr ein warmes Lächeln, wenigstens wirkte es so unter der grünen Schicht. „Beth, bitte nennen Sie mich Beth.“

Ella nickte. „Sehr gerne, ich bin Ella.“

Als Beth den Raum verließ, blickte sie sich um. Es gab einen Ohrensessel in gediegenem Rauchblau, ein Beistelltischchen mit Schachbrett, Brandyglas und Pfeife. Eine Kaminattrappe, auf deren Sims Fotos standen und ein Wimpel der englischen Flagge, wie Ella amüsiert erkannte. Die Wände waren mit einer dezent elfenbeinfarbenen Tapete verkleidet und passende braune Bilderrahmen rundeten den Eindruck ab. Ein geschmackvoller Raum, ganz, wie man sich den Wohnbereich der Upperclass vorstellte.

Beth kehrte zurück. „So, hier ist der Tee.“ Sie bückte sich, um die Tasse vor Ella auf den Couchtisch zu stellen, als sich ein hellgrüner Brocken von ihrem Gesicht löste und in den Tee plumpste. Heiße Flüssigkeit spritzte hoch und bekleckerte die Untertasse.

Würdevoll richtete Beth sich auf. „Ich werde frischen Earl-Grey-Tee bringen“, erklärte sie. „Und ein neues Gedeck.“

Sie marschierte in die Küche und kehrte kurz darauf zurück. Diesmal lag eine zweite Untertasse auf der Tasse.

„Ich erlaube mir jeden Fehler nur einmal", erklärte sie schmunzelnd.

Ella lächelte. „Vielen Dank."

„Trinken Sie, meine Liebe. Ich werde mich rasch präsentabel machen und inzwischen Will herunterschicken."

Ella nippte an dem süßen Tee, stellte die Tasse ab und lehnte sich zurück. Sie war so unvorstellbar müde, dass sie es wagte, für einen Moment die Augen zu schließen...

„Sollen wir sie wirklich schlafen lassen?", flüsterte eine Männerstimme in unmittelbarer Nähe.

Ella zuckte zusammen.

„Du hast sie aufgeweckt!" Beths Stimme klang tadelnd. Benommen richtete sich Ella auf. Das Ehepaar Payton stand über ihr und musterte sie freundlich. Der Bauch des Mannes sah aus, als hätte er ein Bierfass verschluckt. Im Gegensatz dazu wirkten seine Beine in den Bermudashorts beeindruckend schlank und sehnig.

„Liebes, es tut mir leid, wir wollten Sie nicht erschrecken." Beth legte den Kopf schief und betrachtete sie fürsorglich.

Der Mann beugte sich vor und reichte Ella die Hand zum Gruß. Der Griff war fest und warm. Er schüttelte ihren Arm, so dass sie die Bewegung noch in den Zehenspitzen fühlte. „Erfreut, Sie kennenzulernen. Bitte nennen Sie mich Will."

Beth mischte sich ein. „Kommen Sie, meine Liebe. Ich habe uns ein ordentliches Frühstück zubereitet."

Immer noch benebelt vom Schlaf, stand Ella auf und folgte den beiden in die gemütliche Wohnküche. Sie setzte sich an den gedeckten Tisch und unterdrückte ein Gähnen.

„Nun, meine Liebe, Sie sind also hergekommen, um Ihr Erbe in Augenschein zu nehmen? Wissen Sie schon, was Sie damit tun wollen?", fragte Will laut.

Irritiert über die Lautstärke starrte Ella ihn an.

Beth legte ihr beruhigend die Hand auf die Schulter. „Sie müssen ihn entschuldigen, er hört schlecht."

„Nur wer laut redet, ist es wert, gehört zu werden."

Beth schüttelte den Kopf. „Wer schreit, den hört man. Dem, der leise spricht, schenkt man seine Aufmerksamkeit." An der

Art, wie sie das sagte, erkannte Ella, dass das ein ständig wiederkehrendes Thema bei den beiden sein musste. Lächelnd lehnte sie sich zurück.

Will zwinkerte Ella freundlich zu. „Haben Sie bereits Pläne?"

„Wofür?"

„Was Sie mit Rose Cottage anstellen wollen", erklärte er.

„Vermutlich werde ich es verkaufen. Ich lebe in Deutschland."

Will nickte verständnisvoll. „Vielleicht behalten Sie es als Ferienhaus?"

Ella zuckte mit den Schultern. „Ich bin unschlüssig Ich muss es erst mal sehen, ehe ich mich entscheiden kann."

„Sie haben Tante Edith nie besucht?" Beth stellte einen Teller mit Rührei, kleinen Würstchen, Bohnen mit Tomatensoße und einer halben Tomate vor sie hin. Ella nahm sich aus dem Brotkorb eine Scheibe Toast und bestrich diese mit Butter.

„Ich bin ihr eigentlich nur bei meiner Granny begegnet, oder wenn sie und Onkel Dave zu uns kamen."

„Und ihre Tochter Erin haben Sie gar nicht gekannt?", erkundigte sich Will.

Ella schüttelte den Kopf.

Beth nickte. „Erin und ich waren gemeinsam in der Primary School. Sie müssen noch sehr klein gewesen sein, als Erin starb."

„Ich denke schon." Ellas Bedürfnis über die ihr fast fremde Cousine zu plaudern, tendierte gegen null und so wechselte sie das Thema. „Maidenly Green scheint ein ruhiges Örtchen zu sein", meinte Ella. „Ist es immer so friedlich?"

Will wiegte den Kopf hin und her. „Na ja, einmal im Jahr veranstalten wir ein Dorffest, da steppt hier im Ort der Bär." Er grinste. „Und nicht zu vergessen das Sommerfest auf Wyndham Manor."

„Edith hat immer die Blumen dafür gestiftet. Sie besaß wirklich den grünsten Daumen Englands."

Ella wandte sich Beth interessiert zu. „Wirklich?"

„Sie besitzt ... besaß ein riesiges Gewächshaus auf ihrem Grundstück. Sie werden begeistert sein! Mögen Sie Gartenarbeit?"

„Ich mag Gärten und Blumen, aber ich fürchte, ich bin eher mit einem braunen, denn einem grünen Daumen gesegnet", gestand Ella. „Wer kümmert sich jetzt um die Pflanzen?"

„Ein älterer Herr aus dem Dorf", beruhigte Will sie. „Er erledigt sämtliche Gartenarbeiten von Rose Cottage und macht das auch weiterhin, wenn Sie es wünschen."

„Unbedingt", sagte Ella inbrünstig. Die Vorstellung, was ihre gärtnerische Unfähigkeit an einem blühenden Grundstück verbrechen würde, trieb ihr Angstschweiß auf die Stirn.

Sie legte die Serviette auf den Teller und trank den letzten Schluck Tee.

„Kann ich Ihnen noch etwas anbieten, meine Liebe?", fragte Beth.

„Ich bin wunschlos glücklich, vielen Dank." Ella rutschte auf ihrem Platz hin und her. „Ich möchte nicht unhöflich erscheinen, aber ich würde jetzt wirklich gern zum Cottage fahren."

Will steckte sich ein Würstchen in den Mund.

„Mein Mann wird Sie hinbringen, oder?" Beth warf ihm einen auffordernden Blick zu.

Er kaute seelenruhig, dann leerte er die Tasse. „Selbstverständlich, wir können sofort aufbrechen." Er schob den Stuhl nach hinten und stand auf.

„Noch einen Moment bitte!" Beth verschwand in der Speisekammer und kehrte kurz darauf mit einem Korb zurück, über dessen Inhalt sie ein Tuch ausgebreitet hatte.

An der Haustür überreichte sie Ella den Weidenkorb.

„Ein wenig Proviant für die erste Zeit." Beth ließ sie einen Blick hineinwerfen. „Milch, Toast, Butter, Marmelade und Schinken. Sie müssen zum Einkaufen hinüber nach Maidenly Head fahren. Bestimmt sind Sie zu müde, um das heute noch zu tun"

„Das ist sehr freundlich von Ihnen, aber das kann ich nicht annehmen!" Ella machte Anstalten, Beth den Korb zurückzugeben, diese verweigerte die Annahme resolut. „Nein, bitte nehmen Sie die Sachen. Sie können mir ja Ersatz besorgen, wenn Sie darauf bestehen."

„Vielen Dank. Sie sind sehr großzügig."

Beths Wangen röteten sich und sie neigte den Kopf dankend. Sie blieb an der Tür stehen, während Will und Ella in den Mietwagen einstiegen, und winkte ihnen hinterher, als sie Richtung Rose Cottage davonfuhren.

Will wies ihr den Weg zum Haus der Tante und sie erkannte, dass sie nachts bereits daran vorbeigefahren war. Außerhalb des Dorfes gelegen, verbarg sich das Anwesen hinter hohen Hecken. Ella fuhr die Einfahrt hinein, und noch bevor sie das Gebäude sah, kitzelte Rosenduft ihre Nase. Der Kiesweg machte einen Bogen und nun gaben die Büsche den Blick auf das Cottage frei. Das zweistöckige Cottage im Tudorstil mit dem Kupferdach lag inmitten einer gepflegten Rasenfläche. Sie stieß einen überraschten Laut aus und bremste abrupt ab. Ihr Herz hämmerte wie rasend gegen ihre Rippen. Wie war das möglich? Das war das Haus aus dem Traum!

Die Front des Fachwerkhauses war mit Kletterrosen überwuchert, deren Knospen sich teilweise geöffnet hatten. Die Morgensonne spiegelte sich in den blitzblanken Scheiben und verlieh dem Dach einen heimeligen, rötlichen Schimmer.

„In ein paar Tagen explodiert die Rosenpracht förmlich", erklärte Will schmunzelnd, als er Ellas Sprachlosigkeit bemerkte.

„Meine Güte, damit hatte ich nicht gerechnet", sagte sie beeindruckt. „Das ist wunderschön." Sie lenkte den Wagen bis vor den Eingang und parkte dort.

Als sie ausstieg, erwartete sie fast, dass sich die Tür öffnete. Selbstverständlich geschah das nicht. Dafür erfüllte sie von der ersten Sekunde an eine tiefe Verbundenheit zu dem Haus und ein Glücksgefühl, überkam sie, das sie einerseits erschreckte und zugleich fröhlich stimmte. Der Rosenduft, der ihr entgegenschlug, war einen Moment lang so überwältigend, dass sie sich wie von einer parfümierten Wolke eingehüllt glaubte.

Hinter dem Haus entdeckte Ella ein Wäldchen. Durch die hohen Hecken und die vielen Bäume, die das Grundstück umgaben, wirkte das Anwesen wie ein Ort weit abseits der Zivilisation. Ein Traum für eine Autorin, die in Ruhe, Abgeschiedenheit und Schönheit arbeiten wollte! Sie bewunderte die Sprossenfenster im Erdgeschoss, die kupferfarbene Eingangstür mit dem rosettenartigen Muster und die weiße Gartenbank unter einem der Fenster. Auf der Bank stand ein flacher Weidenkorb, in dem Handschuhe und eine Gartenschere lagen.

„Das Wäldchen gehört zum Herrschaftssitz der Wyndhams."

Ella nickte geistesabwesend, sie war so bezaubert von ihrem Erbe, das sie Wills Anwesenheit beinahe vergessen hatte.

„Wollen wir hineingehen oder erst den Garten besichtigen?“

„Ich will ins Haus.“ Ellas Herz klopfte bis zum Hals. Ihr Körper kribbelte vor Aufregung und sie konnte es kaum erwarten, das Cottage endlich von innen zu sehen.

Will zog einen Schlüsselbund aus der Hosentasche, sperrte die Haustür auf und ließ Ella eintreten.

Als sie die Schwelle überquerte, war ihr, als seufzte das Haus vor Erleichterung. Eine Gänsehaut rieselte ihr über den Rücken und sie fühlte ganz deutlich, dass sie willkommen geheißen wurde. Man hatte auf sie gewartet. Ein Zittern unterdrückend schlang sie die Arme um ihren Leib und verdrängte dieses irrationale Empfinden. Stattdessen sah sie sich interessiert um. Sie befanden sich in einem großzügig angelegten Flur, in dem eine dunkle, steile Holztreppe nach oben führte. Der gesamte Eingangsbereich war offen, durch ein großes Dachfenster am Giebel strömte helles Tageslicht. Es war ein warmes, gemütliches Haus, dessen wohlige Stimmung sie zu streicheln und zu umarmen schien.

Sie lenkte ihre Aufmerksamkeit auf die Steinfliesen im Schachbrettmuster, die den Fußboden zierten. In einer Ecke standen ein Garderobenständer aus demselben Holz wie Treppe und Geländer sowie ein Behälter für Schirme und Spazierstöcke.

Die heimelige Atmosphäre nahm Ella augenblicklich gefangen. Sie liebte das Cottage bereits jetzt.

Schlüssel klapperten neben ihrem Ohr. Peinlich berührt, weil sie sich so in Träumereien verloren hatte, wandte sie sich Will zu. „Das sind Ihre. Das Haus gefällt Ihnen, was?“ Er zwinkerte verständnisvoll und legte den Schlüsselbund in ihre Hand.

Ella zwang sich zur Konzentration und lächelte. Obwohl sie unheimliche Lust darauf verspürte, die Zimmer allein und ungestört zu erkunden, ließ sie sich mit zunehmender Ungeduld von Will durch die Räumlichkeiten des Erdgeschosses führen.

„Ein Teil der Mauern des Hauses stammt noch aus dem siebzehnten Jahrhundert“, erzählte Will. Er deutete nach rechts. „Das Wohnzimmer, das WC und das Schlafzimmer.“

„Und die anderen Räume?“

„Es gab einen Brand, irgendwann nach 1750, man hat einiges neu machen müssen“, sagte Will und schob Ella sanft ins dunkelmöblierte Wohnzimmer.

„Mahagoni, alles Originale.“ Will deutete auf einen rechteckigen Schrank mit angeschrägten Ecken und aufgesetzten, geraden Beinen. Daneben stand ein Louis-Seize Stuhl, das einzige Stück, das Ella zuordnen konnte. Die Chaiselongue sah aus, als hätte Madame Pompadour höchstpersönlich darauf geruht. Immerhin hellte das beigefarbene Polster mit dem goldenen Holzkorpus den Raum optisch auf.

Ellas Finger glitten sacht über die glatte Tapete mit hellem Floralmuster. Das Zimmer atmete Geschichte. Bestimmt würde sie niemals wagen, hier auch nur ein Glas Wasser zu sich zu nehmen.

„Ist es …“, begann sie, unsicher, weil sie keinen falschen Eindruck erwecken wollte. „Die Möbel müssen ein Vermögen wert sein.“

Will Payton schüttelte den Kopf. „Damit kenne ich mich nicht aus. Hier in der Gegend weiß Viscount Wyndham am besten über solche Dinge Bescheid. Sicher wird er Ihre Fragen gern beantworten. Vielleicht ist er auch der passende Ansprechpartner, falls Sie das Cottage tatsächlich verkaufen wollen. Ich bin ihm gestern begegnet und er zeigte auffallendes Interesse an Rose Cottage. “

„Sie haben den Mann schon einmal erwähnt. Wer ist er?“

„Steven Stapleton, der derzeitige Viscount. Das Haus hier war einst der Witwensitz der Wyndhams.“

Ella sah Will interessiert an. Er hatte die Hände vor seinem Bauch gefaltet und erwiderte ihren Blick freundlich.

„Wie kommt das Haus dann in den Besitz meiner Tante?“

Will zuckte die Achseln. „Edith und Dave haben es den Stapletons abgekauft. Vielleicht weiß Beth Genaueres. Sie ist in Maidenly Green aufgewachsen.“ Er wandte sich ab. „Kommen Sie, ich zeige Ihnen die Küche.“ Er ging voraus und stieß am Ende des Flurs eine Tür auf.

Der Raum dahinter war sonnendurchflutet und besaß einen separaten Eingang zum Garten. Die Geräte sahen neu aus und die Möbel entsprachen dem modernen englischen Landhausstil.

In der Mitte stand ein viereckiger, massiver Holztisch, um den sich ebenso gediegen wirkende helle Stühle verteilten.

Will wandte sich an Ella. „Ich kümmere mich um Strom und Wasser. Schauen Sie sich ruhig in der Zwischenzeit allein um."

Sie warf einen Blick in die Runde und bemerkte eine tapezierte Tür. „Wohin führt diese Tür?"

Der Bürgermeister sah auf. „Das ist der Zugang zum Keller, ebenfalls ein Überbleibsel aus dem siebzehnten Jahrhundert." Er machte eine einladende Geste. „Wollen wir hinuntergehen?"

Ella schüttelte den Kopf und Will lachte. „Wenn Sie doch einmal die Neugier packt, denken Sie daran, eine Taschenlampe mit hinunterzunehmen. Das Licht dort unten ist unzuverlässig." Er zögerte. „Ich muss auf jeden Fall runter. Die Sicherungen sind noch raus- und das Wasser abgedreht. Warum gehen Sie nicht schon ins Obergeschoss und sehen sich um?"

„Gern! Ich bin wirklich sehr neugierig auf alles!" Sie strahlte den Mann an, ehe sie die Erkundungsrunde im ersten Stock in Angriff nahm.

Die Treppe nach oben erwies sich als steil, schmal und glatt. Vorsorglich hielt Ella sich am Geländer fest. Das Holz verströmte den Geruch von Alter und sie hoffte, dass das kein Hinweis darauf war, dass die Stufen morsch wurden. Augenscheinlich war das Gebäude zwar in gutem Zustand, doch das konnte täuschen, wie sie aus ihrer Zeit mit einem Bauingenieur noch wusste.

Im oberen Stock angekommen, wandte sie sich dem ersten Zimmer zu und öffnete vorsichtig die Tür. Vor ihr lag ein schlicht eingerichtetes Schlafzimmer mit einem Einzelbett, einem dreitürigen Kleiderschrank und einer Kommode, alles aus dunklem Holz. Einzig die Bettwäsche in cremegoldenem Muster und ein cremeweißer Schafwollteppich brachten Licht in den Raum. Durch das Fenster konnte man die Wipfel des Waldes sehen.

Als Nächstes bewunderte sie das große Badezimmer, in dem unter anderem eine riesige Wanne mit Klauenfüßen sowie elfenbeinfarbene Möbel standen. Naserümpfend berührte Ella die moosgrünen Fliesen. Sie öffnete den Spiegelschrank über dem Waschbecken und fand ihn wohlgefüllt. Seufzend schloss sie das Wandschränkchen wieder. Offenbar hatte sich niemand die Mühe gemacht, die Habseligkeiten ihrer Tante auszusortieren und zu beseitigen.

Sie betrat den letzten Raum des Obergeschoßes. Hier musste Edith geschlafen haben. Durch ein bodentiefes Fenster flutete Sonnenlicht herein und Ella beschloss sofort, ihre Sachen in dieses Zimmer zu bringen. Das Bett war ein Mädchentraum aus der Werkstatt Chippendales. Der Stoff der Vorhänge war mit einem zarten Blätterdekor verziert, das sich in den Schnitzereien am Kopfteil wiederholte. Passend dazu standen ein Schrank, eine kleine Eckkommode und ein Sekretär im Raum. Ein Chippendale Stuhl rundete die Einrichtung ab. Diese schien direkt aus dem siebzehnten Jahrhundert in die Gegenwart teleportiert worden zu sein. Beeindruckt schritt Ella zur Glastür und erkannte, dass es keinen Balkon gab, stattdessen befand sich ein hüfthohes Gitter vor der Scheibe.

Sie öffnete das Fenster zum Lüften und sah hinaus. Ihr bot sich ein traumhafter Blick auf das blühende Grundstück. Ein Paradies für jeden Blumenliebhaber und Gärtner.

Sie lenkte ihre Aufmerksamkeit wieder auf den Raum, ging zum Bett und setzte sich prüfend darauf. Die Matratze schien fest und den Laken entstieg der zarte Geruch nach Weichspüler.

Als sie aufblickte, stand Will in der Tür.

„Beth hat gestern die Betten frisch bezogen.“ Er schmunzelte.

Schlagartig kam ihr die Frage in den Sinn, ob ihre Tante hier gestorben war und der Raum verlor an Freundlichkeit und Behaglichkeit.

Er bemerkte Ellas fragenden Blick und schien zu ahnen, welche Frage sie umtrieb. „Oh, Edith ist bis zum Schluss rüstig gewesen. Sie ist eines Tages bei der Gartenarbeit umgefallen. Das Herz …“, beeilte er sich zu erklären.

Sie lächelte erleichtert. Gut zu wissen, dass sie nicht in dem Bett schlafen würde, in dem ihre Tante das Zeitliche gesegnet hatte.

Sie kehrten nach unten zurück. Im Flur blieb Will unschlüssig stehen.

„Kann ich Ihnen noch irgendwie helfen?“

Ella schüttelte den Kopf. „Sie waren mehr als hilfsbereit, Will.“

„Dann überlasse ich Sie dem Haus.“ Er lächelte, öffnete die Tür und trat hinaus in den Sonnenschein.

„Warten Sie, ich fahre Sie zurück."

Er winkte ab. „Nein, meine Liebe, das ist nicht nötig. Ich nutze die Gelegenheit für einen kleinen Spaziergang." Entschlossen und vergnügt marschierte er die Einfahrt hinauf, nachdem er Ella mit einem Händeschütteln verabschiedet hatte.

Sie schloss die Tür, ließ die Ruhe auf sich wirken und fühlte sich eingehüllt in Geborgenheit und Frieden. *Endlich daheim!*, schoss ihr durch den Kopf. Im nächsten Moment runzelte sie die Stirn. Sie brauchte dringend Erholung, wenn sie solch verrückte Gedanken überkamen.

Sie gähnte, dass ihre Kiefer knackten. Das kurze Nickerchen auf dem Sofa der Paytons und die wenigen Stunden Schlaf im Auto hatten ihr nicht annähernd ausgereicht. Sie war zum Umkippen erschöpft. Obwohl die Müdigkeit sie mit voller Wucht heimsuchte, schleppte sie sich hinaus und holte ihr Gepäck ins Haus, trug jedoch lediglich das Handgepäck nach oben, tauschte Jeans und Oberteil gegen ein Schlafshirt und schlüpfte unter die Bettdecke.

Sie hatte kaum eine bequeme Stellung auf der Matratze gefunden, da schlief sie bereits...

...und fand sich inmitten eines blühenden Gartens wieder. Blumenduft wehte heran und das grelle Sonnenlicht blendete sie, ohne dass es sie störte. Sie schloss die Augen und reckte das Gesicht gen Himmel, ließ die Sonnenstrahlen ihre Haut wärmen und genoss den Moment.

Eine Männerstimme wie Whiskey und Sahne erklang. „Hier bist du, Liebste!" Sie fühlte, wie jemand zu ihr trat und senkte den Kopf. So sehr sie sich auch anstrengte, sein Gesicht zu erkennen, mehr als ein Schemen war nicht auszumachen. Dennoch reichte sie ihm vertrauensvoll die Hand. Er hauchte einen Kuss auf ihren Handrücken.

Ihr war, als kenne sie ihn ewig und doch war ihr bewusst, dass sie träumte. Sie überkam tiefe Sehnsucht und der Wunsch, er möge real sein.

„Warum kannst du nicht echt sein?", wisperte sie, während er sie eng an sich zog. Sie fühlte harte Brustmuskeln unter dem Hemd und starke Arme umschlangen sie. Finger wanderten ihren Nacken empor und liebkosten die zarte Haut am Haaransatz.

„Wer sagt denn, dass ich es nicht bin?" Er beugte sich vor und küsste sie unterhalb des Ohrläppchens, genau dort, wo sie es am liebsten hatte.

„Weil ich träume und mir dessen bewusst bin." Sie seufzte, als seine Lippen die Wanderung fortsetzten. Er liebkoste ihre Schläfen und die Stirn.

„Vielleicht bist ja du es, die meine Träume heimsucht." Er hob ihren Arm und küsste sich vom Handgelenk über die Innenseiten bis zur Schulter empor.

„Wie ich es liebe, dich zu lieben, meine Schöne!", raunte er.

Ellas Knie wurden weich, jeder Knochen wollte sich in flüssiges Wachs verwandeln und sie schmiegte sich an ihn. „Du klingst, als würdest du mich kennen", wisperte sie.

„Meine Seele kennt und liebt die deine. Ich warte seit unendlich langer Zeit auf dich."

Zärtlich streifte er ihr Oberteil ab. Seine kundigen Hände berührten sie überall, die Berührungen lösten Wonneschauer aus und sie knöpfte sein Hemd auf und glitt darunter, streichelte ihn, tastete die Muskelstränge nach, die Mulden und Erhebungen, spürte die Wärme und Weichheit der Haut.

Seine Finger öffneten den Reißverschluss des Rockes, der daraufhin zu Boden rutschte. Ein lauer Sommerwind umwehte ihren nackten Körper. Sie wagte es, das Hemd unendlich langsam abzustreifen, küsste jeden Zentimeter des Torsos, den sie so freilegte und kicherte freudig, weil ihr Traum-Liebhaber lustvoll aufkeuchte. Sie sanken ins Gras und die Halme kitzelten bei jeglicher Bewegung. Er entledigte sich der Hose und warf sie davon, ehe er sich zu ihr legte. Die Körper vereinten sich in perfekte Harmonie, Ella umschlang seine Beine mit den ihren und zog ihn dadurch näher an sich. Ihre Hände umfingen sein Gesicht, betrachten konnte sie ihn immer noch nicht. Sie wusste nur, dass die Lippen voll und sinnlich waren, die Küsse nach Paradies und endloser Liebe schmeckten und seine Blicke all das in ihr auslösten, dass sie im Leben schmerzlich vermisste und sich deshalb umso sehnsüchtiger herbeiwünschte...

Ella erwachte am späten Nachmittag. Sie rekelte sich genüsslich und fühlte sich entspannt, erholt und befriedigt, als habe sie tatsächlich Sex gehabt.

Vielleicht hätte sie Angst haben müssen, weil die Fantasie erfüllender war als die Realität. Bestimmt war sie nicht die einzige Frau auf Erden, die hin und wieder erotische Träume hatte. Ellas letzte Beziehung war Monate her. Verständlich, wenn sie nun, aufgeputscht von den widersprüchlichen Gefühlen, die sie im Augenblick beherrschten, derartig sinnliche Fantasien erlebte.

Sie glaubte, den Geruch ihres Traumliebhabers wahrzunehmen. Einen Hauch von Bergamotte, Lavendel und Zeder. Sie blinzelte. Eau de Cologne? Kopfschüttelnd setzte sie sich auf und stutzte. Es war keine Einbildung. Irgendetwas duftete danach.

Dann fiel ihr Blick auf das offene Fenster und sie lachte. Draußen grünte und blühte es, dass es eine wahre Pracht war. Natürlich roch es nach Blüten, Hölzern und Kräutern.

Sie schwang die Beine aus dem Bett und trottete ins Badezimmer. Die Rohre ächzten und zischten, als sie den Wasserhahn öffnete. Wasser und Luft schossen aus dem Duschkopf, ehe sich die Leitungen füllten.

Erleichtert seufzend genoss Ella ihre Dusche und ging später erfrischt und hungrig nach unten in die Küche.

Nachdem sie sich mit dem Inhalt der Schränke vertraut gemacht hatte, briet sie sich Rühreier und bestrich eine Scheibe Toast mit Butter.

Sie spülte ein Glas aus, füllte Leitungswasser ein und trank. Erfrischend kühl rann ihr das Nass durch die Kehle. Sie hob das Trinkglas an die Stirn. Rollte es über Schläfe, Wangen und Lippen. Das glatte Material fühlte sich gut an. Sie schloss die Augen.

Es war höchste Zeit, sich bei ihrer Freundin Doreen zu melden.

„Hey." Sie klang vorwurfsvoll, als sie den Hörer abnahm. „Ich warte seit heute Morgen auf deinen Anruf."

„Tut mir leid, ich bin die ganze Nacht wach gewesen und habe bis eben geschlafen."

Doreen war Ella nie lange böse. Immerhin waren sie befreundet, seit Ella ihr erstes Sachbuch in die fähigen Hände der studierten Germanistin gegeben hatte.

„Dann bist du schon in Kent?"

„In Rose Cottage", bestätigte Ella. „Das Haus ist der helle Wahnsinn, Doreen. Das müsstest du sehen. In den Räumen stehen Antiquitäten und das Gebäude selbst ist ein Witwensitz aus dem siebzehnten Jahrhundert", sprudelte Ella hinaus.

Ihre Freundin gab einen beeindruckten Laut von sich. „Hört sich toll an."

„Es wird noch besser: Der Garten ist ein Traum. Ich hatte vor, alles zu verkaufen, aber jetzt mache ich erst mal Urlaub und sehe mich um. Wer weiß, vielleicht komme ich öfter her. Die Gegend ist ideal zum Erholen oder um in ruhiger Umgebung zu arbeiten."

Doreen kicherte. „Oh Gott, der Rost hat bereits dein Gehirn angegriffen."

„Von wegen Rost, hier scheint die Sonne."

„Du lügst mich an", flachste sie. „Dann leidest du eben an einem Sonnenstich." Sie lachten.

Kapitel 2

„Ich lasse mich nicht überrumpeln." Hopfenblüte

Verwirrt lag sie in ihrem Bett und überlegte, was sie geweckt haben mochte. Wie zur Antwort ertönte ein heftiges Klopfen. Sie kroch unter der warmen Decke hervor und schlüpfte in Bademantel und Hausschlappen. Das Poltern steigerte sich. Mit einem mulmigen Gefühl ging sie hinunter. Wer kam zu nachtschlafender Zeit an ein abgelegenes Haus und weckte die Bewohner? Dass sich jemand in einer Notlage befand, war eher unwahrscheinlich, das Cottage lag zu weit abseits von größeren Straßen. Ihr Unbehagen intensivierte sich, die Angst ließ den Puls gegen ihre Schläfen hämmern, sodass sie sicher war, man müsste das Pochen sehen. Sie überlegte, ob sie alle Türen und Fenster vor dem Schlafengehen versperrt hatte. Immerhin war sie allein und der nächste Nachbar weit weg. Vorsichtig spähte sie aus der kleinen Fensteröffnung neben dem Eingang.

Es war stockdunkel. Die Nacht verbarg vieles und Ängste und Einsamkeit wirkten umso intensiver. Ella ließ die Dunkelheit nicht unberührt und ihre Furcht steigerte sich.

„Wer ist da?", rief sie dennoch mutig. Es blieb stumm. Sie biss sich auf die Unterlippe. Ihr Herz pochte nervös. „Hallo? Sagen Sie etwas. Brauchen Sie Hilfe?"

Erneut blickte sie aus dem Fensterchen, doch niemand war zu sehen. Langsam wurde sie ärgerlich. Wenn das ein Scherz sein sollte, dann ein ganz mieser. Jemand, der sie nachts aus dem Schlaf aufschreckte, um ihr einen Streich zu spielen, durfte weder auf Humor noch Sanftmut zählen.

Mutig riss sie die Haustür auf. Weit und breit war niemand zu sehen. Wind wehte sacht über die Einfahrt und das sanfte Rauschen hatte nichts Bedrohliches mehr an sich.

Fluchend schlug sie die Tür zu, sperrte ab und legte den Riegel vor.

Sie stampfte die Treppe hinauf und warf sich auf das Bett.

Eine Weile starrte sie an die Wand. Obwohl es keinen Grund gab, war sie zu aufgeregt, um Ruhe zu finden.

Ihre Füße waren eisig, das Herz pochte wild und in den Ohren tobte noch immer das Adrenalin. Sie rollte sich unter der Bettdecke zusammen und hatte das Gefühl, ewig so dazuliegen, bis der Schlaf sie endlich willkommen hieß.

Als Ella am Morgen erwachte, hatte sie den mitternächtlichen Spuk fast vergessen. Sie duschte, zog sich saubere Jeans und ein T-Shirt an und ging in die Küche.

Trübsinnig starrte sie kurz darauf in den Morgentee und auf das Marmeladenbrot. Für gewöhnlich bestand ihr Frühstück aus Müsli, frischem Obst und einem starken Kaffee. Extrastark, wenn sie zu arbeiten hatte.

Ein Einkauf war unumgänglich, beschloss sie. Seufzend holte sie sich Papier und Stift, setzte sich an den Tisch und begann, eine Einkaufsliste zu erstellen. Rasch hatte sie alles notiert, was sie besorgen wollte.

Sie fuhr in die nahe gelegene Kleinstadt Maidenly Head und lenkte den Mietwagen auf den Parkplatz des riesigen Supermarktes. Ihre Gedanken schweiften zu der Boutique, an der sie eben vorbeigefahren war. In der Auslage hingen ein paar wirklich zauberhafte, feminine Kleider. Sie hatte eine Vorliebe dafür. Etwas, worüber Doreen immer lachte. Damit sprengte sie der Meinung ihrer Freundin nach das Klischee, dass eine emanzipatorische Beziehungsratgeber-Autorin sich niemals kleidete wie ein Weibchen.

Ella seufzte. Es gab Dinge, die sie keinem Menschen anvertrauen wollte. Nach außen gab sie sich kühl und selbstbewusst, tatsächlich aber sehnte sie sich nach einer Beziehung. Nicht irgendeiner, sondern die wahre, ewig währende Liebe, wie man sie nur einmal erlebte. Mit einem Mann, bei dem sie atemlos wurde. Jemandem, der es wert war, das Unmögliche zu wagen: ihn zu lieben. Sie war kein Mädchen von Traurigkeit, hatte Affären und Beziehungen gehabt wie jede andere, moderne Frau. Doch es hatte immer dieser besondere Kick gefehlt. Das Fünkchen, das ihr Innerstes entflammte. Der Tornado, der sie packte, umhüllte und mit sich riss. Ein Mann, mit dem der Sex atemberaubend war, mit dem sie lachen und weinen und die ganze Nacht aufregende Unterhaltungen führen konnte. Aber so verrückt es war: Zugleich hatte sie Angst davor, ihn zu finden. Furcht, sich selbst zu verlieren, wenn sie sich einem Partner so vorbehaltlos öffnete, denn dann wäre sie verwundbar. Die zahlreichen Frauen, mit denen sie während ihrer Recherchen zu tun hatte, bewiesen ihr, wie zerstört man zurückblieb, sobald eine intensive Beziehung in die Brüche ging. Sie fragte sich, warum sie das Unmögliche wünschte. Es ersehnte und fürchtete zugleich. Das war verrückt!

Energisch schüttelte sie den Kopf. Verflucht. Sie wollte doch nur ein Kleid kaufen!

Ella zerrte einen Einkaufswagen aus der Wagenkette und steuerte auf den Eingang zu. Sie kaufte außer den Dingen auf der Liste einige bunte Sofakissen, Tischdecken und Handtücher. Dem Cottage fehlte es eindeutig an fröhlichen Farben. Eleganz schön und gut, aber eine persönliche Note gab der Noblesse den nötigen Pfiff. Nachdem sie sich mit Büchern und Zeitschriften eingedeckt hatte, zahlte sie und packte ihre Einkäufe in den Vauxhall.

Sie fuhr die Straße hinunter und hielt vor der Boutique an.

Das Ladengeschäft war mit pastellblauen Wänden und weißgrauer Auslegware hell und freundlich eingerichtet. Von der Decke baumelten Glockenspiele und Kristallprismen. Sie wandte sich den Podesten zu, auf denen Stapel von T-Shirts und Hosen aufgeschichtet lagen. An den Ständern hingen Kleider, Röcke, aber auch Blusen. Verteilt im Verkaufsraum präsentierten Schaufensterpuppen die angebotene Mode.

Die Besonderheit der Boutique zeigte sich in den leichten, fröhlich bunten Stoffen der Kollektion. Ella hielt eines der Sommerkleider hoch. Es war luftig, grünblau und weckte Assoziationen von Feenflügeln. Sie wählte dieses und ein ähnliches Kleid in Sonnenblumengelb und probierte beides an. Als sie aus der Umkleide kam, wartete eine Verkäuferin auf sie, die in ihr eine finanzkräftige Kundin erkannte.

„Kann ich Ihnen behilflich sein?“

Sie reichte der Frau das gelbe Kleid. „Würden Sie das für mich an die Kasse legen?“

Die Boutiqueangestellte nickte und griff nach dem grünblauen. „Geben Sie mir dieses hier auch, ich räume es für Sie auf."

Lächelnd gab Ella ihr die beiden und ging zu den Röcken und Blusen. Am Ende verließ sie den Laden mit zwei Tüten. Beschwingt lud sie die Taschen in den Kofferraum ihres Wagens und fuhr nach Maidenly Green zurück.

Glücklich parkte sie vor dem Cottage, trug ihre Errungenschaften hinein und fühlte sich so voller Elan, dass sie anfing zu summen.

Sie war dabei, die Kissen auf dem Sofa zu drapieren, als ein fürchterliches Krachen und Poltern von oben sie aus der träumerischen Stimmung riss.

Sie stürzte hinauf und rannte ins Schlafzimmer, doch sie entdeckte nichts, was den Lärm verursacht haben könnte. Nichts war umgefallen, alle Türen, sogar die der Schränke, und sämtliche Fenster waren geschlossen.

Stirnrunzelnd kehrte sie ins Wohnzimmer zurück, nur um kurz darauf durch laute Schritte aufgeschreckt zu werden. Diesmal verlor sie weder die Nerven noch lief sie kopflos davon, sondern nahm sich Zeit, um zu lauschen. Es klang wie ein Mann in schwerem Schuhwerk, der auf- und ablief. Aufgebracht griff Ella den Schürhaken vom Kaminofen im Wohnzimmer und eilte ein weiteres Mal in den ersten Stock.

Sie schlug die Zimmertür auf, fand sich aber erneut allein im Raum. Die Suche im Kleiderschrank und unter dem Bett förderte keinen Eindringling hervor. Obwohl sie überzeugt war, dass niemand das Schlafzimmer verlassen haben konnte, durchsuchte sie das ganze Haus und sparte auch den Keller nicht aus. Eine solide, grob gezimmerte Holztreppe führte hinunter. Die gewölbeartige Decke und die Wände waren weiß gekalkt und der Boden bestand aus gestampftem Lehm, soweit sie das beurteilen konnte.

Unten angekommen fiel ihr Williams Rat ein, nicht ohne Taschenlampe hinunterzugehen. Prompt flackerte das Kellerlicht auf und erlosch.

„Verflixt!" Ella tastete sich Richtung Treppe. Durch die offene Tür zur Küche wurden die Stufen von grauer Dämmrigkeit erhellt. Kaum eine Armlänge entfernt, schlug die Kellertür zu und sie stand im Dunkeln. Entsetzt keuchte sie auf. Jetzt war sie der Dunkelheit hoffnungslos ausgeliefert. Muffiger Geruch umgab sie. Aus der hinteren Ecke des Kellers war ein Tropfgeräusch zu vernehmen.

„Wie konnte ich nur so blöd sein?" Sie stöhnte.

Vorsichtig trippelte sie vorwärts, bis sie gegen das Geländer stieß. Ihre Hände umschlossen den rauen Handlauf und das vage Gefühl von Erleichterung breitete sich in ihrer Magengrube aus. Sie stieg langsam die Stufen hinauf.

Oben angekommen hörte sie Schritte auf der anderen Seite der Tür. Sie umklammerte den Feuerhaken und stürzte mit erhobenem Arm hinaus.

Beinahe hätte sie den Mann, der unvermutet in der Küche stand, mit dem Schürhaken getroffen. Gerade noch rechtzeitig wich er zurück, prallte gegen den Herd und hob schützend seinen Arm. „Ich ergebe mich", sagte er.

Auf den zweiten Blick erschien er Ella nicht gefährlich, sodass sie ihre Waffe sinken ließ. „Wer sind Sie und was haben Sie in meiner Küche verloren?"

Er war groß und schlank, mit mattem, maronenbraunem Haar und braunen Augen. Er hatte einen hochnäsigen Zug um den Mund und seine Kleidung bestand aus zimtfarbenen Jeans und einem weißen Poloshirt. Beides von exquisiter Qualität. Wer auch immer er sein mochte, ein Einbrecher war er gewiss nicht, und falls sich Ella irrte, musste er einer der erfolgreichsten Kleinkriminellen sein, die es gab.

Der Mann musterte sie von oben herab, und allein das machte Ella ungeduldig.

„Steven Stapleton, Viscount Wyndham", erklärte er steif und schenkte ihr ein dünnes Lächeln.

Ella legte ihre Waffe betulich beiseite und verschränkte die Arme. „Nun, Steven Stapleton, Viscount Wyndham, was tun Sie hier?" Er wirkte weder unsympathisch noch war er unattraktiv. Und dennoch, etwas an ihm versetzte sie in Argwohn. Allein seine Anwesenheit ließ ihre Laune sinken. Sie mochte ihn nicht. Kein bisschen.

„Ich wollte Sie begrüßen und Ihnen ein Angebot unterbreiten."

Ella runzelte die Stirn. „Ich verstehe nicht. Was könnten Sie mir vorschlagen?"

„Das Cottage gehörte einst zum Besitz der Wyndhams. Ich möchte es wiederhaben.“ Er zog ein Scheckbuch heraus. „Wie viel verlangen Sie? Ich zahle jede Summe, die Sie fordern.“

„Wirklich jede?“, fragte Ella fassungslos.

„Ich will den Witwensitz wieder haben“, bestätigte Steven Stapleton. Er zückte seinen Kugelschreiber und setzte die Mine aufs Papier, während er unübersehbar siegessicher auf ihre Antwort wartete.

Ella trat einen Schritt auf ihn zu. Als sie merkte, dass ihm das unangenehm war, lächelte sie grimmig.

„Ich habe mich noch nicht entschieden, was ich mit dem Haus anstellen möchte, aber ich werde über Ihr Angebot nachdenken. Vielen Dank.“ Sie bedachte ihn mit demselben Blick, mit dem sie vorwitzige Vertreter, unliebsame Bewunderer und andere Dummschwätzer zum Schweigen brachte.

„Tun Sie das. Sie scheinen eine vernünftige junge Frau zu sein und entscheiden sich für das Richtige. Gewiss wollen Sie nicht mit einem zugigen alten Haus belastet sein, in dem es obendrein spukt.“ Er wandte sich ans Gehen.

Ella erstarrte. Unwillkürlich bildete sich eine Gänsehaut auf ihrem Körper. Sie räusperte sich. „Warten Sie.“

Der Viscount hielt inne. Er drehte sich zu ihr um und in seinen Augen lag ein triumphierendes Funkeln, das sie erneut verwirrte. Sie schluckte die Antipathie hinunter und verschränkte die Arme vor der Brust.

„Ja bitte, Miss Francke?“

„Wie meinten Sie das?“

„Was?“ Der Ausdruck auf seinem Gesicht gefiel ihr kein bisschen. Er wirkte zu sehr wie ein Macho, der die Oberhand gewann. Nun, dieser arrogante Schnösel würde lernen, dass Ella Francke aus anderem Holz geschnitzt war als die Frauen, die Steven Stapleton vermutlich kannte.

„Die Bemerkung über das Haus.“

Steven zupfte desinteressiert an seinem Hemd. „Ach das“, er machte eine wegwerfende Handbewegung. „Es spukt.“

Ella überlief ein Frösteln und als sähe Steven ihr das aufsteigende Unbehagen an, schob er nach: „Es heißt, die Nächte seien zuweilen sehr unruhig hier. Über Stunden soll es an verschiedenen Stellen im Haus klopfen und lärmen und heulen.

Und wen das nicht stört, wird von den baulichen Renovierungsmaßnahmen bald zermürbt sein. Und finanziell ruiniert."

Ella sah sich unsicher um, hier in der Küche wirkte alles neu und intakt, und auch das restliche Haus schien weder Renovierung geschweige denn Sanierung nötig zu haben.

„Ihre Tante war eine alte Frau. Sie hat kaum etwas erneuert. Ein bisschen Farbe auf den Wänden und antike Möbel auf morschen Bodenbrettern sind wenig sinnvoll, um Holzwürmer zu bekämpfen."

Er nickte Ella zu. „Aber jetzt halte ich Sie wirklich nicht länger auf. Überlegen Sie sich mein Angebot."

Als er das Haus durch die Hintertür verlassen hatte, versperrte sie den Eingang sofort. Sie würde künftig daran denken müssen, auch hier abzuschließen. Sie beobachtete, wie Steven Stapleton über die Wiese hinüber zum Wäldchen schritt und im Unterholz verschwand. Fröstelnd zog sie die Schultern hoch. Seinen Augen fehlte jegliche Wärme. Dieser Steven war kein Mann, dem man in die Quere kommen sollte.

Um sich abzulenken, beschloss sie, Staub zu wischen und die Böden zu putzen. Der Viscount beunruhigte sie mehr, als sie sich eingestehen wollte.

Zwei Stunden und viele Überlegungen später war sie aufgebracht. Für wen hielt dieser Idiot sie? Glaubte er, sie fiele auf sein Märchen von den Holzwürmern herein, um ihm das Cottage für ein Butterbrot und ein Ei zu verkaufen? Womöglich in dem Glauben, das Geschäft ihres Lebens zu machen? Sie stand nicht seit ihrem siebzehnten Lebensjahr auf eigenen Füßen, weil sie ein Schwachkopf war.

Sie knallte den Putzlappen in den Eimer und erhob sich. Sie würde ins Dorf gehen und bei Beth und Will nachfragen, ob Steven die Wahrheit sagte.

Ella stieg unter die Dusche, spülte Staub und Schweiß mit kühlem Wasser ab, um dann in ihre neue Errungenschaft, das sonnenfarbene Kleid zu schlüpfen. Ein weißes Band im Haar und Ballerinas übergestreift, machte sie sich bereit, den Paytons ihre Aufwartung zu machen.

Als sie vor die Haustür trat, atmete sie erst einmal tief ein und hob ihr Gesicht dem Himmel entgegen.

Der Spaziergang besänftigte Ellas Gemüt. Die Luft war lau, die Sonne schien und ab und zu zogen vereinzelt Wolken vorüber. Um sie herum war alles grün, Blumen blühten und als sie an den ersten Gärten vorüberkam, erfreute sie sich an der bunten Pracht, die sich ihren Augen darbot. Die Leute, denen sie begegnete, grüßten sie und bedachten sie mit mehr oder weniger neugierigen Blicken. Wahrscheinlich fragten sie sich, was eine Wildfremde in ihrem schönen Örtchen fernab der Touristenrouten trieb. Als sie in eine Seitenstraße einbog, von der sie hoffte, eine Abkürzung gefunden zu haben, kam sie am hiesigen Pub vorbei. `The Porter's Inn´ befand sich in einem Fachwerkhaus. Neben der Eingangstür gab es einen Standaschenbecher, um den etliche Kippen verstreut lagen. Ein Mann mit schwarzer, knielanger Schürze und weißem Hemd kehrte sie zusammen. Als sie auf seiner Höhe angekommen war, hob er den Kopf und nickte ihr zu. Dann ließ er sich in kaum verständlichem Dialekt übers Wetter aus. Ella antwortete freundlich, was er als Aufforderung betrachtete, sie in ein Gespräch zu verwickeln. „Sie wohnen im Rose Cottage, nich'? Sin' die Nichte der alten Willoughby."

„Ja, stimmt beides", sie lächelte und zögerte. Vielleicht war das die richtige Gelegenheit, Klatsch und Tratsch in Erfahrung zu bringen. „Waren Sie schon einmal im Cottage?"

Der Mann musterte sie neugierig. Sein Vollmondgesicht glänzte speckig, doch die Augen blickten freundlich und der wirre, rote Haarschopf verlieh ihm Ähnlichkeit mit einem Igel.

„Im Cottage?", fragte er gedehnt. „Ihr Tantchen war nich' sehr versessen auf Besuch. Die wenigsten Leute durften weiter als in den Garten kommen. Aber sie war oft hier." Er deutete auf den Pub. „Hat fast jeden Abend vorbeigeschaut auf ein Pint oder zwei." Der Mann legte seinen Kopf schief. „Haben Sie schon Bekanntschaft mit dem Gespenst gemacht?"

Ella stockte der Atem. Also war sie weder überspannt noch verrückt. Wobei sie an den Spuk nicht so recht glauben wollte. Das Klopfen und Hämmern und Scharren konnte natürliche Ursachen haben.

„Wovon sprechen Sie?", fragte sie betont gelassen.

Der Pubbesitzer zuckte mit den Schultern. „Nur Geschichten. Es soll sich ein Geist im Cottage rumtreiben. Andere meinen, es sei ein Hauskobold. Die alte Willoughby hat nie was von Spuk erzählt."

„Hm", machte Ella. „Ich möchte Sie nicht länger von der Arbeit abhalten."

Er nickte und wandte sich ab. Als er ihr seine Rückseite präsentierte, musste sie ihren Kiefer unter Kontrolle halten. Der Mann trug lediglich ein T-Shirt, Socken und Turnschuhe. Ella verkniff sich ein Lachen. Schmunzelnd setzte sie ihren Weg fort und befand sich kurze Zeit später vor dem Haus der Paytons. Noch während sie zur Haustür ging, öffnete sich diese und Beth kam heraus.

„Ella, Liebes, welch freudige Überraschung." Sie ließ sie eintreten und Will erhob sich vom Sofa. Er legte die Zeitung beiseite, in der er gelesen hatte.

„Was für ein strahlender Glanz in unserer bescheidenen Behausung!", begrüßte Will sie. „Haben Sie sich schon eingelebt?",

Sie nickte. Beth deutete auf die Küche. „Darf ich Ihnen eine Tasse Earl Grey anbieten, Ella?"

Sie lehnte dankend ab. „Ich will nicht lange stören."

„Sie wollen das schöne Wetter für einen Spaziergang ausnutzen, was?" Will faltete seine Hände vor dem Bauch.

Beth blickte zu ihm. „Das sollten wir auch tun."

Er winkte ab. „Ich bin damit zufrieden, meine Zeitung in Ruhe zu lesen."

Beth wandte sich seufzend an Ella. „Hätten Sie Lust auf einen gemeinsamen Spaziergang?"

„Sehr gern!"

Die Ältere stieg im Dielenbereich in die Schuhe und verließ hinter Ella das Haus, während sie in eine leichte Strickjacke schlüpfte. Die Tür fiel mit einem leisen Krachen ins Schloss.

„Laufen wir durchs Dorf?"

Ella nickte und folgte Beth. Schweigend gingen sie an der Kirche vorbei. Bei Tageslicht wirkten die verwitterten Grabsteine traurig und einsam. Einige ragten schief aus der Erde, teilweise waren Stücke herausgebrochen, was in der Dämmerung tatsächlich wie die Körperformen Kleinwüchsiger wirken musste. Davon abgesehen war der Platz gepflegt, die Bäume gestutzt und der Rasen gemäht. Links und rechts neben dem

Portal standen mannshohe Laubbäume in riesigen Töpfen. Nach kurzem Small Talk kam Ella auf den eigentlichen Grund ihres Besuchs bei den Paytons zu sprechen. „Steven Stapleton hat mich aufgesucht.“

„Tatsächlich?“

„Er will mir Rose Cottage abkaufen und erzählte etwas von Holzwürmern im Gebälk und Spuk.“ Ohne eine rationelle Begründung dafür zu finden, widerstrebte ihr der Gedanke, nur daran zu denken das Haus ihrer Tante zu verkaufen.

Beth knöpfte sich die Strickjacke auf. „Das höre ich zum ersten Mal.“ Sie schüttelte missbilligend den Kopf. „Machen Sie sich mal keine Sorgen, meine Liebe. Edith hat das Cottage wie ihren Augapfel gehütet. Beim kleinsten Anzeichen irgendwelcher Probleme rief sie die besten Handwerker im Umkreis.“

Ella entging nicht, dass Beth mit keinem Wort auf den Spuk einging. „Tante Edith lebte allein?“, nahm sie den Faden erneut auf.

„Natürlich, nach dem Tod ihres Mannes Dave dachte sie kurz über einen Umzug nach, aber dann beschloss sie, dass hier ihr Zuhause war. Sie sagte stets, sie sei keineswegs einsam. Sie scherzte immer über ihren Hausgeist.“

„War das ihr Ernst?“ Ellas Nackenhaare sträubten sich.

„Sie glauben doch nicht an Geister? Nur weil Steven Stapleton dieses Ammenmärchen zur Sprache brachte.“ Beth schüttelte missbilligend den Kopf. „Das Haus ist alt, sogar die neueren Teile. Es ist ganz normal, dass es knarrt und quietscht. Holz arbeitet, wissen Sie? Ich bin mir sicher, dass Edith nur Spaß machte und sich diebisch über das Getratsche freute.“ Beth lachte. „Spuk, an sowas glaubt doch heutzutage niemand mehr. Es gibt für alles eine rationale Erklärung. Und falls nicht, dann liegt das nur daran, dass man noch keine gefunden hat.“

Ella stimmte in das Lachen mit ein. Natürlich existierte dergleichen nicht. Welcher vernünftige Mensch glaubte schon an etwas, dessen Existenz unbewiesen war?

Sie kamen an einem kleinen Bach vorbei, der sich lustig plätschernd durch die Wiese schlängelte. Verstreut grasten Schafe und gelegentlich hörte man sie blöken. Rose Cottage geriet in Sichtweite. Über den Rand der Hecke, die das

Grundstück umsäumte, sah man das Dach des Hauses, das in der spätnachmittäglichen Sonne rotgolden glänzte.

„Kannten Sie meine Tante gut?"

„Wir haben öfter zusammen Kaffee getrunken und sie hat Will bei der Gartenarbeit beraten. Edith war eine begeisterte Gärtnerin, wie wir Ihnen bereits erzählten."

Ella dachte an das paradiesisch blühende Grundstück und nickte.

„Konnten Sie schon Ediths Gewächshaus inspizieren?"

„Nein, ich habe noch keine Gelegenheit dazu gefunden."

„Na dann nichts wie los." Beth zwinkerte ihr zu.

Beim Haus angekommen, führte die Frau sie auf die Rückseite.

Verdeckt von einigen hohen Büschen stand das Glashaus mit Ausmaßen, dass ein Lkw darin Platz gefunden hätte.

Beth ließ ihr den Vortritt ins Gewächshaus. Noch nie hatte sie etwas Derartiges in einem Privatgarten gesehen. Dutzende Blumen und Pflanzen wuchsen in dem riesigen Treibhaus. Im Innern war es warm, stickig und sehr feucht. Ein süßer Duft umgarnte Ella, den sie tief inhalierte, während sie sich fassungslos umsah.

„Meine Güte, hat Tante Edith eine Gärtnerei betrieben?"

Beth lachte. „Nein, aber sie galt in Maidenly Green und den umliegenden Dörfern als Geheimtipp, wenn man Pflanzen oder Hilfe bei damit verbundenen Problemen benötigte."

Ella berührte die weißen Blüten einer der Blumen, die ihr am nächsten waren. „Der ältere Herr, der die Gartenarbeit übernommen hat, wird das auch weiterhin erledigen?" Sie kannte sich mit Grünzeug nicht aus, doch dieses wirkte gut gepflegt. Selbst sie wusste, dass ein Garten stetiger Pflege bedurfte, etwas, das sie keinesfalls zu leisten in der Lage war.

„Wenn Sie wollen, übernimmt er das weiterhin."

„Auf jeden Fall", beeilte sie sich zu sagen.

„Schön. Sie werden ihn gar nicht bemerken. Er erledigt das meist frühmorgens."

Ella nickte lächelnd. Jemanden zu haben, der ihr diese Arbeit abnahm, war ihr mehr als recht.

Die beiden Frauen gingen zurück ins Haus. Einer der Blumentöpfe auf der Fensterbank bei der Haustür war verrutscht worden. Ella rückte ihn, ohne groß nachzudenken, wieder an seinen Platz.

Beth trat neben sie. „Wussten Sie, dass Edith hier einen Ersatzschlüssel verborgen hatte?“

Ella erstarrte. „Nein.“ Sie sah Beth verschreckt an.

„Keine Angst, Sie sind hier auf dem Land. Alle kennen das Versteck.“ Beth griff in den Topf und zog einen einzelnen, erdverkrusteten Schlüssel heraus. Sie schüttelte den Torf ab und reichte ihn Ella.

Sie steckte ihn eilig an ihren Schlüsselbund. „Solch einen Leichtsinn gibt es bei mir nicht“, erklärte sie nachdrücklich.

Sie betraten das Haus und kurz darauf kochte Ella Tee.

„War Erin krank?“ Sie erinnerte sich, dass ihre Cousine kaum dem Teenageralter entwachsen war, als sie starb.

„Ein Autounfall. Ein Betrunkener hat sie übersehen, als sie auf der Landstraße Fahrrad fuhr.“ Beth schüttelte traurig den Kopf. „Die Guten holt der Herrgott schnell zu sich.“ Sie strich sich nachdenklich durch das Haar. „Vielleicht ist Erin der Geist, der sich hier im Haus aufhält.“

Ella drehte den Teebecher in ihrer Hand. „Dann müsste der Spuk nach dem Tod meiner Tante beendet sein. Es gibt ja nichts mehr, das sie zurückhalten sollte.“

Beth lächelte. „Wenn man die Existenz von Geistern für möglich hält, ja, dann wird es wohl ein Ende haben.“

Unerfreulicherweise behielt Beth Payton nicht recht. In den beiden folgenden Tagen und Nächten erschreckte das Rumoren ihres unsichtbaren Mitbewohners Ella mehr als einmal. Sie war zu dem gleichen Schluss gekommen wie die Frau des Bürgermeisters. Nämlich, dass das alte Gemäuer für den Krach verantwortlich war. Vielleicht waren es Ratten oder Marder, die sich zwischen den Böden und den Wänden aufhielten. Doch solange sie keine Biss- und Kratzspuren in den Wohnräumen vorfand, würde sie die Nager gewähren lassen. Und mit den Ruhestörungen konnte sie sich auf Dauer sicher arrangieren.

Der Mond schien durch das offene Fenster auf Ellas Bettdecke. Sie drehte sich um, das Poltern im Wohnzimmer ignorierend. Nach etlichen Erfahrungen mit dem Lärmen im Haus hatte sie sich daran gewöhnt.

Stöhnend zog sie die Bettdecke über den Kopf. Jetzt polterten die Schritte wieder durchs Haus. Die fand sie unheimlich. Aber die schob sie ebenfalls auf Tiere. Was blieb ihr auch anderes übrig? Es befand sich außer ihr niemand im Cottage und es gab keine Geister! Irgendwann wurde es ruhig und sie schlief ein.

Sie erwachte, als das Geheul losging. Im ersten Moment wollte sie aufspringen, doch dann fiel ihr ein, dass sie in einem Spukhaus wohnte. Obwohl dieses Jaulen und Schluchzen neu war. Es hörte sich anders an als die Geräusche vorher. Eine Mischung aus dem Heulen eines Hundes und dem grellen Weinen eines Kindes. DAS ließ sie eher an einen Geist glauben. Sie begann zu frösteln.

Eine Weile lauschte sie, dann schaltete sie die Nachttischlampe an.

Der Lärm steigerte sich. Das Jaulen kam von unten. Sie schlüpfte aus dem warmen Bett und ging in den Flur. Vorsichtig stieg sie die Treppen hinunter. Als sie auf halber Höhe war, verstummte das unheimliche Schluchzen. Sie hielt inne, überlegte, was sie tun wollte, bis sie sich entschied, wieder in ihr Bett zurückzukehren.

Ella sank gerade eben in Morpheus' zärtliche Umarmung, als das Plappern losging. Hellwach und mit Herzrasen saß sie auf der Matratze.

Wollte der Spuk sie tatsächlich in den Wahnsinn treiben? Sie nahm ihr Kissen, legte es sich über den Kopf und versuchte, einzuschlafen. Dennoch lag sie ewig wach, auch lange, nachdem die Stimmen verstummt waren. Wie sollte sie das auf Dauer aushalten? Das Klopfen und die Schritte konnte sie logisch begründen. Doch welche Erklärung ließe sich für Kinderstimmen aus dem Nirgendwo finden?

Müde kroch sie am nächsten Morgen aus den Federn. Die Einladung zum Lunch bei den Paytons hätte sie am Liebsten abgesagt. Sie brauchte ihren Schlaf. Der nächtliche Krach raubte ihr die Kräfte. Solange es nur beim Poltern, dem Ächzen und den Schritten blieb, konnte sie sich damit abfinden. Doch Heulen und Stimmen ging eindeutig zu weit. Das war nicht mehr mit Tieren im Gebälk erklärbar. Oder mit Holz, das arbeitete.

Der Schrecken der letzten Nacht saß ihr immer noch in den Gliedern. Misstrauisch beäugte sie ihr Inventar, als würde jeden

Augenblick aus einer Schublade oder Nische ein Gespenst hüpfen.

„Lächerlich!“, sprach sie sich Mut zu. Das war ihr Haus, ihr Heim. Das Cottage hatte nur darauf gewartet, dass sie kam und sie hatte vom ersten Moment gewusst, dass sie hierher gehörte. Dass sie hier geliebt und willkommen war.

Sie schleppte sich aus dem Schlafzimmer. Bestimmt hatte sie Augenringe wie ein Panda. Da halfen nur Make-up und ein extrastarker Kaffee.

Sie duschte und keine halbe Stunde später stand sie vor dem Spiegel und tuschte sich die Wimpern, umrahmte ihre Augen mit Kajal und trug Lippenstift auf. Sie schminkte sich selten, und wenn, dann nur, weil sie Lust dazu hatte. Auszusehen wie ein Zombie war für sie definitiv ein Grund für Make-up.

Sie lächelte ihrem Spiegelbild zu und beäugte ihr Aussehen kritisch. Der blaue Godet-Rock, den sie trug, schwang bei jeder Bewegung mit und die Wickelbluse gab ihrem Outfit die richtige Mischung aus Eleganz und legerem Look, die sie dem Anlass angemessen empfand.

Unten krachte es wieder.

Ella seufzte und zählte bis zehn. Tatsächlich ließen sich nun die Schritte vernehmen. Sie betrachtete die Situation mit Humor. Wenigstens hatte der Spuk einen Sinn für Pünktlichkeit. Vielleicht ein preußischer Geist, der sich verlaufen hatte. Vermutlich wäre sie an der Stelle eines Pedanten auch ärgerlich und würde die Lebenden büßen lassen.

Hoffentlich war sein Chor des Grauens im Jenseits geblieben. Obwohl sie davon ausging, dass ihr die direkte Begegnung mit einem Geist erspart blieb, hatte sie Herzklopfen, als sie das Badezimmer verließ.

In der Küche wählte sie eine Flasche Wein und eine Schachtel Pralinen aus ihren Vorräten, legte beides in Tante Ediths Einkaufskorb und machte sich bereit, das Cottage zu verlassen.

In diesem Moment fuhr ein Wagen die Einfahrt herein. Sie spitzelte durch das Fensterchen neben der Tür und sah einen nagelneuen, teuren Jeep vor dem Haus stehen. Steven Stapleton und ein weiterer Mann kletterten heraus. Diesmal trug der Viscount eine No-Name-Jeans und ein Cordhemd, und Ella konnte sich des Eindrucks nicht erwehren, dass dies einzig dazu diente, ihr gegenüber etwas bescheidener zu wirken.

Hektisch überlegte sie, ob sie sich durch die Hintertür hinausschleichen sollte. Dann war der Moment vorbei, denn der zweite Mann, ein schmierig wirkender Anzugträger, entdeckte sie am Fenster. Die wulstigen Lippen kräuselten sich zu einem Lächeln.

Ella seufzte, holte tief Luft und öffnete die Tür.

Steven lächelte sie an. Seine braunen Augen jedoch blieben kalt wie die einer Schlange.

„Mr Stapleton." Sie nickte ihm und dem Unbekannten zu, während sie ihre Arme verschränkte.

„Miss Francke, guten Tag. Darf ich Ihnen meinen Begleiter vorstellen? Gerald Emmerson, er ist Gutachter und würde sich gern ein Bild vom Zustand des Hauses machen."

Ella machte einen Schritt zur Seite, sodass sie den Männern den Zutritt ins Innere versperrte.

„Selbst wenn ich ein Interesse daran hätte, dass ein Sachverständiger mein Haus begutachtet, müsste ich Sie beide wieder fortschicken."

Steven runzelte die Stirn. „Oh, wir kommen ungelegen?" Er gab sich Mühe, schuldbewusst dreinzusehen.

„Ja. Außerdem möchte ich Sie bitten, mich kein weiteres Mal unangemeldet aufzusuchen. Schon gar nicht mit Sachverständigen." Sie warf Mr Stapletons Begleiter einen betont finsteren Blick zu. „Im Übrigen habe ich meine Meinung seit ihrem letzten Besuch keineswegs geändert."

Steven nickte Mr Emmerson zu und wandte sich wieder an Ella. „Dann wollen wir Sie nicht aufhalten." Der Sachverständige reichte ihr eine Visitenkarte.

„Rufen Sie mich an, vielleicht können wir einen Termin vereinbaren, der Ihnen besser zusagt."

„Auf Wiedersehen", sagte Ella und schloss die Haustür.

Kopfschüttelnd über diese Unverfrorenheit ging sie in die Küche und warf die Visitenkarte in den Müll. Vorsichtshalber überprüfte sie die Hintertür, damit sich auch garantiert niemand Zutritt zum Haus verschaffen konnte, solange sie unterwegs sein würde.

Als sie auf den Hof blickte, waren die Männer weggefahren. Sie wunderte sich, dass sich die beiden so schnell hatten abwimmeln lassen, aber vermutlich war das nur der erste von vielen weiteren Besuchen. Kopfschüttelnd machte sie sich auf den Weg. Was dachte sich dieser windige Viscount nur? Er schien wirklich keine Zeit vergeuden zu wollen. Und dann ein schmieriger Sachverständiger! Ella zweifelte nicht, dass das vermeintlich tadellose Gutachten vernichtend ausfallen würde. Offenbar wollte Wyndham das Cottage um jeden Preis wieder in den Besitz seiner Familie bringen und war bereit, dazu Lug und Trug einzusetzen. Sie schob die unerfreulichen Überlegungen beiseite.

Lieber freute sie sich über ihren Besuch bei den Paytons und ihren Spaziergang zum Ortskern von Maidenly Green, wo diese wohnten.

Kapitel 3

„Belästige mich nicht." Aurikel

Beschwingt kehrte Ella nach Hause zurück. Als sie sich dem Cottage näherte, überkam sie wieder dieses wohlige Gefühl zu jemandem heimzukehren, der sie sehnsüchtig erwartet hatte. Mit einem Lächeln sperrte sie die Haustür auf und schloss den Eingang schmunzelnd. Sie schüttelte über sich selbst den Kopf, weil sie mit dem Witwensitz weder lieb gewonnene, noch glückliche Erinnerungen verband, die diese Empfindungen erklären würden. Am logischsten war, dass das Haus schlicht in allen Punkten ihren Geschmack traf. Obendrein hatte sie ein Faible für Großbritannien.

Sie stellte den Korb ab, und als sie sich vorbeugte, sah sie eine Gestalt im Wohnzimmer stehen. Immer noch gebückt, griff sie einen Regenschirm, sprang hoch, raste auf den Eindringling zu, bereit ihn aufzuspießen. Der Stock glitt durch den Mann hindurch, als bestünde er aus Rauch. Ella stolperte, fing sich wieder und schaute ungläubig auf die Gestalt. Seine Kleidung wirkte grau und durchscheinend. Der Geist stand murmelnd mit dem Rücken zu ihr, als er sich umdrehte, konnte sie ihn deutlich erkennen.

Keuchend wich sie zurück. „Mr Stapleton", krächzte sie überrascht.

Er benahm sich, als sei sie Luft. Durch seinen Brustkorb konnte sie das florale Muster der Tapete erkennen. Sie umklammerte den Regenschirm fester, holte aus und schlug auf ihn ein. Wieder fuhr der Schirm in ihn hinein, als bestünde er aus Dampf. Er kam auf sie zu und lief durch sie hindurch. Bei der Berührung war ihr, als würde sie von einem Tornado gestreift. Eis und Frost schienen ihre Haut zu überziehen. Dann entstand in ihrem Inneren ein kaltes Feuer, das sich explosionsartig ausbreitete.

Sie stöhnte erschrocken, besaß jedoch die Geistesgegenwart, sich nach ihm umzudrehen, nur um zu sehen, wie er sich in Nichts auflöste.

Sie stolperte zu der Stelle, an der er verschwunden war, tastete durch die Luft, konnte aber weder Temperaturunterschiede noch sonstige Auffälligkeiten wahrnehmen. Ihr Körper summte und vibrierte und zugleich hatte sie ein Gefühl von Schwerelosigkeit und ewiger Kälte. Das Rauschen in ihren Ohren war gewaltig, einen Moment lang glaubte sie, dass es ihr den Boden unter den Füßen wegzog, dann überwand sie die körperliche Schwäche. Ihr nächster Weg führte sie geradewegs zum Schrankfach mit den Alkoholvorräten. Sie entkorkte die erstbeste Flasche, einen Rotwein, und trank direkt daraus.

„Es ist der psychische Stress“, murmelte sie. „Ganz bestimmt. Ich habe mir das eingebildet. Das kann nicht wirklich passiert sein!“ Sie nahm einen weiteren Schluck. Dann lachte sie.

Ein Geist, ein waschechtes Gespenst. Jetzt konnte sie sich kaum länger einreden, Tiere kletterten im Hausgebälk herum oder sonstige pseudowissenschaftliche Erklärungsversuche für das Ganze suchen.

Sie trank erneut und lachte. Der Alkohol vertrieb die Kälte und ließ Wärme in ihr aufsteigen.

Vielleicht sollte sie die Wahnvorstellungen genießen. Immerhin hatte ihre Fantasie einen prächtig aussehenden Geist fabriziert, der nur im ersten Moment Steven Stapleton ähnelte. Zwar besaßen beide dunkles Haar, doch der Viscount trug seine Frisur kürzer und garantiert nie mit einer Schleife im Nacken. Mit Sicherheit würde Mr Stapleton auch keinen Dreispitz aufsetzen und enge Kniehosen mit altmodischen Reitstiefeln anziehen. Und die Augen des Geistes waren nicht dunkelbraun wie feuchte Erde gewesen, sondern von einem strahlenden Blau.

Ella zitterte. Diese Farbe! Wie der Himmel in den Tropen. Für einen Moment war ihr dieser Blick durch und durch gegangen. Hatte sie durchleuchtet bis auf den Grund ihrer Seele. Und es hatte sich gut angefühlt. Sie hatte Wärme und Freundlichkeit wahrgenommen. Aber da war noch etwas anderes gewesen, etwas, das ihr für einen Augenblick das Gefühl gegeben hatte, größer und schöner zu sein, als sie war. Genauso wie in der Gegenwart ihres Traum-Liebhabers. Wenn sie darüber nachdachte, hatte die Statur des Geistes sogar verdächtig Ähnlichkeit mit ihm.

Sie stöhnte. In was war sie da hineingeraten? Wahrträume, Gespenster, Magie der Liebe? Das klang nach einem billigen Groschenroman. Für einen Moment erwog sie ernsthaft, den Verstand zu verlieren. Alles wäre einfacher, als die Theorie des guten alten Sherlock zu bestätigen: Wenn jegliche Wahrscheinlichkeit ausgeschlossen werden kann, ist die einzige Lösung – egal wie unrealistisch sie scheinen mag – das, was übrig bleibt.

Um sich abzulenken, wechselte sie die Kleider und machte einen Spaziergang. Sie erinnerte sich nicht, wann sie das letzte Mal in einem Wald gewesen war. Auf jeden Fall musste es Jahre her sein. Nachdem sie ihr Unbehagen überwunden hatte, fand sie Gefallen an der Umgebung.

Es war friedlich, die Geräusche lullten Ella ein und versetzten sie in einen fast schon meditativen Zustand. Hie und da knackte es leise im Unterholz. Ein Tier schrie. Vögel zwitscherten. Der Wind rauschte in den Baumwipfeln und trug den Geruch von Moos und Tannen und etwas streng Riechendem heran.

Grün und Braun in den unterschiedlichsten Schattierungen so weit das Auge reichte, umgab sie. Sie folgte einem Kiesweg, je tiefer sie in den Wald vordrang, umso größer und runder wurden die Steine und wichen schließlich festgetretenem Waldboden.

Sie konnte nicht widerstehen, verließ den Pfad, kletterte über einige Felsen und betrat einen Moosteppich. Selbst durch die Schuhe hindurch fühlte sie die Dicke und das Weiche des Gewächses. Unter ihren Füßen schmatzte der Boden.

Dieser Platz innerhalb der Bäume erschien ihr wie eine friedliche, bessere Welt. Sie setzte sich auf einen der Felsen und genoss die Ruhe und Einsamkeit. Je länger sie auf der Lichtung saß, umso mehr erfüllte sie Frieden und der letzte Rest Angst fiel von ihr ab. Sie hätte ewig so sitzen bleiben können, wäre sie nicht hungrig und durstig geworden. Fast bedauernd verließ sie ihr Refugium und tröstete sich damit, künftig öfter hierher zu kommen.

Zögernd stand sie wenig später wieder vor der Haustür. Schließlich fasste sie sich ein Herz, schloss auf und betrat das Cottage.

***

Ella blickte nur kurz auf, als ihr Hausgeist die Küche durchquerte.

Er glitt durch den Küchentisch, stapfte in das Wohnzimmer, wo er auf und ab marschierte und sich dann auflöste.

Nachdem sie ihn nach seinem ersten erschreckenden Auftauchen etliche Male gesehen hatte, nahm sie seine Anwesenheit hin. Sie beachtete ihn einfach nicht. War er eine Halluzination, würde er so am ehesten verschwinden. War er real, hätte es keinen Zweck, sich über ihn aufzuregen. Immerhin, mit seinem Sichtbarwerden hatte das Klopfen und Lärmen aufgehört. Das nächtliche Heulen hatte sie noch einmal geweckt, doch seit ein paar Tagen war damit Ruhe. Auch Steven Stapleton blieb verschwunden. Im Großen und Ganzen also genoss sie ein friedliches Dasein im Cottage.

Ihren Hausgeist sah sie mittlerweile an verschiedenen Orten im Haus. Im Schlafzimmer wühlte er nur mit Hemd, Hosen und Stiefeln bekleidet in einer nicht vorhandenen Kommode, ging dann in den Flur, wo er eine Handbreit über dem Fußboden schwebte. Er polterte die Treppe hinunter und verschwand anschließend in der Mitte der Stufen.

Einmal hatte sie ihn auch an der Haustür gesehen. Er trommelte dagegen und trat gebückt ein, als wäre der Durchgang zu niedrig für seine Körpergröße. Dort und bei seinem Auftauchen im Wohnzimmer trug er den Dreispitz und die komplette Uniform. Manchmal kam sich Ella schizophren vor, weil sie die Geistererscheinungen einfach akzeptierte. Aber nach dem anfänglichen Schrecken hatte sie sich daran gewöhnt. Sie fand seine Gegenwart allmählich sogar tröstlich. Er war wie ein Mieter im selben Haus. Ruhig, verschwiegen und selten anwesend. Er gab ihr das Gefühl nicht einsam zu sein.

Bei einer Gelegenheit hatte sie all ihren Mut zusammengenommen und ihn genau betrachtet. Er war groß und durchtrainiert, mit langen, muskulösen Beinen. Kein Mann, der nur hinter einem Schreibtisch herumgelungert hatte. Das dunkle Haar reichte ihm bis auf die breiten Schultern, die ebenmäßigen Gesichtszüge mit hohen Wangenknochen und einem eckigen Kinn wirkten wie gemeißelt. Am faszinierendsten fand sie seine tiefblauen, gütigen Augen. Mehr als einmal kam ihr in den Sinn, dass sie ihn unter anderen Umständen vermutlich gern näher kennengelernt hätte. Vielleicht war das der Grund, aus dem sie keine Furcht vor ihm hatte.

Immer öfter begann sie über ihn zu grübeln. Was hielt seine ruhelose Seele im Haus fest? Weshalb spukte er umher?

Sie war so tief in Gedanken versunken, dass sie vor Schreck beinahe den Teller fallen ließ, als das Handy schrillte. Überrascht nahm sie den Anruf entgegen.

„Hallo Doreen."

„Na Engländerin? Du lässt nichts von dir hören?"

„Mir geht's gut. Ich mach hier Urlaub. Bei dir auch alles in Ordnung?"

Papier raschelte, als blättere Doreen in einem Buch. „Bei mir läuft es super. Ich habe im Internet recherchiert, Ella. Rose Cottage ist einer der am besten erhaltenen Witwensitze in ganz Kent. Zufälligerweise ist Sofie Arendt gerade in Südengland unterwegs, um Bilder von Herrenhäusern zu schießen."

„Sofie Arendt?" Ella runzelte die Stirn. „Die Fotografin, die diese Bildbände für den Verlag macht?"

„Genau die. Wäre es in Ordnung, wenn sie bei dir vorbeikommt und Rose Cottage vielleicht auch fotografieren dürfte? Keine Sorge, sie ist wirklich sehr nett und wird sich ein Bett im Pub oder nächstbesten B&B nehmen", sagte Doreen.

„Hm." Ella überlegte einen Wimpernschlag lang. „Okay, gib ihr meine Nummer und die Adresse, sie kann jederzeit vorbeischauen."

„Danke, Ella, du bist ein Schatz."

„Vergiss das nicht. Bestimmt kannst du dich irgendwann einmal dafür revanchieren."

Zwei Stunden später klingelte Ellas Handy erneut. Eine fremde Nummer erschien auf dem Display.

„Hallo, sind Sie Ella Francke?", erklang die schleppende Stimme einer Frau.

„Ja."

„Prima." Man hörte förmlich, wie die Anruferin lächelte.

„Ich bin Sofie Arendt. Doreen hat mir Ihre Nummer gegeben."

„Ich weiß, sie hat mich schon vorgewarnt. Wo befinden Sie sich gerade?"

„Ich fahre auf der Landstraße Richtung Maidenly Head."

„Dann sind Sie fast da."

Die Frauenstimme lachte. „Ich weiß. Das Siezen ist so umständlich, haben Sie etwas dagegen, wenn wir uns duzen?"

Ella zögerte. „Nein, keineswegs."

„Super, also, ich nehme mir das erstbeste Zimmer in Maidenly Green und würde am liebsten gleich bei dir vorbeikommen. Ist das nicht zu aufdringlich?"

Unter anderen Umständen hätte sie sich überfahren gefühlt, doch nach all der Aufregung, seit sie in Rose Cottage wohnte, fand sie es sehr angenehm, vom Spuk abgelenkt zu werden. „Keineswegs. Komm einfach vorbei."

„Klasse, tschüss." Damit legte Sofie auf.

Einen Moment lang hielt Ella inne. Dann lachte sie. Die Frau gefiel ihr. Sie wirkte wie ein Faultier auf Speed und ihr Besuch wäre eine willkommene Abwechslung. Bis die Fotografin eintraf, würde sie sich im Wohnzimmer mit der Sichtung der geerbten Gegenstände beschäftigen.

Sie sortierte gerade die Bücher ihrer Tante, als es klingelte.

Neugierig linste sie aus dem Fensterchen neben der Tür und betrachtete die Besucherin. Sie schien etwa zehn Jahre älter als sie selbst, mit kurzem Haar und einem schmalen Gesicht, das durch zu viel Sonne oder Solarium braun und gegerbt aussah. Die Augen der Besucherin blitzten fröhlich und sie kramte in ihrem Rucksack, als Ella öffnete.

„Hallo Ella." Sie zog eine Bäckertüte hervor.

„Sofie?"

„Höchstselbst!" Die Frau hob ihr die Tüte entgegen. „Bestechung", sagte sie lachend. „Ich dachte, vielleicht habe ich Glück und du lädst mich und die Muffins auf einen Kaffee und eine erste Besichtigung ein."

Ella deutete einladend ins Hausinnere. „Sehr gerne, komm rein."

Die Frau war ihr sofort sympathisch. Und dass auf ihrem T-Shirt die Aufschrift ‚Sexgöttin on Tour' prangte, ließ vermuten, dass sie Humor besaß oder ein Übermaß an Selbstbewusstsein

„Auf was haben die Muffins und du als erstes Lust? Kaffee oder Hausbesichtigung?"

„Natürlich auf den Rundgang durchs Cottage", kam es prompt.

Das Gebäck wurde auf dem Küchentisch zurückgelassen und Ella führte Sofie ins obere Stockwerk.

Im Schlafzimmer sah sich Sofie fasziniert um. „Wie schön. Siehst du? Die Balken dort sind noch Original. Der Boden auch." Sie bückte sich und berührte eine tiefe Schramme. „Was hat der Raum wohl alles gesehen? Wenn die Zimmer reden könnten ..." Sie erhob sich wieder.

„Stell dir nur den Lärm vor", entgegnete Ella trocken und Sofie lachte.

Sie zeigte sich begeistert vom Cottage, besonders die alten Wohnräume und deren ursprüngliches Aussehen, das die Vorbesitzer sorgfältig erhalten hatten, gefielen ihr.

„Hast du dich schon einmal über die Geschichte deines Hauses schlaugemacht?", fragte Sofie, als sie später am Küchentisch saßen.

Ella umklammerte ihre Kaffeetasse und schaute sie fragend an.

„Nein, aber du?"

Sofie lächelte. „In alten Chroniken wird das ungeklärte Verschwinden des britischen Offiziers erwähnt, dem der Witwensitz damals gehörte."

Ella beugte sich interessiert vor. „Das hört sich gut an. Erzähl!" Sie riss ein Stück vom Muffin ab und steckte es sich in den Mund. Ob das die ruhelose Seele war, die durch ihr Haus wanderte? Sie rief sich zur Ordnung. Hatte sie nicht beschlossen, die Erscheinungen als Ergebnis ihrer überreizten Sinne abzutun? Wahrnehmungen, die verschwinden würden, wenn sie diese entschieden genug ignorierte? Ihr Geist trug eine Offiziersuniform! Woher konnte sie das wissen, wenn er doch nur eine Einbildung war? Das war kein Zufall. Sie zwang sich, Sofie weiter zuzuhören.

„Die Schriften erwähnen kaum etwas. Eigentlich nur, dass ein Wyndham im siebzehnten Jahrhundert aus dem Siebenjährigen Krieg nicht zurückkehrte."

„Oh.“ Ella lehnte sich zurück. „Welch Rätsel.“ Sie zog die Nase kraus. „Sterben in Kriegen nicht auch gelegentlich Adlige?“ Aufregung ließ ihren Magen rumoren. Ob der verschollene Mann der Hausgeist von Rose Cottage war?

„Sarkasmus, das gefällt mir.“ Sofie zwinkerte ihr zu. „Freunde haben bezeugt, dass der ehrenwerte Wyndham in England an Land gegangen war. Und dass er direkt nach Wyndham Manor wollte. Dort ist er jedoch nie angekommen.“

„Und?“

Sofie zuckte mit den Schultern. „Keine Ahnung. Vielleicht hat ihn irgendjemand umgebracht und im Wald verscharrt. Oder er ist desertiert. Das kann ich mir allerdings kaum vorstellen, denn wenn er ein Offizier war, dann gehörte er dem Adel an und die konnten schon damals nicht einfach so verschwinden.“

„Na ja, also, Passkontrollen an Poststationen und Häfen gab es ja wohl kaum.“

„Stimmt, aber ich weigere mich, an Desertieren zu denken“, erklärte Sofie. Ihre Augen begannen zu leuchten. „Es ist ein Rätsel und ich liebe Rätsel.“

„Dann bist du im falschen Genre. Krimis und Thriller wären dein Metier“, meinte Ella schmunzelnd.

Sofie lachte.

„Apropos, wie hieß der adlige Offizier denn?“

Sofie zuckte mit den Achseln. „Keine Ahnung, das wäre natürlich ein Anfang. Du hast nicht zufällig historische Dokumente, Tagebücher oder so etwas gefunden?“

„Weißt du, im Keller habe ich einen riesigen Koffer aus dem siebzehnten Jahrhundert entdeckt. Voll mit alten Papieren“, scherzte Ella.

Augenzwinkernd drohte Sofie mit dem Zeigefinger. „Lügnerin! Koffer gab es damals noch gar nicht.“

Sie lachte. „Erwischt! Ich werde dir Bescheid geben, sobald ich etwas Interessantes finde.“

Sofie zog ihr Handy hervor und warf einen Blick auf die Uhrzeit. „Ich gehe dann mal.“ Sie schob den Stuhl zurück und stand auf.

„Wegen mir musst du nicht gehen, bleib ruhig noch.“

Dankend lehnte die Frau ab. „Ich bin ziemlich alle und möchte mich ins Bett verkrümeln.“ Wie zum Beweis hielt sie die Hand vor den Mund und gähnte, dass ihre Kiefer knackten. Sie kicherte. „Sorry."

Ella stimmte in das Lachen ein und begleitete sie zur Tür. „Du kannst jederzeit wiederkommen, Sofie."

„Das Angebot nehme ich garantiert wahr!" Sie hob die Hand zum Gruß und als sie in ihr Auto gestiegen war, kehrte Ella ins Haus zurück.

Die Stille, die sie umfing, besaß etwas Entspannendes. Ganz ohne ihr Zutun musste sie lächeln. Hier zu sein fühlte sich richtig an. Nicht einmal ihr Frankfurter Appartement, das sie seit zehn Jahren bewohnte und heiß und innig liebte, vermittelte ihr ein solches Willkommen.

Sie seufzte glücklich, dann begab sie sich in die Küche und holte ihren Kaffee, um sich den Rest des Tages im Wohnzimmer mit auf- und umräumen zu beschäftigen. Das hielt sie so gefangen, dass sie erst spätabends Zeit für einen kleinen Snack und eine Dusche fand, um anschließend todmüde in die Kissen zu fallen. Binnen Minuten schlief sie tief und fest...

Ella erwachte früh am Morgen, weil jemand in ihrem Schlafzimmer auf und ab lief.

Sie erstarrte und lauschte. Dann versuchte sie aus halb geöffneten Augen, einen Blick auf den Eindringling zu erhaschen. Am Fußende des Bettes stand der geisterhafte Offizier und hatte ihr den Rücken zugewandt.

„Schluss!" Sie schnaubte, griff nach dem Kissen und warf es auf den Geist.

Der Mann hatte sich bei ihrem Ruf umgedreht und wurde mitten im Gesicht getroffen. Er starrte sie fassungslos an und sie sah ebenso perplex zurück. Dieses Mal wirkte er vollständig wie ein realer Mensch aus Fleisch und Blut. Sie blinzelte und schluckte. Langsam stand sie auf und baute sich vor ihm auf. Da er sie wahrzunehmen schien, verzichtete sie darauf, ihn zu berühren, auch wenn es ihr in den Fingern juckte.

„Was tun Sie in meinem Schlafzimmer?" In ihrer Verwirrung merkte sie nicht, dass sie ihn auf Deutsch angeredet hatte, erst als er mit ausgeprägtem Akzent antwortete.

„Ihr seid nahezu nackt." Er wirkte schockiert.

Ella sah an sich hinunter und entdeckte nichts Anrüchiges. Immerhin trug sie ein T-Shirt, das sie bis zur Mitte ihrer Oberschenkel bedeckte.

„An meinem Aussehen gibt es wohl kaum etwas auszusetzen. Es ist ladylike!"

Der Geist deutete mit empört ausgestrecktem Zeigefinger auf sie: „Ihr, Madam, seid mitnichten eine Dame! Dazu bedarf es nur eines Blickes auf Eure Gewänder. Ihr seid geradezu schamlos entblößt."

Ella schnappte nach Luft. „Was erlauben Sie sich! Ich bin sehr wohl anständig bekleidet und selbst wenn nicht, Sie befinden sich in meinem Schlafzimmer." Sie stutzte. „Was tun Sie überhaupt hier?"

Er blickte an sich hinunter und wirkte erneut verwirrt. „Ich wüsste nicht, was Euch das anginge, Madam." Der Geist musterte sie hochmütig und schob sich die Hosenträger, die an den Knien baumelten, auf die Schultern. Ella verdrehte die Augen. Er benahm sich wie ein hochnäsiger Adliger aus einem Jane Austen-Roman.

Sie ging auf ihn zu und reichte ihm die Hand, die er verwirrt zum Handkuss ergriff. Er fühlte sich warm und fest an. Sein Atem strich über ihre Haut. Eine der maronenbraunen Haarsträhnen fiel ihm ins Gesicht und kitzelte Ellas Handrücken. Sie hatte Mühe, nicht vor Schreck umzukippen und ihre Brust zog sich zusammen. Sie konnte ihn berühren und er war in der Lage sie anzufassen. Was war geschehen? Hatte er sich etwa in einen normalen Menschen verwandelt?

„Fühlt Ihr euch wohl? Ihr seid ein wenig bleich um die Nase herum", hörte sie ihn sagen.

Sie zwang das Rauschen in den Ohren nieder und rief sich zur Ordnung. Nein, sie würde sich keine Blöße geben. Es fehlte noch, dass sie ohnmächtig und hilflos vor ihm zu Boden sank. Das tat sie weder vor sterblichen Männern und ganz gewiss verkniff sie sich Derartiges vor Toten. Sie hob den Blick und sah dem Hausgeist mit mehr Selbstbewusstsein, als sie verspürte, in die Augen. „Mein Name ist Ella Francke. Ich wohne hier." Sie entzog ihm die Hand und verbarg sie hinter dem Rücken. Die Stelle, an der seine Lippen ihre Haut beinahe berührt hatten, kribbelte vor Hitze. Himmel! Er war der attraktivste Mann, dem sie je begegnet war.

„Anthony Marcus Adam Nicholas Stapleton, Viscount Wyndham, zu Euren Diensten, Madam." Er verbeugte sich steif.

„Ein Adliger, natürlich, wenn ich schon halluziniere, dann tue ich das nicht unter einem versnobten, englischen Aristokraten." Ella rollte mit den Augen. In ihrer Magengrube breitete sich ein brennendes Gefühl aus. Ein Magengeschwür. Na, hervorragend! Sie schüttelte den Kopf. Hypochondrische Anwandlungen unterdrückte sie besser, bis sie wieder in Frankfurt war.

„Madam?" Er blinzelte.

Sie fuhr sich mit der Zunge über die trockenen Lippen. Der Viscount starrte sie wie hypnotisiert an und Ella wurde plötzlich heiß. Sie konnte sich gerade noch zurückhalten, sich mit der Hand Luft zuzufächeln. Um ihre Nervosität zu überspielen, grinste sie ihn an.

„Na schön, wenn ich Sie schon sehen muss, dann werde ich mich durch Ihre Anwesenheit wenigstens nicht stören lassen." Damit holte sie sich Kleider aus dem Schrank und verschwand im Bad.

Dort warf sie ihre Sachen auf den Hocker und sank auf den Badewannenrand. Sie fühlte sich ein bisschen zittrig. Das eben hatte sie sich eingebildet, oder? Nicht genug, dass sie einen Geist sah und hörte, nein, jetzt konnte sie obendrein mit ihm reden und ihn berühren! Sie gab sich einen Ruck und stand auf. Vielleicht war er verschwunden? Sie ging zur Tür, überlegte kurz und sah dann doch nur durchs Schlüsselloch. Unerfreulicherweise wartete er im Flur, aufrecht wie ein Zinnsoldat, die Hände auf den Rücken gelegt und starrte auf das Türblatt. Ella schluckte. Er sah aus, wie direkt einer Literaturverfilmung der BBC entstiegen. Sie wandte sich ab und stellte sich unter die Dusche. Bis sie das Badezimmer verließ, hoffte sie, wäre er wieder im Geisterreich entschwunden, um zu tun, was untote Offiziere eben so zum Zeitvertreib unternahmen. Um ihm dazu ausreichend Zeit zu verschaffen, schminkte sie sich sorgfältig und legte mehr wert als sonst auf eine perfekte Frisur. Als sie die Tür öffnete, bereit für den Tag, befand er sich immer noch an Ort und Stelle. Nie hatte sie jemanden erlebt, der aussah, als hätte er einen Besenstiel diniert. Und er starrte sie wieder auf diese höchst ungehörige Weise an, die in ihr Herzrhythmusstörungen hervorrief.

Er blinzelte. „Ihr strahlt wie ein Engel!“ Einen Moment lang war sie geneigt, ihn sympathisch und charmant zu finden, doch wie es mit den Männern eben war, zerstörte er diesen Eindruck mit seinen nächsten Worten aufs Gründlichste: „Und obwohl ich Eure spartanische Gewandung verlockend finde, so muss ich Euch mit allem gebotenen Respekt darauf hinweisen, dass mich Eure Kleidung echauffiert.“

Sie biss die Zähne zusammen, um ihm nichts um die Ohren zu schmettern, das in Lautstärke und Ausdrucksweise noch `echauffierender´ auf diesen Neandertaler wirken würde. Mit einem tiefen Ein- und Ausatmen gelang es ihr, ihren Ärger zu unterdrücken. „Aus welchem mittelalterlichen Kloster hat man Sie denn hinausexorziert?“ Sie schüttelte sich.

„Ich verstehe nicht, was Ihr damit ausdrücken wollt. Das Mittelalter liegt deutlich vor meiner Zeit.“

Arrogant krauste er die Nase und wenn er nicht so attraktiv gewesen wäre, hätte Ella sicher weniger Probleme gehabt, ihm ihre Meinung zu geigen. So aber rollte sie mit den Augen und beschloss, diese Diskussion zu beenden, ehe sie ausuferte. Stattdessen deutete sie die Treppe hinab.

„Kommen Sie mit“, forderte sie ihn auf.

Er folgte ihr in die Küche und nahm am Esstisch Platz. „Der Kaffee riecht äußerst verlockend“, sagte er steif.

Ella stellte ihm eine Tasse hin, ehe sie sich daran machte, Obst zu waschen und in handliche Stücke zu schneiden. Dann deckte sie den Tisch und setzte sich.

Marcus schob die Müslischale vor sich hin und her, bis er Ellas Aufmerksamkeit erregte.

„Gibt es ein Problem, Euer Hoheit?“ Ihre Augen verengten sich.

„Die richtige Anrede ist, *the Honourable* oder *Mylord,* Euer Hoheit ist ausschließlich dem König vorbehalten.“

Ella schnaubte ungehalten. „Ich kenne Männer wie Sie!“

„Welche meint Ihr? Könige?“ Seine Augen funkelten herausfordernd. Ein Teil von ihr wusste, dass er sie aufzog, doch in ihm ein Ventil für ihre Erregung zu haben, war zu verlockend.

„Machos, Chauvis, die Art Männer, vor denen mich meine Mutter gewarnt hat."

„Eine wahrhaft kluge Frau, Mistress Francke."

Ella stieß einen erstickten Laut aus, weil sie unschlüssig war, was sie auf diese Bemerkung antworten konnte, doch Marcus legte nach: „Eine begabte Köchin kann sie jedoch nicht gewesen sein, denn dann hätte sie Euch erfolgreicher in dieser Fertigkeit unterwiesen."

„Oh, Sie sind ein arroganter Schnösel, Viscount Stapleton."

„Viscount Wyndham, Eure Umgangsformen erweisen sich als reichlich ungeschliffen, Mistress Francke."

Ella schluckte die Beleidigung fürs Erste. Es gab Dringlicheres zu klären. Zum Beispiel, wie sie ihn loswurde. „Weshalb kann ich Sie sehen? Und berühren?" In ihre Stimme schlich sich ungewollt ein aggressiver Unterton.

Er machte eine wunderbar aristokratisch-hochnäsige Schulterbewegung, die so gar nicht zu dem verletzlichen Ausdruck in seinen Augen passte. Für den Bruchteil einer Sekunde glaubte sie, einen Blick auf das wahre Wesen ihres Hausgeistes zu werfen.

„Es gibt mehr Dinge auf Erden, Horatio …", zitierte er.

Ella schnaubte. „Ihr wisst es also nicht", schlussfolgerte sie.

„Ich verbitte mir lediglich, von Euch verhört zu werden wie ein Halunke." Sein Blick wanderte auf ihre Brüste und sie brauchte nur gesunden Menschenverstand, um zu ahnen, was der schnöselige Viscount gerade dachte. Jetzt hatte er den Bogen überspannt. Sie griff nach der Schüssel und warf sie auf Marcus. Die Schale verfehlte ihn um Haaresbreite und er löste sich in Nichts auf. Ehe er vollends verschwand, glaubte Ella, sein Lachen zu hören.

Fassungslos starrte sie auf die Überreste der Getreideflocken-Milch-Mischung, die langsam den Küchenschrank hinabtropfte und mit leisem Schmatzen zu Boden fiel. Mitten auf die Scherben. Zu was hatte sie dieser Was-auch-immer-er-war nur getrieben? Sie hatte noch nie derart aufbrausend reagiert. Seufzend machte sie sich daran, die Bruchstücke und Müslireste zu beseitigen. Unerklärlicherweise stellte sie fest, dass sich ein Lächeln auf ihre Lippen schlich.

Weil sie keine Lust auf ein weiteres Zusammentreffen mit ihrem hauseigenen Gespenst hatte, verbrachte Ella den Vormittag im Garten. Dort hatte sie ihn nie gesehen und vermutete, hier von seiner Gegenwart verschont zu bleiben. Sie jätete Unkraut, wenigstens hoffte sie, dass sie nicht versehentlich Sprösslinge für Blühpflanzen ausrupfte, und mähte im Anschluss mit einem uralten Benzinrasenmäher das Gras. Dann schnitt sie Blumen ab, die sie in Wohnzimmer, Küche und Schlafzimmer auf Vasen verteilte. Dabei sah sie sich ständig über die Schulter. Erst als sie merkte, dass ihre persönliche Heimsuchung in Form des spukhaften Viscount Wyndhams nicht mehr aufzutauchen schien, entspannte sie sich ein wenig.

Weil es mittlerweile regnete, entschied sie sich, den lange fälligen Hausputz in Angriff zu nehmen.

Ella schrubbte gerade das Cerankochfeld, als Sofie kam.

„Hallo, ist jemand da?“, rief sie von der Eingangstür her.

„Komm rein, ich bin in der Küche.“

Mit selbstzufriedenem Gesichtsausdruck schlenderte Sofie herein. Sie trug ein Baseballcap und ein Fußball-T-Shirt zu engen Radlerhosen, auf denen einzelne Wasserflecken zu sehen waren.

„Setz dich. Sportliche Aufmachung.“ Ella stellte ihr eine Kaffeetasse hin, ehe sie sich mit ihrer eigenen Tasse und der Kanne dazugesellte. „Bist du in den Regen geraten?“

„Ich bin mit dem Rad unterwegs und ein paar Tropfen haben mich tatsächlich erwischt.“ Sofie nahm ihr Cap ab und legte sie neben sich auf den Tisch, ehe sie durch ihr Haar fuhr. Dieses stand daraufhin in alle Richtungen ab, als hätte sie einen Stromschlag erhalten.

„Ich war drüben im Nachbardorf. Artie, der Pubbesitzer hat eine Tante mit Koffern voller Papiere aus der Umgebung.“ Sofie machte eine bedeutungsvolle Pause. „Ich habe Stunden über diesen Schriften verbracht und rate mal, was ich über den verschwundenen Wyndham-Knaben herausfinden konnte?“

„Den Namen?“

„Yo“, sagte Sofie und grinste wie ein Honigkuchenpferd.

„Anthony Marcus Adam Nicholas Stapleton, Viscount Wyndham“, murmelte Ella.

„Was?“

Ella lächelte verkniffen und winkte ab.

„Ihr habt nach mir gerufen, Mistress Francke?“, fragte eine männliche Stimme dicht an ihrem Ohr.

Sie zuckte zusammen und sah sich Marcus’ Gesicht so nahe gegenüber, dass sich ihre Nasenspitzen fast berührten. Sie rückte von ihm ab, indem sie den Stuhl wechselte.

Ein Fehler, wie sich herausstellte, denn nun setzte er sich auf den frei gewordenen Platz. Er rekelte sich und streckte seine langen Beine unter dem Tisch aus.

„Ist alles in Ordnung?“, wollte Sofie stirnrunzelnd wissen.

„Ja, natürlich, ich hatte nur das Gefühl, auf einem Nagel zu sitzen und an meinem Ohr hat auch noch etwas gebrummt.“ Sie warf ihm einen zornigen Blick zu.

Er lachte und es klang für ihre Begriffe viel zu sexy. „Sie kann mich nicht sehen, Mistress Ella, und hören ebenso wenig.“

„Ich glaube, es war ein dicker, fetter Käfer.“ Sie tat, als überhörte sie Marcus’ empört-amüsiertes Schnauben.

„Ich habe nichts gesehen.“

Ella winkte ab. „Vielleicht habe ich auch nur Wasser vom Duschen im Ohr. Du wolltest mir den Namen des Offiziers verraten.“

„Lord Wyndham“

„Lord Wyndham?“, echote sie.

„Meine Güte, Mistress Ella, wenn dies unsere erste Begegnung wäre, hielte ich Euch für debil. Unzweifelhaft wollt Ihr Eurem Gast kaum einen derart schockierenden Eindruck vermitteln?“

Sie wagte nicht, Marcus anzusehen, doch sie war überzeugt, dass er sich über sie lustig machte. Sie beschloss, ihn zu ignorieren. „Ein waschechter Adliger also. Bestimmt ein Waschlappen.“

„Ich bin erschüttert, dass Ihr mich so echauffiert, Mistress Ella. Ich denke zumindest, dass Ihr mich soeben beleidigt habt, auch wenn ich nicht verstehe, was ich mit einem Stofffetzen gemein haben soll.“

Unerschütterlich setzte sie ihre Tirade fort: „Vermutlich fett, verblödet und von Inzest gezeichnet. Vielleicht sogar von Syphilis befallen.“

„Ella, geht es dir wirklich gut?“ Sofie sah beunruhigt aus.

Ella zwang sich zur Ruhe, obwohl ihr in Marcus’ Nähe sämtliche Sicherungen durchzubrennen drohten. „Ja, ja, weißt du, ich lese gerade ein Buch über Adlige und da kommen sie nicht gut weg."

„Na ja, also unser Lord Wyndham wurde zwar nur kurz, aber positiv erwähnt." Sofie blickte nachdenklich an die Decke.

„Hört Ihr? Ich war ein ganz passabler Bursche." Er verschränkte die Arme selbstzufrieden vor der Brust und lehnte sich zurück.

Ella ignorierte sein überhebliches Grinsen und erst recht die blasierte Bemerkung.

„Wenn ich mich recht entsinne, las ich etwas in der Art, furchtlos und von Frauen umschwärmt."

„Ha! Ich wusste es doch, einer von der Sorte!"

„Was beliebt Ihr damit auszudrücken?", erkundigte sich Marcus in charmantem Plauderton.

Wie sie sein Gehabe auf die Palme brachte! Er schien das Ganze auch noch zu genießen! „Ein Schürzenjäger, Lebemann, kurzum ein adliger Taugenichts, wie er im Buche steht", rief sie.

Marcus gab sich beleidigt. „Wo habt Ihr von dergleichen Schuften gelesen?" Ella vergaß Sofies Anwesenheit und wandte sich ihm zu.

„In historischen Liebesromanen. Solche wie Sie haben nichts anderes im Sinn als unschuldige Frauen in Verwirrung und Nöte zu stürzen."

„Madam, ich bezweifle, dass derartige Literatur für zartbesaitete Damen geeignet ist."

„Die Romane werden von Frauen geschrieben", schrie sie aufgebracht.

„Und diese Amazonen der Schreibfeder kennen Männer wie mich?"

„Männer wie Sie sind bereits ausgestorben!"

Er drückte seine Hand auf die Brust. „Autsch, das traf. Ich bin tot, wie Ihr bemerkt haben dürftet." Er schenkte ihr ein Lächeln, das Ella nur mit viel Wohlwollen als zurückhaltend bezeichnen konnte.

Sofie stand auf und schickte sich an, auf dem Stuhl neben Ella Platz zu nehmen. Marcus vermied eine Kollision, indem er, nach wie vor grinsend, mit einer knappen Verneigung verschwand.

„Was ist denn los mit dir, Ella?" Sie umschloss Ellas linke Hand mit den ihren und schien aufrichtig besorgt.

Ella brachte ein schwaches Lächeln zustande. „Ich habe einfach schlecht geschlafen.“ Sie tätschelte Sofies Handrücken. „Ich muss nur früh zu Bett und ausruhen, dann ist alles wieder im Lot.“

Die andere wirkte skeptisch. „Du bist hier ganz allein. Für jemanden aus der Großstadt kann das beängstigend sein. Diese Idylle, kaum Ablenkung, kein Lärm.“

Ella tätschelte sie. „Aber nein.“ Sie lachte und der Laut kam ihr ungewohnt und rau über die Lippen. Wenn Sofie nur wüsste. Dass ihre neue Freundin nun glaubte, sie hätte ein Problem, war allein die Schuld dieses Hui-Buh-Verschnittes. Wenn ihr dieser eingebildete Fatzke von Hausgeist noch einmal über den Weg lief, würde sie einen Exorzismus im Haus durchführen lassen.

„Ich kam doch hierher, um Ruhe und Frieden zu haben.“ Und genau das war scheinbar das Einzige, das sie in Maidenly Green nicht finden konnte. Und um obendrein nicht noch als durchgeknallt verrufen zu sein, musste sie sich alle Mühe geben, Sofies Bedenken zu zerstreuen, damit die sich später beruhigt auf den Rückweg zum Pub machen würde.

Kapitel 4

„Ich habe heftiges Verlangen.“ Pelargonie

Ella schob vorsichtig die Badtür auf und spähte auf den Flur hinaus. Sie eilte zum Schlafzimmer und wagte sich erst hinein, als sie sich vergewissert hatte, dass der Raum leer war. Im gesamten Haus schlich sie neuerdings herum, als lauerte in jeder Ecke ein Unheil auf sie. Sie klopfte sogar an, ehe sie ihr eigenes Badezimmer betrat!

Ab sofort ist Schluss damit, beschloss sie in diesem Moment. Sie lehnte sich gegen das Türblatt und holte Luft. Sie war verrückt. Bestimmt hatte sie sich das nur eingebildet. Gespenster existierten nicht und schon gar keine, die aussahen wie einem erotischen Liebesroman entsprungen.

Ella kaute auf ihrer Unterlippe herum. Aber sie hatte ihn gesehen, mit ihm gesprochen und ihm sogar Kaffee und Essen angeboten. Sie hatte seine Tasse hinterher abgespült. Sie schüttelte den Kopf. Nachdem er sie bei Sofies Besuch derart in Verlegenheit gebracht hatte, blieb er verschwunden. Das war vor zwei Tagen gewesen. Vielleicht kehrte er nicht mehr zurück?

Sie schlüpfte aus dem Bademantel und zog ein Spitzenhöschen an. Ihr Herz schlug so heftig, dass sie es bis hinauf zum Kehlkopf spürte. Sie streifte den passenden BH über und der Pulsschlag vibrierte in ihren Wangenknochen.

Was ihr attraktiver Hausgeist wohl denken würde, wenn er sie so sah? Er hatte sie ja schon in ihrem albernen Bärchen-Schlafshirt mit Blicken verschlungen.

Unwillkürlich wurde ihr heiß. Sie stöhnte frustriert. Natürlich reagierte sie bei der Erinnerung an Marcus Wyndham, oder war Stapleton korrekt? Egal, wie er richtig angesprochen wurde, der Mann war höllisch sexy. Und er raubte ihr den Verstand in mehrerlei Hinsicht. Ella riss ihr T-Shirt vom Bett und streifte es über. Sie zupfte den Carmen-Ausschnitt des ansonsten züchtigen Oberteils zurecht und stieg in die Stretchjeans.

Dann ging sie zum bodentiefen Fenster und öffnete es. Die Abendluft wehte herein. Obwohl die Sonne den ganzen Tag geschienen hatte und auch jetzt noch zwischen den Wolken hervorblitzte, war es kühl. Ella schloss das Glasfenster und kehrte in den Raum zurück. Sie holte halterlose Strümpfe aus der obersten Schublade der Kommode, schlüpfte wieder aus den Jeans und zog sich die Nylonstrümpfe über. Sie fror leicht, hasste aber Strumpfhosen, eine Eigenart, für die sie jeder einzelne Ex-Freund geliebt hatte.

Sie ging in das Erdgeschoss hinunter, um dort in ihre Schuhe zu steigen. Dann griff sie sich die Handtasche und verließ das Haus. Sie hatte sich mit Sofie im hiesigen Pub verabredet und freute sich bereits auf einen unterhaltsamen Abend.

Wenig später betrat sie das gemütliche `The Porter's Inn´.

Die Decken erwiesen sich als niedrig und von schwarzen Balken durchzogen, die als Stützpfeiler die Weite des Raumes unterbrachen und zugleich mit Kleiderhaken für die Gäste versehen waren. An den Außenseiten war eine durchgehende Sitzbank angebracht, vor der mehrere, eckige Tische standen.

An einem Platz in der Raummitte wartete Sofie auf sie. Als sie Ella entdeckte, winkte sie ihr zu. Ella setzte sich zu ihr.

„Wie schmeckt‘s?“ Sie sah auf den Teller. Dort lag eine Pastete, die Sofie bereits zur Hälfte verzehrt hatte. Braune Soße quoll hervor und einige Fleischbrocken kullerten heraus, als sie in den Teigmantel pikste. Der würzige Geruch stieg Ella in die Nase und weckte ihren Appetit, obwohl sie eigentlich satt war.

„Lecker! Magst du auch was?“ Sofie sprach mit halb vollem Mund, den sie während des Redens dezent hinter der Hand verbarg.

Ella verneinte. „Ich hole mir zu trinken. Soll ich dir etwas mitbringen?“

„Warte, Artie kommt bestimmt gleich, er hat dich hereinkommen sehen.“

„Du hast die Feinheiten des englischen Pubbesuchs noch nicht durchschaut, was? Es ist üblich, dass man sich die Getränke selbst holt und sofort bezahlt.“

Sofie lachte. „Ach herrje, deswegen gibt es in England so viele schlecht gelaunte Barkeeper. Die halten mich für einen ungebildeten Kretin."

Ella grinste. „Nein, für eine Kraut." Sie stand auf und kam kurz darauf mit einem Lagerbier für sie beide zurück.

„Hey, ich stamme aus Bayern. Eine echte Bayerin trinkt nur Bier aus der Heimat", flachste Sofie.

„Probier es. Du wirst überrascht sein, sogar Ausländer sind in der Lage, schmackhaftes Hopfengebräu herzustellen", ging Ella auf den lockeren Umgangston ein. Sie prosteten sich zu.

Schnell stellten sie fest, dass sie einige Bekannte in der Buchbranche teilten und unterhielten sich bestens, bis Steven Stapleton unvermutet an ihrem Tisch auftauchte.

„Darf ich den Damen einen Drink spendieren?" In seinen Händen hielt er zwei Cocktailschalen.

„Wie liebenswürdig!" Sofie nahm ein Glas entgegen und so blieb Ella nichts anderes übrig, als jenes für sie ebenfalls anzunehmen.

Sofie prostete ihr und Steven zu. „Wir sind uns bisher noch nicht begegnet, oder?"

Steven verneinte lächelnd. „Zu meinem Bedauern nicht. Ich bin Steven Andrew Stapleton III, Viscount Wyndham. Und mit wem habe ich das Vergnügen?"

„Sofie Arendt, die Erste." Sie unterdrückte einen Schluckauf. „Ihnen gehört dann das Herrenhaus am anderen Ende des Dorfes?"

Er neigte den Kopf, offenbar ganz auf Sofie konzentriert, doch Ella entging nicht, dass sein Blick immer wieder prüfend zu ihr wechselte.

„Ich bin Fotografin und sammle Bilder, Eindrücke und so weiter für einen Bildband, der südenglische Herrensitze in Szene setzt. Dürfte ich Sie zu diesem Zweck einmal besuchen?"

Steven schien einen Moment lang zu überlegen. Dann zog er eine Visitenkarte aus der Brusttasche. „Rufen Sie mich an, wir werden einen Termin vereinbaren."

Sie strahlte über das ganze Gesicht, wobei Ella argwöhnte, dass die Hälfte des Strahlens auf das Konto von Onkel Promille ging. „Sehr gerne."

Steven nickte erst Sofie, dann Ella zu und verschwand in der Menge der Pub-Gäste.

„Schmieriger Typ“, beschied Sofie.

Ella sah mit einer Mischung aus Missbilligung und Humor zu ihrer neu gewonnenen Freundin.

„Ehrlich, das ist ein Blender. So was erkenne ich auf den ersten Blick.“

„Mag sein.“ Ella zuckte mit den Achseln.

Sofie blinzelte. „Moment mal. Stapleton? Das ist der Typ, der dein Cottage kaufen will?“

Ella nickte und Sofie zog die Schultern hoch. „Dem würde ich nicht mal 'nen Lutscher verkaufen.“ Sie gähnte verstohlen und sah auf die Uhr. „Ich wollte morgen ein paar Fotos schießen und muss früh raus. Bist du böse, wenn ich mich verziehe?“

„Um Himmels willen, geh ruhig. Ich trinke mein Bier aus und mache mich auf den Heimweg.“ Ella wedelte mit der Hand.

Sie stand wacklig auf. „Also, es ist wirklich in Ordnung?“

Ella nickte. „Selbstverständlich.“ Sie sah Sofie nach, die mit leichtem Seegang aus dem Gastraum wankte.

Nachdem sie ihr Glas geleert hatte, erhob sie sich und stieß mit Beth und Will Payton zusammen.

„Wie geht es Ihnen, meine Liebe?“ Beth berührte ihren Arm vertraulich.

„Danke, gut und selbst?“

„Hervorragend, wir dachten uns, wir kommen heute Abend auf ein Pint hierher“, erklärte Beth munter. „Ein wirklich glücklicher Zufall, dass wir uns hier treffen“, wechselte sie das Thema. „Meine Freundinnen und ich verabreden uns einmal in der Woche zu einem Wellness-Tag. Hätten Sie nicht Lust, auch zu kommen?“

Ella zögerte.

„Ganz zwanglos“, versprach Beth.

„Ja, warum nicht? Das macht bestimmt Spaß.“ Sie griff nach ihrer Tasche.

„Schön.“ Beth war sichtlich in Plauderlaune und so gelang es Ella erst nach einem kurzen Small Talk mit den Paytons sich loszureißen und den Pub zu verlassen.

Beschwingt lief sie nach Rose Cottage zurück. Die Dunkelheit umhüllte sie mit samtiger Schwere und trug den Geruch von süßem Gras und üppigem Ginster heran. Irgendwo blökte ein Schaf und ein Uhu antwortete. Aus der Richtung des Pubs hörte man Türenschlagen, trunkenes Gelächter und Schritte. Dann verklangen die Laute in der Nacht.

Als Ella die Einfahrt zu ihrem ererbten Haus hochging, klopfte ihr Herz aufgeregt. Sie freute sich, wieder daheim zu sein. Tief im Innersten wusste sie, dass sie für immer bleiben wollte.

Eine Stunde später lag sie im Bett. Die Daunendecke und die fluffige Matratze sorgten dafür, dass sie sich fühlte, als schwebte sie inmitten üppiger Wolken.

Der Abend war schön gewesen. Bis auf die Minuten, die Steven Stapleton sich zu ihr und Sofie gesellt hatte. Der Mann hatte etwas an sich, das ihr Schauder über den Rücken jagte.

Sie drehte sich um und starrte an die Decke.

Plötzlich hatte sie den Eindruck, nicht mehr allein zu sein. Und an der Art, wie ihr Hitzewellen über die Haut glitten, argwöhnte sie, dass der Gast einen Meter achtzig groß, breitschultrig, gutaussehend und ein bisschen tot war.

Sie knirschte mit den Zähnen. „Marcus? Das seid Ihr, oder? Zeigen Sie … zeigt Euch!“

Es blieb still. Weder regte sich ein Lüftchen, noch stieg Ella sein Duft in die Nase, dennoch war sie überzeugt davon, dass er sie beobachtete.

Sie setzte sich auf, zog die Decke bis über die Brust und starrte in die Dunkelheit, als könnte sie durch Willenskraft ihren lästigen Hausgast aus der Reserve locken.

Schließlich gab sie auf.

„Verschwindet. Ich bin müde und will schlafen. Wenn ich wegen Euch an Erschöpfung sterbe, werde ich als Poltergeist hierbleiben und Euch bis in alle Ewigkeit piesacken!“ Wütend rollte sie sich unter der Decke zusammen.

Irgendwie wusste sie, dass sie nun wirklich allein war. Mit dem wohligen Gedanken, einen Sieg errungen zu haben – so klein dieser auch sein mochte – schlief sie ein.

Es war kurz vor dem Morgengrauen, als Ella von abscheulichem Schreien und Heulen und Brabbeln geweckt wurde. Die Plötzlichkeit, mit der der Lärm in der Stille explodierte, ließ sie aus dem Bett springen. Ihr Herz raste panisch und der Schreck verursachte ihr Schwindelgefühle. Eine Weile kämpfte sie dagegen an, rang um die Kontrolle ihrer Knie und eilte erst dann hinunter. Wie immer verstummte der infernalische Krach, kaum dass sie die letzte Stufe erreicht hatte. Erschöpft schleppte sie sich wieder nach oben.

Die Türklinke in der Hand hielt sie inne. Wieso ließ sie sich das gefallen?

Sollte dieser Möchtegern-Hausgeist herumspuken, wo er wollte, aber nicht hier. Jetzt war es Zeit für die wirklich schweren Geschütze.

„Marcus!", rief sie in die Stille des Hauses. „Kommt heraus, ich weiß, dass Ihr da seid. Ihr habt Euch lange genug auf meine Kosten die Langeweile vertrieben. Hört damit auf!" Es blieb ruhig.

Wieder einmal zeigte er sich nicht. Dieser Feigling! Erbost trat sie gegen die Tür und Schmerz durchzuckte ihren Fuß.

Wehrlose Frauen aus dem Hinterhalt erschrecken, das konnte er. Die direkte Konfrontation scheute er und die Konsequenzen zu tragen, vermied er ebenso. Die Wut schoss wie eine explosionsartige Entladung durch ihr Hirn. Wäre es möglich gewesen, wäre ihr Dampf aus den Ohren gestiegen. Er hatte es eindeutig übertrieben.

Da sie ohnehin zu aufgewühlt war, um zu schlafen, nahm sie ihr Notebook, verkrümelte sich zurück ins körperwarme Bett und durchforstete das Internet.

Als sie die Vielzahl der Einträge ansah, stellte sie fest, dass es mehr Geisterjäger und Exorzisten in Großbritannien gab als Kammerjäger.

Aus zusammengekniffenen Augen klickte sie die vielversprechendsten Kandidaten an und schrieb allen eine Mail. Triumphierend schloss sie anschließend die Klappe, legte das Notebook auf den Nachttisch und kuschelte sich in die Kissen.

„Jetzt wollen wir doch mal sehen, ob mit dem Theater nicht bald Schluss ist." Ärger pochte in ihren Schläfen und hielt sie hellwach. In Kürze würde sie herausfinden, wer hier am längeren Hebel saß! Noch nie hatte sie sich ins Bockshorn jagen lassen und schon gar nicht von einem Geist, was für die meisten vernunftbegabten Menschen ohnehin nur Humbug war! Sie würde diesen Geister-Heini aus ihrem Zuhause vertreiben. Sie gähnte. Ganz bestimmt hätte sie die Angelegenheit in Windeseile geregelt.

Die Wärme der Decke kroch in ihre Glieder und ihre Gedanken wurden schwerfälliger, zerflossen und verloren sich...

Sie erwachte, als ein Sonnenstrahl ihre Nase kitzelte. Sie nieste und das Erste, das sie sah, war eine weiße Blüte, die auf dem Notebook lag. Erstaunt griff sie danach und schnupperte. Sie kannte den Namen der Blume nur, weil diese ein beliebtes Motiv für Keilrahmen war.

Eine Calla. Sie legte sie zurück.

Es gab nur ein Wesen, das hier auftauchte und verschwand, wie es ihm gefiel.

Ob dies als Friedensangebot zu verstehen war?

Das Brummen eines Automotors riss sie aus den Gedanken. Ein Blick auf die Armbanduhr zeigte, dass es bereits fast Mittag war.

Erschrocken sprang Ella aus den Federn und lief ans Fenster, um zu sehen, wer ihr die Aufwartung machen wollte. Sie erkannte Steven Stapletons schwarzen Jeep. Wütend über die Störung, schlüpfte sie in ihre Jeans und zog sich ein T-Shirt über, als es klingelte.

Die Treppe hinunterpolternd, rutschte sie auf der letzten Stufe aus und kam unsanft auf dem Hinterteil auf.

Sie fluchte ungeniert. „Bin gleich da“, schrie sie, während sie sich an einer der Geländersprossen hochzog. Sie rieb sich die schmerzende Stelle, humpelte zur Eingangstür, holte Luft und öffnete.

„Was wollen Sie denn schon wieder hier?“ Ihre Hüfte stach gemein und sandte pochende Schmerzen in ihr linkes Bein. Und jetzt nervte sie zu allem Überfluss der unsympathische Viscount.

Steven schenkte ihr ein dünnes Lächeln. „Können Sie sich das nicht denken?“

Ella seufzte. „Hören Sie, ich bin noch unschlüssig und mache Urlaub. Ich bleibe mindestens zwei weitere Wochen hier, bis dahin werde ich wissen, was ich tun möchte.“ Sie verschränkte die Arme. „Warum haben Sie nicht ein wenig Geduld?“

Steven kniff seine Augen zusammen. „Je länger Sie die Entscheidung hinauszögern, umso weiter sinkt der Kaufpreis, den ich zu zahlen bereit bin.“

„Wollen Sie mich erpressen und dazu bringen, überstürzt zu verkaufen?“ Sie funkelte den Mann an. „Lassen Sie sich gesagt sein, dass ich immer weniger Lust habe, mich überhaupt von dem Cottage zu trennen.“

Sie kehrte ins Haus zurück und ließ die Tür knallen. Wütend stapfte sie in die Küche. Der Appetit war ihr nach dieser unerfreulichen Begegnung gründlich vergangen, so kochte sie sich einen Kaffee und ging auf die Terrasse hinaus.

Als sie sich setzte, schmerzte die Hüfte immer noch. Sie stöhnte leise und trank einen Schluck des köstlich bitteren Heißgetränks. Als sie auf der Treppe ausgerutscht war, hatte sie geglaubt, ein entsetztes Raunen zu vernehmen. Und dann war da für einen Augenblick diese Kälte gewesen, die sie mit dem Plagegeist in Verbindung brachte.

Sie holte ihr Notizbuch und begann einige Vorplanungen für die nächsten Tage und Wochen aufzuschreiben. Nur einmal stand sie auf, um sich ein paar Brote zu schmieren, die sie neben ihren Schreibarbeiten verspeiste und ein weiteres Mal, um sich frischen Kaffee zu holen. Die Zeit flog nur so dahin und plötzlich war es Abend. Sie schob Stift und Journal beiseite und lehnte sich zurück.

Irgendwie hatte sie immer noch das Gefühl, dass ihr unwillkommener Hausgeist in der Nähe war. Sie spürte seine Besorgnis. Wieso sollte er unruhig sein? Und warum in alles in der Welt konnte sie das wahrnehmen?

Sie trank einen Schluck und rückte den Holzstuhl zurecht, sodass sie einen Ausblick auf den Garten und das Gewächshaus hatte und gleichzeitig die Einfahrt im Auge behielt. Von Steven Stapelton hatte sie die nächste Zeit wirklich genug. Von ihr aus konnte er von einem Vulkan verschluckt werden. Der Mann war und blieb ihr unheimlich. Auf jeden Fall brauchte sie ihn nur zu sehen und ihr standen sämtliche Haare zu Berge.

Ella wischte sich mit dem Ärmel über die Augen. Langsam wurde es ihr doch zu viel. Stevens Drängen, der nächtliche Spuk, Marcus’ Erscheinen.

Die Emotionen überrollten sie plötzlich und mit einer Heftigkeit, gegen die sie nicht ankam, so sehr sie es versuchte. Für gewöhnlich ließ sie ihren tiefsten Gefühlen niemals freien Lauf. Sie begrub sie stets im Innersten und vergaß sie dort. Doch genau dieses Unterdrücken funktionierte mit einem Mal nicht mehr. Alles war zu viel und zu intensiv und zu verrückt. Sie barg ihr Gesicht in den Händen und kämpfte gegen den Aufruhr, der sie packte.

Und plötzlich war er da. Starke Arme umschlangen sie und zogen sie an seine breite, muskulöse Brust. „Schhh, es ist alles gut. Niemand wird dir etwas tun, solange ich da bin."

Sie versteifte sich für einen Moment, dann gab sie der Sehnsucht nach und drückte sich an Marcus' Körper. Der Stoff des Uniformhemdes war kratzig und sein Geruch erinnerte an Seife und Leder. Er strich über ihren Rücken und wiegte sie in den Armen. Es fühlte sich so echt, so warm und selbstverständlich an. Sie konnte sich gehen lassen und fand Trost und Geborgenheit bei einem Menschen, etwas, dass sie seit Ewigkeiten vermisst hatte. Die Steine, die sie um ihre Seele errichtet hatte, bröckelten. Sie musste nicht mehr stark sein und den Anschein wahren, weder für sich selbst, noch für andere und am wenigsten vor Marcus. Sein Atem wehte sacht über ihren Scheitel und sie vergrub ihr Gesicht an seinem Hals.

„Du hast nichts zu befürchten, Belladonna. Ich bin bei dir."

Sie umklammerte ihn fester und Marcus hob sie hoch, als sei sie kaum schwerer als eine Feder. Vorsichtig trug er sie ins Wohnzimmer, setzte sich auf die Chaiselongue und ließ sie sanft auf den Schoß sinken. Sie schmiegte sich an seinen muskulösen Körper und ignorierte das sehnsüchtige Ziehen in der Brust.

Erst als Ella langsam die Fassung zurückgewann, wurde ihr die Situation bewusst. Sie klammerte sich an ihren lästigen Hausgeist, der sie in eine unmögliche Lage gebracht hatte, als Sofie da war. Der sie bisher bei jeder sich bietenden Gelegenheit gereizt hatte, so dass ihr die sprichwörtlichen Pferde durchgingen. Doch als sie jemanden brauchte, war er es, der kam, sie umarmte, ihr die Schulter zum Ausweinen bot und sie tröstete.

Er streichelte über ihr Haar und den Rücken, auch als er merken musste, dass sie sich beruhigt hatte. „Meine Schöne, ich bin für dich da. Du stehst unter meinem Schutz", murmelte er an ihrer Schläfe. Sein Atem strich über ihre Haut, warm und überaus lebendig.

Ella zitterte. Niemand hatte je Ähnliches zu ihr gesagt. Keiner hielt sie für schutzbedürftig. Sie hatte auch stets darauf Wert gelegt, selbstständig und tough zu sein. Eine erfolgreiche Singlefrau, die wusste was, wann und wie sie die Dinge wollte. Aber jetzt reichte ein kurzer Moment der Schwäche und sie wurde sich überdeutlich bewusst, dass sie sehr wohl eine anschmiegsame, weibliche Seite hatte, eine, die nur zu gern an einer breiten Männerbrust lehnte.

Verwirrt schmiegte sie sich an Marcus, genoss die Stärke und Wärme seiner Nähe und entschied trotzdem, dass es an der Zeit war, die innige Umarmung zu beenden.

Sie wischte sich die Tränen aus dem Gesicht, ehe sie von ihm abrückte.

„Warum hast du das getan?“ Wie selbstverständlich wechselte sie ebenfalls ins vertrauliche Du. Ella fielen dunkelblaue Flecken in seinen Augen auf, das Grübchen in der Mitte des eckigen Kinns. *Sexy*, dachte sie und blinzelte, um wieder klar zu denken. Tief in ihrem Bauch kribbelte es, wenn er sie so fixierte und dort, wo er sie berührte, brannte die Haut von der erotischen Hitze, die er auslöste.

Er legte den Kopf schief und musterte sie fragend. „Was getan?“ Die Stimme klang perfekt, heiser und doch samtig. Sie unterstützte die hypnotische Wirkung seiner Augen.

„Mich trösten.“

„Du warst verzweifelt und es ist niemand bei dir, der dich umsorgt. Es erschien mir angebracht.“ Er griff nach ihrer Hand und löste allein damit einen Funkenregen in ihrem Inneren aus. „Was hat dich so beunruhigt?“

Ella schwieg einen Moment. „Alles.“

„Was bedeutet alles? Ich? Dieser seltsame Bursche, der sich hier ständig herumtreibt und dir Rose Cottage abkaufen will?“

Sie seufzte von Herzen kommend.

„Ich liege richtig mit meiner Annahme.“ Marcus’ schlichte Feststellung trieb ihr Tränen in die Augen.

„Ja.“

Er drückte ihre Hand. „Solange ich da bin, wird dir niemand ein Leid zufügen und den Spuk brauchst du ebenso wenig zu fürchten.“

Die Ernsthaftigkeit in diesen Worten ließ keinen Widerspruch zu, obwohl ihr auf der Zunge lag zu fragen, wie er das bewerkstelligen wolle. Schließlich war er ein Geist, den anscheinend nur sie sah, hörte und spürte. Und sein Herumspuken hatte er bisher weder vermieden noch reduziert. Aber vielleicht war das soeben das Versprechen, damit Schluss zu machen. Eine Absicht, die ihr entgegenkam. Sie entwand sich seinem Griff. Marcus wirkte enttäuscht, als sie den Körperkontakt unterbrach.

„Warum kann ich dich berühren? Sollten Geister nicht durchscheinend und ätherisch sein?“

Er verschränkte die Hände hinter dem Rücken. „Es muss an dir liegen, niemals zuvor haben mich Lebende wahrgenommen, wenn es meinem Willen zuwiderlief.“

„Und als du hier umhergespukt bist, da wolltest du gesehen werden?“

„Ein bewährter Weg, das Haus für sich allein zu haben“, sagte er leichthin.

„Und was war mit Tante Edith? Sie hat dein Theater nicht beeindruckt.“

Er hob den Kopf und blickte Richtung Küche. „Sag, könnte ich etwas zu essen bekommen?“

Es war ein Ablenkungsmanöver, das merkte Ella sofort, dennoch ging sie darauf ein.

„Im Ernst? Seit wann sind Geister hungrig? Nun ja, von Hui Buh abgesehen.“

„Wer ist Hui Buh? Ich glaube nicht, dass man mich mit diesem Geschöpf bekannt gemacht hat.“ Jetzt wirkte er wieder ein wenig steif, überheblich, kurz, von Kopf bis Fuß aristokratisch. Und Ella fühlte sich bedeutend wohler. Mit einem förmlichen Viscount Wyndham konnte sie besser umgehen. Der fürsorglich-beschützende Marcus ging ihr eindeutig zu sehr unter die Haut.

Lächelnd erhob sie sich. „Nun ja, vielleicht hast du dann Bekanntschaft mit Beetlejuice oder Caspar geschlossen?“

„Wieso habe ich das Gefühl, dass du mich zum Besten hältst?“ Er lächelte und Ellas Herz galoppierte, weil sein Strahlen wildes Herzklopfen in ihr auslöste.

Verwirrt eilte sie in die Küche. „Ich kann dir belegte Brote anbieten.“

„Mit Fleisch?“

Er folgte ihr und sah zu, wie sie den Kühlschrank öffnete. „Dieses Zeitalter ist voller technischer Wunder“, sagte er staunend.

Ella warf ihm einen kurzen Blick zu. „Wenn dich Küchengeräte schon beeindrucken, solltest du erst mal den ganzen Rest sehen.“

Marcus trat hinter sie. Sie strich Butter auf Sodabread, belegte die Brotscheiben mit Schinken und Salami und das Schinkenbrot zusätzlich mit Käse und Tomate. Als Letztes legte sie Mixed Pickles obenauf. Mit jeder Sekunde wurde ihr deutlicher bewusst, wie nahe er ihr war. Seine Gegenwart ließ Millionen und Abermillionen Schmetterlinge durch ihren Bauch flattern. Sie räusperte sich und versuchte, die Aufregung niederzuringen. Erfolglos.

Sie drehte sich um und stellte fest, dass sich ihre Nasenspitze an Marcus´ Kehle wiederfand. Silberblaue Lichtflecken tanzten in seinen Augen und sein Körper strahlte Wärme und Lebendigkeit aus. Sie schluckte und verspürte das unbändige Verlangen, er möge sie küssen. Und zugleich wünschte sie sich weit fort von ihm und den verwirrenden Gefühlen, die er auslöste.

Er legte zwei Finger unter ihr Kinn und hob es an. Dann senkte er den Kopf und küsste sie sanft. Es war nur ein sachtes Berühren ihrer Lippen, und doch erregte es Ella mehr als der verführerischste Zungenkuss. Sie seufzte bedauernd, als er seinen Mund von ihr löste und sich mit einem feinen Lächeln an den Küchentisch setzte.

Da er sich so gab, als sei der Kuss nie passiert, tat sie es ihm gleich. Sie stellte den Teller vor ihn und holte eine Flasche Bier aus dem Kühlschrank.

„Magst du Bier?“

Er nickte und sie füllte zwei Gläser.

Ella lehnte sich auf ihrem Stuhl zurück, trank einen Schluck und sah Marcus an. Er kaute bedächtig und genussvoll. Es war faszinierend ihn dabei zu beobachten.

„Schmeckt es?“

„Köstlich“, versicherte er. „Das Brot ist das Beste, das ich je gegessen habe.“ Er betupfte seine Lippen mit der Serviette, die sie ihm hingelegt hatte. Die Geste wirkte zierlich und eigentlich hätte es an einem so virilen Mann wie Marcus lächerlich aussehen müssen. Doch das tat es nicht. Im Gegenteil, es löste in ihr den Wunsch aus, von ihm ebenso berührt zu werden.

„Ich hatte schon befürchtet, du würdest mir Vogelkörner und Früchte vorsetzen."

„Was?" Ella überlegte einen Moment. „Ach so!" Sie lachte. „Mein Frühstück. Das nennt man Müsli und ist sehr gesund. Ich esse das jeden Morgen. Aber du kannst natürlich andere Sachen bekommen."

„Ich bin mit allem einverstanden, solange ich nur kein Vo… Musli zu mir nehmen muss."

„Müsli", verbesserte ihn Ella. „Woher kannst du so gut deutsch?"

„Die Mutter meiner Mutter stammte aus Deutschland und meine Nurse war ebenfalls eine Deutsche. Sie hat es uns beigebracht."

„Bist du als Offizier tatsächlich in Deutschland gewesen?"

Marcus legte das Besteck an den Tellerrand. Ella konnte sich des Gefühls nicht erwehren, dass sich ein Schatten über sein Gesicht gelegt hatte, obwohl er sie mit hochgezogenen Mundwinkeln betrachtete.

„Ich wollte die Heimat meiner Großmutter kennenlernen. Meine Vorgesetzten dachten, ich gäbe einen fabelhaften Spion ab."

„Und? Warst du einer?"

Marcus wirkte süffisant. „Ich klang damals nicht anders als heute. Zu britisch. Sie konnten mich nur als Verbindungsoffizier einsetzen."

Ella gähnte.

„Du bist müde, du solltest dich zur Ruhe begeben."

„Und du? Willst du schlafen gehen?", konterte sie.

„Ist das eine Einladung, in dein Bett zu kommen?" Seine Lippen zuckten amüsiert, doch er musterte sie hungrig.

Hitze stieg in ihr auf und ihr Magen zog sich sehnsüchtig zusammen. Doch sie schüttelte ungehalten den Kopf. „Keinesfalls." Brüsk erhob sie sich.

Marcus stand ebenfalls auf.

„Verzeih, ich wollte dich nicht beleidigen, aber ich kann einfach nicht anders. Du siehst so überaus reizend aus, wenn du dich über mich ärgerst." Er ging zu ihr und ergriff ihre Finger.

„Deine Augen funkeln dann wie Brillanten und deine Wangen gleichen den Blüten einer Rose.“ Er hob ihre Hand und hauchte einen Kuss darauf.

„Oh, du Süßholzraspler.“ Sie entzog sich ihm. „Du kannst in Erins Zimmer schlafen. Oben linke Tür.“

Damit verließ sie ihn. Dass es wie eine Flucht wirkte, kam Ella erst in den Sinn, als sie aus dem Bad über den Flur in ihr Schlafzimmer schlüpfte. Sie hatte gehört, wie er die Stufen hinaufgelaufen kam, und dann vernommen, wie eine Tür leise ins Schloss fiel. Kurz fragte sie sich, ob er vielleicht wieder zu der körperlosen Nebelgestalt geworden war. Alles andere wäre verrückt.

So verrückt wie ein Geist, der durchs Haus spukt, spottete ihr Verstand. Sie schlüpfte zwischen die Decken und überlegte, ob sie die Stuhllehne unter die Klinke schieben sollte. Den Gedanken verwarf sie sofort wieder, weil ihr dies einen geisterhaften Marcus nicht von der Pelle hielt, sie aber im Gegenzug an einer Flucht hindern würde. Also kuschelte sie sich an die Kissen und ließ sich von Müdigkeit und Wärme in den Schlaf tragen.

Ella erwachte früher als sonst. Sie rekelte sich und starrte an die Decke. Was für ein seltsamer Abend. Sie hatte mit ihrem Hausgeist geredet und ihm belegte Brote gereicht. Oder hatte sie das geträumt?

Sie wälzte sich aus dem Bett, tappte ins Badezimmer und erstarrte. Unter der Dusche stand Marcus. Sein Haar klebte in nassen Strähnen am Rücken und die Haut glänzte. Der Oberkörper bildete ein V, das Wasser rann darüber, zog nassglänzende Rinnsale, lief weiter über die muskulösen Beine und tropfte auf den Boden. Er stellte den Hahn ab, drehte sich um und griff nach dem Badetuch.

Erst jetzt bemerkte er Ella und hielt inne. Er wandte den Kopf um und sah sie mit einem träge-verführerischen Blick an. Langsam stieg er aus der Dusche. Das Haar, durch die Nässe glänzend wie Seide, lag eng an, was seine Gesichtszüge dominieren ließ. Oberhalb der braunen Augenbrauen wölbte sich eine breite Stirn, und die Augen, rund und leuchtend wie der Tropenhimmel, strahlten erfreut, als er Ella erkannte. Die gerade Nase, wie ersonnen von einer Liebesromanautorin, erhob sich über den sinnlich-vollen Lippen. Er lächelte und auf seinem markanten Kinn erschien ein Grübchen.

Ella zwang sich, die Augen nicht nach unten wandern zu lassen. Stattdessen fixierte sie sein Gesicht. Die Schmetterlinge in ihrem Bauch tanzten Boogie und in ihrem Kopf herrschte Funkstille. Überraschung und Faszination hatten die Leitung von Gehirn zu Körper gekappt und ließen sie wie ein erstarrtes Kaninchen innehalten.

„Ella“, schnurrte er. Vorsichtig kam er näher. Wassertropfen glitzerten in seinem Gesicht, auf dem Hals, der Brust und Ella verspürte das unwiderstehliche Verlangen, zu ihm zu gehen und jeden einzelnen Tropfen aufzulecken.

Er streckte die Hand nach ihr aus und das brach den Bann.

„Entschuldigung“, presste sie hervor und verließ das Bad, so schnell sie konnte.

Sie flüchtete in die Küche. Dort stellte sie eine Pfanne auf den Herd und holte Butter und Eier aus dem Kühlschrank. Spiegeleier würden Marcus bestimmt schmecken, überlegte sie, fast ein wenig panisch, nur um die Szene aus dem Badezimmer aus der Erinnerung zu verscheuchen. Sie beschäftigte Hände und Geist mit der Zubereitung eines Frühstücks.

Nur nicht nachdenken!

Sie wollte die vollen Lippen, die strahlend blauen Augen und seinen Geruch vergessen. Und weder über die goldbraune Haut, die festen Muskeln noch die schlanken Finger grübeln.

Zitternd deckte sie den Tisch. Was machte sie nur so nervös? Marcus hatte ihr durch seine Blicke und Gesten zu verstehen gegeben, dass er sie ebenfalls begehrte. Und sie war eine moderne Frau, die kein Problem damit haben sollte, sich mit einem attraktiven Mann auf der Matratze zu vergnügen, wenn ihr der Sinn danach stand.

Und genau das war die Schwierigkeit. Attraktivität und Begehren reichten ihr nicht. Sie sehnte sich nach mehr. Und davon ausgehend, dass sie noch ihren Verstand besaß, wäre er der Letzte, der ihr geben konnte, was sie sich wünschte.

Sie hörte das Öffnen der Badezimmertür und dann allzu irdisch klingende Schritte auf den Stufen. Mit einem Räuspern zupfte sie an ihren Kleidern und holte sich eine Porzellantasse aus dem Regal.

Marcus betrat die Küche, als Ella Kaffee einschenkte. Sie war erleichtert, dass ihre Hände dabei nicht bebten. Vor allem, weil ihr Herz einen kleinen Freudenhüpfer machte, als sie ihn erblickte. Sie nahm die Pfanne vom Herd und ließ die Spiegeleier auf einen Teller gleiten.

Marcus setzte sich und sie stellte das Essen vor ihn hin.

„Ich dachte, du würdest cholesterinhaltige Kost meinem Müsli vorziehen."

Er lächelte. „Eier sind hervorragend. Danke."

Sie erwiderte die Geste. „Wir werden demnächst über die neuesten Ergebnisse gesunder Ernährung reden müssen. Dieses Cholesterin verstopft deine Adern und bringt dich über kurz oder lang um." Marcus starrte sie nur schweigend an. Sie lachte, als ihr aufging, mit wem sie redete.

Er musterte sie mit einer Mischung aus Faszination und Begehren. „Du solltest viel öfter lachen. Du strahlst dabei regelrecht von innen heraus."

Überdeutlich wurde ihr wieder die erotische Spannung bewusst, die im Raum lag. Ella schluckte. Ihr wurde heiß, ihr wurde kalt und es fiel ihr schwer, sich zu konzentrieren. Am liebsten wäre sie zu ihm gegangen, hätte sich an ihn geschmiegt und ihn geküsst. Sie wollte ihre Finger durch das üppige Haar gleiten lassen und seine Hände auf dem Körper spüren. Sie räusperte sich und wandte sich ab, um den Salz- und Pfefferstreuer an den Tisch zu holen.

„Ich verstehe die Frauen dieser Zeit nicht. Sie beanspruchen das Recht, sich die Freiheiten der Männer zu nehmen, wollen aber als Frauen wahrgenommen und behandelt werden. Ein Widerspruch, stimmst du mir nicht zu?"

Sie runzelte die Stirn und musterte ihn misstrauisch, während er gelassen seine Kaffeetasse an die Lippen hob. „Nein, tue ich nicht", erklärte sie langsam. „Es ist eine irrsinnige Annahme, dass ein Mensch mehr wert ist, nur weil dessen primäre Geschlechtsteile zwischen den Beinen baumeln."

Marcus gab ein seltsames Geräusch von sich und Ella sah, dass er rot anlief, offenbar hatte er sich verschluckt. Hilfreich eilte sie an seine Seite und klopfte ihm auf den Rücken.

„Du besitzt wahrhaft ein Talent dafür, deine Umwelt zu schockieren."

„Nur wenn diese `Umwelt´ ein untotes Fossil aus dem puritanischen England ist."

„So alt bin ich nun auch wieder nicht!", widersprach er entrüstet.

„Und obendrein eitel!", stichelte sie daraufhin. „Bist du jetzt dauerhaft körperlich anwesend oder nur eine bestimmte Zeit lang?"

Angelegentlich blickte er auf seinen Teller, griff erneut nach der Tasse und trank einen Schluck. „Ich vermag darüber keine Stellungnahme abzugeben, denn es entzieht sich meiner Kenntnis."

Eine Weile fixierten sie sich und Ella hatte nicht den Eindruck, dass er sie beschwindelte. Er war darüber im Unklaren. Ihr wurde bewusst, was das bedeutete: Sie hatte nicht nur einen Hausgeist, sondern auch einen HAUSGAST, für alle außer sie unsichtbar war. Sie brauchte dringend ein wenig Abstand und Zeit, um sich zu sammeln. Während sie fieberhaft die Überlegungen sondierte, starrte sie auf seine Kleidung.

Ein Geistesblitz schoss ihr durch den Kopf. Zwar hatte sie nicht vorgehabt, so bald schon wieder nach Maidenly Head zu fahren, aber jetzt kam ihr eine Shoppingtour genau recht.

„Ich werde zum Einkaufen fahren müssen." Sie hielt das für eine fantastische Gelegenheit, aus dem Haus und vor Marcus zu fliehen. Er wirkte enttäuscht. „Wie schade." Geziert steckte er sich ein Stück Brot in den Mund.

Ella rutschte auf ihrem Stuhl umher. „Ich brauche Lebensmittel und … und ich dachte, ich besorge dir Kleider."

Marcus sah an sich hinunter. „Stimmt etwas nicht mit meiner Garderobe?"

„Doch, nur …" Sie rang mit den Händen, um Worte verlegen. „Vielleicht hättest du gerne Kleidung zum Wechseln."

„Ich bin mittellos, besitze weder Geld noch einen versteckten Schatz." Er zwinkerte Ella zu, aber sie bemerkte sein Unbehagen.

„Darüber zerbrich dir nicht den Kopf. Zum einen bin ich finanziell unabhängig, und zum anderen zählen solche Dinge unter Freunden nicht. Außerdem kosten Kleider heutzutage nur noch einen Bruchteil dessen, was man zu deiner Zeit dafür bezahlen musste."

„Tatsächlich?"

Ella nickte. „Die Kleidung wird heute von Maschinen hergestellt. Damit ist schöne Garderobe nicht mehr nur für Reiche erschwinglich."

„Keine Überfälle auf offener Straße wegen der Stoffe?" In Marcus' Augen lauerte der Schalk.

„Es gibt weder Straßenräuber noch Raubritter", erklärte Ella kichernd.

„Wie traurig …", meinte er amüsiert. „Für die Raubritter."

„Nur kein Mitleid, wenn man den Gerüchten glauben darf, haben sie andere Betätigungsfelder aufgetan." Sie räumte ihr Gedeck auf. „Ich mache mich jetzt fertig und fahre nach Maidenly Head."

„Benutzt du dein Automobil?"

„Ja, natürlich."

„Diese lärmenden rollenden Metallkisten erscheinen mir faszinierende Transportmittel zu sein."

„Ich werde dich einmal mit dem Auto mitnehmen", versprach sie ihm. „Ich mach mich jetzt fertig. Fühl dich hier wie zuhause."

„Ich bewohne diese Mauern deutlich länger als du, eigentlich steht es mir zu, dies dir zu erlauben!"

Da sie nicht sicher war, ob er nur scherzte, schenkte sie ihm einen fragenden Blick, verließ aber die Küche ohne auf eine Antwort zu warten, um nach oben zu gehen.

Wenig später kehrte sie mit einer leichten Strickjacke und der Handtasche über der Schulter in das Erdgeschoss zurück und fand Marcus an der Terrassentür vor, wo er auf den Garten hinaus starrte. Er drehte sich um, als er ihre Anwesenheit spürte.

„Ich bin dann soweit."

Er nickte ihr ein wenig harsch zu. „Ich wünsche dir einen schönen Tag."

„Ich bin nicht lange weg", versprach sie ihm.

Als sie nach draußen ging, folgte er ihr zögernd, blieb aber mit ehrfurchtsvollem Abstand zum Mietauto stehen. Ella stieg in den Vauxhall, startete den Motor und ließ das Fahrerfenster hinunter.

„Bis heute Mittag."

Sie warf aus dem Rückspiegel einen letzten Blick auf Marcus, der ihr traurig hinterher sah. Fast wie ein kleiner Junge, dessen Lieblingsspielzeug weggeräumt worden war.

Sie selbst fühlte Bedauern und Erleichterung zugleich, während sie davonfuhr. Maidenly Head war mit dem Auto innerhalb von dreißig Minuten erreichbar. Der Ort war noch eines dieser typisch englischen Städtchen mit Shops und Boutiquen, Wettbüros und Pubs.

Ella stellte den Mietwagen auf einem kleinen Parkplatz nahe dem Zentrum ab. Als sie ausstieg, sah sie sich erst einmal um. Vor ihr gabelte sich die Strecke in zwei schöne Einkaufsstraßen.

Sie entschied sich für die linke Gasse, dort befand sich die Boutique, in der sie kürzlich eingekauft hatte. Tatsächlich gab es ein paar Häuser weiter einen Herrenausstatter. Die Außenfassade war in dunklem Moosgrün gestrichen und die Lettern des Shopnamen prangten in Gold über Tür und Schaufenster.

Die dargebotenen Kleider machten einen guten Eindruck auf Ella. Wenn sie die Gelegenheit bekam, einen Mann komplett einzukleiden, dann würde er Sachen anziehen, die ihr gefielen.

Ein melodiöses Klingeln begleitete ihr Eintreten.

Sie war die einzige Kundin, denn der Verkäufer kam sofort auf sie zu. Das hellblonde Haar des Mannes war mit Gel aus dem Gesicht gestrichen und seine dünnen Lippen lächelten sie jovial an.

„Ma'am? Kann ich Ihnen behilflich sein?"

Ella sah sich kurz im Laden um, es wurde alles angeboten, was Marcus benötigen würde. Eigentlich war eine Beratung bei ihrem Einkauf unnötig, sie beschloss aber, sich unterstützen zu lassen.

„Das Gepäck meines Bruders ist verloren gegangen, jetzt brauchen wir Kleidung, die ihm die nächsten vierzehn Tage ausreicht."

Der Verkäufer blickte über Ellas Schulter, als versteckte sich besagter Bruder dort.

„Welche Größe hat er denn?"

Ella musterte ihn nachdenklich. „Ich denke, Sie sind ähnlich gebaut wie er."

„Also gut." Der Mann nickte langsam. Ihm schien aufzugehen, dass er kurz vor einem hervorragenden Geschäftsabschluss stand. „Welchen Stil bevorzugt er denn?"

Ella überlegte. „Er bewegt sich gerne, also denke ich, dass er wohl eher Jeans bevorzugen wird."

Der Verkäufer nickte. „T-Shirts oder Hemden?"

„Beides."

Der Mann führte sie an das Regal mit den Jeanshosen.

„Eng oder weit?"

Ella dachte daran, wie Marcus' strammer Po unter einer knackigen Jeans wirken musste und ihr Mund wurde trocken. „Eng", krächzte sie. Dann räusperte sie sich und zwang sich, ihre Fantasie im Zaum zu halten.

Der Verkäufer legte Blue und Black Jeans beiseite. Als Nächstes führte er Ella zu den Oberteilen, wo sie ein paar langärmlige und kurzärmlige Hemden auswählte, ehe sie T-Shirts und für den Fall, dass es kühler wurde, einen cremeweißen Wollpullover aussuchte.

„Socken, Unterwäsche und Schuhe", wies sie den Verkäufer an.

Mit jedem Teil, das auf den Stapel wanderte, wurde der Mann freundlicher, und als Ella ein teures Paar Slipper erstehen wollte, hatte er beinahe Freudentränen in den Augen.

Schwer bepackt verließ sie die Boutique und kehrte zum Wagen zurück. Sie schlug den Kofferraumdeckel zu und überlegte, was er des Weiteren benötigen würde. Ihr Blick verschwamm und ihre Libido ließ Bilder entstehen, die die Beine zu Gelee verwandelten. Sie sah Marcus vor sich, wie er unter der Dusche stand. Schaum perlte über seine prächtige Rückseite.

Er brauchte Toilettenartikel!

Erleichtert, sich noch eine Weile länger fern ihres Lustobjektes aufzuhalten und die Gefahr hinauszuzögern, sich ihm an den Hals zu werfen, steuerte sie eine Drogerie an.

Dort wanderten Zahnbürste, Duschgel und Shampoo in den Einkaufskorb. Bei den Rasierartikeln zögerte sie. Würde ein Geist Bartwuchs haben? Sie beschloss, wenn er Hunger hatte und aß, dann konnte man auch davon ausgehen.

Achselzuckend lud sie ein, was ihre Ex-Freunde immer benutzt hatten. Als sie bei den Seifen vorbeikam, nahm sie ein Stück mit, das den Namen „Old fashioned Soap – Shakespeare would love it" trug. Sie war nicht sicher, ob Marcus Anstoß an den modernen, flüssigen Toilettenartikeln nehmen würde. Vielleicht waren ihm bekannte Dinge lieber. Seife war schon vor seinen Lebzeiten benutzt worden.

Sie beäugte die Einwegrasierer kritisch. Dann ließ sie das Teil in den Einkaufskorb fallen. Fürs Erste musste er damit vorliebnehmen. Sie hatte keine Ahnung, womit ihr unerwarteter Hausgast sich zu rasieren wünschte.

Da sie nun alles hatte, was Marcus benötigen würde, trug sie die Artikel zur Kasse.

Kapitel 5

„In allem müssen wir auch realistisch denken.“ Sprekelie

Nachmittags, später als geplant, parkte Ella vor Rose Cottage.

In der Abendsonne glänzte das Dach rötlich und das Mauerwerk mit seinen schwarzen Fachwerkbalken schimmerte sanft im versiegenden Licht des Tages.

Ihr Herz zog sich sehnsüchtig zusammen und Wärme erfasste sie. Sie liebte das Haus und mit einem Mal war sie unschlüssig, ob sie nicht auf Dauer hier wohnen wollte. Als Autorin konnte sie an jedem Ort der Welt leben, solange es dort Strom und einen Internetanschluss gab.

Marcus näherte sich dem Auto und öffnete die Wagentür, kaum dass der Motor verstummte.

„Ella“, begrüßte er sie lächelnd, wobei er eine blendend weiße Zahnreihe entblößte.

„Hallo“, entgegnete sie und griff nach seiner ausgestreckten Hand.

Er schloss die Fahrertür und begleitete sie formvollendet hinter den Wagen. Schmunzelnd öffnete Ella den Kofferraum und ließ sich beim Ausladen helfen. Sie trugen die ersten Einkäufe hinauf ins Gästezimmer und stirnrunzelnd betrachtete Marcus die Tüten, die sich auf dem Bett stapelten.

„Es sind noch mehr Taschen im Automobil“, stellte er fest. Ella merkte, dass er sich versteift hatte. Es schien ihm nicht zu gefallen, ausgehalten zu werden.

„Der Garten“, platzte sie heraus.

„Bitte?“ Marcus wirkte verwirrt.

„Er ist so riesig, ich dachte daran, einen Pavillon oder eine Gartenlaube anzulegen. Vielleicht könntest du mir dabei helfen“, improvisierte Ella schnell und erwärmte sich für die Idee, während sie sie aussprach.

„Und mich auf diese Art für die Kleider erkenntlich zeigen?" Er verschränkte die Arme vor der Brust.

„Um mir zu helfen", berichtigte Ella ihn. „Ich bin handwerklich nicht begabt, und wenn ich hier wohnen bleibe, hätte ich gerne eine Laube im Garten. Hinten, mit Blick auf den Wald. Das stelle ich mir sehr idyllisch vor."

„Arbeiten als Gegenleistung." Marcus nickte. „Damit bin ich einverstanden."

Ella biss sich auf die Unterlippe. „Ich dachte … ich will … also, nur damit du dich besser fühlst."

Er ergriff ihre Hand und hauchte einen Kuss darauf. „Mir gefällt der Gedanke. Ich habe auch früher auf Wyndham Manor körperliche Arbeiten erledigt."

„Du?"

„Selbstverständlich", erwiderte Marcus. „Die Rosengärten sind das Ergebnis meiner Bemühungen."

Ella seufzte. „Rosengärten. Oh, das muss schön sein."

„Sie waren herrlich." Er wirkte wehmütig und Ella stieß ihn an.

„Probierst du die neuen Sachen an, während ich die restlichen Einkäufe hereinhole?"

„Ich helfe dir und ziehe dann die neue Kleidung an." Seine Lippen zuckten. „Vielleicht hilfst du mir dabei? Bestimmt komme ich mit den neumodischen Schnitten nicht zurecht."

„Das hättest du wohl gerne!"

„Wenn du mich so fragst: Ja." Er grinste.

Ella stapfte kopfschüttelnd davon und Marcus folgte ihr. Er bekam sie zu fassen und hielt sie auf. Sie widerstand dem ersten Impuls, sich zu befreien und seine Hand umschloss die ihre zärtlich. Weil sie keine Anstalten machte, sich zu wehren, zog er sie an sich, umarmte sie aber nicht. Nervös blickte sie auf seine Brust, fühlte das Pochen ihrer beiden Herzen überdeutlich. Seine Finger legten sich unter ihr Kinn und hoben es an, sodass sie ihn ansehen musste. Die großen, tropenblauen Augen hypnotisierten sie. Sein Geruch kitzelte ihre Nase, versetzte ihr Innerstes in Aufregung. Sie sah dieses ganz besondere Funkeln in seinem Blick, das ihr verriet, dass er ihr jetzt einen Kuss rauben würde. Wie sehr verzehrte sie sich danach, ihn zu schmecken! Er beugte sich über sie und sie war wie elektrisiert. Er war stark und warm und schmeckte so köstlich, wie er roch. Viel zu schnell löste Marcus seinen Mund von ihrem und trat einen kleinen Schritt nach hinten.

„Danke."

Ella nickte atemlos und drehte sich aufgelöst um. Seine Liebkosung hatte sie gewaltig aus dem Gleichgewicht gebracht. Sie würde es niemals gestehen, doch sie begehrte ihn. Das ängstigte sie in diesem Augenblick mehr, als sie sagen konnte, und wurde nur von der Panik übertroffen, die sie ergriff, als ihr klar wurde, dass er ebenso empfand.

Nie war sie dankbarer für seine Zurückhaltung, als in diesem Moment. Warum er so reagierte, ob er nur schüchtern oder ein Gentleman war, wusste sie nicht. Aber sie brauchte genau das.

Sie hatte bereits die Klinke in der Hand, als sie innehielt, weil ihr Verhalten ansonsten wie eine Flucht wirken würde. Es fiel ihr schwer, sich unter Kontrolle zu halten, aber es gelang ihr völlig gefasst und ruhig zu erscheinen. „Falls du etwas benötigst, findest du mich unten." Dann eilte sie doch davon und als sie die Treppe hinunterstürmte, meinte sie hinter der geschlossenen Zimmertür sein Lachen zu hören.

Während sie die Lebensmittel einräumte, fand sie wieder zur Ruhe und konnte nachdenken. Marcus brachte ihren Seelenfrieden gewaltig in Verwirrung. Er ahnte nicht, was sie wollte, sondern wusste, was sie brauchte und gab ihr genau das. Das machte ihn entweder zum sensibelsten Mann der Welt oder zu einem Fabelwesen. Sie lachte in sich hinein, schob diese Überlegungen beiseite und plante das Abendessen.

Ella stand am Herd und schnippelte die Zutaten für einen Kartoffelsalat, als Marcus hereinkam. Er war barfuß und trug eine enge Jeans. In den Händen hielt er ein grünes Oberteil, das auf der Rückseite eine Zahl aufgedruckt hatte.

„Ella", verlegen streckte er ihr das T-Shirt entgegen. „Wie trägt man diese Gewandung?"

Sie drehte sich um und starrte auf den nackten Oberkörper. Goldbraune, samtene Haut mit durchtrainierten Muskeln. Sie schluckte. „Der Aufdruck muss nach hinten."

„Willst du mir helfen?" In seinen Augen blitzte es lüstern.

„Bestimmt nicht", sagte sie.

Grinsend zog er das T-Shirt über den Kopf. Ella zupfte die Ärmel zurecht. Dabei berührte sie die Haut und nahm wahr, dass er sich warm und seidig-fest anfühlte. Sacht strich sie den Oberarm entlang und erreichte seine Hand, er nutzte die Gelegenheit und umschloss die ihre. Sie bewunderte die Unterschiede. Marcus' Finger waren lang und schlank. Der Griff erwies sich als zärtlich und entschlossen zugleich.

Sie blickte in seine Augen, die in diesem Licht beinahe lila wirkten. Auf den Iriden tanzten Wellen und Schleifen und je länger sie einander ansahen, desto mehr wandelte sich sein Lächeln zu einem Ausdruck tiefer Sehnsucht. So intensiv, dass Ella der Atem stockte. Ihr war, als fände sie in Marcus das Echo ihres eigenen Verlangens. Einem Bedürfnis, das ihr bis zu diesem Moment nie bewusst gewesen war. Schlagartig hatte sie seinen Geschmack im Mund und hörte das Blut in den Ohren rauschen.

„Ella?" Marcus machte einen Schritt auf sie zu, ohne sie loszulassen. Die Berührung brannte auf ihrer Haut. Sie verspürte den Impuls sich loszumachen, verharrte dann jedoch. Es war eine Ewigkeit her, seit sie die körperliche Innigkeit eines anderen Menschen genossen hatte und noch länger, dass ihr ein Mann derart nahe gekommen war. Ihr war schwindlig und heiß und ihr Verstand drehte sich im Kreis. Sie wollte Marcus´ Nähe und Berührungen mehr als sonst etwas auf der Welt und zugleich jagte es ihr eine Höllenangst ein. Er war nicht echt, versuchte sie sich in Erinnerung zu rufen. Doch dann bewegte er die Finger, sein Atem wehte ihr ins Gesicht und verhöhnte den Gedanken als Hirngespinst. Sie legte ihre Hand auf seinen Oberarm strich darüber und schluckte hart. „Du bist wirklich echt?" Die Wölbungen und Vertiefungen seiner Muskeln fühlten sich fest und warm an. Lebendig. Als sie die Ellenbeuge erreichte, bemerkte sie seine Gänsehaut, die sich auf sie übertrug. Sie seufzte.

„Ich bin so leibhaftig wie du", raunte er.

„Aber Sofie hat dich weder gesehen, noch wahrgenommen." Sie hasste es, wie piepsig ihre Stimme in diesem Moment klang.

Marcus legte die Hand liebkosend auf ihre Wange. „Ich bin ebenso wenig in der Lage dies zu erklären wie du, aber ich schwöre dir, bei allem was mir heilig ist und bei meiner unsterblichen Seele: Ich bin kein Trugbild. Du kannst mich sehen, hören und fühlen. So wie ich dich.“ Seine Handfläche glitt über ihren Hals, weiter auf ihr Schlüsselbein. Mit der anderen wanderte er auf ihren Hinterkopf, hielt sie sacht und ließ sie dabei keinen Moment aus den Augen. „Es liegt an dir, Ella, dass ich im Hier und Jetzt erschienen bin.“

„Du täuschst dich, das kann es nicht sein“, wisperte sie. Ihre Knie fühlten sich an wie aus Gelee. Ehe sie sich darüber Sorgen machen konnte, ob sie nachgeben würden, schlang sich Marcus´ Arm um ihre Taille und zog sie an sich. Sein Körper war nur allzu menschlich und real. Sogar einen Herzschlag nahm sie deutlich wahr. Ein Beben überkam sie und köstliche Schauer liefen über ihren Rücken, als er sich zu ihr herunterbeugte und den Mund auf den ihren senkte. Sie glaubte, ohnmächtig zu werden vor Wonne. Der Kuss war das intensivste, überwältigendste und echteste, das sie je erlebt hatte. Die Beine wollten unter ihr wegsacken und er zog sie enger an sich, presste sich an sie, als gäbe es nichts, das wichtiger sei. Hitze umhüllte sie, seine Lippen eroberten sie und sie bestand nur noch aus Verlangen und Wonneschauern. Unfähig zu denken, lustvoll gegen ihn gesunken, genoss sie die Zuwendungen.

„Lass mich dich lieben, Ella.“

Sie wurde aus dem sinnlichen Nebel gerissen. Was tat sie da? Er war ein Geist, eine Illusion, egal wie wirklich er sich im Moment anfühlte. Hatte sie den Verstand verloren?

„Lass mich los“, flüsterte sie. Als er ihrer Aufforderung nicht schnell genug nachkam, stieß sie ihn von sich.

„Bitte“, wisperte sie mit brechender Stimme. „Ich kann nicht.“

Er trat einen Schritt zurück und starrte Ella mit einer Mischung aus Frustration und Schrecken an. Sie zitterte und wich nach hinten aus.

Ella schlang die Arme um den Oberkörper und vermied es, ihn anzublicken.

„Es tut mir leid, ich kann das nicht tun“, flüsterte sie.

Marcus machte eine schnelle Bewegung in ihre Richtung, sie zuckte zusammen und hob aus einem Reflex heraus die Hände schützend vor das Gesicht.

Er erstarrte und bewegte sich einen Schritt zurück. „Vergib mir, ich wollte dir nicht zu nahe treten.“

Mit einem Kopfschütteln sah sie ihn bedauernd an. „Ich entschuldige mich.“ Sie lächelte zitternd und nun wagte er es, langsam näherzukommen.

Ihre Brust hob und senkte sich unter den tiefen Atemzügen, die sie sich abverlangte, weil sie fürchtete, ansonsten ohnmächtig zu werden. Sie hob zweimal zu sprechen an, ehe Worte über ihre Lippen gelangten. „Du bist mir keineswegs zu nahegetreten. Es war ... sehr schön.“

Er berührte sie sanft an der Hand und sie griff nach seinen Fingern. Sie schloss die Augen und wandte den Kopf ab.

„Es tut mir leid“, sagte sie. „Ich bin nicht soweit für … dafür!“

„Es ist in Ordnung.“ Er zog sie enger an sich, für einen Moment vergrub sie ihr Gesicht an seiner Brust. „Mach dir keine Gedanken.“

Ella schniefte und schenkte ihm ein vorsichtiges, klägliches Lächeln.

„Weißt du was? Wenn du in einem Mann solchen Hunger weckst, solltest du ihm auch etwas zu essen anbieten“, sagte er.

Sie unterdrückte ein Lachen, erleichtert, dass er so ganz anders reagierte, als sie befürchtet hatte. „Willst du mir damit zu verstehen geben, dass ich mich um das Diner kümmern soll?“, ging sie bereitwillig auf seinen Themenwechsel ein.

„Ich wollte lediglich zum Ausdruck bringen, dass du mich wenigstens ein bisschen dafür belohnen könntest, weil ich mich wie ein Mann benehme und nicht wie der ehrenrührige Schuft, als den du mich bei unserer ersten Begegnung bezeichnet hast.“

„Mylord, Ihr seid verfressen.“

Marcus schenkte ihr ein breites Lachen und küsste ihre Hand. „Betrachtet es als Kompliment Eurer Kochkünste, Mistress Francke.“

Ella ging zur Anrichte, wo der Kartoffelsalat auf seine Fertigstellung wartete.

„Würdest du in den Keller gehen und ein Glas Mixed Pickles suchen?“ Dort unten gab es ein Regal mit Ediths Eingemachtem und sie war sicher, auch sauer eingelegtes Gemüse darunter gesehen zu haben.

Marcus ging zur Kellertür, griff nach der Klinke, öffnete sie und erstarrte. Ella wandte sich ihm stirnrunzelnd zu, als sie es bemerkte. Sie sah, wie er Anstalten machte, die Tür zu durchqueren, sich jedoch nicht von der Stelle rühren konnte. Er schien wie gelähmt und war so bleich, dass sie im ersten Moment glaubte, er sei wieder zum körperlosen Geistwesen geworden. Mit wenigen Schritten war sie bei ihm und als sie die Hand auf seinen Arm legte, war er nach wie vor physisch.

„Was ist los?" Panik spiegelte sich auf Marcus´ Miene und sie biss sich verwirrt auf die Lippen. „Ist dort unten etwas?"

„Ich weiß nicht, es ist … ich kann nicht dort hinunter. Das ist alles." Er schüttelte den Kopf. „Du hast dort unten nichts zu befürchten." Es kostete ihn sichtlich Mühe, zuzugeben, dass er Angst hatte. Für ihn musste es noch schwerer sein, Unzulänglichkeiten einzugestehen wie für einen modernen Mann.

Mitfühlend blickte sie ihn an. „Ich gehe selbst. Mir ist eingefallen, wo die sauren Gurken stehen. Bis ich dir erklärt habe, wo du sie findest, bin ich schon wieder oben", behauptete sie und verschwand leichtfüßig im Untergeschoss.

Als sie zurückkehrte, stand Marcus mit dem Rücken zu ihr am Küchenfenster. Als sie die Kellertür schloss, stieß er erleichtert die Luft aus.

Zwar war Ella neugierig, doch sie wagte nicht, ihn zu fragen, was genau ihn derart in Unruhe versetzte. Stattdessen begann sie, die Essiggurken zu würfeln.

„Es ist mir unbegreiflich, was eben in mich gefahren ist. Ich bin unfähig dort hinunterzugehen. Es war … ich war wie versteinert."

„Du musst mir nichts erklären", sagte Ella, legte das Messer fort und trat zu ihm. Er stand nur da und starrte aus dem Fenster. Sie streckte die Hand nach ihm aus und berührte ihn am Unterarm, die Haut war eiskalt. Seine Kiefermuskeln stachen hervor, so stark presste er sie aufeinander. Er wirkte verloren, wie ein Wanderer zwischen den Welten.

„Die Wahrheit ist, mir fehlt jegliche Erinnerung." Seine Stimme klang fest, doch als er Ella einen kurzen Blick zuwarf, erkannte sie die Ratlosigkeit und Leere in den Augen. „Alles, was in dem Jahr vor meinem Tod geschah, ist mir ein Rätsel. Jene Zeit ist ein großes schwarzes Loch. Selbst Dinge, die sich in den paar Jahren davor ereigneten, ist mir entfallen, der Grund, aus dem ich Wyndham Manor verließ, warum ich zurückkehrte.

Menschen, denen ich begegnete, die mir etwas bedeutet haben. Sämtliche Erinnerungen sind fort, vergessen. Ich weiß nicht, weshalb ich an diesen Ort gefesselt bin."

Ella schmiegte sich an ihn. „Kannst du das Grundstück verlassen?"

Marcus blickte sie an. „Nur bis zum Rand, weiter zog es mich noch nie. Es gab bis jetzt keinen Grund. Ich wüsste nicht, wohin ich mich wenden sollte."

Sie hob den Kopf und betrachtete ihn. „Was hältst du von einem Picknick?" Nach kurzem Zögern fügte sie hinzu: „Essen im Freien."

Er nickte, während ein leichtes Lächeln seine Mundwinkel kräuselte.

Ella machte sich sofort ans Werk, schmeckte in Windeseile den Kartoffelsalat ab, packte Baguette und Wurst in einen von Tante Ediths Körben und füllte ihn außerdem mit Besteck, Geschirr, Mineralwasser und einer Flasche Wein. Dann holte sie aus dem Schlafzimmer eine der Wolldecken.

Marcus wartete am Ende der Treppe, als sie herunterkam.

„Wohin wollen wir?"

„In den Wald, ich habe eine paradiesische Stelle entdeckt. Die möchte ich dir zeigen." Sie packte die Decke in den Korb und griff danach.

„Lass mich das tragen, das ist schwer."

Irritiert von so viel Ritterlichkeit sah sie ihn an und nickte schmunzelnd. Sie steckte die Hausschlüssel und eine leichte Jacke ein.

Ganz Gentleman ließ er ihr beim Verlassen des Hauses den Vortritt und schloss die Tür hinter ihr. Ella begann, sich zunehmend für Marcus' zuvorkommendes Benehmen zu begeistern. Er gab ihr das Gefühl, etwas Besonderes zu sein, eine Lady oder gar eine Prinzessin. Schweigend liefen sie über den Rasen zum Rande des Wäldchens. Je weiter sie im Gehölz vordrangen, umso unwohler schien er sich zu fühlen. Als nichts geschah, entspannte er sich. Vielleicht auch, weil sie ihn mit einer Unterhaltung ablenkte.

„Benimmst du dich nur mir gegenüber so oder war das zu deiner Zeit so üblich?"

Sie fühlte die Verwirrung, ehe sie einen Blick in sein Gesicht werfen konnte.

„Wovon sprichst du?“

Sie zuckte mit den Achseln. „Dein ritterliches Benehmen.“

„Ich fürchte, ich verstehe immer noch nicht, was du meinst.“ Er reichte ihr die Hand und half ihr über eine Wurzel, die niedriger als ein Bordstein aus dem Boden ragte.

Ella unterstrich ihre Worte, indem sie gestikulierend hinter sich deutete. „So Sachen wie das eben meine ich.“

Mit Stirnrunzeln wandte er sich ihr zu. „Das man sich als Gentleman einer Dame gegenüber auf diese Weise benimmt, ist selbstverständlich.“ Er schüttelte den Kopf. „Du willst doch nicht behaupten, dass dir dies ungewöhnlich erscheint?“

Seine Zweifel amüsierten sie. „Ich folgere daraus, dass dies zu deiner Zeit normal war.“

„Ein Mann von Verstand und guter Herkunft wird sich einer Dame gegenüber niemals anders verhalten.“ Er schenkte ihr einen nachdenklichen Blick. „Ich frage mich, was geschehen ist, dass die Sitten in den vergangenen Jahrhunderten derart verrohten.“

Mit Mühe verbiss sie sich das Kichern, das ihre Kehle empordrängen wollte. „Die Zeiten haben sich verändert, aber so schlimm, wie du offenbar denkst, ist es nicht“, meinte sie. „Wir sind da.“

Zwischen den Bäumen fiel goldenes Sonnenlicht auf die bemoosten Baumstümpfe. Wassertropfen hatten sich in einem dichten Spinnennetz verfangen und glitzerten darin. Der Ort war märchenhaft schön, genauso wie sie es in Erinnerung hatte. Dass sie ihn mit Marcus teilte, erfüllte sie mit Freude. Sie holte tief Luft und genoss den Geruch nach Nadelhölzern, Kühle und Moos.

„Gefällt es dir?“, fragte sie neugierig.

Lächelnd blickte er sie an. „Atemberaubend.“

Ella fühlte, wie sie errötete und räusperte sich. Um ihre Nervosität zu übergehen, trat sie auf die Lichtung. Sie suchten eine passende Stelle aus und er breitete die Decke aus. Das Ausräumen des Picknickkorbes hingegen überließ er ihr. Sie setzten sich und er öffnete die Weinflasche, schenkte ein und reichte ihr ein Glas. Der tiefe Blick, den er ihr zuwarf, als sie anstießen, ging ihr durch und durch.

„Erzähl mir, entführst du oft Männer hierher?", fragte er. Seine Augen blitzten.

„Ganz bestimmt nicht." Sie lachte.

Sie griff in die Dose mit den Gemüsesticks und berührte Marcus´ Hand, der zeitgleich hineinfasste. Kleine Stromschläge durchzuckten sie, deren Pulsieren sie bis in die Fußspitzen spürte. Sie überspielte die Unruhe, indem sie an der Gurke knabberte.

„Es ist schön hier." Er nippte an seinem Wein.

„Du hattest nicht erwartet, Ediths Grundstück verlassen zu können. Oder?"

Marcus klaubte ein Zweiglein auf und warf es davon. „Nein", sagte er knapp.

„Warst du je außerhalb des Anwesens?"

Er blickte sie an. „Wie ich dir bereits erzählte, zog es mich nie weiter als bis zum Rand des Grundstückes." Wieder dieser verlorene Ausdruck in seinen Augen.

Sie verspürte einen Stich in der Brust. „Ist es dir unmöglich … ohne mich? Liegt es an mir, dass du hinaus kannst?"

Marcus zuckte mit den Schultern. „Was hätte ich außerhalb zu suchen? Es gibt nichts, das mein Interesse wert ist." Er wandte seinen Blick nach Westen und Ella sah ebenfalls in diese Richtung. „Auf der anderen Seite liegt Wyndham Manor", sagte er.

„Wolltest du niemals versuchen, dorthin zu gelangen?"

Marcus schüttelte den Kopf, ohne sie anzusehen. „Frag mich nicht, woher ich es weiß, aber das ist der einzige Ort, der mir verwehrt ist."

Zum ersten Mal sah sie hinter die Maske des charmanten Schwerenöters, den er ihr gewöhnlich zeigte. „Was … wie hält man das aus? All die lange Zeit allein und geisterhaft durchsichtig. Wie war das für dich?"

Er wandte sich ihr zu. Seine Blicke bohrten sich in Ellas. „Ich spürte Verzweiflung, Einsamkeit und Dunkelheit und es gibt nicht einmal die Flucht in den Wahnsinn, um der Unendlichkeit zu entkommen", sagte er nach so langem Schweigen, dass Ella schon geglaubt hatte, keine Antwort mehr zu erhalten. Er stürzte den Inhalt des Weinglases in einem Zug hinunter. „Die meiste Zeit ist es erträglich, da ist alles um mich herum wie ein Traum. Vielmehr ein Alptraum, in dem ich wieder und wieder meine letzten Stunden im Cottage durchlebe. Wenigstens vermute ich das. Manchmal kreischen Frauen und Kinder, wenn sie mich bemerken, aber ich bin unfähig etwas zu unternehmen. Eine höhere Macht zwingt mich, zu spuken. Die kurzen Zeiträume, die ich bei klarem Verstand bin, habe ich wenigstens die Wahl, ob ich gesehen werde oder nicht."

„Und ich soll dich sehen? Und berühren?" Sie berührte seinen Oberarm. Die Haut war warm, sonnengebräunt, und wenn sie den Kopf an seine Brust legte, konnte sie sogar das Herz schlagen hören. Die Finger ihrer anderen Hand verflochten sich mit Marcus'. Sie hielten sich fest und Ella wurde vom Scheitel bis zu den Fußspitzen von einem Kribbeln erfüllt.

Er blickte ihr in die Augen und Zärtlichkeit sah ihr entgegen. Dieser Mimik fielen zu Lebzeiten bestimmt etliche Frauen zum Opfer.

„Was auch immer deine Macht ist, Ella, sie schenkt mir wenigstens teilweise Menschlichkeit." Er legte die Hand auf die ihre.

Hitze stieg aus Ellas Bauchgegend auf und wanderte schmeichelnd wie Seidenfäden durch ihren Körper. Vorsichtig, sodass sie sich nicht bedrängt fühlte und erschrak, aber fest genug, um ihr klarzumachen, dass er sie begehrte, zog er Ella an sich. Ihre Lippen prickelten, ehe Marcus sich über sie beugte und sie küsste. Ihrer Kehle entrang sich ein leiser Seufzer und sie schlang die Arme um ihn. Sie forderte eine engere, intimere Umarmung ein. Der süße Druck seiner harten Muskeln an den Brüsten raubte ihr schier die Beherrschung. Seine Hände glitten den Rücken entlang, tastend, streichelnd, während sie in Marcus´ Haar wühlte. Es war echt, berauschend und so, wie es schon immer hätte sein sollen …

„Entschuldigung?"

Eine raue Stimme ließ Ella zusammenfahren. Sie rückte von Marcus ab und erkannte einen Waldarbeiter, der am Rand der Lichtung stand und sie ungläubig musterte. Sie wusste, wie sie auf den Mann wirken musste.

„Ich übe für ein Theaterstück", improvisierte sie.

Der Arbeiter starrte sie weiter an.

„Oh ja, ich liebe Theater!“ Marcus knabberte an ihrem Nacken. „Ich kannte da eine Schauspielerin aus Bath. Sie war unglaublich. Mit einer Zungenfertigkeit!“

Ella schob ihn mit dem Ellenbogen von sich.

„Ein Liebesdrama“, log sie. Der Arbeiter musterte sie immer noch, so wie man eine entlaufene Irre begutachten würde.

Marcus’ Zunge liebkoste ihr Ohr und raubte ihr den Atem. Sie unterdrückte ein Seufzen und einen Moment später das Bedürfnis ärgerlich seine Zudringlichkeiten abzuwehren, die er sich herausnahm, wohlwissend, dass sie kaum etwas tun würde, das sie vor dem Waldarbeiter als verrückt erscheinen ließ. Dieser unmögliche Viscount!

„Willst du meine Zungenfertigkeit testen?“, hauchte er ihr ins Ohr.

„Eine Tragödie.“ Ihre Stimme schwankte. „Wir, das heißt, ich gehe besser nach Hause.“

Ella räumte die Überreste der Mahlzeit hastig in den Korb zurück und knüllte die Decke, auf der sie beide eben gesessen hatten, zusammen. Sie stopfte sie in den Weidenkorb, ehe sie stolpernd von der Lichtung lief.

„Hör auf“, schimpfte sie leise mit Marcus, als dieser versuchte, nach dem Henkel zu greifen. „Der Mann kann uns noch sehen.“

„Und hören“, entgegnete Marcus trocken.

„Du treibst mich in den Wahnsinn, weißt du das, Mylord?“, murmelte sie zwischen zusammengebissenen Zähnen.

Er lachte leise und kraulte ihren Nacken.

Verärgert reckte sieh ihr Kinn in die Luft und stürmte voraus.

„Warum läufst du vor mir davon?“, rief Marcus ihr nach.

„Euer Ehren haben wohl die Körperertüchtigung schleifen lassen, während er als Poltergeist durchs Haus hüpfte?“ Sie warf einen Blick über ihre Schulter. Er eilte ihr hinterher, schmunzelnd und keineswegs gekränkt. Das Ego dieses Mannes besaß einen Schutzpanzer aus Edelstahl.

Da sie ihm offenbar kaum längere Zeit böse sein konnte, war ihr Ärger verflogen, als sie das Cottage erreicht hatte. Sie betrat das Haus und stellte den Korb in der Küche ab. Marcus trat ein.

„Ich möchte dir etwas zeigen! Ich bin gleich wieder zurück.“ Leichtfüßig lief sie nach oben in ihr Schlafzimmer. Die Idee war ihr bereits letzte Nacht gekommen, jetzt wollte sie es umsetzen.

Mit dem Notebook unter dem Arm ging sie auf die Terrasse und fuhr es hoch.

Marcus nahm neben ihr Platz und musterte den Computer neugierig. „Was ist das?"

„Die Verbindung zur großen, weiten Welt", erklärte Ella. Sie zeigte ihm, wie man den Deckel öffnete und das Gerät einschaltete. „Vielleicht ist es für uns auch eine Zeitmaschine …"

Dass er beim Piepsen des Apparates keinen erschrockenen Satz rückwärts machte, fand sie bewundernswert. Ihr fiel ein, dass er sich über einige Dinge nicht in dem Maße wunderte, wie es zu erwarten gewesen wäre. „Erscheinen dir die modernen Geräte und Gebräuche nicht seltsam?"

Er starrte wie gebannt auf den flimmernden Desktop des hochfahrenden Notebooks. „Keineswegs. Ich war immer ein guter Beobachter. Ich habe einige der technischen und sittlichen Wandlungen der letzten Jahrhunderte bemerkt."

Beeindruckt nickte Ella. Die Vorstellung, was er in diesen Phasen alles gesehen und erlebt haben mochte, war faszinierend.

Das Notebook verkündete mit einem Piepser die Bereitschaft benutzt zu werden.

Sie räusperte sich. „Wann wurdest du geboren?"

„Am neunzehnten Juni siebzehnhundertsiebenundzwanzig", antwortete er und musterte den Bildschirm fasziniert, während sie die Jahreszahl eintippte.

Ihre Finger flogen über die Tastatur und er beobachtete sie wie gebannt.

Sie zeigte auf den Monitor. „Siehst du?" Sie klickte die Ahnentafel an.

Er hob die Hand, als wollte er das Notebook berühren, hielt dann aber inne. „Das ist … war mein Bruder. Er hat geheiratet." Seine Stimme klang erstickt.

Interessiert starrte Ella auf die Informationen. „Du hattest einen Sohn. Nicholas", verkündete sie.

Marcus beugte sich vor und zitterte. „Einen Sohn", sagte er rau. „Ich hatte einen Stammhalter und habe ihn vergessen."

Ella nahm seine Hand. „Es ging ihm gut, sieh nur, er heiratete und hatte fünf Söhne und eine Tochter."

„Lösch das Bild." Marcus' Stimme bebte. „Ich will es nicht wissen." Er wandte sich ab, stand auf und entfernte sich vom Tisch.

Ella ließ das Notebook herunterfahren, ehe sie sich zu ihm umdrehte.

Er hatte sich in Luft aufgelöst.

Besorgt wartete sie, dass er wieder auftauchte. Um ihre Unruhe zu überspielen, spülte sie das Geschirr. Dann griff sie nach einem der neu erstandenen Bücher und begann zu lesen. Als sie merkte, dass es ihr an Konzentration mangelte, legte sie es fort und nahm stattdessen ihr Handy zur Hand.

Sofie hob beim zweiten Klingeln ab. „Was gibt es?"

„Hast du Wyndham Manor bereits deinen Besuch abstatten dürfen?", wollte Ella wissen.

Sie brummelte. „Nein", gestand sie schließlich. „Ich schlich mich vor zwei Tagen auf das Grundstück und besichtigte die Gärten. Mr Von-und-Zu war verreist. Er kommt erst morgen zurück und ohne seine Zustimmung darf das Personal offenbar nicht mal eine rauchen gehen." Sofie schnaubte verächtlich. „Immerhin habe ich ein paar gute Schnappschüsse gemacht. Interessiert's dich? Ich könnte vorbeikommen, ehe ich zu meinem morgigen Ausflug aufbreche. Ich will zu den Kreidefelsen und zu einem anderen Herrensitz, den ich fotografieren darf."

„Hört sich gut an", stimmte Ella zu.

„Ich habe von einem Pastor hier in der Gegend gehört, der allerlei historische Unterlagen aus den Herrschaftsjahren Georg II. sammelt. Dachte mir, ich könnte bei ihm vorstellig werden."

„Bei Georg II." Ella lachte.

„Scherzkeks", entgegnete Sofie erheitert. „Beim Pastor natürlich, wer weiß? Vielleicht kriegen wir was über den rätselhaft verschwundenen Wyndham-Knaben heraus? Wäre eine heiße Sache für meinen Bildband."

„Oh ja." Ella klemmte den Hörer zwischen Ohr und Schulter ein und schenkte sich Tee ein. „Daraufhin wird Rose Cottage zum Wallfahrtsort für Historiker und Spukologen und ich verdiene meinen Lebensunterhalt mit Führungen durch das Haus."

„Ja, mach nur Witze", gab Sofie zurück. „Kennst du das alte chinesische Sprichwort: Mögen all deine Wünsche in Erfüllung gehen?"

„War das nicht ein Fluch?"

Sie spöttelten noch eine Weile am Telefon, dann beendeten sie das Gespräch.

Ella legte das Handy vor sich auf den Tisch und schob es nachdenklich hin und her. Die Stille im Haus lastete schwer auf ihr.

Sie sprang auf und tigerte unruhig durch das Cottage. Obwohl es ihr schwerfiel, verkniff sie es sich, nach Marcus zu rufen. Die Zeit verstrich, aber er kehrte nicht zurück. Schließlich machte sie sich fürs Schlafen fertig und kroch zwischen die Decken, nur um sie kurz darauf beiseite zu werfen. Durch das offene Fenster drang Grillenzirpen, ein leichter Wind wehte herein und kühlte ihre heiße Haut.

Ella wälzte sich im Bett herum, während ihre Gedanken Amok liefen.

Sie hatte sich verliebt. In einen Toten, einen Geist, einen Mann, den nur sie sehen konnte. War es möglich, dass sie langsam den Verstand verlor und sich Anthony Marcus Adam Nicholas Stapleton, Viscount Wyndham nur einbildete?

Er war nahezu vollkommen. Ein Gentleman, attraktiv, sexy und als Spukgestalt unerreichbar für sie. Welche normale Frau würde sich einem Mann zuwenden, der überhaupt nicht existierte? Und was sie am meisten erschreckte: Er war ihr Traum-Liebhaber. Sie war absolut sicher. Sie hatte von ihm geträumt, noch bevor sie ihn traf.

„Aber ich bin nicht verrückt", flüsterte sie und warf sich herum.

Marcus war so echt wie sie. Sie konnte noch immer seine Lippen fühlen. Ihre Haut glühte, wo seine sanften Hände sie berührt hatten.

Ella wand sich. Ihr Herz klopfte wild, im Bauch flatterte es. Sie drehte sich erneut herum, dass die Matratze krachte und stöhnte. Sie hatte sich rettungslos in einen Geist verliebt. Und es machte ihr eine höllische Angst. Irgendwann fiel sie trotz ihrer Aufregung und Verwirrung in einen unruhigen Schlaf.

Am Morgen fand sie eine rote Rose neben dem Kopfkissen vor. Sie griff danach und schnupperte. Aus dem Garten drang das gleichmäßige Klopfen eines Hammers auf Holz. Stirnrunzelnd stand Ella auf und blickte hinaus.

Marcus hatte mit den Bauarbeiten für den Pavillon begonnen. Eine Weile blieb sie stehen und beobachtete ihn, wie er die Holzbalken zurecht sägte. Sie seufzte, während sie zusah, wie sich seine Muskeln anspannten. Er hatte das Hemd ausgezogen und trug nur die Uniformhose und Turnschuhe. Das maronenbraune Haar hing lose um das Gesicht und auf die Schultern. Als er sich bückte, spannte sich der Stoff der Hose um den Po. Ihr Mund wurde trocken.

„Meine Güte“, murmelte sie und stützte die Hände auf das Geländer.

Marcus' Muskeln wölbten sich, als er die Balken hochwuchtete.

Sie riss den Blick los und rieb die Handflächen am Shirt ab.

Mit fahrigen Bewegungen suchte sie frische Kleider heraus und schloss sich anschließend im Badezimmer ein. Kurz darauf stand sie unter der Dusche und quiekte, als der kalte Wasserstrahl sie traf. Tatsächlich half das. Wenn man sich konzentrieren musste, damit einem die Zehen nicht erfroren, konnte man die Hitze in den Lustzentren in der Tat umlenken.

Abgekühlt in jeder Hinsicht, stieg sie aus der Dusche und rubbelte sich trocken. Die Haut prickelte und Ella überdachte ihre Pläne für den Tag.

Nach dem Frühstück war sie bei Beth eingeladen. Also würde sie Marcus für mittags ein paar Sandwiches und einen Salat vorbereiten. Und am Abend würde sie ihm das Fernsehen zeigen. Tante Edith hatte DVDs mit alten Schwarz-weiß-Streifen im Wohnzimmerschrank stehen, genau das Richtige für die ersten cineastischen Erfahrungen. Sie würden einen Film einwerfen und bei selbst gemachtem Popcorn, Chips und Bier entspannen.

Als sie in die Küche kam, fand sie an der Kaffeemaschine einen Fliederzweig, der herrlichen Duft verströmte und eine kurze Nachricht von Marcus.

Lächelnd kochte sie Kaffee und brachte ihm eine Tasse hinaus.

Er stand mit dem Rücken zu ihr und drehte sich um, als er ihre Nähe spürte. Seine Augen leuchteten auf. Ella reichte ihm das Heißgetränk.

„Guten Morgen.“ Er schnupperte genießerisch, ehe er einen Schluck nahm.

Sie deutete auf die Baustelle. „Kommst du zurecht?“

Er warf einen Blick über seine Schulter. „Selbstverständlich.“

„Ist es in Ordnung, wenn ich heute Vormittag zu Beth hinübergehe? Sie hat mich eingeladen.“

Er machte ein trauriges Gesicht. „Ich bin also allein? Wie schade.“ Er zwinkerte ihr zu. „Geh nur, ich hoffe, du hast Spaß bei deiner Verabredung.“ Marcus dachte einen Moment nach. „Ich weiß, dass es en vogue ist, dass Frauen ohne Begleitung unterwegs sind. Aber meiner Erziehung widerstrebt es, eine Lady sich selbst zu überlassen. Wäre dir meine Gesellschaft auf dem Weg dorthin genehm?“

„Du kommst nicht mit hinein?“, fragte Ella misstrauisch.

„Keinesfalls“, versprach er inbrünstig.

„Dann würde ich mich freuen.“ Sie trat einen Schritt zurück. „Marcus, wegen gestern ...“

Entschieden schüttelte er den Kopf. „Ich möchte nicht darüber sprechen. Das ist meine Privatangelegenheit.“

Irritiert starrte sie ihn an und runzelte die Stirn. Sie nickte. Er hatte recht, außerdem war es so unendlich lange her, was sollte es bringen, in der Vergangenheit zu wühlen? „Ich muss mich fertigmachen.“ Nachdenklich ging sie nach drinnen.

Kurz darauf verließ sie das Haus, und wurde dort von Marcus erwartet. Er hatte sich gewaschen, gekämmt und trug Jeans und T-Shirt.

Als er hinter ihr die Tür schloss, konnte sie den knackigen Po bewundern. Sie hakte sich an seinem Ellenbogen ein. Der frische Duft des Eau de Cologne wehte zu ihr. Sie wusste nichts über die Gepflogenheiten seiner Zeit. Irgendwie wäre sie weniger verwundert, wenn sie ihm für sie Selbstverständliches wie moderne Körperhygiene hätte beibringen müssen. Aber es war wohl dasselbe wie mit Sex: Jede Generation dachte, für sich den Sex zu erfinden. Sie lächelte versonnen und schreckte aus ihren Gedanken auf, als Marcus ihr mit einer vertraulichen Geste eine Strähne hinter das Ohr schob.

„Woran denkst du gerade?“

„An Sex“, rutschte es ihr heraus.

Marcus' Schritte kamen ins Stocken. Er hielt an und zwang Ella, ihn anzusehen.

„An Sex?"

„Nicht so, wie du denkst."

„Oh", schnurrte er. „Wie denke ich denn an Sex?"

Ella wollte die Bemerkung ignorieren. Wandte den Blick ab und sah sich unversehens gegen eine Hecke gedrängt. Marcus' Körper war dem ihren so nah, dass sie zwar seine Wärme fühlen konnte, aber keine Berührungen. Sie schluckte. Sein Atem strich sachte über ihre Haut.

„Ich glaube, unsere Gedanken an Sex sind ziemlich ähnlich", raunte er.

Ella fiel es schwer zu atmen, wenn er ihr so nah war. Sie starrte ihm in die Augen, sah das intensive Leuchten und die dunkelblauen Sprenkel darin.

„Ich behaupte, du denkst unentwegt daran, wie es wohl wäre, mir die Kleider vom Körper zu streifen", raunte er an ihrem Ohr. „Du überlegst dir, wie sich meine Haut anfühlt, wie sich die Muskeln wölben und dich interessiert, was für ein Gefühl es sein mag, wenn sich mein Leib über den deinen schiebt, wie mein Schaft quälend langsam in dich eindringt und deine geheimen Tiefen erobert. Und vor allem versuchst du zu erahnen, ob ich dich sanft oder hart lieben würde. Ob meine Hände deine Brüste streicheln oder kneten würden. Ob ich deine Haut küssen oder daran zupfen würde."

Ella keuchte und sie wurde sich der Hitze in ihrem Unterleib überdeutlich bewusst. Die Vernunft riet ihr, sich loszumachen, doch etwas zwang sie, Marcus anzustarren.

Er beugte sich vor und küsste sie unerwartet sanft. Seine Finger streichelten ihre Seiten und blieben auf den Hüften liegen, während er den Kuss vertiefte. Er stöhnte an ihren Lippen. Schließlich löste er sich.

„Ich weiß bloß noch nicht, was dich abhält, die Freuden zu genießen, die ich dir zu schenken vermag."

„Welche Freuden?"

„Das Vergnügen körperlicher Vereinigung", raunte er. Sein Atem wehte über ihr Ohr und die Worte ließen sie beben.

Sie schluckte trocken und schlüpfte aus der Umarmung. „Ich werde zu spät kommen“, entgegnete sie, statt auf die Avancen einzugehen.

Er seufzte und folgte ihr.

Sie erreichten die Dorfstraße und ab da kamen sie nur langsam vorwärts, weil Marcus immer wieder stehen blieb und Laternen, Hydranten und Autos bewunderte und Ella ihm deren Verwendungszweck und Funktionsweise erklären musste.

Amüsiert dachte sie, dass es ihr ähnlich erging wie einer Mutter, die ihr wissbegieriges Kind im Schlepptau hatte. Nur mit dem Unterschied, dass Marcus sich mit einem `Weil es so ist´ nicht abspeisen ließ.

Auf Höhe der Kirche näherte sich ein kläffender Hund. Ein Golden Retriever kam mit wehenden Ohren und hängender Zunge herangaloppiert.

Ella blieb stocksteif stehen, obwohl die Fellnase keineswegs aggressiv erschien, eher freundlich und neugierig. Doch seltsamerweise beachtete der Hund sie nicht, sondern stoppte schwanzwedelnd vor Marcus und ließ sich von ihm kraulen.

„Braver Bursche“, lobte er und bekam die Hände abgeleckt. Er lachte.

„Wieso kann er dich sehen und von dir angefasst werden?“

Marcus lächelte. „Tiere sind für Geister empfänglich. Die meisten können mich sehen und hören.“ Er bückte sich und streichelte den Retriever, der sich auf den Rücken warf und sogar den Bauch kraulen ließ.

„Soll ich euch allein lassen?“ Ellas Mundwinkel hoben sich amüsiert. „Beth wohnt dort vorn.“

„Ich begleite dich selbstverständlich bis zur Haustür.“ Er erhob sich, klopfte den Staub aus seinen Hosen und wandte sich Ella zu.

Der Hund sprang auf und folgte ihnen. Marcus zeigte mit der Hand in die Richtung, aus welcher der Hund gekommen war.

„Kehr um! Geh wieder heim!“ Das Tier blieb stehen, hechelte und wedelte mit dem Schwanz. „Tu, was ich dir sage!“, befahl er mit strenger Stimme. Gehorsam drehte sich der Golden Retriever um und trottete davon. Beinahe schien es, als ließe er den Kopf hängen.

Vor Beths Haustür angekommen, wandte sich Ella Marcus zu und sah ihn an.

„Ich weiß nicht, wie lange ich hierbleiben werde. Ich habe dir Zuhause ein paar Sandwiches und einen Salat in den Kühlschrank gestellt."

Er nickte, beugte sich vor und küsste sie sanft auf die Lippen. Als die Tür geöffnet wurde, stoben beide auseinander.

„Ella! Habe ich doch richtig gehört. Ich sagte den anderen gerade, das klingt nach deiner Stimme. Komm rein." Beth zog sie in den Flur und sie erhaschte noch einen kurzen Blick auf Marcus, ehe die Tür ins Schloss fiel.

Beth führte sie in den Wintergarten, wo bereits vier Frauen auf bequemen Stühlen lagen und ihr neugierig entgegenblickten.

„Das ist Anne Bolanger", stellte Beth eine große üppige Blondine vor.

Anne reichte Ella die Hand zu einem schlaffen Händedruck. „Freut mich", sagte sie schläfrig und gähnte verstohlen, während Beth Ellas Aufmerksamkeit auf die zweite Frau, eine Mittvierzigerin lenkte, deren schwarzer Lockenschopf wild in alle Richtungen stand. „Cybill Swan", stellte diese sich selbst vor. Ihre braunen Augen funkelten lebenslustig, als sie Ella musterte.

Die dritte und zugleich älteste in der Runde war Margret Dillingsworth. Sie trug ihr silbergraues Haar hochgesteckt und war mit Schmuck behängt. Dass Beth sie als erfolgreiche Besitzerin eines Juweliergeschäfts vorstellte, passte hervorragend ins Bild.

Als Letztes wurde Ella Beatrice Palin vorgestellt, eine zierliche Frau mit Pagenkopf und langen Fingernägeln. Sie war gerade dabei, sich die Nägel in hellem Rot zu lackieren.

„Komm mit, Ella, ich mache dir eine Gesichtsmassage und lege eine Maske auf." Beth wirkte vergnügt, als sie sie ins geräumige Badezimmer führte und dort auf einer Relaxliege Platz nehmen ließ.

„Dir macht es Spaß", stellte sie fest, als Beth anfing, ihr das Gesicht sanft zu massieren.

„Entspann dich", forderte Beth. „Ja, das tut es. Als ich meine Arbeit verlor, war ich ziemlich am Boden. Ich besaß immer eine Begeisterung für Kosmetik und Pflege. Eines Tages traf ich Anne beim Bäcker. Sie war gerade hochschwanger und hatte

Hautprobleme. Wir unterhielten uns und zu irgendeinem Zeitpunkt sagte sie, sie würde gerne mal zur Kosmetikerin gehen, aber sie hätte kein Geld und schon war die Idee zu diesen Treffen geboren." Beth begann eine zartduftende, cremige Masse aufzutragen. „Du setzt dich jetzt zu den anderen in den Wintergarten, ich bringe dir noch ein Fußbad und dann kannst du richtig schön entspannen. Bevorzugst du Salbei oder Rosmarin?" Als Beth nur einen verständnislosen Blick erntete, erklärte sie: „Schweiß oder Müdigkeit?"

Ella traf ihre Wahl schmunzelnd und tauchte kurze Zeit später die Füße in herrlich nach Rosmarin duftendes Wasser. Sie seufzte befriedigt.

„Das ist herrlich, nicht wahr?" Margaret Dillingsworth lächelte.

„Oh ja, ein bisschen Wellness tut wirklich gut!"

Die andere nickte. „Sie verbringen ihren Urlaub hier?"

„Das stimmt, mit dem Luxus, spontan entscheiden zu können wie lange ich bleibe."

Margaret zwinkerte. „Ein Luxus, in der Tat. Sie leben in Rose Cottage, dem Witwensitz der Stapletons?"

Anne und Cybill manikürten sich gegenseitig die Nägel und schwatzten leise, hielten nun jedoch inne und musterten Ella neugierig.

„Ehrlich im Witwensitz der Stapletons?", mischte sich Cybill ein.

„Was ist daran so ungewöhnlich?", wollte Ella wissen.

Margaret schüttelte den Kopf. „Nicht ungewöhnlich, aber hier in Maidenly Green schwatzt man gern und jeder kennt die Geschichte vom verschwundenen Stapleton und die Legende vom mysteriösen Schatz des Witwensitzes."

Ellas Herz begann zu rasen. „Welcher Schatz?" Das würde das aufdringliche Interesse des aktuellen Viscounts daran erklären, dass sie ihm Ediths Haus überließ.

„Humbug!" Beth kam in den Wintergarten. „Habt ihr nichts Besseres zu tun, als die arme Ella mit dem Klatsch und Tratsch über das Cottage zu belästigen?"

„Du weißt genau, dass es nicht nur Geschwätz ist. Die Stapletons glauben selbst an einen versteckten Schatz." Cybill zog die Augenbraue hoch und musterte Beth herausfordernd.

„Und sie haben nie etwas gefunden! Diese Geschichten kennt ihr doch auch. Howard Stapleton hat das Haus auf den Kopf gestellt, ohne etwas zu finden."

„Wer ist den Howard Stapleton?" Atemlos erwartete Ella die Antwort.

Margaret strich sich über die Frisur. „Adretter Bursche, wir waren alle ganz verrückt nach ihm. Dass er dem illegitimen Zweig der Familie entstammte, hat keine von uns gestört." Sie kicherte und wirkte um Jahrzehnte jünger. „Er hat dann geheiratet und lebte ein paar Jahre mit Frau und Sohn im Cottage, ehe er wegzog."

Beth wandte sich an Ella. „Das war der Zeitpunkt, an dem Edith und ihr Mann Dave Rose Cottage kauften. Ich kann dir versichern, falls ein Schatz im Haus verborgen war, hat Howard ihn entdeckt und zu Geld gemacht."

Ella nickte nachdenklich. Vielleicht lag Beth falsch, das würde wenigstens erklären, warum Steven den Witwensitz zurückkaufen wollte. Noch ehe sie den Gedanken beenden konnte, verschränkte Beth die Arme vor der Brust. „Ich bin dann in der Küche und bereite uns ein paar Snacks zu." Sie warf den dreien strafende Blicke zu. „Und ihr hört auf, der armen Ella Flausen in den Kopf zu setzen."

Die anderen machten es sich wieder bequem. Anne und Cybill beschäftigten sich mit ihren Nägeln und Ella griff nach einer Zeitschrift und blätterte lustlos darin.

Sie quiekte erschrocken, weil sich plötzlich über den Frauen eine Gestalt aus der Wand schob.

Marcus grinste sie freundlich an.

Anne, Cybill und Margret starrten Ella fragend an. Sie hatte Mühe ihre Konzentration von Marcus´ theatralischem Auftauchen abzuwenden.

„Was ist los?"

„Nichts, ein Krampf im Unterschenkel", stotterte sie und begann mechanisch die linke Wade zu kneten.

„Ah, ich weiß dieses Jahrzehnt wirklich zu schätzen", erklärte Marcus und starrte Ellas nackte Beine an, als hätte er sie nie zuvor zu Gesicht bekommen.

„Was tust du hier?", zischte sie durch ihre Zähne.

„Ich langweile mich", klagte er.

Ella beugte sich vor, als betrachtete sie äußerst interessiert das Fußbad. „Du hast es mir versprochen."

„Ich weiß", erwiderte er leise und sah ihr beschwörend in die Augen. „Ich war einsam ohne dich und ertrug es keinen Moment länger von dir getrennt zu sein."

Ella schloss den Mund und blickte Marcus an. Sie erkannte an seinem Gesicht, dass Worte nicht annähernd die Qual wiedergeben konnten, die in ihm zu toben schien.

Marcus' Miene erhellte sich, als sie verstohlen seine Hand tätschelte.

„Genau genommen hatte ich vor, dich mit schamlosen Komplimenten über dein gutes Aussehen gefügig zu machen, doch angesichts deines derangierten Zustandes fällt mir nichts ein, das du mir glauben würdest", meinte er grinsend.

„Was stellst du nur mit mir an? Eigentlich sollte ich beleidigt sein." Ella musste sich ein Lachen verkneifen.

„Hast du mit uns geredet, Ella?", wollte Cybill wissen.

Sie zuckte zusammen. „Nein, ich habe diese dumme Angewohnheit, Selbstgespräche zu führen", log Ella.

Marcus hatte sich erhoben und starrte die anderen Frauen interessiert an. Besonders Cybills tiefrote, lange Krallen schienen ihn zu faszinieren.

„Die hier hat Ähnlichkeit mit einem Raubvogel. Weshalb färbt sie ihre Fingernägel und Lippen blutrot? Sie sieht aus wie ein leichtes Mädchen."

Ella starrte Marcus entrüstet an, doch er beachtete sie nicht und betrachtete Anne. Natürlich, blond und vollbusig, so etwas gefiel Männern.

Erbost griff sie nach der Zeitschrift und schlug die Seite mit den Kreuzworträtseln auf.

„Diese da erinnert mich an Sir Reginald", erklärte er andächtig.

„Wer ist Sir Reginald?", stieß sie verblüfft hervor.

„Der Lieblings-Mops meiner Mutter", gab Marcus bereitwillig Auskunft. „Sie besaß einige dieser degenerierten Wasserspeier auf vier Pfoten." Ella verwandelte ein Lachen in gequältes Husten und presste die Lippen zusammen.

„Sir Reginald?", fragte Margret und beugte sich vor.

Ella wandte sich ihr zu. „Im … das Kreuzworträtsel hier."

„Zeigen Sie mal her."

Ella reagierte blitzschnell. Da die Zeitschrift garantiert nicht mit einem Sir Reginald aufwarten konnte, ließ sie das Heft in die Fußwanne fallen.

„Oh nein, wie ungeschickt“, rief sie aus und beugte sich vor. Sie fischte die Seiten mit spitzen Fingern heraus. Das Papier hatte sich vollgesogen und ein kleines Rinnsal plätscherte in das Wännchen. Nach kurzem Überlegen ließ sie die Zeitschrift auf ihr Handtuch fallen, das eigentlich für ihre nassen Füße gedacht gewesen war.

In Marcus' Augen leuchtete Anerkennung auf. „Ich bewundere dein schnelles Handeln, meine Schöne! Sehr gewitzt!“

„Du bist eine Landplage“, murmelte sie und warf einen zornigen Blick in seine Richtung. „Vielleicht könntest du dich verabschieden?“

Er reagierte nicht, sondern musterte seine Nägel mit großem Interesse, während Ella ihre Füße abtrocknete.

„Was meinten Sie?“, wollte Margret wissen.

„Ich sollte mich langsam verabschieden“, improvisierte sie. „Ich bin es nicht gewohnt, so lange untätig herumzusitzen und zu Hause wartet noch einiges an Arbeit auf mich.“

Anne und Cybill warfen einen Blick auf die Uhrzeit und nickten verständnisvoll. „Mir ging es bei den ersten Malen genauso“, erklärte Anne. „Wenn man es nicht gewohnt ist, kommt einem eine Stunde Nichtstun wie eine herrliche Ewigkeit vor.“ Sie zwinkerte Ella vergnügt zu.

Kapitel 6

„Sei mein!" Vierblättriger Klee

Marcus erwartete Ella vor der Haustür. Er trug die engen Jeans und das tropenblaue Hemd über einem weißen T-Shirt und sah so normal aus, dass es ihr in der Seele wehtat. Sie blickte ihn kopfschüttelnd an.

„Vergibst du mir?", fragte er zerknirscht.

Ella hakte sich ein. „Könnte ich dir ernsthaft böse sein?"

„Ich weiß nicht", entgegnete er mit der Vorsicht eines Mannes, der nicht wusste, welche Richtung die Gedankengänge einer Frau einschlagen würden.

Sie seufzte. „Ehrlich gesagt war ich ganz froh, dass du mich dazu gebracht hast, aufzubrechen." Sie blies eine Locke aus ihrer Stirn. „Ich saß wie auf glühenden Kohlen …"

„Du hast dir den Unaussprechlichen verbrannt?" Marcus machte sich schockiert los und starrte vermutlich auf ihre Kehrseite. „Nichts zu sehen", erklärte er. Dann nestelte er an seinem Hemdkragen herum, als sei er zu eng.

Sie griff nach seiner Hand und hielt sie fest. Sie versuchte das leichte Zittern ihrer Finger zu überspielen und hoffte, dass er keinen Versuch unternahm, sie zu verführen, denn sie glaubte kaum, dass sie ihm widerstehen würde.

Sie räusperte sich. „Ich hatte keine Lust mehr auf das Treffen und wusste nicht, wie ich mich aus dem Staub machen konnte", führte sie aus und kniff die Augen zusammen, als sie Marcus schelmisches Grinsen bemerkte. „Du ziehst mich schon wieder auf."

Er tätschelte ihre Hand. „Ich bewundere die Geistesgegenwart, mit der du meine Anwesenheit überspielt hast."

„Was nicht nötig gewesen wäre, hättest du dein Versprechen eingehalten."

„Aber dann hätte ich dich nicht von den Damen befreit."

„Treffer, versenkt", sagte Ella trocken.

Die beiden liefen einträchtig schweigend bis zu Ellas Haus. Vor der Haustür angekommen, hielt Marcus sie zurück.

Er strich mit den Fingerknöcheln über ihre Wange und als sie lächelte, flüsterte er: „Viel besser!" Dann senkte er die Lippen auf die ihren. Seine Zunge glitt in ihren Mund und liebkoste sie mit köstlich langsamem Streicheln. Er schmeckte nach Kaffee und etwas Süßem. Ella seufzte und lehnte sich an ihn. Marcus' Hand legte sich auf ihren Nacken, während die andere auf ihrem Hintern ruhte.

Ella strich über seinen Rücken, ließ die Finger auf seinen Po wandern und hielt dort inne. Dann glitten sie tastend darüber und drückten ihn schließlich enger an sich.

Er reagierte mit einem leisen Stöhnen und drängte sich an sie. Die Lippen fanden den Weg an ihre Kehle und seine Zunge zeichnete eine feuchte Spur hinunter auf ihr Dekolleté. „Die Erinnerung an die lange, einsame Zeit könnte mich um den Verstand bringen, du bist das Einzige, das mich davor bewahrt!", gestand er an ihrem Hals vergraben. Durch das Hemd fühlte sie die Wärme. Ein leichtes Zittern überlief seinen Körper.

Sie warf den Kopf in den Nacken und bot ihm die empfindsame Haut dar. Er knabberte sacht und Ella sank gegen ihn. Sie war verrückt nach ihm! Als sie in die lustvoll verschleierten Augen sah, erkannte sie in den Tiefen sich selbst, den Teil ihrer Seele, der ihr fehlte. In diesem Moment wusste sie, dass sie es wagen würde, sie wollte sich ihm hingeben, gleichgültig was morgen wäre. Ein einziges Mal wollte sie von ihm geliebt werden, alles annehmen, was er ihr geben konnte, seiner süßen Verführung verfallen …

„Schlaf mit mir", bat sie und schmiegte sich an ihn.

Es dauerte einige Augenblicke, bis sie erkannte, dass etwas nicht stimmte. Statt von Marcus ins Haus geschoben oder gar über die Schulter geworfen und ins Schlafzimmer getragen zu werden, erstarrte er.

„Ella." Sein Wispern klang wie ein Gebet, oder eine Entschuldigung. Immerhin schlang er die Arme eng um sie. Es dauerte eine Weile, ehe er anfing zu sprechen. „Vielleicht ist es Gottes Wille, dass ich jetzt hier bei dir bin, doch ich bin kein echter Mann mehr. Du hattest von Anfang an recht. Mir wurde das erst bewusst, als ich dich bei diesen anderen Frauen sitzen sah. Nur du kannst mich sehen und berühren. Irgendwann bin ich fort und du wirst wieder allein sein. Vielleicht bin ich eine Einbildung. Dein Bett aufzusuchen ändert nichts. Ich bin nicht für dich bestimmt und werde nicht bleiben können." Marcus schob sie von sich. „Ich kann das nicht tun, Ella, meine Rose."

Sie starrte ihn an und verstand nicht, warum er das sagte. Ihre Augen weiteten sich ein wenig. „Was meinst du?" Das Verlangen, das in ihr toste, erstarb zum lauen Lüftchen und die Zurückweisung ließ sie schlucken.

„Ich kann dir nicht beiwohnen", erklärte er mit starrer Miene.

Ella keuchte wegen seiner ungewohnt direkten Formulierung und wich stirnrunzelnd zurück. Sie warf einen Blick auf Marcus' Unterleib, wo es der dicke Stoff der Jeans unmöglich machte, eine Erektion zu erkennen.

Düster verschränkte er die Arme vor der Brust.

„Hattest du schon …", sie stockte für einen Moment, um sich die richtigen Worte, in der für ihn gewohnten Ausdrucksweise, zurechtzulegen: „War es schon zu Lebzeiten ein Problem für dich, mit Frauen zu schlafen oder liegt das an deinem jetzigen Zustand?" Gegen ihren Willen war sie neugierig.

„Mein jetziger Zustand?", echote Marcus schockiert.

Ella tätschelte seinen Arm. „Ich meine, ein Geist zu sein." Sie griff nach seiner Hand. „Erektionsprobleme sind heutzutage keine Schande mehr", plauderte sie mitfühlend drauflos.

Marcus starrte sie sprachlos an. „Warum ist mir die Situation entglitten? Es liegt an den Frauen, an den modernen im Allgemeinen und an Ella im Besonderen", murmelte er in sich hinein und schien gar nicht zu merken, dass sie ihn hören konnte.

Seine Manneskraft anzuzweifeln war garantiert eine große Beleidigung, schalt sich Ella. Das nahmen einem moderne Männer schon übel, was täte dann erst ein altmodischer Gentleman wie Marcus?

Just drängte er sie mit dem Rücken an die Haustür. Automatisch schlang sie ein Bein um seine Hüften, und als der raue Stoff der Jeans über die nackte Haut ihres Schenkels rieb, überkam sie ein wohliger Schauer.

Er zog sie entschlossen in die Arme, drückte die Lippen auf die ihren und schob ihr die Zunge in den Mund. Sie wimmerte lustvoll und erwiderte seine Berührungen. Die Hand glitt an ihrem Bein hinab, fand den Weg unter ihren Rock und tastete zielstrebig über ihre Schenkel. Ella keuchte entzückt und reckte sich ihm entgegen. Sie streichelte seinen Hals und die Hände wagten sich zu den Hemdknöpfen vor. Schließlich lag sein Oberkörper nackt vor ihr.

Sein Mund ließ von ihren Lippen ab und wanderte tiefer, küsste und knabberte an der empfindsamen Haut ihres Nackens und des Halses. Er presste den Unterleib gegen ihren. Deutlich fühlte sie das Hämmern des Herzens, das sich wie der Widerhall ihres eigenen anfühlte.

„Okay, keine Erektionsprobleme“, stöhnte Ella. Sie streichelte ihn und kuschelte sich an seinen warmen, festen Körper, gekonnt die Konzentrationsprobleme ignorierend, die ihr seine Nähe bescherte. Marcus schob sie von sich, schenkte ihr ein schiefes Lächeln, straffte sich und liebkoste Ellas Mund erneut hingebungsvoll.

„Nicht das kleinste bisschen“, bestätigte er an ihren Lippen. Sein heißer Atem strich über ihr Kinn. Marcus küsste sie und es war eine Liebkosung voller Zärtlichkeit und Süße.

„Ella, liebste Ella.“ Er vergrub sein Gesicht für einen Augenblick an ihrem Hals.

Dann richtete er sich auf, zupfte die Kleidung zurecht und schenkte ihr ein freches Grinsen. „Du bist bestimmt hungrig?“, fragte er.

Ella blinzelte benommen.

„Ich habe noch an dem Pavillon zu arbeiten.“ Damit verschwand er in den Garten.

Sprachlos starrte sie ihm hinterher. Ihr Körper brannte vor unerlöster Leidenschaft. Sie lehnte sich an die Tür, weil ihre Beine sich verdächtig nach Gelee anfühlten.

„Ich glaube es nicht.“ Ella befeuchtete ihre Lippen und verharrte minutenlang reglos.

Es gab nur eines, das jetzt helfen würde, die Lust zu befriedigen. Energisch betrat sie das Haus, ging in die Küche und holte die unterarmlange Salami aus dem Kühlschrank.

„Musst du eben Abhilfe schaffen“, drohte sie der Wurst an.

Kurze Zeit später stand sie am Fenster und biss genüsslich in ein Salamibrot. Sie kaute nachdenklich und beobachtete Marcus beim Arbeiten. Sein Oberkörper war nackt und das Spiel der Muskeln löste erneut wollüstige Gefühle aus.

Traurig sah sie auf ihr Sandwich. Sie seufzte. Die Wurst half heute auch nicht. Was war schiefgelaufen? Irgendwie war die ganze Situation aus dem Ruder gelaufen. Fragend starrte sie auf ihre belegte Stulle, als könnte diese einen hilfreichen Rat geben. Sie blickte zu Marcus zurück. Er wirkte grimmig. Das munterte Ella ein wenig auf. Ihm ging es also auch nicht anders als ihr.

Sie setzte sich an den Tisch. Ob sie ihn verführen sollte? Sie schob sich den letzten Bissen Brot in den Mund. Zum Teufel mit Moral und Anstand! Es wurde Zeit für sie, endlich das zu tun, was sie in ihren Ratgebern immer großspurig predigte: Einfach zulassen, dass die Dinge geschahen.

Vielleicht war Marcus tatsächlich nur Teil ihrer Einbildung, aber er war die lebendigste Halluzination, die sie sich vorstellen konnte. Was wäre so viel anders daran, mit ihm zu schlafen? Es war dasselbe wie die erotischen Begegnungen in einem Sextraum, die einen normalen, gesunden Erwachsenen auszeichneten.

Marcus und sie begehrten einander. Sie würde in ihm kaum den Partner fürs Leben finden, na und? Ihre letzten Beziehungen waren ernsthaft und ebenfalls nicht von Dauer gewesen. Sie war eben keine Frau zum Heiraten und noch weniger geeignet für ein `bis dass der Tod euch scheidet´-Szenario. Wobei das in diesem Fall schon geschehen war, wie sie sich mit einer Portion Galgenhumor eingestand.

Einmal einen Entschluss gefasst, machte sie sich sofort daran, alles in die Tat umzusetzen.

Als Marcus abends die Küche betrat, schwebte im Raum der herrliche Geruch des Essens, das Ella vorbereitet hatte. Sie steckte noch bis zum Ellenbogen in Brotteig und blickte lächelnd über ihre Schulter, als er sich näherte. Als er hinter sie trat, unterdrückte sie ein Beben, das ihre Glieder ergreifen wollte. Er stieß einen raunenden Laut an ihrem Ohr aus und hauchte ihr einen Kuss auf den Nacken.

„Süß", stellte er fest und begann an ihrem Ohrläppchen zu knabbern. Er roch nach Holz, dem Bienenwachs aus der Imprägnierung für den Pavillon und nach Mann.

Ella entspannte sich und kicherte. „Lass das, Marcus."

„Ich habe den ganzen Tag gearbeitet und das ist alles, was du zu sagen hast?" Er umarmte sie und sie lehnte sich an ihn. „Wie hast du den Nachmittag verbracht?"

Sie lächelte. „Mit diesem und jenem", erklärte sie geheimnisvoll.

Er küsste sie auf die Wange. „Wenn es dir recht ist, würde ich lieber erst noch unter den Regenstock klettern und mir saubere Sachen anziehen. Dein Essen riecht so köstlich, dass ich unmöglich schmutzig und schwitzend am Tisch Platz nehmen kann."

„In Ordnung", entgegnete Ella.

Sie drehte ihren Kopf in seine Richtung, er beugte sich rasch vor und küsste sie auf den Mund, ehe er sich lachend entfernte. Sie beobachtete ihn schmunzelnd. Er hatte ja keine Ahnung, was ihn zum Dessert erwartete.

Als sie ihn die Treppe hinunterkommen hörte, war der Tisch bereits festlich gedeckt, sie hatte das Essen dekorativ auf den Tellern angerichtet und stellte sie an ihre Plätze, ehe sie sich rasch setzte.

Er trat ein und rieb sich die Hände. „Das riecht köstlich", lobte er.

Ella strahlte.

„Was ist das?" Er ließ sich auf den Stuhl sinken und musterte das liebevoll servierte Gericht.

„Schweinebraten, glasierte Babykarotten und in Butter geschwenkte Salzkartoffeln."

Marcus schnitt sich einen Bissen Fleisch ab und steckte ihn in den Mund.

Ella beobachtete ihn gespannt, sah zu, wie er kaute und schluckte.

„Es schmeckt hervorragend."

Lächelnd beugte sie sich über ihren Teller und aß. Sie konnte es kaum abwarten, dass sie fertig wurden und die Nervosität raubte ihr ein wenig den Appetit.

„Ich hoffe, du hast noch Platz für ein Dessert", sagte Ella, als er endlich das Besteck auf den Teller legte.

„Kommt darauf an, was du mir servieren möchtest?" Marcus' maronenbraunes Haar hatte in der untergehenden Abendsonne einen feuergoldenen Glanz und gleichzeitig ließ das durchs Küchenfenster hereinfallende Licht seine Augen intensiver leuchten als gewöhnlich.

„Ich hatte Zeit zum Nachdenken und da habe ich mir etwas ganz Besonderes einfallen lassen", gurrte Ella. Sie stand langsam auf.

Er hatte weder ihre Schuhe noch den Rock gesehen, in die sie geschlüpft war, während er duschte, da sie bei seinem Eintreten bereits am Tisch gesessen hatte und dies haargenau so geplant gewesen war. Sie trug schwarze High Heels und Seidenstrümpfe und der Rock war für moderne Männer vermutlich nichts Besonderes, doch sie rechnete damit, dass Marcus ihn alles andere als langweilig finden würde.

Tatsächlich hörte sie ihn keuchen.

Sie lächelte und sah ihm an, dass er wusste, was sie vorhatte.

„Gehe ich recht in der Annahme, dass du dich als Dessert anbietest?" Marcus versuchte zu lächeln, doch es sah etwas angestrengt aus. „Ich bin mir nicht ganz schlüssig, ob ich das annehmen soll."

Sie setzte sich auf seinen Schoß. „Tu es ruhig."

Marcus schüttelte den Kopf und schob sie von sich. „Ella, ich halte das für keine gute Idee." Er wirkte zerrissen und überfordert zugleich.

„Wieso nicht?" Ihre Finger zeichneten die Kontur der Wangenknochen nach. „Ich habe entschieden, dass es eine ausgezeichnete Idee ist." Sie beugte sich vor und knabberte an seinem Hals. Er roch nach der Seife, die sie ihm mitgebracht hatte. „Du riechst gut", murmelte sie unterhalb des Ohres, ehe sie beschloss, dem Ohrläppchen eine besonders ausgiebige Erkundung zuteilwerden zu lassen.

Marcus stieß ein grollendes Geräusch aus. „Ella, wir müssen vernünftig sein. Waren wir uns nicht einig, dass ich nur eine

Einbildung bin?“ Er klang so flehend, dass sie sich aufrichtete und ihn ansah.

„Ich sehe dich“, sagte sie. Sie beugte sich vor und glitt mit den Lippen sacht den Hals entlang. Sein Geruch stieg ihr in die Nase, die Mischung aus Seife, Eau de Cologne und dem für ihn typischen Duft. „Ich rieche dich.“

„Ella.“

Sie sah ihn wieder an. „Ich höre dich.“ Ihre Hände umfassten die seinen, zogen sie nach oben. „Ich kann dich fühlen.“ Die Handflächen berührten sich. „Wenn du nicht real bist, bin auch ich nur eine Fantasie.“

Sie erkannte in seinen Augen, dass er sich ergab. „Ich werde nicht bleiben. Irgendwann wirst du dich umdrehen, und ich bin entschwunden“, machte er einen letzten Versuch, es ihr auszureden.

„Ein Grund mehr, keine Zeit zu verschwenden“, erklärte Ella.

Sie küsste ihn. Seine Lippen wurden weich, und als ihre Zungen einander berührten, durchzuckten sie kleine Blitze.

„Ella, Ella, Ella“, murmelte Marcus. „Wie soll ich dir nur widerstehen?“

Sie lächelte ihn an. „Am besten überhaupt nicht.“

„Was tust du mir an? Was tust du uns an? Ich bereite dir nur Kummer.“

„Das ist eine Grundeigenschaft der Männer.“

Er schenkte ihr ein schiefes Lächeln. „Und ihr Frauen?“

„Wir dirigieren euch Männer mit Charme und List dahin, wo wir euch haben wollen.“

„Ja, in den Wahnsinn“, konterte er trocken.

Sie gab ihm einen spielerischen Klaps. „Fühlt ihr euch dort nicht am wohlsten?“

Marcus stöhnte. „Müsst ihr Frauen eigentlich immer das letzte Wort haben?“

Sie lachte. „Wie schön. Das ist also schon zu deiner Zeit so gewesen?“

Sein Blick umwölkte sich und Ella presste ihre Lippen rasch auf die seinen. Was als Ablenkung gedacht war, entwickelte sich zu einer süßen, verzehrenden Angelegenheit.

Sie rückte enger an ihn heran. „Oh Gott, du fühlst dich so gut an.“ Sie umfasste sein Gesicht und küsste ihn leidenschaftlich.

Marcus nahm ihren Mund in Besitz und kostete den Geschmack mit quälender Langsamkeit, um dann wieder den wilden Eroberer zu geben. Ella keuchte und genoss die Hitze, die er in ihr auslöste.

Marcus beendete den Kuss. Er legte seinen Finger auf ihre Lippen. „Nicht so hastig, meine Rose, die Nacht ist noch jung."

Ella zitterte unter diesem verheißungsvollen Versprechen.

Er führte ihre Hand an den Mund und hauchte auf jede Fingerspitze einen sachten Kuss. Dann strich er mit der Zungenspitze über ihr Handgelenk, wanderte den Arm hinauf und kitzelte die Armbeuge. Sie wand sich. Schon jetzt war sie fast willenlos vor Lust. Marcus legte seine Finger unter ihr Kinn und sah in ihr Gesicht.

„Ich begehre dich, seit ich dich das erste Mal gesehen habe", erklärte er mit heiserer Stimme.

„Das klingt für mich nach einem sehr lebendigen Mann."

Er lächelte gequält. „Auch wenn du mich bei unserem ersten Aufeinandertreffen einen Schuft und Schürzenjäger genannt hast, so besitze ich doch ein gewisses Maß an Ehrgefühl und so sehr der Mann in mir dir beiliegen möchte, der Gentleman verbietet mir genau das ..."

Sie stoppte jeglichen Redeschwall, indem sie ihre Hand auf seinen Mund legte. „Hör auf damit, Ausflüchte zu suchen. Denk nicht so viel nach!" Mit einer schmetterlingsflügelsachten Berührung streichelte sie seine Lippen, hauchte einen Kuss auf den Mundwinkel und glitt liebkosend über seine Wange hoch zur Schläfe. Ihre Hand schlüpfte gleichzeitig unter den Saum seines T-Shirts. Sie zog es ihm über den Kopf und bewunderte wieder einmal den Anblick des muskulösen, goldgebräunten Torsos. „Ich ...", sie stockte, auf der Suche nach Worten, die er verstehen würde. „Ich begehre dich und will heute Nacht ganz dir gehören!"

Marcus starrte sie an. Sie beugte sich vor und küsste sacht die warme, samtige Haut seiner Brust. Er sog die Luft hörbar ein. Dass es ihm offensichtlich gefiel, stachelte Ella an. Daraufhin berührte und erkundete sie jeden Zentimeter. Ihre Hände glitten zu den Oberschenkeln, liebkosten die Innenseiten und tasteten sich nach oben, um kurz vor dem Ziel anzuhalten. Sie setzten die

Reise oberhalb des Hosenbundes fort, erforschten die Muskelstränge seines festen Bauches.

„Meine Güte, Ella. Was stellst du nur mit mir an?“ Marcus’ Stimme klang erstickt.

Schmunzelnd hob sie den Kopf. „Nur Gutes, hoffe ich.“ Sie nestelte am Jeansknopf herum und öffnete seine Hose.

„Oh nein, meine Rose.“ Er hielt sie zurück und zog sie hoch.

Er umfasste ihren Nacken und küsste sie lange und zärtlich. Als er sie freigab, war sie nicht nur atemlos, sondern auch barbusig. Dann schob er ihr die Bluse von den Handgelenken und ließ sie zu Boden fallen.

Er fasste sie um die Hüften und setzte sie auf den Tisch, nachdem er das Geschirr beiseitegeschoben hatte. Er trat einen Schritt zurück und bewunderte ihren halb nackten Körper.

„Du bist wunderschön und ich begehre dich mehr als irgendetwas sonst auf der Welt.“ Die Bewunderung in seinen Augen und das Kompliment ließen Ellas Herz schneller schlagen. Er streckte die Hände nach ihr aus. Die Fingerspitzen glitten den Hals entlang, über die Schlüsselbeine und streichelten die Brüste.

„Du bist perfekt“, flüsterte er atemlos, ehe er sich über sie beugte und küsste.

Ella stöhnte.

Hände und Zunge liebkosten jeden Millimeter ihres Körpers und manchmal strichen Strähnen seines Haares mit einem kühlen Gleiten wie Seide über ihre erhitzte Haut.

Endlich gab er dem stummen Flehen nach und entkleidete sie vollends.

Seine Fingerspitzen zeichneten die Form ihrer Beine nach, fuhren quälend langsam die Innenseiten der Oberschenkel aufwärts. Ella reckte sich ihm entgegen, erwartete seine Streicheleinheiten sehnsüchtig und die Lust schoss Stromstößen gleich durch ihre Venen.

Inzwischen wallte die Erregung ungezügelt durch Ellas Körper und sie ahnte, fühlte, dass er ebenso empfand. Sie rutschte näher an den Tischrand, umschlang seinen Unterleib mit den Beinen und zog ihn an sich.

„Ich will dich spüren“, hauchte sie.

„Wie Ihr wünscht, Mistress Ella", entgegnete er. Sie gab ein erlöstes Seufzen von sich, doch statt sie zu nehmen, umarmte er sie, sodass sie sein wild pochendes Herz fühlte.

„Um nichts in der Welt würde ich mir verzeihen, dir dies zu versagen", erklärte er schmunzelnd. Er richtete sich auf und zog sie noch näher an den Rand der Tischplatte. „Komm, das ist unbequem. Ich bringe dich ins Bett."

Sie schmiegte sich an ihn. „Klingt verführerisch."

Er hob sie auf die Arme und trug sie aus der Küche.

„Ich kann auch laufen", erklärte sie.

„Dieses Ansinnen verweigere ich", erwiderte Marcus mit einem Schmunzeln. „Du wirst deine Kräfte noch brauchen."

Verheißungsvolle Schauer rieselten über Ellas Rücken und sie kuschelte sich an seine nackte Brust. „Soll das heißen, du erhörst mich und machst keinen Rückzieher?"

Wie zur Antwort presste sich der Beweis seiner Begierde gegen ihre Hüfte.

„Oh", machte sie und unterdrückte ein erwartungsvolles Erschauern.

An Ellas Schlafzimmer angekommen, stieß er die Tür mit der Schulter auf, trug sie zum Bett und legte sie nieder.

Selbst wenn sie gewollt hätte, sie wäre nicht mehr in der Lage gewesen, sich zu erheben, denn jeder ihrer Knochen schien plötzlich aus Gelee zu bestehen. Noch nie hatte sie einen Mann gekannt, der stark genug war, um sie zu tragen. Sie fand das ziemlich heiß, erkannte sie. Marcus stand über ihr und musterte sie leidenschaftlich. Voller Bewunderung glitt sein Blick über ihren Leib, liebkoste sie auf eine Weise, die auf sie erotischer wirkte, als alles, was sie bisher erlebt hatte. Ewig schien er sie zu betrachten, ehe er die Fingerspitzen über ihre Haut gleiten ließ. Zärtlich berührte er sie überall, streichelte sie mit einer Ehrfurcht, die sie erregte und zu Tränen rührte. Ella bewegte sich sacht, genoss die zarten Berührungen und konnte nicht glauben, dass das wirklich geschah.

Marcus legte sich zu ihr, umschloss ihr Gesicht mit seinen Händen und küsste sie voller Süße und Sehnsucht.

„Oh mein Gott, Marcus." Sie drängte sich enger an ihn und er verstand die wortlose Aufforderung. Die blauen Augen leuchteten hinter dem Haarvorhang.

Ihre Berührungen wanderten über seine Brust hinauf zu den Schultern, und wieder nach unten. Ihre Hände umfassten sich. Er hob Ellas Arme über den Kopf, hielt sie fest, während sich die Finger ineinander verflochten und seine Lippen die ihren suchten.

Der Kuss war wild und leidenschaftlich, seine Zunge eroberte ihren Mund und die Sinnlichkeit der Attacke entflammte ihre Lust. Ihr Körper summte und vibrierte. Sie hob ihr Becken an, um ihm näher zu kommen, ihn noch intensiver zu spüren. Marcus' Lippen wanderten über ihr Kinn hinab zum Ansatz ihrer Brüste.

Ella stöhnte und befreite sich aus Marcus' Griff, ihre Hände umfassten seinen Po und zogen ihn tiefer in sich.

„Du fühlst dich so wunderbar an", raunte er, als er sich in ihr versenkt hatte.

Ein Wonneschauder überlief Ella. Er richtete sich auf, suchte ihren Blick und lächelte, als er ihr stummes Einverständnis fand. Die Welt hörte auf zu existieren. Nichts war noch länger von Bedeutung oder Wichtigkeit. Nur noch ihre miteinander verschmolzenen Leiber, die sich im uralten Rhythmus bewegten und die Hochgefühle, die sie einander schenkten.

Es mochten Minuten oder gar Ewigkeiten vergangen sein, als Ella wieder ihre Umgebung wahrnahm. Was Marcus in ihr auslöste, war unbeschreiblich, es war magisch, welterschütternd und intensiv, wie sie es nie zuvor erlebt hatte. Sie fühlte sich ihm verbundener als je zu vor einem Mann.

„Das war unglaublich."

Marcus grinste selbstzufrieden, beugte sich über sie und küsste sie zärtlich. „Ganz passabel für einen Toten, nicht wahr?"

Ella, zu schwach, zu ausgelaugt und glücklich, verdrehte die Augen und streckte die Arme nach ihm aus. Er legte sich auf die Seite, zog sie eng an sich und sie kuschelte sich an ihn. Schweigend genoss sie seine Nähe und lauschte dem wilden Schlagen seines Herzens, das sich mit ihrem im Einklang fühlte.

Nur der Mond erhellte den Raum. Das gekippte Fenster ließ süß duftende Nachtluft herein. Ella war müde, aber gleichzeitig aufgewühlt. Ihr Körper kribbelte und vibrierte noch immer unter den Nachwehen genossener Leidenschaft. Sie konnte ihren Geist nicht daran hindern, über Dinge nachzudenken, denen sie sich gerne verschlossen hätte. Obwohl es absolut verrückt, undenkbar und sogar idiotisch war, empfand sie mehr als bloße Lust für Marcus, etwas tiefer Gehendes war entstanden. Etwas, das sie in all den Jahren in dieser Reinheit und Intensität noch bei keinem anderen Mann verspürt hatte: Liebe.

Und es war schön und es war entsetzlich und es war angsteinflößend.

Die Zerrissenheit wuchs zu einem Ballon, den zu unterdrücken sie nicht in der Lage war. Heiße Tränen quollen gegen ihren Willen aus ihren Augen und tropften auf Marcus' nackte Brust. Sie spürte, wie er erstarrte und wusste, er würde wissen wollen, weshalb sie weinte. Es war unmöglich ihm zu sagen, was der Grund dafür war. Sie musste ihre Beziehung auf einer lockeren Ebene belassen. Nur so würde sie den Verlust überleben.

„Ella, meine Rose, Liebste, habe ich dir Schmerz zugefügt?"

Sie berührte seine Wange und versuchte ein Lächeln, ehe sie den Kopf schüttelte. Marcus wischte ihr die Tränen aus dem Gesicht und musterte sie aufmerksam. Als er merkte, dass sie weder ängstlich noch gepeinigt wirkte, entspannte er sich ein wenig.

„Ich habe nicht gewusst …", fing sie an. Sie zögerte. „Ich war nicht darauf vorbereitet, dass es so schön sein kann."

Marcus überspielte sein offensichtliches Erstaunen mit einem Lachen. „Ist das dein Ernst? Ich kann nicht glauben, was du da sagst. Zwar ist der Beischlaf für Frauen oft nicht so erfüllend wie für Männer und mein Geschlecht tut sich nicht immer damit hervor, in dieser Sache auch auf das Vergnügen der Frau zu achten. Doch nach allem, was ich über dieses Jahrhundert erfahren habe, erscheint es mir unglaubwürdig, dass sich diese eine Sache nicht geändert hat."

Ella zögerte einen Moment, dann schlang sie ihre Arme eng um ihn, vergrub ihr Gesicht kurz an seiner Schulter und murmelte: „Halt den Mund, Mylord und küss mich."

Gehorsam tat er, wie befohlen. Als er sie freigab, betrachtete er sie lächelnd. „Du bist ein Wunder!"

Sie schmunzelte. „Dasselbe wollte ich dir auch sagen." Kurz zögerte sie. „Wirst du bei mir schlafen?"

„Das tue ich doch schon von Anfang an."

Mit einer zärtlichen Geste fuhr sie über sein Schlüsselbein. „Ich meine, bei mir, hier im Bett."

Er ließ sich in die Matratze zurücksinken und zog sie an seine Brust. „Versuch, mich davon abzuhalten."

Sie schmiegte sich an ihn, seinen Geruch in der Nase, umhüllt von einer zärtlichen Umarmung schlief sie ein.

Ella erwachte in Marcus´ Armen. Ihr warmer Körper lag an ihn gekuschelt, die Gliedmaßen verschlungen und den Kopf an seine Schulter gelehnt.

Sein Atem streichelte ihre nackte Haut. Vorsichtig hob sie die Hand und schob eine der Haarlocken beiseite, die ihr den Blick auf Marcus' Gesicht versperrten.

Sie konnte nicht fassen, was passierte. Seit Jahrhunderten war eine rätselhafte Spukgestalt im Haus gewesen und kaum betrat sie das Anwesen, wurde alles anders. Er wurde wieder menschlich genug, um zu kommunizieren, zu essen und zu lieben. Was mochte die Ursache dafür sein? Ob es ihnen beiden gelingen würde, den Fluch zu lösen?

„Guten Morgen." Marcus' Lider öffneten sich. Ihr war, als könnte sie bis auf den Grund seiner Seele blicken und was sie dort fand, berührte sie zutiefst. „Meine Rose." Er küsste sie zärtlich.

Sie rieb ihren schlafwarmen Körper an ihm und lachte triumphierend, als sie die eisenharte Antwort an ihrem Oberschenkel fühlte.

„Dafür sollte ich dich büßen lassen", knurrte er an ihrem Ohr und Ella erschauerte lustvoll.

„Oh ja, bitte", entgegnete sie würdevoll.

Er gab ihr einen Klaps auf den Po. „Es wird heute noch regnen. Wenn ich mich beeile, werde ich rechtzeitig mit dem Pavillondach fertig."

„Wir sind in England, hier regnet es jeden Tag! Und zwar mehrmals!", rief sie ihm hinterher. Er lachte und sie seufzte resigniert. Das Spielen war damit wohl beendet.

Sie rollte sich aus dem Bett. Bestimmt nahm er sich Zeit für ein Frühstück. In Windeseile war sie fertig und kümmerte sich um die erste Mahlzeit des Tages. Sie wuselte noch an der Anrichte herum, als Marcus aus dem Garten hereinkam. Er trug den Duft nach Blumen mit sich, trat zu ihr und küsste sie auf den Nacken, während seine Hände um ihre Taille lagen.

„Köstlich!", kommentierte er und nahm am Küchentisch Platz.

Ella schenkte ihm Kaffee ein und setzte sich ihm gegenüber. Sie musterte ihn nachdenklich. Das glänzende, schulterlange Haar trug er zusammengebunden im Nacken. Er sah auf und lächelte sie an. „Was denkst du gerade?"

Zögernd erwiderte sie seine Geste. „An was erinnerst du dich?", fragte sie. „Ich meine, damals, als du …"

„Als ich noch lebte?" Marcus sah in die Tasse, schnupperte und trank einen Schluck. Ella war sicher, dass er Zeit schinden wollte.

„Meine Kindheit und Jugendzeit ist mir deutlich im Gedächtnis. Der Krieg, die Schlacht bei Minden, unseren Sieg und dass ich …", er verstummte. Sein Wangenmuskel zuckte.

Rasch erhob sich Ella und ging zu ihm. „Es tut mir leid, ich wollte nicht neugierig sein."

Marcus schüttelte den Kopf. „Du hast ein Recht, zu erfahren, wem du Obdach gewährst und in dein Bett lässt." Er nahm ihre Hand. „Die Wahrheit ist, ich kann mich vieler Dinge nicht mehr entsinnen. Ich habe zum Beispiel vergessen, warum ich überhaupt in den Krieg zog. Ich bilde mir ein, dass ich es ursprünglich favorisierte, hier auf Wyndham Manor ein friedliches Leben zu führen. Mein Bruder war derjenige, den es zum Militär zog."

Ella runzelte die Stirn. „Und was war der Grund dafür, dass dein Bruder nicht zur Armee ging?"

Marcus zuckte mit den Schultern. „Ich weiß weder das, noch was mich zur Heimkehr bewog."

„Kannst du dich an deine Familie erinnern?"

Seine Miene erhellte sich. „Ich hatte einen jüngeren Bruder, dem ich nahestand und da war eine Frau, Penelope. Sie hat mir etwas bedeutet. Früher … als ich noch lebte."

Ella fühlte einen leisen Stich der Eifersucht in sich. „Vielleicht war sie deine Verlobte oder Ehefrau?"

Er hob hilflos die Achseln. „Es könnte auch eine Verwandte gewesen sein."

„Und dein Sohn? Kannst du dich an Nicholas erinnern?"

Marcus sprang auf. Das Thema schien ihn aufzuwühlen. „Ich will mich nicht damit belasten. Lass gut sein, Ella. Mehr als zweihundert Jahre habe ich ohne das Wissen um die Gründe meiner Existenz als Geist verbracht. Es ist nicht länger von Belang."

Er verließ die Küche und kurze Zeit später hörte Ella ihn an dem Pavillon arbeiten. Die Art, wie er den Hammer auf das Holz krachen ließ, klang wütend.

Sie griff zu ihrem Laptop und investierte den Vormittag in Recherchen. Das Internet war eine Fundgrube für alle nur erdenklichen Informationen.

Sie fand das digitalisierte Tagebuch einer Harriet Aldly, die eine Nachbarin der Wyndhams gewesen war. An einer Stelle erwähnte sie einen Kutschenunfall, bei dem ein gewisser Charles Torrington und ein Henry Marsden zu Tode kamen. Freundlicherweise hatte die gute Mrs Aldly aufgeschrieben, dass besagter Marsden bis zum Dahinscheiden des alten Viscounts Wyndham als dessen Privatsekretär angestellt gewesen war.

Ella holte sich einen Block und notierte die Informationen. Später würde sie Marcus erzählen, was sie herausgefunden hatte. Aus einem Impuls heraus googelte sie nach einem Howard Stapleton und fand seine Todesanzeige in Michigan, USA. Ein paar Klicks weiter stieß sie auf einen Zeitungsartikel über seinen Sohn, Adam Stapleton und den tragischen Autounfall, bei dem seine Frau und die kleinen Zwillingstöchter ums Leben gekommen waren. Sie zückte ihren Bleistift, um es ebenfalls niederzuschreiben, und ließ dann den Stift sinken. Würde sie wissen wollen, dass ihren Nachfahren eine solche Tragödie widerfahren war? Für die Antwort musste sie nicht lang überlegen. Sorgsam legte sie Block und Kugelschreiber beiseite, schloss das Notebook und trug alles nach oben.

Auf ihrer Seite des Bettes fand sie einen Zweig dunklen Flieders vor. Sie lächelte und roch daran. Der süße Duft war wundervoll. Ella trat an das Fenster und sah hinunter.

Marcus bemerkte sie nicht und Ella beobachtete ihn mit kummervollem Herzen.

Es gab keine Zukunft für sie beide. Sie befeuchtete die Lippen. Sie war nie eine romantische Person gewesen. Natürlich vermisste sie es manchmal, dass da kein Mann war, der abends auf sie wartete. Niemand, der sie tröstete, wenn sie vor der

Tastatur saß und sich fühlte wie die dümmste Analphabetin auf weiter Flur, weil die Worte nicht fließen wollten.

Sie hatte immer an die Liebe geglaubt. Daran, dass es einen Mann gab, der ihr ganzes Denken vereinnahmte, der sie anblickte und in dessen Augen sie Sonne, Mond und Sterne sah.

Sie starrte hinunter zu Marcus. Dort stand er, der Eine. Der, in dessen Armen sie das Paradies gefunden hatte. Und vermutlich der einzige Mann auf Erden, den sie garantiert in absehbarer Zeit verlieren würde. Ihre Träume hatten ihr Marcus vorhergesagt. Der atemberaubende Sex, das Gefühl, dass alles richtig war und die totale körperliche und seelische Befriedigung.

Sie sah auf ihr Notebook, auf den Block daneben und fasste einen Entschluss. Sie würde Marcus nichts davon erzählen. Und sie würde auch nie wieder Nachforschungen anstellen. Sie waren füreinander bestimmt. Dass seine Erinnerungen verloren waren, hatte vielleicht einen tieferen Sinn? Womöglich war das der Grund für sein Verweilen? Das Paradies, Jenseits oder an welchen Ort auch immer die Seelen nach ihrem Tod gingen, konnte ihn nicht einlassen, solange er keine Kenntnis über die Umstände seines Ablebens besaß.

Ella steckte den Fliederzweig beinahe liebevoll in die Vase neben ihrem Bett. Sie stellte all die einzelnen Blüten, die sie an verschiedenen Stellen des Hauses fand, dort hinein. Diese kleinen Gaben waren eine so bezaubernde Geste von Marcus, dass sie sich kaum überwinden konnte, verwelkte Blumenköpfe und Zweige fortzuwerfen.

Sie zwang ihre Aufmerksamkeit fort von den Gestecken und stopfte den Block unter ihre Dessous, während das Notebook in der Sockenschublade landete.

Ella warf noch einmal einen kurzen Blick durch das Fenster auf Marcus und ging dann hinunter. Als sie das Ende der Treppe erreichte, hörte sie einen Wagen die Einfahrt hereinfahren.

Neugierig linste sie durch das kleine Fensterchen neben der Haustür und verzog das Gesicht. Steven Stapleton geruhte, ihr seine Aufwartung zu machen. Und er hatte Sofie im Schlepptau.

Kapitel 7

„Seien wir vorsichtig, dass keiner unser Geheimnis entdeckt." Sanddorn

„Hallo." Ella nickte dem Mann zu und umarmte Sofie zur Begrüßung. „Was für eine Überraschung."

„Ich war auf Wyndham Manor und habe meine Bilder geschossen. Mr Stapleton war so freundlich und hat mich hergebracht, als ich ihm erzählte, dass ich anschließend einen Abstecher zu dir machen will."

Ella warf dem Viscount einen Blick zu. Sie suchte nach Ähnlichkeiten mit Marcus, doch bis auf dieselbe Haarfarbe und das gleiche Kinn fehlte bei genauerem Hinsehen alles, das auf eine Familienähnlichkeit hindeutete. Vielleicht war er in direkter Linie mit seinem Bruder oder einem Cousin verwandt, wer wusste das schon.

„Ich habe ein Automobil gehört, Ella." Marcus kam aus der Küche und erstarrte. Misstrauisch beäugte er die beiden Neuankömmlinge, vor allem Steven.

„Wer ist dieser Mann, Ella?"

Sie warf ihm einen kurzen Blick zu.

„Steven Stapleton, Sie sind doch nicht ohne Grund hier?"

„Das ist einer meiner Nachfahren?" Marcus trat näher und umrundete Steven ungeniert.

„Ja", entgegnete Ella.

Steven zog die Augenbraue hoch. „Immer so misstrauisch, meine liebe Miss Francke."

Sie verschränkte die Arme vor der Brust.

„Er hat Ähnlichkeit mit meinem Bruder", meinte Marcus langsam. „Bis auf die Augen und die Haare. Mein Bruder war rot wie ein – wie sagt man heutzutage? Rot wie ein Veilchen?"

Ella verkniff sich ein Lächeln.

Das Zucken ihrer Mundwinkel fiel Steven wohl auf und wurde fehlgedeutet. „Ich wollte Ihnen nie zu nahe treten“, meinte er versöhnlich. „Sehen Sie, Sie haben Ihr Zuhause in Deutschland, gehen dort der Arbeit nach. Was wollen Sie mit einem alten, zugigen Cottage? Ich dagegen lebe hier, der Familienbesitz grenzt direkt an das Anwesen und überdies kehrt in Kürze mein Cousin zurück, der in diesem Haus aufwuchs.“

„Glaub ihm nicht, er führt etwas im Schilde. Siehst du, wie er mit dem Fuß scharrt? Dieselbe Geste machte mein Bruder jedes Mal, wenn er sich eines Vergehens schuldig gemacht hatte.“

Ella sah auf die Füße des Mannes und tatsächlich rieb seine Schuhspitze über den Steinboden.

„Außerdem hat er böse Augen.“

„Wie kommst du nur da drauf?“

„Nun ja“, begann Steven langsam und Ella schrak zusammen. Sie musste aufhören, mit Marcus zu reden, wenn Dritte anwesend waren, sonst steckte man sie irgendwann ins Irrenhaus.

„Sie wollen das Cottage also für Ihren Cousin?“

Stevens Augen leuchteten auf. „Ganz recht, er liebt das Haus seit seiner Kindheit. Ihn verbinden viele Erinnerungen damit. Seine Eltern zogen fort, ehe er in die Primary School kam und verkauften den Witwensitz an Fremde.“

„Der Verlust seines Zuhauses muss ihn in diesem Alter schwer getroffen haben“, meinte Ella mitfühlend.

„Ein Stapleton erträgt den Verlust mit Würde.“

„Jetzt hört er sich an wie mein Vater“, kommentierte Marcus diese Aussage.

Ella warf ihm einen finsteren Blick zu und konzentrierte sich wieder auf den Viscount, der offensichtlich nicht vorhatte, sich schnell zu verabschieden.

„Darf ich Ihnen etwas zu trinken anbieten?“ Sie wandte sich an Sofie. „Du auch?“

Steven nickte und auch die Freundin stimmte zu. Ella führte beide ins Wohnzimmer. „Ist Tee in Ordnung? Ich wollte mir gerade eine Tasse machen.“

Die zwei nahmen dankend an.

Marcus folgte Ella in die Küche. „Dieser Steven gefällt mir nicht. Er hat etwas von einer Schlange an sich“, erklärte er argwöhnisch.

Nachdenklich setzte sie Wasser auf, während Marcus ihr die Teebeutel reichte. „Ich fühle mich in seiner Gesellschaft immer unwohl.“

Er schwieg einen Moment und wechselte dann das Thema. „Ich wollte mich wegen heute Morgen entschuldigen“, begann er steif.

Ella legte ihm die Hand auf den Unterarm. „Es ist okay, ich habe dich bedrängt. Es ist deine Angelegenheit. Reden wir nicht mehr darüber.“

„Ich will, dass du verstehst, warum die ganze Angelegenheit so schwierig ist.“

„Du musst mir nichts erklären, Marcus. Es ist wirklich in Ordnung.“

„Das ist es keineswegs“, widersprach er. „Ich hatte einen Sohn, den ich in vielerlei Hinsicht betrogen habe.“

Er warf die Teebeutel schwungvoll in die Teekanne, als sie nicht danach griff.

„Er war unehelich, verstehst du? Nach dem Tod meines Vaters war ich der Viscount.“ Er wirkte aufgewühlt.

Ella nickte. „Und Nicholas nach deinem Tod.“

„Ein uneheliches Kind ist von der Erbfolge ausgeschlossen. Einem Bastard steht nichts zu. Weder Titel noch Besitz.“ Über Marcus’ Züge legte sich ein verbitterter Ausdruck. „Wenn ich ein ehrenwerter Mann gewesen wäre, hätte ich seine Mutter geheiratet. Stattdessen habe ich sie geschwängert und aufs Schändlichste im Stich gelassen.“

Ella schlang die Arme um ihn. „Du bist ein guter Mann, was auch immer damals geschah, du hast bestimmt nur das Beste gewollt.“

Marcus drückte sie enger an sich. „Sieh der Wahrheit ins Auge, ich bin der Lebemann und Schürzenjäger, für den du mich gehalten hast.“

Ella kuschelte sich an ihn. „Ich hatte unrecht, manchmal passiert das, weißt du?“

Sie fühlte sein Lachen mehr, als sie es sah. „Hört, hört.“

Sie machte sich frei. „Ich muss zu unseren Gästen, umso schneller sind wir sie wieder los.“

Marcus nickte und wandte sich zur Hintertür. „Lass Steven nicht aus den Augen, er führt nichts Gutes im Schilde.“

„Keine Sorge, ich bin ein großes, emanzipiertes Mädchen."

Sie stellte die Tassen und die Teekanne auf ein Tablett und trug alles ins Wohnzimmer.

Sofie stand mitten im Raum und sah sich um, zweifellos überlegte sie, was und wie sie fotografieren wollte.

Steven saß entspannt auf der Chaiselongue, einen Arm auf der Lehne ausgestreckt, den anderen lässig auf seinen Schoß gelegt.

„Der Tee." Ella stellte das Tablett auf den Tisch und reichte ihm eine Tasse.

„Das Wohnzimmer ist fantastisch", erklärte Sofie verträumt.

„Ein Wintergarten würde sich noch gut machen", meinte Ella und gab ihr den Tee, ehe sie sich in einen Sessel setzte.

„Hast du vor, umzubauen?", wollte sie wissen.

„Die eine oder andere bauliche Neuerung könnte ich mir gut vorstellen, falls ich das Cottage tatsächlich behalte", entgegnete Ella und nahm einen Schluck Schwarztee. In Wahrheit fiele ihr nicht im Traum ein, etwas an diesem wundervollen Besitz zu verändern. Über den Rand ihrer Tasse hinweg, sah sie aus halb geschlossenen Augenlidern zum Viscount, der mit gerunzelter Stirn und verkrampft auf der Chaiselongue saß.

„Das Haus ist so alt, bestimmt gibt es einiges zu renovieren. Die Rohrleitungen zum Beispiel. Nachts geben sie manchmal seltsame Geräusche von sich."

Steven nippte an seinem Tee und wirkte, als nähme er Gülle zu sich.

„Ein paar Wände sollten niedergerissen werden, dazu neue Farbe, andere Fußböden. Das Haus kann ein Schmuckstück sein, wenn die richtigen Personen Hand anlegen", trieb Ella das Ganze auf die Spitze und beobachtete fasziniert, wie Steven blass um die Nase wurde. Ihm schien der Gedanke, dass sie Renovierungen plante, kein bisschen zu behagen. „Was denken Sie, Mr Stapleton?"

„Ich finde Umbauarbeiten völlig unnötig. Sie würden den Charme des Hauses zerstören, außerdem, bedenken Sie die Kosten. Sie wären sehr schnell finanziell ruiniert."

Ella neigte den Kopf. „Wie reizend, dass Sie sich sorgen." Sie lächelte liebenswürdig und schnupperte genießerisch an ihrem Tee. Aus dem Augenwinkel sah sie, dass Sofie die Szene mit einer Mischung aus Faszination und Belustigung beobachtete.

Steven leerte seine Tasse und stellte sie vor sich auf dem Couchtisch ab. Er erhob sich. „Ich verabschiedete mich jetzt, vielen Dank für den Tee." Er nickte Sofie höflich zu und wurde von Ella zur Haustür begleitet. Sie sah ihm hinterher, während er aus der Einfahrt fuhr und kehrte dann ins Wohnzimmer zurück.

Sofie saß auf dem Louis-Seize-Stuhl und sah neugierig auf, als sie eintrat.

„Was sollte das gerade eben?", wollte sie wissen.

Schmunzelnd zuckte Ella mit den Achseln. „Hast du gesehen, wie entsetzt er war?" Sie ließ sich auf der Chaiselongue nieder und griff nach der Teetasse.

Sofie spielte an ihrer Fotokamera herum. „Na ja, es ist das Haus seiner Ahnen und du redest davon, hier mit preußischem Tatendrang alles umzukrempeln. Da muss ein kultivierter Brite doch hyperventilieren." Sie hob die Kamera und knipste Ella.

„Toll", rief sie aus. „Heb' doch bitte die Tasse an deine Lippe … und jetzt lümmle dich auf der Chaiselongue."

Begeistert betätigte sie den Auslöser, bis Marcus hinter Ella auftauchte.

„Verflucht!" Sofie sah durch die Linse. „Irgendetwas stimmt nicht." Prüfend sah sie auf den Punkt über Ellas Kopf. „Auf dem Bild ist plötzlich ein heller Fleck, als würde jemand hinter dir stehen." Sie biss nachdenklich auf der Unterlippe herum, während sie das Display anstarrte.

Marcus musterte neugierig die Kamera. „Was für ein seltsamer Apparat ist das?"

„Ein digitaler Fotoapparat", beantwortete Ella seine Frage.

„Wie bitte?" Verwirrt hob Sofie den Kopf und sie trat eilig zu ihr. „Deine Digicam, ein beeindruckendes Modell."

Stolz reichte Sofie ihr den Apparat. „Eine digitale Spiegelreflexkamera von Hasselblad", verkündete sie. „Die H2D mit 22 Megapixeln."

Ella hielt den Fotoapparat hoch, damit Marcus ihn genauer betrachten konnte, und tat, als hätte sie Interesse daran.

„Die technischen Möglichkeiten dieser Zeit sind wahrhaft verblüffend", sagte er beeindruckt.

Ella rollte die Augen, sodass nur Marcus es sehen konnte. Er lachte.

„Meinst du, sie ist kaputt?", fragte sie an Sofie gewandt.

„Werden wir gleich wissen.“ Sie zog eine weitere Kamera hervor, eine kleinere, aber immer noch größer als die gängigen Touristenknipser. Blitzschnell drückte sie ab und besah sich das Ergebnis. „Schon wieder. Verflucht noch mal!“

„Also gut, jetzt reicht’s. Deine Freundin hat das Vokabular eines Droschkenkutschers. Ich gehe, mit einer solchen Person möchte ich nichts zu tun haben.“ Marcus küsste Ella auf die Stirn und zwinkerte ihr zu. „Ich fürchte, dieses Haselblatt und die kleinere Blitzbox können mich ablichten. Besser ich verstecke mich davor.“

„Ja, denke ich auch“, gab Ella zu.

Sofie starrte sie an. „Sag mal, hattest du das schon immer?“

Sie blinzelte und sah Sofie verwirrt an.

„Na, diese Neigung, Selbstgespräche zu führen?“

Ella lachte verlegen. „Ja, hm, eine Angewohnheit von früher. Manchmal bricht es durch.“ Sie musste sich unbedingt zusammenreißen. „Willst du deine Fotoapparate an einer anderen Stelle im Haus ausprobieren?“

Sofie machte Auf- und Abwärtsbewegungen mit den Kameras in den Händen. „Ja“, sagte sie.

„Dann komm mit, das Schlafzimmer wird dir gefallen.“

„Habe ich doch schon gesehen“, erinnerte Sofie sie. „Und du hast recht. Es hat mir gefallen.“ Sie grinste breit.

Auf dem Weg nach oben stoppte sie wiederholt und schoss Fotos. „Gibt deine Speicherkarte überhaupt so viel her?“, neckte Ella ihre Freundin.

Sofie starrte angestrengt durch die Linse und brummelte. Endlich senkte sie die Kamera. „Ich habe immer ein paar auf Vorrat dabei“, erklärte sie. „Weißt du was? Du machst dich prima als Fotomodel.“

„Ich? Blödsinn!“, wehrte Ella ab.

„Doch, im Ernst. Du bist wirklich fotogen. Ich habe dich ein paar Mal auf der Treppe und jetzt hier im Schlafzimmer geknipst. Ich glaube, das werden die besten Bilder, die ich geschossen habe.“ Sofie runzelte die Stirn. „Sag mal, wenn ich dir ein Kostüm aus dem siebzehnten oder achtzehnten Jahrhundert mitbringe, dürfte ich dich dann für meinen Bildband fotografieren?“

„Mich?“

„Bitte! Bildbände wie meinen gibt es schon zu Dutzenden, aber wenn ich das Ganze ein bisschen aufpeppe, macht das Buch mehr her."

Ella konnte diesen Wunsch gut verstehen. Immerhin lebte Sofie von den Einnahmen ihrer Bücher.

„In Ordnung, aber nur ein paar Bilder."

Sofie strahlte sie an. „Einverstanden! Ich besorge dir das Kostüm und dann machen wir eine Fotosession."

Ella nickte schicksalsergeben. „Alles, was du willst", murmelte sie unverbindlich. „Was machen deine Recherchen über den englischen Offizier?"

Sofies Augen leuchteten auf. „Über ihn selbst habe ich noch nichts Neues herausgefunden."

Ella trat an das hohe Fenster und verkniff sich ein Schmunzeln, während sie Marcus beim Arbeiten beobachtete.

Sie hatte einiges über ihn in Erfahrung gebracht. Er liebte es, ihr Blumen zu schenken. Er hatte die herrliche Eigenschaft, einer Frau das Gefühl zu vermitteln, einzigartig und wundervoll zu sein. Er war warmherzig, großzügig, sinnlich und rücksichtsvoll. Und seine Küsse schmeckten phänomenal. Sie riss sich aus ihren Träumereien und konzentrierte sich wieder auf Sofie.

„… war eine fabelhafte Idee von mir, dem Pastor meine Hilfe bei der Archivierung der Kirchenakten anzubieten", plauderte diese eben und trat neben Ella ans Fenster. „Sag mal, hörst du das Klopfen auch?"

Ella stockte der Atem. Marcus stapelte gerade die Holzlatten. Was geschah, wenn Sofie das schwebende Holz sah? Fieberhaft überlegte sie, wie sie entweder Marcus warnen oder Sofie ablenken konnte.

Die lehnte sich vor und stützte sich am Gitter ab. Ella riss sie zurück und Sofie stieß einen erschrockenen Schrei aus, während sie nach hinten stolperte. Aus den Augenwinkeln sah Ella, dass Marcus sie beide entdeckt hatte und sich hinter den Pavillon zurückzog.

Böse funkelte Sofie sie an. „Was sollte das denn? Du hast mich zu Tode erschreckt."

Entschuldigend hob sie die Hände. „Das Gitter wackelt", log sie lahm.

Die Fotografin schielte beunruhigt auf das Geländer. „Oh, du solltest dich darum kümmern. So was kann tödlich enden."

„Ich weiß." Zerknirscht erwiderte sie Sofies Blick. „Ich lasse es reparieren, sobald ich die Gelegenheit finde."

Erneut trat Sofie an das Fenster. „Was für ein schöner Ausblick." Dann starrte sie auf den Rohbau im Garten. „Ella, du baust dir einen Gartenpavillon?", staunte sie.

„Nein … doch."

„Ich hätte nicht geglaubt, dass du handwerklich begabt bist." Sofie nickte beeindruckt.

„Bin ich auch nicht, ich habe Hilfe."

„Jemand aus dem Dorf?"

„Nein, ich lasse mir von einem Freund helfen", behauptete Ella.

Sofie reckte den Hals. „Ist er da?"

Ella krümmte sich in Gedanken. Sie war eine schlechte, unwillige Lügnerin und eine Freundin zu beschwindeln war ihr äußerst unangenehm.

„Nein, ich … er kommt und geht, wie es ihm in den Kram passt. So haben wir es abgemacht."

Sofie berührte Ella am Arm. „Es ist spät geworden, ich gehe jetzt besser. Wenn es dunkel ist, möchte ich nicht mehr über die Landstraßen stiefeln."

„Soll ich dich zum Pub fahren?"

Sofie zögerte. „Nur, wenn es dir keine Umstände bereitet. Ich war heute so lange auf den Beinen, dass ich nichts dagegen habe, gefahren zu werden."

„Dann lass uns aufbrechen." Ella zog sich rasch eine Jacke über und griff nach den Autoschlüsseln.

Als sie und Sofie in das Auto stiegen, saß Marcus auf dem Rücksitz.

„Du hattest mir eine Ausfahrt versprochen", erklärte er.

„Doch nicht ausgerechnet jetzt."

„Redest du mit mir oder wieder mit deinem unsichtbaren Freund?" Sofie grinste.

Ella verzog ihr Gesicht. „Harvey, wir sind enttarnt", sagte sie und sah in den Rückspiegel. Marcus strahlendblaue Augen fixierten sie fragend. „Harvey? Keiner meiner Namen ist Harvey?

Ist das der Name eines deiner ehemaligen Geliebten?" Eifersucht schwang in seiner Stimme und Ella unterdrückte ein Lächeln.

„Harvey ist ein menschengroßes Kaninchen, das nur bestimmte Menschen sehen können."

„Ich kenne den Streifen mit James Stewart", erklärte Sofie. „Herrlicher Film, nicht wahr? Ich mag diese Uralt-Schinken."

„Was versteht deine fluchende Freundin unter ‚uralt'?" Marcus beugte sich interessiert vor.

„Aus den 1950ern, glaube ich."

„Mein großer Freund Harvey? Ich glaube schon." Sofie runzelte die Stirn.

Auf der Rücksitzbank lachte Marcus leise. Ein tiefes, aus dem Bauch kommendes Geräusch, das Ella mit Wärme erfüllte.

Sie räusperte sich, startete den Motor und das Lachen endete abrupt. Sie warf einen kurzen Blick nach hinten. Marcus' Hände stützten sich auf die Polster und seine Miene wirkte angespannt. Sofie hingegen lehnte sich zufrieden seufzend zurück. Sie schlüpfte aus ihren Schuhen und wackelte mit den Zehen.

„Ah, das tut gut", seufzte sie.

Die Scheinwerferlichter hüpften bei jedem Schlagloch auf und ab.

„Das waren also diese tanzenden Lichter, die ich manches Mal gesehen habe", staunte Marcus.

„Du hast noch nie …", meinte Ella und musterte ihn über den Rückspiegel.

„Ich habe die Lichter der Automobile gesehen, aber die schienen immer starr zu stehen, wenn sich eines dem Haus näherte. Ich konnte nur vermuten, dass es deren Lampen waren, die durch die Nacht sprangen."

Ella nickte verständnisvoll.

„Ach Himmel, natürlich trage ich öfter Schuhe mit Absatz. Nur nicht, wenn ich den ganzen Tag unterwegs bin", erklärte Sofie. „Ich habe mich für Steven Stapleton aufgebrezelt. Der Typ scheint mir reichlich blasiert. Ich wollte nicht riskieren, wegen unpassenden Schuhwerks fortgeschickt zu werden."

„Die Gute hat vielleicht das Vokabular eines Bierkutschers, aber den wachen Verstand eines Gelehrten und die Menschenkenntnis eines Pastors", meldete sich Marcus von der Rückbank zu Wort.

Es kostete Ella Mühe, das Lächeln zu unterdrücken. Davon abgelenkt übersah sie ein besonders tiefes Schlagloch und hörte im selben Moment von hinten einen dumpfen Laut und einen herzhaften Fluch.

Ein erneuter Blick zeigte ihr, dass Marcus die Miene verzogen hatte und sich den Kopf an der Stelle rieb, die gegen die Scheibe gedonnert war.

„Ich dachte, diese metallenen Kutschen wären sicherer und komfortabler."

Nach einigen weiteren Beschwerden von Marcus erreichten sie den Pub, wo Ella Sofie aussteigen ließ. Sie wartete, dass die Freundin das Porter's Inn betrat, und winkte ihr zum Abschied zu. Als sie sich zum Beifahrersitz umdrehte, saß Marcus mit einem Mal neben ihr. Er grinste frech angesichts ihrer überraschten Miene.

„Es hat doch ein paar Vorteile, tot zu sein", ulkte er.

Das Lächeln ging Ella durch und durch. Seine Augen strahlten, als er sie ansah. Die Grübchen, die in den Wangen erschienen, zogen sie magisch an. Doch statt Küsse darauf zu hauchen, berührte sie diese mit den Fingern. Strich zärtlich darüber und genoss das Gefühl der kratzigen Stoppeln unter ihren Fingerspitzen. Sie seufzte und riss sich los.

Marcus lehnte sich zufrieden lächelnd zurück. „Ist das Fahren auf dem Nebensitz bequemer?", fragte er.

„Manche behaupten ja, aber ich fahre viel lieber hinten mit."

„Wir werden sehen, was ich dazu zu sagen habe", entgegnete er so aristokratisch, dass Ella nicht anders konnte, als zu antworten: „Sehr wohl, Euer Durchlaucht."

„Es heißt Mylord", berichtigte er.

„Gewiss doch, Euer Gnaden", zog sie ihn auf.

Er grinste. „Ich glaube, das ist ein Fall von Insubordination."

Ella legte die Hand auf seinen Schenkel. „Oh ja, Mylord, ich fürchte, Ihr müsst mich in Euren Privatgemächern maßregeln."

Er sog die Luft zischend ein. Sie schenkte ihm ein verruchtes Lächeln.

„Solltest du dich nicht besser auf den Weg konzentrieren?", fragte er mit rauer Stimme.

Sie kicherte. „Oh, ich beherrsche das Autofahren im Schlaf."

„Ich würde es dennoch vorziehen, wenn du dem Fahren und der Straße volle Aufmerksamkeit schenken würdest."

Sie warf ihm einen Seitenblick zu. Entgegen seiner sorgenvollen Worte schien er der Strecke durchaus mit Vorfreude entgegenzusehen.

Wenig später bog sie in die Einfahrt ab und musterte Marcus interessiert. Er versuchte sich den Anschein von Gelassenheit zu geben, doch die steile Falte auf der Stirn verriet ihn. Sie griff nach seiner Hand und drückte sie. „Wir sind da."

„Das sehe ich." Der trockene Kommentar reizte Ella zum Lachen.

Sie parkte vor dem Cottage und zog den Schlüssel ab, nachdem sie die Handbremse angezogen hatte. Marcus verharrte reglos auf dem Sitz und so drehte sie sich schmunzelnd zu ihm um. „Der Motor ist aus, die Türen lassen sich von innen öffnen. Du kannst aussteigen, wenn du magst."

Er schenkte ihr einen galanten Handkuss, die Berührung seiner Lippen durchzuckte Ella wie ein Stromschlag. Das Pulsieren schien sich in den Wangenknochen zu zentrieren. Sie war versucht, sich vorzubeugen und die Liebkosung zu erwidern. Mit Mühe hielt sie sich zurück, sowohl neugierig, als auch sehnsüchtig darauf wartend, was Marcus als Nächstes tun würde. Er streichelte ihre Handfläche mit kreisenden Daumenbewegungen und sah ihr tief in die Augen. „Denk nur nicht, ich hätte vergessen, dass du dich ungebührlich verhalten hast."

Sie schluckte trocken und starrte ihn wie hypnotisiert an. Erregung und Verlangen ließ ihr Herz schneller schlagen. Er berührte sie zärtlich an der Wange, glitt über den Hals, weiter in den Nacken und zog sie näher. Das Aufeinandertreffen ihrer Münder war wie Magie. Sie legte die Hand auf seine Brust und fühlte das Pochen. Marcus' Atem wehte über ihr Gesicht und kitzelte das Ohr.

Ihr Puls raste und sie wollte mehr von ihm, sehnte sich danach, ihn zu spüren und zu schmecken. Es drängte sie, die süße Schwere zu erleben, wenn er sich über sie legte und auf die Matratze presste. Sie wollte, dass er ihr damit den Atem raubte und leidenschaftliche Küsse mit ihr tauschte, sie liebte sein raues Stöhnen an ihrem Ohr. Ganz ohne ihr Zutun glitt ihre Hand an seine Knopfleiste und öffnete das Hemd, um die Hand zwischen den klaffenden Stoff zu schieben und die nackte Haut zu berühren.

Die Lust brandete in ihr auf und sie wollte keine Minute mehr länger warten. Gelenkig wie sie war, kletterte sie auf Marcus' Seite und ließ sich auf seinen Schoß sinken. Überrascht, aber nicht unwillig, starrte er sie an. Dieses Staunen brachte sie zum Lachen, das rasch erstickte, als er sie am Hinterkopf packte, um ihre Lippen näher an sich heranzubringen und sie zu küssen. Sie seufzte und begann die Hose zu öffnen.

Ohne seinen Mund von ihrem zu lösen, fragte er: „Willst du das wirklich? Hier, in der Metallkutsche mit all dem Glas um uns herum?"

„Es ist dunkel, wir stehen auf einem Privatgrundstück und ja, ich will das." Sie rückte ein Stück von ihm ab und sah ihn an.

Er lächelte mit männlichem Triumph. „Wie Ihr wünscht!"

Sie griff hinter ihn und ließ den Beifahrersitz in Liegeposition sinken. Sie verkniff sich beim Blick auf Marcus' verdutzte Miene ein neuerliches Lachen, das nach außen drängen wollte. Ehe er auf die Idee kommen konnte, sich mit dem Mechanismus des Autositzes zu beschäftigen, zog Ella ihr Oberteil aus und lenkte damit seine ungeteilte Aufmerksamkeit auf sich.

„Ella!" Er stöhnte und legte die Hand auf ihre Taille. „Du bist so unfassbar schön, und atemberaubend!" Mit fiebrigem Enthusiasmus betrachtete er sie.

Sich auf so begrenztem Raum zu entkleiden erwies sich als sportliche Leistung, doch sie schafften es und endlich lagen sie Haut auf Haut aufeinander. Ella zog mit genießerischem Seufzen die Unterlippe durch die Zähne, als ihre Leiber miteinander verschmolzen. Der ungewöhnliche Ort, die Leidenschaft, die Enge, all das befeuerte ihr Begehren. Alles, was sie fühlte, wahrnahm, was für sie zählte, waren in diesen Minuten Marcus und ihre Empfindungen für ihn.

Keuchend und erhitzt vergrub sie schließlich ihr Gesicht an seinem Hals, inhalierte den Duft und die Wärme, die er verströmte und genoss die Umarmung.

„So wie mit dir war es für mich noch nie!", gestand sie leise. Ihr Körper war ebenso matt und befriedigt wie ihre Seele. Ihre Herzen rasten.

Er strich eine ihrer Haarsträhnen beiseite. „Du bist ein Wunder, Ella. Mein Wunder“, erwiderte Marcus und küsste sie auf die Schulter. Seine Finger spielten mit dem Haar.

Sie schwiegen, kamen langsam wieder zu Atem. Sie richtete sich auf, legte die Hände auf seine Brust. „Ich möchte hineingehen.“

Einen Moment lang sah er sie nur an und sie hatte das Gefühl, dass er sich jedes Detail ihres Gesichtes einprägen wollte, ehe er endlich nickte.

Sie verzichteten darauf, die Kleider einzusammeln, sondern liefen, nackt wie sie waren, ins Haus. Ella lachte und fühlte sich unbeschwert und frei. Sie griff nach Marcus’ Hand. Er hatte gesagt, sie sei ein Wunder, dabei war das verkehrt. Nicht sie, er war es. Ein Geschenk des Himmels. Ihr Herz wollte überschäumen vor Freude und Liebe zu ihm.

Im Haus war es düster. Ohne die Lichtschalter zu betätigen, huschten sie die Treppen hinauf, direkt ins Badezimmer.

Ella griff nach dem Duschkopf und wurde von hinten von Marcus umfangen. Er legte seine Hand auf die ihre.

„Lass es uns auf meine Art tun!“ Er knabberte an ihrem Ohr und die Knie wurden ihr weich.

Sie ließ sich gegen ihn sinken. „Was meinst du damit? Was ist `deine Art´?“ Ein Seufzen glitt ohne ihr Zutun über die Lippen.

„Baden“, erklärte Marcus. „Ich habe in der Kiste mit den bewegten Bildern gesehen, dass sich Frauen gerne mit viel Wasser, Champagner, Kerzenschein und Rosenblättern in die Wanne legen.“

Ella bog den Kopf, soweit es möglich war, um ihm ins Gesicht zu blicken. „Ich weiß nicht, ob ich es gut finden soll, dass du andere Frauen beim Baden beobachtest.“

„Ich finde es empörend, dass ihre Familien erlauben, dass sie in die Filmkisten klettern und so alle Welt an ihren Wannenbädern teilhaben lassen.“

Sie lachte. „Wir beide halten es privat und intim, ich verspreche es dir!“ Um den Stöpsel in den Ablauf zu stecken, musste sie sich aus der Umarmung befreien. Danach öffnete sie den Wasserhahn, prüfte die Temperatur und dreht sich zu ihm um. „Dann baden wir zusammen. Ich hoffe, du gibst dich mit einer

Vanilleduftkerze und ordinärem Badeöl zufrieden und kannst auch auf den Champagner verzichten."

Der Kuss, den er ihr lachend auf den Hals pflanzte, jagte ein genüssliches Beben über ihre Haut. „Was immer dir beliebt, meine Rose!"

Sie entzündete die große Stumpenkerze, die auf dem Fensterbrett stand, dann ergriff sie seine Hand und stieg gemeinsam mit ihm in die Wanne. Sie goss einen Badezusatz hinein, das den Duft der Tropen versprach, und stellte die Flasche an den Rand zurück.

Das temperierte Wasser umspielte ihre Leiber und sie lehnte sich mit dem Rücken an seine Brust. Bei jeder Bewegung schwappten Nässe und Wärme über ihre Körper. Marcus streichelte sie sacht und sie seufzte.

„Ich mag deine Art zu baden."

Er küsste sie auf den Rand der Ohrmuschel. „Das freut mich."

Sie aalten sich im Wasser, bis es abkühlte, dann stiegen sie heraus und sofort hüllte Marcus sie in ein flauschiges Badetuch. Zärtlich tupfte er die Wassertropfen von ihrer Haut und wäre sie nicht träge und müde gewesen, hätte er ihre Lust ein weiteres Mal angestachelt. Von Liebe und Sehnsucht erfüllt, starrte sie auf seinen gebeugten Kopf, während er vor ihr kniete und ihre Zehen abtrocknete. Als er aufsah, traf sie der Blick seiner warmherzigen Augen mitten ins Herz. Er blinzelte, schluckte und richtete sich auf.

„Komm mit, Zeit ins Bett zu gehen." Er griff nach ihren Fingern und führte sie ins Schlafzimmer. Dort entzog sie sich ihm.

„Gib mir einen Moment. Ich muss mich kurz um meine Haare kümmern."

Er beugte sich vor und küsste sie auf den Hals. „Lass mich nicht zu lange warten." Er machte es sich unter der Bettdecke bequem und beobachtete Ella dabei, wie sie die Haarspange löste und sich bürstete. Die Strähnen waren eine Farbmischung aus Silber und Gold und hellem Kupfer. Dazu besaß sie grüne Augen, die sie von ihrem Vater geerbt hatte. Sie schlüpfte in das luftig-weiße Nachtgewand, in dem sie neuerdings schlief, zupfte daran, ehe sie innehielt und Marcus über den Spiegel einen fragenden Blick zuwarf. Seine Miene zeigte Hingabe und Faszination.

„Was gefällt dir an mir?“

Alarmiert richtete er sich auf. „Komm hierher ins Bett, dann zeige ich es dir“, schlug er ihr mit heiserer Stimme vor.

„Oh nein, mein Lieber.“ Ella lachte. „Ich kenne die Tricks der Männer. Du verführst mich, damit du mir nicht antworten musst.“

Marcus setzte eine überraschte Miene auf. „Auf derartige Ränke soll ich verfallen? Wie käme ich nur dazu?“

Er streckte die Arme nach ihr aus und Ella ließ die Bürste fallen, um zu ihm unter die Decke zu kriechen. Sie kuschelte sich an ihn und alles, was sie denken konnte, war, dass sie nie wieder ähnliches für einen Mann fühlen würde. Bisher hatte sie sich oft gefragt, warum ihre Freundinnen mit Herzchen in den Augen herumliefen, sobald sie sich verliebt hatten. Jetzt wusste sie weshalb und sie verstand, dass sie nie zuvor so echte, tiefe Gefühle empfunden hatte wie für Marcus. Die Liebe zu ihm war intensiver als alles, was sie bisher erfahren hatte und es fühlte sich absolut richtig an, in seinen Armen zu liegen.

Er hob ihr Kinn, damit sie ihm ins Gesicht sah. „Ich finde dich so zauberhaft, dass mein Herz schmerzt, wenn ich dich länger nicht sehen kann. Du bist eine schöne, großzügige Frau. Du bist mutig, zärtlich und selbstständig, Ella. Für mich bist du perfekt.“

„Ich bin nicht perfekt“, hauchte Ella.

„Ich betrachte dich mit dem Herzen und in meinem Herzen bist du es.“ Er senkte die Lippen auf die ihren. Sie erwiderte seine Liebkosung hungrig und ein süßer, sehnsüchtiger Laut entrang sich ihrer Kehle. Prompt reagierte er auf die Hitzigkeit des Kusses.

Sie sank in die Kissen und zog Marcus mit sich. Sie hatte schon immer eine Vorliebe für langhaarige Männer gehabt. Ihre Finger fuhren durch sein langes Haar. Als sich eine der Strähnen selbstständig machte und ihre Schulter streifte, erschauerte sie.

Marcus rückte ein wenig von Ella ab und griff nach einem Band auf dem Nachttischchen. Sie hielt ihn auf.

„Nicht, lass dein Haar offen. ich mag es, so wie es ist.“

Er ließ die Lederschnur fallen und liebkoste ihr Kinn, den Hals und setzte die Zuwendungen am Ausschnitt des Negligés fort. Er zog den Stoff ein wenig herunter und küsste die zarte Haut ihres Dekolletés. Seine Hand glitt unter den Saum und streichelte Ellas Bauch.

„Du bist weich, süß und köstlich." Jedes Adjektiv begleitete er mit einem sachten Knabbern an Hals und Schlüsselbein.

Ihre Hände liebkosten seine Schultern, die muskulösen Arme und umschlossen seine Handgelenke mit zärtlichem Griff.

„Zeit für eine Revanche", murmelte sie und rollte sich auf ihn. Ihre Müdigkeit war vergessen.

Rittlings schwang sie sich auf seine Hüften und hielt seine Hände über seinem Kopf fest. Einen Moment lang verschmolzen ihre Blicke. Mit glasklarer Genauigkeit erkannte sie in Marcus' Augen, dass er dasselbe fühlte wie sie.

„Ich bin dein williger Gefangener, Mistress Ella", schnurrte er mit einer Stimme wie Whisky und Honig.

„Bist du das, ja?" Sie liebkoste seinen Hals mit den Lippen, dort, wo der Pulsschlag vibrierte, weiter über den Adamsapfel bis hin zu der Kuhle am Beginn des Oberkörpers.

„Wirst du brav sein, wenn ich deine Hände loslasse?"

Leidenschaft hatte Marcus' Augen verdunkelt. „Ich werde so brav oder böse sein, wie du mich haben willst", versprach er.

Zärtlich strich sie über seine Seiten, und als er mit einem leisen Zischen Luft einsog, wusste sie, dass sie auf dem richtigen Weg war. Seine Haut war warm und weich, das Fleisch darunter fest und durchtrainiert. Unter den Fingerkuppen ertastete sie eine Narbenwulst, die ihr bereits vorher einmal aufgefallen war. Sie stoppte mit ihren Liebkosungen und sah auf das gezackte Wundmal. Sanft strich sie darüber. „Wie ist das passiert?"

„Auch wenn ich gern behaupten würde, dies sei in einer heldenhaften Schlacht geschehen, die Wahrheit ist, dass ich als Kind von einem Baum fiel."

Ella musterte die Stelle nachdenklich. „Das muss höllisch geschmerzt haben."

Marcus ließ seine Hände über ihre Oberschenkel wandern. „Daran erinnere ich mich nicht mehr. Nur noch, dass ich so laut geschrien habe, dass man mich in jedem Winkel Wyndham Manors hörte."

Mitfühlend verzog sie das Gesicht, ehe sie sich darüber beugte und sanfte Küsse auf die verheilte Verletzung hauchte.

„Ella“, keuchte er, berührte ihre Schulter und sie griff nach seiner Hand.

„Möchtest du mich berühren?“ Ihre eigene Stimme hörte sich fremd an. Heiser vor Lust und Sehnsucht. Sie zog das Nachthemd aus und ließ es auf den Boden fallen. Er starrte sie an, leckte sich über die Lippen. „Du bist einfach unglaublich.“

Sie merkte nicht, wie es geschah, auf einmal jedoch fand sie sich auf dem Rücken liegend vor. Marcus beugte sich über sie und küsste sie heißblütig. Mit Inbrunst erwiderte Ella die Liebkosung, und er verlor sich in einem wilden, hemmungslosen Rhythmus, angefeuert von ihrer leidenschaftlichen Begierde.

Sie umklammerte ihn, zog ihn enger zu sich und seufzte genießerisch, als er sich über sie schob.

„Viel besser!“, erklärte sie so inbrünstig, dass er lachte. Sie schlang die Beine um ihn, und er gehorchte der stummen Aufforderung, sie zur Seinen zu machen. Er füllte sie aus, wie noch kein Mann vor ihm. Die Hände machten ihr mit fiebriger Gier deutlich, wie sehr er sie begehrte und die gefühlvollen Küsse ließen sie alles um sie herum vergessen. Die erotischen Empfindungen, die er in ihr auslöste, katapultierten sie schließlich in einen intensiven Höhepunkt, der sie zuckend und bebend zurückließ.

Atemlos fühlte Ella, wie Marcus sie an sich zog und sie verbarg ihre Erschütterung an seiner Schulter. Noch nie hatte sie sich einem Mann so leidenschaftlich und vollständig hingegeben wie ihm.

Sie musste erschöpft eingenickt sein, denn sie erwachte, als Marcus’ Fingerkuppen sie streichelten. Seine Hände erreichten das Gesicht und berührten ihre Wange.

Seine Miene wurde weich, während er sie anblickte.

„Marcus, ich … ich liebe dich.“

Er schluckte sichtbar. Und noch einmal, Furcht, Bedauern und tiefste Sehnsucht blitzten in seinen Augen auf. „Ich liebe dich auch“, erwiderte er schlicht.

Kapitel 8

„Geheimnis" Farn

Ein grausig klingender Schrei riss sie aus dem Schlaf. Durch das offene Fenster fiel das Mondlicht und das leichte Rauschen verriet, dass es draußen regnete. Ella war schlagartig hellwach und setzt sich auf.

„Was ist das?", wollte er wissen.

Ella sah ihn säuerlich an. „Einer deiner spukenden Kumpels?"

An der Art, wie er sie anblickte, wusste, sie, dass er sie nicht ernst nahm.

Wütend klaubte sie ihr Nachthemd auf und zog es über. Marcus räusperte sich und richtete sich ebenfalls auf.

„Herrgott noch mal", fluchte Ella.

Marcus starrte sie schockiert an. „Manchmal geht mir die Emanzipation zu weit", murmelte er.

Sie hob entschuldigend die Schultern.

Das Kichern verlor sich in unverständlichem Gebrabbel und Schluchzen.

„Kannst du dem Ganzen kein Ende bereiten?", wollte sie wissen.

„Wie denn?"

„Na gibt es nicht so eine Art Geisterabkommen oder Ähnliches, das einem Geist verbietet, das Anwesen eines anderen heimzusuchen?" Zornig ging sie an ihren Kleiderschrank und öffnete die Tür.

„Meine Rose, wovon sprichst du?"

Ella blickte kurz über die Schulter zu ihm, ehe sie den Bademantel hervorholte und ihn überzog. Sie drehte sich um und machte eine aufgebrachte, wedelnde Handbewegung. „Na, diese Spukerscheinung. Ich habe gedacht, das gehört zu deinem

Auftritt, aber offenbar fühlen sich hier noch weitere Gespenster heimisch."

Marcus schüttelte den Kopf. „Das ist kein Spuk."

Sie erstarrte und fixierte ihn misstrauisch. „Wirklich nicht?"

„Ganz bestimmt, Ella."

„Woher weißt du das?"

Marcus sah sie ernst an. „Kann ich dir nicht genau erklären, aber ich bin mir sicher, dass dafür kein Geist verantwortlich ist."

„Na prima", schnaubte Ella. „Dann kann ich mir schon denken, was der ganze Spuk zu bedeuten hat." Damit stürzte sie aus dem Schlafzimmer.

„Ella, ich sagte dir doch eben, es ist kein Geist." Sie hörte seine Schritte hinter sich.

„Habe ich verstanden. Das hier ist wohl eher das Werk eines skrupellosen Nachfahren von dir", entgegnete sie und eilte zur Treppe.

Das irre Gebrabbel schwoll erneut an. Dann verstummte der Lärm im Haus. Ella verharrte und lauschte. Balken knackten leise, von draußen drangen das Rauschen des Windes und das Plätschern des Regens.

Marcus trat hinter sie und legte seine Hand auf ihre Schulter. „Da ist nichts."

Sie schnaubte unwillig. „Aber ich bin nicht verrückt, du hast den Lärm auch gehört."

Er nickte.

Sie seufzte. „Ich bin sicher, dass Steven für diesen Spuk verantwortlich ist. Er will mich aus dem Haus vertreiben." Sie fixierte Marcus. „Ich lasse mich nicht verjagen. Das ist mein Zuhause. Ich habe vom ersten Moment an gespürt, dass ich hierher gehöre."

Er nahm ihre Hand und hauchte einen Kuss darauf. „Mein kleiner Kaktus", lächelte er. „Komm, lass uns wieder schlafen gehen. Wir werden morgen über die Sache nachdenken." Er führte sie zurück ins Schlafzimmer, streifte ihr dort den Bademantel ab und zwang sie unter die Bettdecke. Die Wärme und Marcus' liebevolle Umarmung sorgten schnell dafür, dass sie in tiefen Schlummer sank.

Sie wurde das nächste Mal munter, als Marcus versuchte, unbemerkt aus dem Raum zu schlüpfen. „Was hast du vor?“, fragte sie benommen.

Er schenkte ihr ein Zwinkern. „Lass dich überraschen.“

Erschöpft, wie sie war, rollte sie sich unter den Decken zusammen und erwachte erst wieder, als Marcus sie zum Frühstück rief. Sie schleppte sich in die Küche und lächelte überrascht, als sie den gedeckten Tisch bemerkte. Er hatte wirklich an alles gedacht: ihr Müsli, Kaffee, Toast, Marmelade.

Sie nahm Platz, nachdem er ihr den Stuhl zurecht geschoben hatte. Er schenkte ihr Kaffee ein. Sie trank einen Schluck und fühlte Marcus’ erwartungsvollen Blick auf sich ruhen.

„Und schmeckt er?“

Ein paar Kaffeekrümel schwammen in der Tasse, doch sie sah großzügig darüber hinweg. „Nahezu perfekt.“

Erst jetzt bediente Marcus sich selbst und lehnte sich zufrieden zurück. Ihr war nicht entgangen, dass er mit kindlicher Begeisterung sämtliche Haushaltsgeräte inspizierte und sie hatte ihn mehr als einmal ertappt, wie er die Maschinen aufs Genaueste besah. Bald würde er dazu übergehen, die Apparate zu zerlegen, um auch deren Innenleben zu begutachten, vermutete sie.

Sie lächelte über seinen Stolz und aß eine Scheibe viel zu dunklen Toast, während sie überlegte, ob ihr Lob nicht doch ein wenig zu mütterlich war.

„Wieso denkst du, dass es Stevens Werk ist, dich zu erschrecken?“

„Weil er von Anfang an versucht hat, mich aus dem Haus zu vertreiben. Erst mit Geld und als das nicht klappte mit Horrorgeschichten über Spuk und Holzwürmer.“

„Holzwürmer?“, rief Marcus empört. „Das Cottage hat mein Vater von den herausragendsten Baumeistern des Landes errichten lassen. Sie haben nur das beste Material benutzt. Wenn es hier Ungeziefer gäbe, wüsste ich es. Dieser Kretin!“

Ella unterdrückte ein Schmunzeln.

„Könnte es einen anderen Grund geben, als den, seinen Verwandten hier unterzubringen?“?

Marcus hob ratlos die Arme. „Was fragst du mich? Ich bin hier nur der Hausgeist.“ Er griff nach ihrer Hand und zog Ella auf den Schoß. „Mir fallen auf Anhieb ein Dutzend Gründe ein, aus denen ich dich wieder nach oben tragen sollte."

Sie schmiegte sich an ihn und sah zu ihm. „Hast du das letzte Nacht ernst gemeint oder war das nur im Überschwang der Gefühle?"

„Was? Dass du süß und weich und köstlich bist?", fragte er und knabberte an ihrem Ohrläppchen.

Sie wehrte ihn lachend ab. „Dass du mich liebst."

Er griff nach ihren Fingern, hob sie an den Mund und zupfte mit den Zähnen sacht an ihrem Handgelenk, bis sie anfing, wollüstig zu seufzen.

„Lass das, Marcus, ich habe jetzt keine Zeit dafür."

„Wie schade", entgegnete er und küsste ihren Hals, nachdem sie ihm die Hand entzogen hatte.

„Rote Rosen möchte ich dir schenken. Fünfzig Mal fünfzig rote Rosen, jeden Tag meines Daseins", raunte er an ihrem Ohr.

Die Art, wie er das sagte, ließ wohlige Schauder über Ellas Rücken rieseln. Sie lehnte sich an ihn, genoss die Wärme und Stärke seines Körpers, um sich dann doch von ihm loszumachen.

„Kann ich dich überzeugen, dir zeigen zu dürfen, wie sehr ich dich liebe?"

Sie seufzte. „So gerne ich dein Angebot wahrnehmen würde", sagte Ella traurig. „Ich habe Beth versprochen, einen Spaziergang mit ihr zu unternehmen."

Dass sie die Gelegenheit nutzen und dabei örtliche Gruselgeschichten in Erfahrung bringen wollte, verriet sie ihm nicht. Der Einfall war ihr beim Erwachen gekommen. Das Gehirn einer Autorin, auch wenn sie eine Sachbuchautorin war, funktionierte in anderen Parametern. Wollte man einem nüchtern veranlagten Menschen ein Haus abluchsen, dachte dieser als Erstes an die naheliegendste Lösung: Vergrößerung des Eigentums oder die lohnende Vermietung eines Objektes.

Ein Schriftsteller hingegen argwöhnte sofort versteckte Schätze oder Leichen im Keller. Manchmal echte und bedeutend öfter jene im übertragenen Sinn. Außerdem erinnerte sie sich an die Andeutungen der Frauen beim Wellness-Treffen in Beths Haus. Und die Wahl der Mittel ihres Rivalen ließ Ella nicht an Nostalgie glauben.

Marcus streichelte über ihren Rücken, versenkte sein Gesicht an ihrem Hals und sog den Duft tief ein.

„Es ist in Ordnung. Du hast versprochen, mit ihr spazieren zu gehen. Versprechen sollte man halten, oder man macht sie nicht."

Ella nickte lächelnd. Sie küsste ihn auf den Mund und entwand sich seiner Umarmung.

„Und pünktlich sollte man ebenfalls sein", entgegnete sie, damit verschwand sie aus der Küche.

„Das ist so deutsch!", rief er ihr hinterher.

Sie schmunzelte über ihren kleinen Schlagabtausch, bis sie bei Beth ankam. Die verließ das Haus fertig angekleidet, als hätte sie bereits darauf gewartet, dass Ella anklopfte.

Sie bewunderte die Erscheinung der hochgewachsenen Engländerin. Sie hatte ihr Haar mit einer Krebsklammer aufgesteckt und trug einen schicken Zweiteiler, der nach Landadel aussah. Eine dieser typisch britischen olivgrünen Wachsjacken und passend dazu feste Wanderschuhe.

Unsicher sah Ella auf ihre eigenen Füße, die in einfachen Sneakers steckten. In Mädchenrosa. Farblich abgestimmt auf die Windjacke, die sie sich extra für den Englandaufenthalt angeschafft hatte.

Beth lachte. „Keine Sorge, ich werde dich nicht zu sehr triezen."

Ella lächelte stirnrunzelnd, unsicher, ob die Aussage als Drohung oder Versprechen zu verstehen war. „Also, welchen Weg nehmen wir?"

„Den landschaftlich schöneren Weg natürlich, dort kommen wir auf den Little Hill hinauf, von da aus hat man einen prächtigen Ausblick auf die Umgebung. Und man sieht das Herrenhaus der Wyndhams." Beth zeigte geradeaus.

Sie plauderten über belanglose Dinge, bis Ella eine Bemerkung Beths zum Anlass nahm, das Gespräch in die von ihr gewünschte Richtung zu lenken.

„Aber bestimmt gibt es einige interessante Geschichten über die Wyndhams und die Umgebung?"

Beth sah Ella aus hochgezogenen Augenbrauen an. „Was interessiert dich denn? Klatsch und Tratsch oder die Wahrheit?"

Ella grinste. „Die Wahrheit ist langweilig. Klatsch und Tratsch natürlich. Gern alle Ereignisse ab Queen Elizabeth der Ersten."

Beth lachte. „Na gut, ich bin eine geborene Aldly."

„Das sagt mir gar nichts", behauptete sie. Sie erinnerte sich, im digitalisierten Tagebuch einer Harriet Aldly, über einen Charles Torrington und den Privatsekretär des damaligen Viscount Wyndhams gelesen zu haben.

„Na ja, es gibt da Gerüchte, dass eine der Aldly-Töchter irgendwann einmal etwas mit einem der Wyndhams hatte. Könnte also sein, dass ich weitläufig mit den Wyndhams verwandt bin."

„Beweise gibt es aber keine?"

Beth schüttelte den Kopf. „Soweit ich weiß, nicht. Dann gibt es noch die Vermutung, dass Mitte des siebzehnten Jahrhunderts einer der Wyndham-Söhne sein uneheliches Kind nach Wyndham Manor brachte. Sie haben das Kind und seine Nachkommen in die Familie aufgenommen. Erben konnten selbstverständlich weder der uneheliche Sprössling noch seine Nachkommen." Beth überlegte. „Ich wusste einmal den Namen des Jungen."

„Nicholas", teilte Ella ihr mit.

„Stimmt. Nicholas Stapleton. Ich glaube, sein Vater verschwand spurlos." Sie runzelte die Stirn. „Jeder hier kennt die Geschichte um den verschwundenen Stapleton."

Ellas Herz begann wie wild zu pochen. „Ehrlich? Hat man denn nie herausgefunden, was mit ihm geschah?"

Beth verneinte. „Das ist eins der hiesigen Rätsel. Es gibt immer wieder mal Verschwörungstheoretiker, die glauben, das Aldly-Mädchen wäre seine Geliebte gewesen und ihre Familie habe ihn daraufhin ermorden lassen."

Ella überlief es eiskalt.

„Andere behaupten, er und das Mädchen seien durchgebrannt. Als geborene Aldly und im Besitz der Familienbibel kann ich dir sagen, dass irgendwann um siebzehnhundertsiebenundfünfzig der Name eines Aldly-Familienmitgliedes aus der Bibel gelöscht wurde. Wenn es tatsächlich besagtes Mädchen war, dann ist sie entweder in Schande gestorben oder wirklich davongelaufen."

Ellas Gehirn arbeitete auf Hochtouren. Konnte es sein, dass diese Aldly-Tochter deswegen verstoßen worden war?

„Besteht die Möglichkeit, dass sie die Mutter dieses Nicholas war?“, erkundigte sich Ella.

„Wie gesagt, die Person wurde in der Bibel ausradiert. Es könnte auch ein Mann gewesen sein“, erzählte Beth.

„Und was ist mit Rose Cottage? Gibt es Geheimnisse um den ehemaligen Witwensitz?“

Beth überlegte. „Nein, da ist mir nichts bekannt. Nur diese vagen Geschichten über einen Geist. Der uneheliche Zweig der Wyndhams hat bis in die Achtziger hinein dort gelebt. Dann zogen die Eltern fort und verkauften das Anwesen an deine Tante Edith.“

Als sie den höchsten Punkt des Little Hill erreichten, machten sie halt. Die Luft war klar und über den Hügel verstreut grasten Schafe. Einige hatten blaue Kreise auf den Fellen, andere rote Kleckse. Ein besonders Vorwitziges kam zu ihnen und fraß zu ihren Füßen, als gäbe es dort das beste Gras.

Ella beachtete das Tier nicht weiter, obwohl ihr sein Geruch stechend in die Nase drang. Stattdessen sah sie auf die Senke hinunter, in der Wyndham Manor lag. Beeindruckt musterte sie die Vorsprünge und Säulen und die riesigen Ausmaße des Herrenhauses, in das ihr Cottage mehrmals hineinpassen musste. Prächtige Blumenrabatten säumten die Einfahrt. Auf der Rückseite war ein typischer englischer Park angelegt, der sich im hinteren Teil in einen Rosengarten verwandelte.

„Die Gartenanlage ist ein wahres Paradies.“

Beth stimmte ihr zu. „Die Wyndhams waren schon immer begeisterte Gärtner.“

„Welcher Engländer nicht?“ Ella schmunzelte.

Beth lachte. „Auch wieder wahr! Wenn du lange genug in Maidenly Green bleibst, kannst du vielleicht am Sommerfest der Wyndhams teilnehmen. Das ist das Ereignis im Dorf.“

Ella neigte den Kopf. „Hört sich nach Spaß an“, meinte sie unverbindlich und überlegte, wie sie mehr Informationen über die Stapletons, deren Häuser und Geschichte erhalten konnte, ohne dass ihr Interesse daran Misstrauen oder Neugier erregte.

Beth nickte ihr zu. „Lass uns weitergehen. Ich kenne eine Abkürzung, ich will dir ja nicht die Freude an Spaziergängen vermiesen und auch künftig auf deine Gesellschaft zurückgreifen können.“ Sie lachte.

Ella kehrte eine Stunde später verschwitzt und unzufrieden mit den Ergebnissen der Nachforschungen nach Rose Cottage zurück. Beth hatte ihr über das Haus kaum etwas anderes erzählen können, als den Klatsch und Tratsch, den sie ohnehin kannte. Seufzend öffnete sie die Haustür. Ihre Füße schmerzten und sie war durstig.

„Marcus?“ Sie warf die Schuhe von sich.

Das Haus blieb still und leer. Ellas Herzschlag setzte kurz aus. War die Zeit ihres Glücks vorbei, kaum dass sie begonnen hatte? War Marcus wieder zu dem Schatten seiner Selbst geworden, verloren im grauen Nichts?

„Marcus?“ Ihre Stimme wurde lauter und schriller. Sie hasste das Gefühl der Panik, das in ihr aufstieg. Vergessen waren ihre geplagten Füße, sie rannte in den Garten und fand ihn bei der Arbeit an der Laube. Augenblicklich fiel das schwere Gewicht der Furcht von ihr ab.

Er entdeckte sie fast im gleichen Moment, ließ sein Werkzeug fallen, öffnete die Arme und fing sie auf, als sie sich ihm entgegenwarf.

„Einen Moment lang hatte ich Angst, du wärst fort“, flüsterte sie.

„Mich zu lieben ist ein großes Risiko, Ella“, entgegnete er mit erstickter Stimme.

Sie kuschelte sich enger in die Umarmung, schloss die Augen und genoss das Gefühl seines Körpers an ihrem.

Sie wollte so gern an ein `und sie lebten glücklich bis ans Ende ihrer Tage´ glauben, doch sie war weder eine Träumerin noch dumm. Es gab im wahren Leben kein Happy End. Die Welt würde sich weiterdrehen, mit ihm und ohne ihn. Und er war ein Geist, auch wenn Ella ihn sehen, hören, berühren und schmecken konnte. Das durfte sie niemals vergessen.

„Ich nehme, was ich kriegen kann“, erwiderte sie. „Ich möchte nicht an später denken. Mich interessiert das Hier und Jetzt.“

„Oh Ella.“

Sie löste sich aus der Geborgenheit seiner Berührung und sah ihm ins Gesicht. „Ich bin realistisch genug, zu wissen, dass nichts für ewig ist.“

Marcus' Miene wurde weich. „Nein, nichts ist für die Ewigkeit“, sagte er leise. Sein Daumen fuhr die Form ihrer

Lippen nach. „Meine unsterbliche Seele würde ich dafür verpfänden, mit dir zusammen sein zu können. Und sei es nur einen weiteren Tag."

Er musterte sie so voller Liebe und Wärme, dass ihr ganz schwindlig wurde. Nie hatte sie sich die Erfüllung eines Wunsches so verzweifelt ersehnt, wie den, mit Marcus eine gemeinsame Zukunft zu haben. Es war verrückt, undenkbar und alles, was sie sich vom Schicksal erhoffte. Sie schluckte, als würde dies helfen, die Schwermut ihres Herzens zu unterdrücken. Eine Weile blieb sie an ihn geschmiegt stehen, dann löste sie sich aus der Umarmung.

„Hast du Hunger?"

Der ernste, sehnsüchtige Blick schwand aus seinen Augen. Er musterte Ella lüstern. „Ich habe großen Appetit."

„Reiß dich zusammen, Mylord!", befahl Ella streng. „Sind belegte Brote und Salat in Ordnung?"

Marcus tat enttäuscht. „Ach, du redest vom Essen."

Er griff nach ihrer Hand und hauchte einen Kuss darauf. „Ich werde essen, was auch immer du zubereitest."

Sie lächelte. „Das freut mich", erwiderte sie munter. Von draußen drang das Röhren und Tuckern schwerer Bikes heran. Weil dies so ungewöhnlich war, eilte sie ins Innere des Cottages, schlüpfte sie in ihre Schuhe und trat vor das Haus. Marcus folgte ihr.

Auf der schmalen Landstraße tuckerten acht bis zwölf wild aussehende Jugendliche auf Geländemotorrädern entlang. Obwohl die Maschinen einen höllischen Lärm machten, war das Gegröle der jungen Männer zu hören. Als ihr Anführer die Einfahrt zu Rose Cottage entdeckte, riss er ohne Rücksicht auf die Nachfolgenden den Lenker herum und fuhr auf das Anwesen.

Johlend folgten ihm die anderen.

Ein besonders dreister Rocker hielt auf Ella zu und sie entging der Kollision nur, weil Marcus sie beiseite stieß. Das Motorrad glitt durch seinen Körper und bewies ihr, dass er immer noch ein Geist war, wenn auch nicht für sie. Fasziniert sah sie, dass sich Reifen und Rumpf für einen Moment mit einer Raureifschicht überzogen.

Ella richtete sich auf und beobachtete fassungslos, wie die Jugendlichen wilde Kreise in der Auffahrt drehten. Kies spritzte empor wie Gischt, die sich an Felsen brach.

Sie riss die Arme hoch und rannte, ohne nachzudenken, auf die Motorradgang zu.

„Hört auf! Verschwindet!“

Die jungen Kerle lachten und riefen ihr grobe Beleidigungen zu, ehe sie mit aufheulenden Motoren vom Anwesen jagten.

„Ungezogenes Pack, nicht einen Funken Respekt!“ Marcus zog Ella in die Arme. Ihr Herz pochte so wild, dass sie glaubte, das Echo an seiner Brust zu fühlen. „Vielleicht solltest du die Behörden über den Vorfall in Kenntnis setzen?“

Sie hatte zwar das unbestimmte Gefühl, dass diese Begebenheit kein Zufall gewesen war, doch sie wusste, dass ihr die Polizei kaum helfen konnte, geschweige denn, dies auch täte, nur weil ein paar Rowdys scheinbar über die Stränge geschlagen hatten.

Sie verneinte. „Das ist unnötig. Es ist ja nichts weiter passiert.“ Sie berührte Marcus mit einem Lächeln. „Wolltest du nicht essen?“

Er schob sie ins Haus zurück. „In der Tat! Du hast mir zu essen versprochen und vielleicht setzen wir uns anschließend nach draußen und genießen den schönen Abend?“

„Klingt perfekt!“

Nach dem Abendessen saß Ella dann tatsächlich an ihn gekuschelt auf der Terrasse und sah zu, wie die Sonne hinter den Bäumen unterging.

„Ich habe mir früher nie die Zeit genommen, den Sonnenuntergang zu beobachten. Es gab immer etwas vermeintlich Wichtigeres zu tun. Ich war noch jung und hätte so viel Zeit gehabt.“ Marcus’ Gesicht verzog sich wehmütig und er sah Ella in die Augen. „Denke immer daran, die Zeit verrinnt unaufhaltsam. Vergeude keinen Moment deines Lebens. Das Heute ist Morgen bereits Vergangenheit.“

„Du wirst mich daran erinnern.“ Ein dumpfer Schmerz durchschnitt ihr Herz. Ihr Verstand konfrontierte sie mit der schonungslosen Wahrheit, doch ihr Bauch und ihr verräterisches Herz hinderten sie, darauf zu hören: Vielleicht entschwand er schon morgen für immer und tauchte nur als Schatten, Dunst, oder in Form von Poltern und Klopfen auf. Möglicherweise blieb er Tage, Wochen, sogar Jahre im Nichts verschwunden, bevor er durch eine Laune des Schicksals oder eines Gottes - wer oder was auch immer für seinen Zustand verantwortlich war - erneut erschien. Ob es ihm gelingen würde, ihr in seinen klaren Phasen zu begegnen? Würde sie für die Dauer ihres irdischen Daseins auf ihn warten müssen? Darauf, dass er wiederkehrte, nur um ihr erneut entrissen zu werden, und im Nichts zu entschwinden?

Er zog sie auf seinen Schoß und küsste sie wild und leidenschaftlich, so, als fühlte er ihre Verwirrung und den Kummer, der sie übermannen wollte. Ellas Finger griffen in sein Haar und sie erwiderte den Kuss mit derselben Inbrunst. Marcus' Geruch und Geschmack machten sie trunken. Sie glitt tastend und liebkosend über seinen Rücken, die Brüste drückten sich gegen seinen Oberkörper. Er gab diesen kehligen Laut von sich, der Ella so verrückt machte. Seine Hand wanderte in ihren Ausschnitt … und ein grauenhaft schrilles Heulen erklang.

Fluchend stoben sie auseinander.

Ella sah sich mit wildem Blick um. Ihr Herz raste und sie fühlte den Pulsschlag bis in den Ohren. „Wie bewerkstelligt er das nur?"

„Steven?"

„Wer denn sonst?" Sie stieß ein knurrendes Geräusch aus. „Langsam glaube ich, die Wyndhams sind nur auf Erden, um mich in den Wahnsinn zu treiben."

Marcus lachte. „Ein bisschen zu viel der Ehre. Als das Geschlecht entstand, wussten wir nichts von einer künftigen Begegnung mit dir."

Das Heulen und irre Plappern zerrte an ihren Nerven.

Ella stemmte die Hände in die Hüften und sah sich um. „Wie zur Hölle macht er das nur?" Das Lärmen verstummte und ihr Puls beruhigte sich ein wenig.

„Welch ein Glück, es ist verstummt", sagte Marcus.

„Ich möchte trotzdem wissen, woher die Geräusche kommen. Wie schafft er es, diesen infernalischen Krach auszulösen?" Sie biss sich nachdenklich auf die Lippen.

„Eine neumodische Maschine?"

Ella schlug die Hand vor ihre Stirn. „Natürlich, Steven hat irgendetwas installiert." Sie stöhnte auf. „Damit steht mein Plan für morgen fest, ich werde im Haus nach etwas suchen müssen, das diesen Krach produziert.“

Ihr Gespräch wurde von einem Wagen unterbrochen, der die Auffahrt heraufkam. Ella und Marcus gingen nach vorn und erkannten einen unbekannten Geländewagen mit Londoner Kennzeichen.

Ein Kerl sprang aus dem Auto. Er war lang und dürr wie eine Holzlatte. In sein scharf geschnittenes Gesicht fielen weizenblonde Locken, auf denen ein breitkrempiger Hut thronte, dazu trug der Mann ein kariertes Hemd zu einer braunen Lederweste.

„Hallo?“ Ella trat näher. „Kann ich Ihnen helfen? Haben Sie sich verfahren?“

„Das hier ist doch Rose Cottage?“, fragte der Unbekannte und schob den Hut in den Nacken.

„Ja.“ Sie runzelte die Stirn und fühlte Marcus' Hand auf ihrer Schulter. „Was wollen Sie und wer sind Sie?“ War das ein weiterer Versuch Stevens, sie aus dem Haus zu vertreiben? Der Mann zog eine Visitenkarte aus seiner Brusttasche. „Danny Loomis, Geisterjäger.“

„Geisterjäger?“, riefen Ella und Marcus gleichzeitig. Im nächsten Moment kreischte sie auf, weil ein Sprühregen in ihrem Gesicht landete. Flüssigkeit tropfte auf ihr Shirt.

„Sind Sie verrückt?“, schrie sie den Mann an, der seelenruhig eine Sprayflasche um seine Hand wirbeln ließ, wie der Revolverheld eines Westerns, ehe er sie in seinen Werkzeuggürtel an der Hüfte steckte.

„Entschuldigung, musste sichergehen, dass Sie weder eine dunkle Wesenheit, noch von einer besessen sind.“

Ella wischte sich über das Gesicht. Sie wollte den Mann so schnell wie möglich loswerden. „Wie kommen Sie darauf, dass ich einen Geisterjäger benötige?“

Danny Loomis öffnete den Kofferraumdeckel und holte ein Gerät heraus, das Ähnlichkeit mit einem Verstärker hatte. Dann zerrte er einen kleinen Werkzeugkoffer vor und klappte diesen auf. Zum Vorschein kam ein Apparat, der an ein Manometer erinnerte.

„Was ist das?“

„Ortungsgerät für paranormale Aktivitäten“, erklärte er knapp.

„In Ordnung, und nochmal: Wie kommen Sie darauf, dass ich einen Geisterjäger brauche?“

„Die E-Mail“, sagte er. Auf Ellas fragendes Schulterzucken entgegnete er: „Sie haben mich vor einiger Zeit nachts kontaktiert weil etwas oder jemand in Ihrem Haus lärmt und heult. Es klang recht interessant und glaubwürdig, also habe ich meine Sachen gepackt, sobald ich konnte, und bin direkt hierhergefahren, nachdem ich anderweitig keinen Kontakt zu Ihnen herstellen konnte.“

Ella verkniff sich einen Fluch. Die nächtlichen Hilferufe an die britische Geisterjägerszene hatte sie vollkommen vergessen. Sie warf Marcus einen entschuldigenden Blick zu.

„Es tut mir schrecklich leid, dass Sie sich umsonst hierher bemüht haben, aber es hat sich herausgestellt, dass das Ganze nur eine fiese Intrige ist, um mich aus dem Haus zu ekeln.“

Danny sah sie zweifelnd an. Seine Finger spielten an dem Ortungsgerät herum und plötzlich piepte und blinkte es.

„Ho ho ho“, machte er und klang wie die Karikatur des Weihnachtsmannes. „Meine Herrn! Dass sind die aktivsten Spukaktivitäten, die ich je erleben durfte. Lady, Sie haben hier sehr wohl ein kleines Gespensterproblem.“ Er starrte fasziniert auf das Display. „Poltergeist oder erdgebundener Geist, würde ich meinen.“ Ohne weiter auf Ella zu achten, wandte er sich dem Haus zu und ging die Mauer entlang.

„Soll ich ihn verjagen?“, fragte Marcus.

Sie drehte sich um und sah ihn warnend an, ehe sie Danny Loomis hinterherlief. „Was tun Sie da?“

„Ich messe die ektoplasmischen Strömungen“, erklärte der, dann stieß er einen Jodellaut aus. „Meine Güte, das muss der stärkste Geist sein, der mir je untergekommen ist. Definitiv erdgebunden. Ein Poltergeist verursacht andere Signaturen bei den Messungen.“

Er konzentrierte sich auf seine Begehung und den Apparat. Da sich der Geisterjäger offenbar keinen Deut darum scherte, dass er unwillkommen war, beschloss Ella, die Gelegenheit zu nutzen und ihn auszufragen.

„Was ist der Unterschied zwischen einem Poltergeist oder erdgebundenen Geist?“

Das lenkte Danny Loomis' Aufmerksamkeit auf Ella. Die Augen blitzten begeistert und seine Nase zuckte wie bei einer Spitzmaus, die einen köstlichen Geruch witterte.

„Es gibt Dutzende Geisterphänomene, zwei der bekanntesten sind der Polter- und der erdgebundene Geist", begann er. Er zeigte mit einer Handbewegung in Richtung des Cottages. „Stimmen, Schritte, Gegenstände, die sich wie von selbst bewegen. So was deutet auf Poltergeister hin. Oft sind das die einzigen Begleiterscheinungen eines Poltergeistes. Der erdgebundene Geist hingegen", Danny schnalzte mit der Zunge, „ist von anderem Kaliber. Die können richtiggehend gemein werden."

„Unverschämter Schurke!", stieß Marcus hervor.

Ella überhörte seinen Kommentar geflissentlich.

„Die erdgebundenen sind meist aus bestimmten Gründen auf dieser Ebene verhaftet. Die Sorte hält sich meist noch für lebendig. In Cork drüben hat so ein Geist eine alte Dame regelrecht aus ihrem Haus geprügelt. Man wird sie nur los, wenn man den Grund für ihr Verweilen beseitigt. Sie haben doch nicht irgendwelche Personen im Haus gesehen, die da nicht hingehören? Ich denke da an Spukgestalten, Schatten, Lichter, durchscheinende Menschen, so etwas in der Art? Kommt Ihnen das vertraut vor?"

„Nein", behauptete Ella hastig. „Hören Sie, ich sagte Ihnen doch schon: Jemand will mich aus dem Haus verjagen und veranstaltet eine Riesen-Scharade deswegen."

Der Geisterjäger sah sie stirnrunzelnd an. Dann warf er einen sehnsüchtigen Blick auf das Cottage und einen auf sein Messgerät. „Wenn das so ist. Aber Sie haben trotzdem ein Geisterproblem, Lady. Sind Sie sicher, dass ich nicht mal im Inneren …"

„Nein, es ist wirklich nur eine Intrige, um mich aus dem Haus zu ekeln. Es tut mir wirklich sehr leid, Sie um Hilfe gebeten und dadurch hergelockt zu haben."

Danny Loomis hob die Augenbraue skeptisch. Dann schaltete er das Gerät aus. „Nun gut, wenn Sie meinen. Ich werde mich im hiesigen Pub einquartieren. Wenn Sie also Ihre Meinung ändern … Ich bin noch mindestens drei Tage hier."

Ella streckte die Hand aus und verabschiedete Danny. „Es wird nicht nötig sein. Vielen Dank und entschuldigen Sie bitte, dass Sie umsonst kommen mussten."

Enttäuscht zog der Geisterjäger von dannen.

Ella stieß erleichtert die Luft aus, als er aus der Hofeinfahrt fuhr. „Welch ein Schlamassel!"

Marcus sah sie mit gekräuselten Lippen an. „Du wolltest mich also tatsächlich loswerden?"

Ella legte ihre Hand auf seinen Arm. „Du hattest mich verärgert und dann dieses nächtliche Heulen …"

„Hm", machte er.

Sie glitt tiefer und ergriff seine Finger. „Komm, lass uns nach drinnen gehen. Irgendwie ist mir nach seichter Unterhaltung. Wollen wir ein Buch lesen?" Sie grinste spitzbübisch. „Wie wäre es mit Jane Austen? Ich habe gesehen, dass meine Tante Northanger Abbey in ihrem Regal stehen hat."

Er brummte, folgte ihr aber willig ins Haus. „Keine Frauenlektüre", verlangte er.

Grinsend zog Ella später einen Sherlock Holmes-Roman aus dem Bücherregal und dankte Tante Edith im Stillen für ihre Begeisterung an klassischer Literatur. Bisher hatte Marcus jedes Buch mit Wohlwollen verfolgt und auch an diesem Abend fand er Gefallen daran.

Als sie zu Bett gingen, glaubte Ella noch an eine ruhige Nacht.

Dieser Hoffnung beraubt, saß sie am nächsten Morgen am Frühstückstisch, den Kopf auf die Hand gestützt und rührte in ihrem Kaffee. Und seufzte. Sie trank einen Schluck und bewegte den Löffel wieder klappernd in der Tasse. Sie fühlte sich im wahrsten Sinne des Wortes todmüde. „Ich bin es leid, das war jetzt die dritte Nacht in Folge. Ich brauche meinen Schlaf." Sie stieß einen Fluch aus, der Marcus zusammenzucken ließ. Sie hob ihren Blick und sah ihn entschuldigend an. „Tut mir leid, ich werde biestig, wenn ich nicht genug Schlaf bekomme. Erst schleicht Steven hier herum, dann der Pseudospuk …"

Marcus erstarrte und blinzelte. „Ich weiß, wo die lärmende Box ist."

Entschlossen nahm er Ella an die Hand. Ihre Finger umschlossen die seinen und sie ließ sich von ihm zum Fenster der Speisekammer führen. Er musste es ihr nicht zeigen, sie entdeckte es sofort: Sekundenlang starrte sie auf den fingerlangen, schmalen Kasten, ehe sie ihn energisch abriss und die Miniantenne abbrach.

Marcus nahm ihr den Sender ab. „Ich könnte es das Wasserklosett hinunterspülen, wenn du magst?“ Er wog es in der Hand. „Es ist leicht, ein Schlag mit dem Hammer und die Angelegenheit ist bereinigt.“

Ella verkniff sich ein Grinsen.

„Wir könnten auch mit dem Automobil darüber fahren. Würde dich das glücklich machen?“

„Mylord, du hast eine blutrünstige Ader.“ Ella stieß ein kurzes Lachen aus.

Seine Miene verschloss sich. „Ich war Soldat, es liegt in meiner Natur.“

Sie umfasste sein Gesicht mit den Händen und musterte ihn. „Das stimmt nicht, ich kenne keinen Mann, der zärtlicher ist als du.“

Marcus hauchte einen Kuss auf ihren Daumen, der an seiner Lippe lag. „Aber ich beschütze die Meinen.“ Seine Kiefermuskeln traten hervor. In diesem Moment war sie sicher, dass er auf etwas anspielte, was er ihr nicht verraten wollte. Vielleicht war es ihm auch unmöglich, darüber zu sprechen. Er würde es ihr erzählen. Eines Tages. Davon war sie überzeugt.

Ella fuhr mit ihren Daumen Marcus' Kiefer nach, hinauf zu den hohen Wangenknochen. Der Zug um seinen Mund wurde weich und die Farbe der silbrigen Punkte in den tiefblauen Augen hatte sich zu einem Grafitton verfärbt.

„Das weiß ich.“ Sie lächelte ihn an und strich durch sein Haar. Die dunklen Haarsträhnen bildeten einen aufregenden Kontrast zu ihrer milchweißen Haut.

„Ich hoffe, Steven zählt nicht zu den Deinen, denn ich werde mich jetzt in mein Auto setzen, zu ihm fahren und den Sender in seinen Rachen stopfen, bis er um Gnade winselt.“

„Meine Rose, du bist blutrünstig wie ein Kosak.“

Ella fletschte die Zähne. „Ich bin eine Kraut, wir sind noch schlimmer.“

Marcus lachte. „Eine Kraut?“

„Eine Deutsche“, erklärte sie.

Sie löste sich aus seiner Umarmung und zögerte. „Willst du mitkommen?"

„Um zu sehen, wie du meinen Nachfahren zum Duell herausforderst?", fragte er. „Mit allergrößtem Vergnügen."

„Dann folge mir unauffällig." Sie schloss die Faust um den zerstörten Apparat und stopfte es in ihre Jeanstasche, ehe sie nach ihrem Autoschlüssel griff. Zwar könnte sie genauso gut zum Anwesen der Stapletons hinüberlaufen, aber sie zog es vor, zu fahren. Der Grund ihres Besuchs machte eventuell eine Flucht nötig und da bevorzugte sie es, dass sie sich jederzeit in eine schützende Metallkarosserie retten zu können.

Minuten später parkte sie vor dem Portal des Herrenhauses und betätigte mehrfach hintereinander die Klingel. Die riesige Eingangstür öffnete sich und ein hagerer, vornehm wirkender Butler starrte sie an. „Sie wünschen?"

Ella schob sich energisch an dem distinguiert erscheinenden Mann vorbei. „Wo ist Seine Lordschaft?"

Der Diener blinzelte empört. „Sind Sie mit Seiner Lordschaft verabredet, Miss?"

„Jetzt schon", erklärte Ella.

„Also nicht." Der Mann verschränkte die Hände auf dem Rücken. „Seine Lordschaft ist leider verhindert. Rufen Sie doch an, und vereinbaren einen Termin mit ihm."

Marcus trat hinter ihr in die Eingangshalle und lachte. „Es geht doch nichts über einen anständigen Butler."

Ella ignorierte ihn und funkelte den Diener an. „Richten Sie Seiner Lordschaft aus, dass ich mir über die Rechtslage in Großbritannien nicht ganz im Klaren bin, aber ich gehe davon aus, dass es auch hier eine strafrechtliche Verfolgung nach sich zieht, wenn man Abhörgeräte bei seinen Nachbarn installiert."

„Es ist in Ordnung, Angus", ertönte die Stimme Stevens. Er trat aus einer Tür im Erdgeschoss. Seine Kleidung erwies sich als leger. Ein Hemd, dessen oberster Knopf offen stand, eine schwarze Jeans und bequeme Slipper, offenbar hatte Ella ihn bei nichts Wichtigem gestört.

Angus, der Butler nickte dem Viscount zu und verschwand.

Steven deutete auf den Raum, aus dem er gekommen war, als er sie gehört hatte.

Sie folgte seiner Einladung und betrat einen gediegen eingerichteten Herrensalon, so typisch britisch, als wäre er einer Wohnzeitschrift oder einem Film entsprungen. Auf dem Boden lagen dicke Läufer, die die Schritte dämpften und an der Wand neben einem silbernen Wandleuchter hing ein Gemälde, das eine Bärenjagd darstellte. Im Kamin prasselte ein Feuer und warf ein flackerndes Licht auf den dunkelbraunen Ledersessel davor. Auf dem Beistelltischchen befand sich ein Cognacschwenker, dazu, ganz unbritisch, eine Flasche deutscher Weinbrand.

Steven lächelte dünn. „Es gibt Dinge, die ich an den *Krauts* schätze." Er schlenderte zu seinem Sessel, setzte sich und sah Ella erwartungsvoll an.

Marcus wanderte staunend in dem Zimmer herum. Berührte die Buchrücken im Regal, musterte die Wandtäfelung. „Das war der Lieblingsraum meines Vaters", erzählte er andächtig. Sie ignorierte ihn bedauernd.

„Nun?" Die Fingerspitzen seiner Hände aneinandergepresst betrachtete Steven sie interessiert. Sie warf ihm den Sender zu, den er geschickt auffing.

Sein Schlangenblick belauerte sie. „Und?"

„Sie haben das hier bei mir versteckt."

„Ach ja? Und woher wollen Sie das wissen?"

Wütend trat Ella einen Schritt auf ihn zu. „Sie wurden beobachtet." Endlich wich die Überheblichkeit aus seinem Gesicht. „Wenn Sie sich mir oder meinem Haus noch einmal nähern, werde ich die Polizei einschalten." Sie wirbelte herum und stolzierte zur Tür.

„Wem glauben Sie, wird die Polizei mehr Glauben schenken? Ihnen oder mir, einem Verwandten der Queen?"

Ella zögerte kurz. Dann warf sie einen Blick über ihre Schulter. „Was glauben Sie, wem das völlig egal ist, weil es einen Zeugen gibt?"

Sie verließ Wyndham Manor erhobenen Hauptes. Draußen wurde sie langsamer. Sie hatte Marcus in der Eingangshalle davongehen und in einem der Räume verschwinden sehen. Der Butler hatte sie misstrauisch beobachtet, also konnte sie Marcus nicht folgen. Sie stieg in ihren Wagen und spielte ein wenig auf Zeit, indem sie das Handschuhfach aufklappte und tat, als suchte sie etwas. Als sie Marcus aus den Augenwinkeln die Stufen in den

Hof herablaufen sah, schloss sie die Klappe und öffnete die Beifahrertür. Er glitt auf den Sitz und schlug die Tür zu.

„Was hast du gemacht?", fragte sie, während sie mit dem Mietwagen vom Grundstück der Stapletons fuhr.

„Mich hat das drängende Bedürfnis erfasst, einen Blick in das alte Arbeitszimmer meines Vaters zu werfen."

Ella spürte das Schulterzucken mehr, als sie es sah. „Und? Alles in Ordnung?"

Er schwieg, bis sie vor Rose Cottage ankamen und dort ausstiegen. „Ich habe mich an ein kurzes Gespräch mit meinem Vater erinnert. Als ich in dem Raum stand."

Ella warf ihm über das Autodach hinweg einen Blick zu, und umrundete den Vauxhall, ehe sie fragte: „Darf ich wissen, worum es bei dem Gespräch ging?"

Marcus holte tief Luft. „Ich habe mich mit ihm gestritten." Er schloss einen Moment lang die Augen und Ella griff mitfühlend nach seiner Hand. „Er erteilte mir ein Verbot."

„Wann war das?"

„In meinen vergessenen Jahren, jene, an die ich mich bisher nicht erinnerte. Ich stritt mit ihm darum, dass ich etwas tun müsste, um mich als Ehrenmann zu beweisen. Und um Anstand zu zeigen. Er erklärte, dass meine Fürsorge und Treue einzig und allein der Familie zu gelten hat."

„An mehr erinnerst du dich nicht? Zum Beispiel, worum es bei diesem Streit genau ging?"

Marcus blinzelte und musterte Ella nachdenklich. „Daran fehlt mir auch weiterhin jede Erinnerung. Bedauerlicher Weise."

Kapitel 9

„Ich behalte dich in zärtlicher Erinnerung." oder auch:
„Unsere Liebe möge ewig bestehen." Immergrün

Matt vom Liebesspiel lag Ella neben Marcus, ihre Arme und Beine waren miteinander verschlungen und sie genoss die Wärme und Vertrautheit seiner Nähe. Sie seufzte.

„Fühlst du dich wohl, Liebste?", raunte er an ihrem Ohr.

„Pudelwohl", gestand sie. Der Duft der Blumen aus der Vase auf der Kommode wehte herüber und sie sog den Geruch tief ein. Ella warf einen Blick auf den bunten Strauß. „Das ist das Schönste, das ich je geschenkt bekam."

Marcus' Zeigefinger hatte begonnen, kleine Kreise auf ihrem nackten Bauch zu malen.

„Willst du etwa behaupten, dass nie zuvor ein Mann auf die Idee kam, dir Blumen zu schenken?" Marcus unterbrach seine sinnlichen Zeichnungen und musterte Ella zweifelnd.

„Oh, doch natürlich. Mein erster Freund hat mir einmal einen selbst gepflückten Strauß Gartenraute geschenkt."

Er wich ein Stück zurück und wirkte entsetzt. „Gartenraute?" Seine Stimme klang so schockiert, dass Ella lachte. „Was ist denn so schlimm an Gartenraute? Ich fand das damals ganz süß."

„Ist den Menschen über die letzten Jahrhunderte tatsächlich jedes bisschen Feingefühl und die Kunst der Verführung abhandengekommen?" Kopfschüttelnd erhob er sich und holte die Vase ans Bett. „Blumen sind mehr als hübsche Dekoration. Zu meiner Zeit konnte ein Galan seiner Angebeteten nicht einfach sagen, dass er sie begehrte, schließlich galt es als unschicklich für eine junge Frau, allein mit einem Mann zu sein und so waren immer entweder Gouvernante oder Verwandte anwesend. Oder der Verehrer wollte es ihr auf romantische

Weise mithilfe der Blumen sagen.“ Er wandte sich kurz ab und stellte die Vase auf das Nachtkästchen, ehe er einen Zweig herauszog. „Baldrian bedeutet: Ich werde dich beschützen.“

„Oh“, murmelte Ella. „und ich dachte, du hättest keine Ahnung, was das für eine Pflanze ist.“

Marcus bedachte sie mit einem vorwurfsvollen Blick und zeigte ihr einen Ahornzweig. „Ich übe Zurückhaltung. Dieser Birkenzweig soll dir sagen: Du hast Sanftmut.“ Er berührte Ellas Lippen, ihren Hals mit einer gelben Chrysantheme, strich über die Brust hinunter zum Bauch. Ihre Haut kribbelte wohlig unter der sachten Berührung. „Sie sagt dir: Ich beginne, mich zu verlieben.“ Farnkraut folgte der Chrysanthemenspur. „Ich mache nicht gerne viele Worte.“ Marcus strich liebkosend mit einer Geranienblüte über Ellas Körper und zeichnete den Weg der Blüte mit seiner Zunge nach. „Ich habe heftiges Verlangen.“

Ella stöhnte und riskierte einen Blick auf seine Leibesmitte. „Das sehe ich“, raunte sie und er lachte leise.

Er nahm eine rote Nelke und stachelte Ellas Begierde weiter an, indem er mit dem Blütenkopf Schlangenlinien über ihre Haut zog. „Ich liebe dich heiß und innig!“ Seine Stimme klang heiser vor Lust. Er setzte das Spiel mit einer dornenlosen Rose fort: „Du bist unwiderstehlich.“ Er berührte die Fußsohlen mit dunklem Flieder. „Mein Herz gehört dir.“

Ella fühlte sich mittlerweile wie geschmolzene Butter. Die süße Folter endete noch nicht, denn nun liebkoste Marcus sie mit der Tuberose, die er ihr mit dem Frühstück ans Bett gebracht hatte. „Wollust“, erklärte er und umschloss ihre Lippen mit den seinen, während er sie überall am Körper mit dem Blütenkopf berührte.

Die Vase stand kahl und einsam auf dem Nachtschränkchen. Auf Ella und um sie herum lagen die Schnittblumen und Zweige verstreut. Er wollte sich über sie legen, doch sie hielt ihn zurück. „Nicht, du zerdrückst die schönen Blüten.“

Eilig warf er die Gewächse auf den Boden und bedeckte sie statt mit Blumen mit seinem Körper. Sie stöhnte und umklammerte ihn, zog ihn enger an sich. Marcus Fingerspitzen strichen sacht über ihre Seiten, kitzelten die empfindlichen Stellen, um sie im nächsten Moment wieder zu liebkosen. Sie drehten sich und Ella lachte. Sie schwang sich auf seine Hüften und genoss es, ihn so warm und nackt an der Haut zu spüren. Er streichelte ihre Oberschenkel, umschlang die Taille und wanderte streichelnd aufwärts, legte die Hand auf ihren Hinterkopf und zwang sie, sich zu ihm zu beugen, um sie erneut zu küssen. Ella sank der Länge nach auf ihn und er rollte sich mit ihr im Arm auf die Seite. Atemlos kuschelte sie sich an ihn, das Herz wollte ihr vor Sehnsucht schier platzen.

„Immergrün", flüsterte er in diesem Moment.

Er strich ihr eine feuchte Strähne ihres sonnenblonden Haares aus der Stirn und küsste sie sacht auf die Nasenspitze. Dann verbarg er das Gesicht an ihrer Schulter und sie fühlte seine schweren Luftzüge über die Haut wehen. Er wirkte ungewohnt schwermütig.

„Was hast du, Marcus?"

Er richtete sich ein wenig auf und musterte sie nachdenklich. „Irgendwann werde ich wieder eine willenlose Spukgestalt sein, auf ewig getrennt von dir. Dieser Gedanke will mir nicht aus dem Kopf. Es quält mich, dass ich eines Tages das Bewusstsein erlange und feststellen muss, dass du nicht mehr da bist."

Mit zarten Fingern berührte sie seine Arme, kletterte liebkosend den Ellbogen und die Schulter empor in den Nacken, den sie sacht umfasste. Damit erhielt Ella augenblicklich seine ungeteilte Aufmerksamkeit. „Ich liebe dich." Sie griff nach seiner Hand. „Was auch immer geschehen mag, wir stehen das zusammen durch!"

Er umarmte sie und zog sie so eng an sich, dass ihr schien, ihre Körper verschmölzen zu einem. Dann drehte er sie herum und erstickte ihren überraschten Ausruf mit einem Kuss, ehe er sich ihr entzog. Sein Gesicht lag im Schatten und Ellas Herz zog sich vor stummer Ehrfurcht zusammen. Er fühlte sich an wie ihr Traum-Liebhaber, roch wie er, seine Lippen schmeckten wie die des Fantasie-Geliebten. Es war er gewesen. Nur er. Keine Einbildung, keine Halluzination. Eine Vorahnung, eine Intuition ihres Herzens.

Er beugte sich vor und er lächelte. „Du bist es, auf die ich all die Jahrhunderte gewartet habe."

Ella wölbte sich ihm entgegen.

„Du bist es, die mich ins Licht zog", fuhr er fort und ließ seine Finger über ihre Haut gleiten. Sie keuchte.

„Deine Liebe hat mich lebendig gemacht", sagte er, als sie sich in fiebriger Erregung unter ihm wand. Die Ekstase durchwob jeden Teil ihres Körpers mit kribbelnder Hitze.

Marcus lächelte, als er Ellas Verlangen sah. Seine Hände stützten sich neben ihrem Leib auf der Matratze ab. Ihre Blicke verschmolzen miteinander, während er sie zärtlich und langsam liebte, sie auf alle Zeit als die Seine brandmarkte.

Er vergrub das Gesicht an ihrem Hals. Nach einer Weile ging sein Atem so ruhig und gleichmäßig, dass sie dachte, er schliefe.

Sie waren verschmolzen, auf eine tiefere, bedeutungsvollere Art. Das wurde ihr nun mit bestechender Klarheit bewusst. Ella musterte sein ebenmäßiges Profil und Schmerz wallte auf. Sie hatte nicht gelogen, als sie sagte, sie nähme, was sie kriegen konnte. Doch mit jeder Minute, die sie mit Marcus verbrachte, wusste sie deutlicher, dass es ihr kaum reichen würde. Sie wollte ihn für immer. Sie wünschte sich, morgens neben ihm aufzuwachen und abends in seinen Armen einzuschlafen. Sie sehnte sich danach, mit ihm alt zu werden, zu sehen, wie sich Falten in seine Haut gruben und graue Strähnen das Haar durchzogen. Sie erhoffte sich, mit ihm zu lachen, zu weinen und zu streiten. Sie träumte von Söhnen mit seinem Charme und Töchtern mit seiner Herzlichkeit. Sie verlangte nichts Unmögliches und doch das Unwahrscheinlichste vom Schicksal.

„Es ist unfair", flüsterte sie.

Marcus hob den Kopf. „Was?"

Sie lächelte schief. „Dass du schon wieder oben liegst."

Er küsste sie auf die Nasenspitze und musterte sie forschend.

„Ich weiß, Liebste." Sie sahen einander in die Augen und Ella erkannte die Tiefe seiner Gefühle darin, so deutlich, als blickte sie in einen Spiegel.

***

Ella stand in der Küche und bereitete den Lunch vor, während Marcus in der Tageszeitung las, die sie ihm am Morgen beim örtlichen Corner's Shop mitgenommen hatte.

Er hob den Kopf und seufzte. „Vorbei ist es mit der trauten Zweisamkeit."

Sie starrte ihn irritiert an. „Wieso?"

„Deine Freundin Sofie kommt vorbei."

„Was bringt dich auf den Gedanken? Hast du hellseherische Fähigkeiten entwickelt?"

„Sie ist gerade am Fenster vorbeigelaufen", entgegnete er trocken.

Wie aufs Stichwort klopfte es an der Hintertür.

„Komm rein, Sofie!" Ella warf Marcus noch schnell eine Kusshand zu und wandte sich dann ihrer Freundin zu, die durch die Tür schlenderte.

„Hallo Ella!" Sie war dezent geschminkt, trug Jeans und T-Shirt und hatte eine Plastiktüte unter den Arm geklemmt, während sie mit dem anderen die Kameratasche festhielt. „Störe ich?"

„Aber nein", log Ella. Sie unterdrückte ein Lachen, als sie Marcus' Leidensmiene bemerkte.

Sofie setzte sich an den Küchentisch und lehnte sich mit verschränkten Armen zurück.

„Ich habe etwas für dich dabei", sagte sie.

Ella musterte sie interessiert. „Das Kostüm?" Vorfreude keimte auf. Sie war neugierig, wie Marcus reagieren würde, wenn er sie in Kleidern aus seiner Zeit sah.

Sofie wiegte den Kopf hin und her. „Das Kostüm", sie wand sich. „Mit der zeitgenössischen Gewandung gab es ein klitzekleines Problem."

Ellas Freude sank um ein paar Grad. „Was ist denn los damit?"

„Am besten, ich zeige es dir", erklärte Sofie. Sie bückte sich und zog aus der mitgebrachten Tüte eine Nachthaube und ein gigantisches Stoffzelt mit Rüschen.

„Nein", sagte Ella und ließ sich auf einen freien Stuhl plumpsen. „Nein, das ist nicht dein Ernst. Da lasse ich mich ja noch eher nackt fotografieren."

Sofies Kopf ruckte hoffnungsvoll hoch und Marcus starrte sie mit lüsterner Begeisterung an.

„Das hättest du wohl gern." Sie funkelte ihn herausfordernd an.

Schicksalsergeben griff sie nach der Haube und dem Nachthemd für angehende Elefantenmütter. „Ich ziehe mich um." Sie verschwand im Gäste-WC.

Als sie in das Hemd stieg, merkte sie, dass es an den Seiten geschnürt werden konnte. Die Schnürung sorgte dafür, dass das

Gewand an Brust und Taille einigermaßen passte, doch sie musste achtgeben, nicht auf den Saum zu treten. Auf die Haube verzichtete sie, als ein Blick in den Spiegel zeigte, dass sie damit aussah wie die Großmutter, die vom bösen Wolf gefressen werden würde. Und das zurecht, bei einem derart massiven Verstoß gegen den guten Geschmack! Sie zog eine Grimasse und verließ das WC.

Sofie spielte mit ihrer Hasselblad herum. Marcus stand hinter ihr und beobachtete sie interessiert.

„Von irgendwoher spüre ich einen eisigen Luftzug“, beschwerte sie sich, ohne aufzublicken. „Mein Rücken fühlt sich an, als säße ich in der Arktis.“

Ella warf Marcus einen drohenden Blick zu, woraufhin er einen Schritt rückwärts machte. Sie trat an das Fenster, das sich zufälligerweise hinter der Freundin befand, und zog den Vorhang vor.

„Besser?“, erkundigte Ella sich.

Zufrieden seufzte Sofie und rekelte sich. „Und ob. Als wäre ich dem Kühlschrank entstiegen.“ Endlich hob sie den Kopf und sah Ella an. Sie sprang auf und schob ihren Stuhl geräuschvoll zurück. „Perfekt!“, jubelte sie. „Du siehst toll aus.“

„Findest du?“ Ella drehte sich langsam, doch die Zurschaustellung galt allein Marcus. Er lehnte lässig an der Küchenanrichte und beobachtete Ella interessiert.

„Jetzt weiß ich, warum mich der Ehestand nie reizte. Man benötigt ja die halbe Nacht, um unter all dem Stoff die Frau zu finden“, spöttelte er.

„Trugen denn nur verheiratete Frauen derartige Gewänder?“

„Nicht die, die ich kennenlernte“, entgegnete Marcus geheimnisvoll. Ella schnaubte und weil Sofie anwesend war, schluckte sie die Bemerkung hinunter, die ihr auf der Zunge lag. Sie wandte sich ihrer Freundin zu. Die hatte die Kamera gezückt und schoss eifrig Fotos.

„Soll ich nicht stilecht im Schlafzimmer posieren?“, erkundigte sich Ella.

„Auf jeden Fall“, stimmte Sofie zu und knipste ein letztes Foto in der Küche.

Sie stiegen die Treppen empor und Ella hob den Saum ihres Kostüms an, um nicht versehentlich draufzutreten.

„Haben deine Nachforschungen zu meinem Cottage und dem verschwundenen Viscount Wyndham schon neue Erkenntnisse gebracht?“, wollte Ella wissen, während sie mit dem Rücken zu Sofie gewandt vor der Schminkkommode saß.

„Ach“, machte sie und drückte unbeeindruckt den Auslöser. „Mühsam nährt sich das Eichhörnchen.“

„Sie hat ein Eichhörnchen als Haustier?“, fragte Marcus verblüfft, woraufhin Ella sich umdrehte und ihn finster anstarrte.

„Ja“, schrie Sofie begeistert. „Das ist es. Bleib so!“ Sie schoss zahlreiche Bilder aus verschiedenen Perspektiven, ehe sie Ella aufstehen ließ.

Dann warf sie einen kritischen Blick aus dem Fenster. „Ein Foto, auf dem du mit einem brennenden Kerzenleuchter bewaffnet aus dem Haus in die Dunkelheit hinausläufst, käme gut.“

Ella sah durch die Scheibe: Helles Sonnenlicht strömte ins Zimmer. „Falls du keine besonderen Beziehungen nach oben hast, wird das ein bisschen schwierig werden mit der Dunkelheit.

Sofie schüttelte den Kopf. „Ach, am Computer ist das schnell erledigt. Ich steh' zwar nicht auf diesen technischen Bildbearbeitungskram, aber manchmal muss man Kompromisse schließen.“

„Wovon redet die Frau?“, erkundigte sich Marcus.

Ella bedeutete ihm, dass sie später alle seine Fragen beantworten würde, und folgte Sofie hinunter.

Die Fotosession dauerte letztendlich länger als gedacht und als Sofie gegangen war, fühlte Ella sich erschöpft und ausgelaugt, sodass Marcus darauf bestand, dass sie sich ausruhte. Also lag sie kurze Zeit später auf der Chaiselongue im Wohnzimmer, den Kopf auf seinen Schoß gebettet und beobachtete seine kindliche Begeisterung beim Fernsehgucken.

„Dieser Apparat ist wirklich ein Meisterwerk“, staunte er. „Es wirkt so echt. Als säße man persönlich auf dem Meeresgrund zwischen all diesen Pflanzen und Tieren.“

„Es gefällt dir also?“

„Gefallen ist gar kein Ausdruck.“

Sie stöhnte gespielt frustriert. „Also habe ich wohl einen Fernsehjunkie geschaffen?“ Marcus sah sie fragend an. „So nennt man Menschen, die sich nicht mehr vom Fernsehgucken ablenken lassen.“

„Ein, zwei Dinge fallen mir schon ein, mit denen du mich vom Fernseher fortlocken kannst.“

Ella lachte.

„Was hat deine redegewandte Freundin eigentlich damit gemeint, als sie von ihren Nachforschungen sprach? Versucht sie, etwas über mich herauszufinden?“

Ella zögerte. Was, wenn ihm jede Information, die sie ausgruben, half, seine Erinnerung zurückzugewinnen? Und was geschähe, falls die Amnesie Grund für Marcus Verbleib im Diesseits war? Bestimmt würde sie ihn verlieren.

Sie sah ihm ins Gesicht. Seine braunen Augenbrauen waren fragend hochgezogen, in den blauen Augen glitzerten silberne Lichter. Sie berührte seine Wange, zeichnete die Jochbogen, Kieferknochen und Lippen mit ihrem Daumen nach.

Tief in sich spürte sie ein Ziehen und Stechen und gleichzeitig wusste sie, dass sie es sich nie verzeihen würde, falls sie ihn belog. Von allen Menschen verdiente ganz besonders er die Wahrheit. Immer und unter allen Umständen

„Sofie ist besessen davon, herauszufinden, was mit dir geschah. Wo du abgeblieben bist“, berichtete sie.

Er streichelte ihre Hände. „Und?“ Seine Miene blieb unbewegt.

„Sie hat noch nichts weiter als deinen Namen in Erfahrung gebracht. Du warst dabei, als sie davon erzählte. Erinnerst du dich?“

Er nickte zerstreut und glitt mit den Fingern ihre Unterarme entlang.

„Aber ich, ich habe etwas herausgefunden“, gestand Ella. „Kanntest du eine Familie Aldly?“

Er überlegte eine Weile angestrengt. „Ich bin mir nicht sicher. Landjunker Aldly? Peter Aldly? Und seine Frau Harriet. Eine hochanständige Gentry-Familie.“

„Eine Harriet Aldly habe ich bei meinen Recherchen gefunden. Sie ist eine Vorfahrin von Beth Payton, der Frau des Bürgermeisters. Zu deinen Lebzeiten ist ein Familienmitglied aus dem Stammbaum gelöscht worden. Es gibt Gerüchte, eines der Aldly-Mädchen wäre schwanger gewesen. Von einem Wyndham.“

Marcus blinzelte. „Ich wollte, ich könnte dir darauf eine Antwort geben. Allein um des guten Rufes des armen Mädchens willen, aber ich erinnere mich nicht. Alles, was mir bei dem Namen vage in den Sinn kommt, sind große bernsteinfarbene Augen, die zu einer jungen Frau namens Penelope gehörten." Er zuckte mit den Schultern. „Der Name des Aldly-Mädchens ist nicht bekannt?"

Ella überlegte kurz. „Nein, meinst du, dass ihr Name Penelope war?"

Er lächelte entschuldigend. „Wenn ich nur den Hauch einer Ahnung hätte, würde ich es dir erzählen."

Sie erhob sich und klopfte ihm beruhigend auf den Arm. „Ich habe eine Idee." Sie sah auf die Uhr. „Ich benachrichtige Sofie. Sie kann in der Aldly-Familienbibel nachsehen. Vielleicht findet sie etwas über diese Penelope heraus."

Flugs schrieb sie Sofie eine SMS. Schon kurze Zeit später klingelte Ellas Handy.

„Hey, das sind tolle Neuigkeiten." Im Hintergrund waren Menschenstimmen zu hören. „Und die Frau des Bürgermeisters kann mir also weiterhelfen?"

„Bitte sie darum, einen Blick in die Familienbibel werfen zu dürfen." Sie sah zu Marcus. „Besonders interessant dürfte eine Penelope Aldly sein oder die Person, die aus der Familienbibel gestrichen wurde."

Die Stimmen wurden lauter und Sofie sagte zu jemanden: „Ich bin gleich wieder bei euch."

„Störe ich grade?"

Gläser klirrten und Lachen erklang. „Nein, nein, ich habe ein paar nette Leute kennengelernt und trink mit ihnen etwas."

„Dann halte ich dich nicht länger auf."

Sie verabschiedeten sich voneinander. Ella legte das Handy fort und sah Marcus an. „Es ist so lange her. Es wird schwierig werden, etwas herauszufinden."

Er nickte und küsste ihren Hals. „Der Versuch allein ehrt dich bereits."

Sie zog eine Grimasse. „Ich bin nicht halb so gut, wie du denkst."

„Überlass dieses Urteil mir. Ich lebe lange genug, um das beurteilen zu können und ich sage, dass du die Güte eines Engels besitzt.“ Marcus knabberte an ihrem Ohr und hob sie auf seine Arme. „Du bist doch bestimmt müde. Wir sollten zu Bett gehen.“

„Lass mich, du musst mich doch nicht immer durchs Haus tragen.“ Sie zappelte, doch er hielt sie unerbittlich fest und trug sie zur Treppe.

„Du bist kaum schwerer als eine Feder“, widersprach er.

Ella klammerte sich an ihn und kuschelte sich an seine Brust, weil sie es trotz ihres Protests schön fand, dass er stark genug war, um sie herumzutragen.

Im Schlafzimmer legte er sie sacht auf das Bett. Erwartungsvoll sah sie ihn an. Doch, statt sie zu verführen, entkleidete er sie zärtlich und streifte ihr das Negligé über, während er selbst nackt, wie Gott ihn schuf, zu ihr unter die Decke kletterte. Seine Fingerkuppen strichen über ihr Gesicht, malten die Konturen nach, ehe er den Hals und die Schultern entlang glitt. „Anbetungswürdig!“, murmelte er und küsste sie sacht auf den Mund, ehe er sie in die Arme zog.

„Das ist alles?“, fragte Ella enttäuscht.

Er sah sie an. „Bist du nicht müde?“

„Ja schon, aber …“

„Dann schlaf“, forderte er sie auf und schloss die Augen.

Ella zögerte und betrachtete ihn aufmerksam.

Seine gebräunte Haut war glatt und verströmte Wärme und den berauschenden Duft nach Sonne und Duschgel. Sie legte ihr Bein auf seinen Oberschenkel. Dann glitten ihre Fingerspitzen sacht über seine Brust. Sie seufzte genießerisch.

Marcus gab einen unentspannten Schnaufer von sich und Ella unterdrückte ein Kichern.

„Lass mich schlafen“, murmelte er.

Sie kuschelte sich gehorsam an ihn und merkte, wie sie allmählich ins Land der Träume abdriftete.

Als Ella erwachte, wusste sie im ersten Moment nicht, was sie geweckt hatte. Sie lag halb über Marcus’ Oberkörper, die Wange an seine rechte Brust geschmiegt, den Fuß über den linken Bettrand hängend, während ihr Knie auf seinem Oberschenkel ruhte. Seine Arme hatten sich um sie geschlungen, eine der Hände umfing ihren Nacken. Sie wagte nicht, sich zu rühren, aus Angst, den Kokon aus Geborgenheit und Liebe, der sie im Augenblick umgab, zu zerreißen, vielleicht sogar feststellen zu müssen, dass alles: Rose Cottage, Marcus und die Gefühle füreinander nur ein Traum waren. Dann durchdrang das Klingeln ihres Handys die Gemütlichkeit des Moments und brachten Ella endgültig dazu, die Lider träge zu heben.

„Dein sprechender Toast lärmt", murmelte Marcus verschlafen.

Frustriert hangelte sie nach dem Smartphone. „Guten Morgen?"

„Morgen?" Sofies Stimme lachte in den Hörer. „Es ist schon elf Uhr!"

Ella setzte sich auf und strich sich, noch nicht ganz wach, die Haare zurück, ehe sie verhalten gähnte. Marcus streichelte ihr über den Rücken und sie schmiegte sich in seine Liebkosung, während sie das Mobiltelefon an ihr Ohr drückte. „Was gibt´s denn?"

„Ich steh grad vor Mrs Paytons Tür. Gleich werde ich einen Blick in die Familiengeschichte der Aldlys werfen. Kann ich hinterher kurz bei dir vorbeikommen? Ich erzähle dir dann, was ich herausgefunden habe." Sie schwieg einen Moment. „Falls ich etwas Interessantes entdecke."

„Klar! Komm vorbei, ich bin heute den ganzen Tag zuhause."

Sie beendeten das Gespräch, Ella legte ihr Handy auf dem Nachttisch ab und wandte sich an Marcus. „Sofie guckt später auf einen Sprung bei uns vorbei." Als sie sein ratloser Blick traf, lachte sie. „Sie will uns später kurz besuchen."

Jetzt nickte er, griff nach ihr und zog sie zu sich, um sie leidenschaftlich zu küssen. Seine Lippen glitten über ihren Hals an ihr Ohrläppchen, wo er sanft zu knabbern begann. „Davor und danach gehörst du also ganz mir?"

Sie seufzte genießerisch, während sie mit ihren Fingern durch sein seidiges Haar fuhr. „Nicht nur. Sondern für immer, Marcus!"

Als Sofie später das Haus umrundete, saßen Ella und Marcus auf der Veranda.

„Da bist du ja. Ich habe geklingelt."

„Auf der Terrasse hört man die Türglocke nicht", erwiderte sie. „Erzähl, ich bin neugierig: Hast du was herausgefunden?"

Sofie grinste. „Ich war mir sicher, dass es dich interessieren wird."

Ella nickte geistesabwesend.

„Mrs Payton war sehr hilfsbereit und gesprächig. Deine Information über den Namen Penelope führte allerdings ins Leere. Es gab nie eine Penelope Aldly. Aber die Person, die man aus der Stammlinie tilgte, war eine Constance Aldly. Sie war eine Tochter von Peter und Harriet Aldly. Mehr war leider nicht herauszufinden."

„Dann müssten wir also nur noch herausfinden, ob sie wegen einer unerlaubten Liebschaft in Ungnade fiel."

„Oh, hätte ich beinahe vergessen, sie starb offenbar siebzehnhundertachtundfünfzig."

Ella starrte sie sprachlos an. „Ich dachte, es war nur der Name zu entziffern?"

„In der Bibel. Aber auf dem kirchlichen Friedhof gibt es ziemlich hinten, fast versteckt unter Farn und Gras ein paar uralte Grabsteine. Und einer davon gehört zum Grab einer Constance Aldly."

Ella warf über Sofies Schulter einen Blick auf Marcus. Dessen Miene fiel bei Sofies Bericht förmlich in sich zusammen, und er schien gedanklich meilenweit entfernt zu sein. Zu gern hätte sie sich sofort um ihn gekümmert, herausgefunden, was ihn derart erschütterte, und so war sie mehr als froh, als Sofie sich wieder hinter das Lenkrad ihres Wagens klemmte und vom Grundstück fuhr. Ella wandte sich Marcus zu.

„Constance war Penelope", sagte er, noch bevor sie etwas sagen konnte.

„Was?" Sie sah ihn verwirrt an.

„Constance Aldly war ihr richtiger Name. Nur ich nannte sie Penelope." Er lächelte und verlor sich scheinbar in seinen Erinnerungen. „Ich war noch ein Knabe, als ich ihr das erste Mal in den Gärten meiner Familie begegnete. Mein Hauslehrer döste in der Sonne und ich nutzte die Gelegenheit, meinen Schularbeiten zu entkommen. Ich hatte eine Vorliebe für Homers Odyssee und strolchte durch die Rosenbüsche, die in meiner Vorstellung zu Odysseus' Mannschaft wurden, um sich vor dem Zyklopen zu verstecken. Zwischen den Büschen stolperte ich über ein Mädchen mit braunen Zöpfen und großen bernsteinfarbenen Augen."

„Und das war Constance?"

Marcus nickte. „Ich erinnere mich, als sei es gestern gewesen. Ich stellte mich standesgemäß vor und sie hatte den Schneid mir zu erklären, meine Manieren seien für einen zukünftigen Viscount, schauderhaft und über die Maßen ungehobelt. Dennoch bestand sie darauf, an meinem Spiel teilzuhaben. Sie wollte Circe, die böse Zauberin sein." Marcus schmunzelte. „Ich mochte sie schon damals, aber das hätte ich nie zugegeben, Knaben spielen nicht mit Mädchen. Also befahl ich ihr, dass sie die Zuhause gebliebene Penelope darstellen sollte. Ich habe sie nie wieder anders genannt."

„Aber war sie auch die Mutter deines Sohnes?" Ella zögerte. Ein Kloß bildete sich in ihrem Bauch. Die diffuse Angst, er könnte sich nun ins Jenseits verabschieden, weil er sich zu erinnern begann, sprang sie mit ungebremster Wucht an. Und war das der Grund für seinen Tod? Die Rache für die Entehrung Constances? Es gelang ihr nicht, die Emotionen zu unterdrücken, aber das Zittern, das sich ihrer bemächtigen wollte, schaffte sie vor Marcus zu verbergen. „Erinnerst du dich an noch etwas?" Selbst ihre Stimme schien wackelig.

Er verneinte. „Nur an Penelopes richtigen Namen."

Beunruhigt, erleichtert und hoffend berührte Ella ihn und spürte warme Haut und festes Fleisch unter den Fingerspitzen. „Ich will dich nicht verlieren", sagte sie und schämte sich fast, weil sie sich ihren Ängsten gegenüber so machtlos fühlte. Und egoistisch, weil sie ihr eigenes Glück im Blick hatte, wenn Marcus bei ihr bliebe.

„Und ich will dich nicht verlassen", gab er zur Antwort. Er vergrub sein Gesicht in ihrem Haar. „Es obliegt nicht uns, ob wir zusammenbleiben können oder nicht."

„Ich habe immer selbst über mein Leben bestimmt", erwiderte Ella mit ungewohnter Heftigkeit. Sie wusste nicht weshalb, aber ihre Sorgen und Ängste liefen schlagartig Amok. „Ich will nicht zulassen, dass jetzt irgendwelche ominösen Mächte über mein Schicksal bestimmen." Sie schob Marcus von sich und starrte ihn aus brennenden Augen an.

Er zog sie gegen ihren Widerstand in die Arme. Nach den ersten, halbherzigen Versuchen, sich zu wehren, gab sie nach und vergrub ihr Gesicht in seinem T-Shirt. Er war keine Einbildung.

Sie roch ihn, fühlte ihn, hörte und sah Marcus. Für sie war er echt und die Gefühle, die sie mit ihm verband, waren es ebenfalls.

Er küsste sie auf den Kopf. „Wir nehmen, was wir kriegen, solange es uns möglich ist."

Ella wagte nicht, ihm zu sagen, dass ihr das nicht mehr ausreichte.

Kapitel 10

„Ich bin betrübt.“ Aloe

Sie bereiteten gemeinsam das Mittagessen zu, als Sofie auftauchte, an die Hintertür klopfte und eintrat, nachdem Ella sie hereinwinkte.

„Störe ich?“

„Ja“, sagte Marcus ungeniert.

„Du doch nicht“, erwiderte Ella zur gleichen Zeit. „Gibt’s was Neues?“

Sofie schüttelte den Kopf und beugte sich über die Salatschüssel.

„Was wird das? Kartoffelsalat?“

Ella nickte. „Ich muss in den Keller. Mixed Pickles holen.“

Sie richtete sich auf. „Lass mich das machen. Ich war noch nicht dort unten. Das Untergeschoss ist doch auch aus dem 17. Jahrhundert?“

„Selbstverständlich. Das essigsauer Eingemachte steht im Wandregal.“

Als Sofie die Kellertür öffnete, sah Ella, wie ein Schatten über Marcus’ Gesicht huschte. Sie wartete, bis die Freundin außer Hörweite war. „Was ist dort unten? Was beunruhigt dich an diesem Keller?“ Er schüttelte den Kopf und sie umarmte ihn. „Vielleicht sollte ich den Raum genauer inspizieren?“

Marcus’ Umarmung wurde enger. „Lass gut sein, dort unten ist nichts. Was sollte ausgerechnet dort verborgen sein?“ Seine Stimme verlor sich im selben Moment in einem lauten Krachen, das klang, als würde der gesamte Keller einstürzen. Sogar der Küchenboden vibrierte kurz, so dass Ella einen Moment lang befürchtete, das Haus würde ebenfalls zusammenbrechen. Sie befreite sich aus Marcus’ Griff und riss die Kellertür auf.

„Sofie?“ Sie sah eine riesige, graue Staubwolke, die einem Atompilz gleich aufstieg und sich nur langsam verflüchtigte. Sie hörte ein Husten und Steine, die durcheinander kullerten. Schreck durchzuckte sie.

„Mir ist nichts passiert“, krächzte Sofie, trotzdem rannte Ella panisch die Treppe hinunter, kaum dass sich der Mörtelstaub gesenkt hatte.

Ihre Freundin stand inmitten eines Haufens aus zerbrochenem Glas und Eingemachtem und Geröll. Hinter ihr gähnte ein Durchlass in der Wand.

„Ich bin gegen das Regal gestolpert. Es ist einfach umgefallen.“ Sie war über und über mit Staub bedeckt und wirkte benommen, aber unverletzt.

Sie drehte sich um und starrte auf das Loch.

Ella ging zu ihr und griff nach ihrem Arm. „Bist du heil geblieben?“

„Ja, ja“, murmelte Sofie geistesabwesend. Sie schlüpfte durch die Lücke in der Mauer und Ella kletterte ihr hinterher, ohne zu zögern. Hinter der Spalte lag ein kleiner Kellerraum, in den nur durch ein viereckiges Loch zwischen Wand und Decke und die eingestürzte Ziegelsteinwand Licht sickerte.

Sofie keuchte überrascht und Ella folgte ihrem Blick.

Am Boden saß das Skelett eines Mannes. Neben ihm auf der Erde lagen ein Dreispitz und eine lange maronenbraune Haarsträhne. Seine knochige Hand umklammerte ein Büchlein mit Ledereinband.

Sie erkannte ihn augenblicklich. Es war wie ein Schlag in die Magengrube, entsetzlich, fürchterlich, verrückt und unfassbar. Hier lag die Leiche des Mannes, den sie zu lieben gelernt hatte, derselbe Mann, der sich in diesem Moment in ihrer Küche befand. Wäre es nicht zu schrecklich gewesen, hier Marcus, ihren Marcus zu entdecken, hätte sie das Paradoxe dieser Situation in Staunen versetzt.

Sofies Jubelrufe lenkten Ella ab.

„Wahnsinn!“ Sie lief um die sterblichen Überreste herum. „Das ist einfach phänomenal! Weißt du, wer das ist?“ Sie bückte sich und stupste die Hand des Toten an. Die Geste ließ Ella frösteln. „Das muss der verschollene Wyndham-Erbe sein.“ Sofie strahlte über das ganze Gesicht.

„Findest du das nicht pervers? Da liegt eine Leiche und du freust dich“, fragte Ella wie betäubt.

„Er ist doch schon ewig tot, sieh nur.“ Sie deutete auf den Dreispitz und einen goldenen Siegelring. „Das riecht förmlich nach einer Sensation. Die Kleidung muss aus dem 18. Jahrhundert stammen.“

Sie hockte neben dem Skelett und untersuchte es vorsichtig.

Ella zögerte einen Moment. Die Ungewissheit, ob Marcus unversehrt war, ließ ihr keine Ruhe. Sie wollte sofort zu ihm! Also lief sie nach oben.

Auf der Treppe hörte sie die Freundin rufen: „Das könnte wirklich der verschwundene Viscount sein.“

Sie fand Marcus in der Küche vor. Steif und aufrecht stand er da, wie ein Soldat beim Appell. Die Haut hatte eine ungesunde, graue Färbung angenommen und seine Augen starrten ins Nirgendwo. Einen Augenblick lang hatte Ella Angst, ihn ans nebulöse Zwischenreich verloren zu haben, doch seine Hand war warm und fest.

„Das bist ... das ist dein Körper dort unten, nicht wahr?“

Marcus’ Nicken wirkte abgehackt. „Warum bin ich hier und gleichzeitig dort?“, fragte er mit lebloser Stimme.

Ella umfasste sein Gesicht. Es fühlte sich kühl an. „Du hast nicht gewusst, dass deine … dein Körper im Keller versteckt lag?“ Sie musterte ihn aufmerksam.

Ein kaum merkliches Zittern überrollte ihn, während er langsam, fast wie in Trance, den Kopf schüttelte. Sie hauchte einen Kuss auf seine Lippen.

Das löste seine Erstarrung und er blickte sie an. „Was passiert nun mit mir? Mit meiner Leiche?“

„Ich weiß es nicht.“ Ihre Stimme nahm einen kläglichen Ton an. „Fühlst du dich denn anders?“

Marcus’ Augen wanderten zu seinen Händen. Er ballte sie ein paar Mal zu Fäusten, während er sie gleichzeitig aufmerksam fixierte. „Nein, es ist alles unverändert.“

„Keine himmlischen Chöre? Kein überirdisches Leuchten, das dich ins Jenseits ruft?“, versuchte Ella zu scherzen, konnte aber nicht verhindern, dass ihre Stimme vor Furcht zitterte.

Er verneinte erneut.

In ihrer Brust kämpften Erleichterung und Schuldbewusstsein miteinander.

Die Angst, verlassen zu werden, fraß sich durch ihr Innerstes wie ein wütender Lindwurm.

Marcus zog sie in die Arme und vergrub sein Gesicht in ihrem Haar. „Was macht deine Freundin so lange dort unten?“

Ella kuschelte sich enger an ihn. „Lass sie doch.“ Sie sog das Gefühl seiner Nähe und seinen Geruch mit der Sorge in sich auf, dass jeder Atemzug, jedes Pochen seines Herzens das Letzte sein könnte, das sie wahrnahm.

„Willst du nicht nach dem Rechten sehen?“

„Ich kann dich nicht allein lassen“, erwiderte Ella.

„Keine Sorge, ich komme ja schon“, ertönte Sofies Stimme.

Sie fuhr erschrocken aus Marcus' Umarmung.

Sofie nahm die letzten Stufen und trat in die Küche. Ihre Augen funkelten. „Das ist sensationell! Hast du eine Ahnung, was das bedeutet?“, rief sie begeistert.

„Dass ich eine Leiche im Keller habe“, erwiderte Ella trocken.

„Aber was für eine! Er ist tatsächlich mein englischer Viscount.“

„Na, wunderbar, erst wird sie zudringlich und dann gehört man schon ihr.“ Marcus' Nase kräuselte sich. „Fehlt nur noch, dass sie meine Knochen zermahlen möchte und als Wunderpulver verhökert.“

„Wie kommst du nur auf so was?“, fragte Ella entsetzt. Ihr ging in diesem Moment jeder Sinn für Humor ab. Marcus' Anwesenheit hatte einen Grund und der Fund seiner sterblichen Überreste konnte das Ende ihrer gemeinsamen Zeit bedeuten. Der Gedanke nahm ihr förmlich die Luft zum Atmen.

Sofie zog das lederne Büchlein aus der Gesäßtasche und wedelte damit vor Ellas Augen. „Steht da drin!“

„Dass er der Viscount war?“

„Ja, oder kennst du jemand anderen, der Anthony Marcus Adam Nicholas Stapleton, Viscount Wyndham hieß?“, neckte Sofie sie und ließ das Büchlein zurück in ihre Tasche verschwinden.

Ellas Herz drohte vor Schreck stehen zu bleiben. „Hast du etwa ...“ Sie holte Luft. „Du hast doch nicht etwa das Buch an dich genommen?“

Sofie machte eine wegwerfende Handbewegung. „Was meinst du, was die Polizei damit macht, wenn wir es ihnen mitgeben? Sie tüten es ein und bringen es in ihre Asservatenkammer, wo es nie wieder herauskommt."

„Es gehört mir! Niemand hat das Recht, mir mein Tagebuch wegzunehmen." Marcus' Empörung trieb ihn dazu, hinter Sofie zu treten und nach dem Buch zu greifen.

Ella schüttelte den Kopf. „Nein!"

Er sah sie an und machte gehorsam einen Schritt zurück, jedoch nicht ohne Sofies Hinterteil mit bösen Blicken zu fixieren.

Sie wirkte zufrieden. „Siehst du? Du bist meiner Meinung."

Ella streckte die Hand aus. „Gib mir bitte das Buch."

„Nein, warum?" Sofies Tonfall und Gesichtsausdruck legten nahe, dass sie um ihren Schatz kämpfen würde.

„Wir müssen es zurücklegen und die Polizei rufen." Sie warf Marcus einen fragenden Blick zu. Der Fund seiner Leiche hatte ihn nicht verschwinden lassen. Das Tagebuch oder seine Erinnerungen könnten der Schlüssel sein, um herauszufinden, warum er nach seinem Tod im Cottage geblieben war.

Sie biss auf ihrer Unterlippe herum. Unschlüssig sah sie von Marcus zu Sofie.

„Ich bin unsicher, was ich tun soll", sagte sie schließlich.

„Wir werden uns da unten ausführlich umsehen, Bilder machen, Notizen und so weiter, in zwei bis drei Tagen rufen wir die Polizei, die unseren lebhaften Gesellen mitnehmen können, ehe er anfängt, uns auf die Nerven zu gehen und derweil mache ich mich daran, das Buch zu übersetzen."

„Auf keinen Fall", protestierte Marcus. „Das Skelett da unten muss weg. So schnell wie möglich. Ich möchte das Ding keine Minute länger als nötig im Keller haben."

„Ich möchte das Skelett so schnell wie möglich aus dem Haus haben", erklärte Ella und warf Marcus einen verstohlenen Blick zu, den er mit einem erleichterten Lächeln erwiderte.

„Gut, dann machen wir ein paar Fotos, rufen die Polizei und ich setze mich hin, um das Tagebuch zu übersetzen."

„Das ist indiskutabel, es ist mein Eigentum!" Marcus wirkte ungehalten.

Ellas Gedanken rotierten. Falls das Journal der Schlüssel zu seinem Verweilen hier auf Erden war, konnte es von Vorteil sein, es außer Haus zu schaffen. Andererseits würde es Marcus zurecht missfallen, wenn sie Sofie das Buch überließ.

„Ich möchte dir das Tagebuch eigentlich nicht mitgeben." Ella zögerte.

„Kannst du altenglisch?", wollte Sofie wissen.

„Nein."

„Siehst du, aber ich, ich habe das einmal studiert." Sie klopfte triumphierend auf ihr Hinterteil, wo das Büchlein steckte.

„Du hast Altenglisch studiert?", fragte Ella zweifelnd.

„Klar, gleich nach dem Abitur."

Sie sah abwechselnd zwischen Marcus und Sofie hin und her.

„Vier Augen sehen mehr als zwei", überlegte sie laut, wobei sie in diesem Fall an die beiden dachte und sich davon ausnahm.

„Na gut, ich nehme das Tagebuch mit, aber wir übersetzen die Einträge gemeinsam."

„In Ordnung", stimmte Ella zu, bevor Marcus Einspruch erheben konnte.

Sofie rieb sich die Hände. „Das wäre also geklärt. Wie sieht's aus? Kommst du wieder mit hinunter?"

Ella schüttelte den Kopf.

Sofie zog die kleine Kamera heraus. „Es muss damit gehen", murmelte sie und verschwand im Keller, während Ella die Polizei über ihren Fund informierte.

Die Ordnungshüter kamen, besahen sich den Tatort, ließen Marcus' sterbliche Überreste abtransportieren und gingen wieder.

Sofie blieb, bis alle Fremden das Haus verlassen hatten, dann verabschiedete sie sich von Ella mit einer Umarmung. „Du hättest ihr das Tagebuch nicht überlassen dürfen", knurrte Marcus mit finsterer Miene, kaum dass die Tür hinter Sofie ins Schloss gefallen war.

Ella kuschelte sich an ihn. „Was hätte ich denn tun sollen? Und ich habe doch einen guten Kompromiss gefunden, oder?" Sie sah zu ihm auf. „Sie kommt morgen wieder und bringt das Tagebuch mit."

„Ich bin neugierig, was ich darin lesen werde." Marcus verzog angespannt sein Gesicht.

„Du weißt nicht, was du geschrieben hast?"

Marcus' Stirn glättete sich und für einen Moment wirkte er wie der verlorene Wanderer zwischen den Welten, der er war. „Ich wusste nicht einmal, dass ich Tagebuch geführt habe."

„Also erinnerst du dich nicht?"

Er schüttelte den Kopf. „Mein Gedächtnis ist wie ausgelöscht."

„Vielleicht ist es unwichtig?"

„Meine Erinnerungen sind ein Teil von mir. Ich möchte nicht darauf verzichten."

„Auch wenn es schlimme Dinge sind?"

„Die Erfahrungen formen einen Menschen. Sein Handeln macht ihn zu dem, der er ist. Ohne meine Erinnerungen bin ich nicht vollständig. Ich muss wissen, was geschehen ist. Ich muss meine Geschichte kennen."

„Du bist der, der du jetzt bist."

Ein leichtes Lächeln umspielte seine Lippen, er beugte sich vor und hauchte Ella einen Kuss auf die Nasenspitze.

„Wir sind beide staubig und hungrig. Was hältst du davon, wenn wir uns unter dem Regenstock säubern und dann im Garten ein Picknick machen?"

Ella seufzte. Sie fühlte sich müde und erschöpft, die Aufregung des Tages forderte ihren Tribut. „Gegen eine Dusche habe ich nichts einzuwenden, aber erst möchte ich hier putzen …"

„Kommt nicht infrage", unterbrach Marcus sie. „Genug für heute. Der Schmutz wird auch morgen noch da sein."

„Du hast recht, ich habe eigentlich gar keine Lust mehr, den Schrubber zu schwingen."

Als sie Marcus breites Grinsen bemerkte, verengte sie ihre Augen zu Schlitzen. „Moment mal, du willst mich doch nur nackt sehen."

Er legte seine Hand auf ihr Hinterteil, zog sie an sich und senkte die Lippen auf die ihren.

„Der Wunsch ist vorhanden", murmelte er an ihrem Mund, ehe er sie hungrig küsste.

Ellas Beine verwandelten sich in flüssiges Wachs und sie genoss es, von Marcus nach oben getragen zu werden. In Momenten wie diesem fühlte sie sich ungemein weiblich, zart und schutzbedürftig und gleichzeitig unsagbar mächtig. Sie warf ihm einen verführerischen Blick zu. Ihre Hand glitt seinen

Nacken hinauf und streichelte ihn dort. Er sah sie an, mit vor Leidenschaft dunklen Augen und stöhnte.

„Lass das, ich kann sonst nicht dafür garantieren, dass wir es nach oben schaffen."

Ella lachte heiser und hauchte ihm einen Kuss auf die Wange. Marcus trug sie bis ins Badezimmer und entkleidete sie. Sie seufzte, als er ihr die Hose hinunterzog und jeden Zoll nackter Haut liebkoste.

„Dass du dafür noch einen Nerv hast."

Marcus grinste. „Ich beweise dir nur zu gern, wozu ich noch die Nerven habe, meine Rose." Lachend zog er sie unter die Dusche. Er legte seine Arme um sie und presste sich an sie, ehe er seine Lippen auf sie senkte und sie wild küsste. Sie war so gefangen in dem Strudel der Zärtlichkeit, den er in ihr entfachte, dass sie erst merkte, dass er den Hahn aufgedreht hatte, als das Wasser an ihr hinabströmte.

„Das ist besser, als ich es mir erträumt hatte", raunte er an ihrem Ohr und knabberte daran.

Sie seufzte wollüstig und ließ zu, dass er sie umdrehte, sodass sie ihm den Rücken zuwandte. Er stellte das Wasser ab, griff in ihr nasses Haar und nun stieg ihr der betörende Duft von Jasmin in die Nase. Sanft massierte er das Shampoo ein und seine kreisenden Finger strichen vom Kopf über die Stirn und den Nacken. Ebenso zärtlich wusch er den Schaum aus und hinderte Ella daran, sich zu ihm zu drehen. Stattdessen träufelte er ihr Duschöl auf den Rücken. Die Tropfen glitten langsam und wie ein erotisches Versprechen über ihre Haut. Die Wärme des Wasserdampfes, der Geruch von Jasmin und Rosenduft und Marcus umhüllten sie. Wohlige Schauder rieselten über ihren Leib, als seine Finger der Spur der öligen Substanz folgten und dann aufwärtsfuhren. Seine Berührung war fest, aber zugleich behutsam und glitschig vom Wasser und Öl. Sie seufzte genießerisch. Hitze stieg in ihr empor und wanderte in jeden Winkel des Körpers. Marcus rückte näher an sie heran und stützte sie. Er beugte sich über ihr Ohr und hauchte: „Ich verehre dich wie noch keine Frau zuvor."

Das Versprechen ließ Ella erschauern. Er liebkoste ihren Nacken mit trägen Küssen und die Hände glitten die Arme entlang. Ihre Finger verschränkten sich kurz, dann löste er den

Griff und strich tastend über ihre Handrücken und die Innenflächen.

Sie drehte sich um und Marcus verschlang sie mit Blicken.

„Du bist das Schönste, das ich je gesehen habe“, sagte er inbrünstig. Er beugte sich über Ella und küsste sie.

Sie umfasste sein Gesicht und ergab sich seiner Liebkosung, erforschte ihn mit derselben Inbrunst, die er ihr entgegengebrachte und fühlte das Rasen ihres Herzens bis in ihre Wangenknochen pulsieren. Schließlich löste sich Marcus von ihr und beendete den Kuss. Dann wanderte er mit den Lippen ihren Hals hinab, küsste die Schultern, legte die Hand auf ihren Bauch und streichelte die samtweiche Haut.

„Marcus“, wisperte sie mit all der Zärtlichkeit, die sie verspürte.

Er hauchte auf jeden Finger einen Kuss und lächelte. „Wir sind noch nicht fertig.“ Er griff nach dem Duschöl.

Ella starrte ihn enttäuscht an, doch dann sah sie das Zittern seiner Hände und schmunzelte. Sie liebte diese Spielchen und sie beherrschte dergleichen genauso gut wie er.

„Marcus“, hauchte sie, und als er in ihr Gesicht blickte, leckte sie sich mit der Zungenspitze langsam über die Lippen.

Ein Poltern erklang, als Marcus die Plastikflasche aus der Hand glitt. Sie verkniff sich ein Lächeln, bückte sich. Beim Aufstehen strich ihre Wange wie zufällig an seinem Oberschenkel entlang. Er stöhnte und Ella beschloss spontan, die Sache selbst in die Hand zu übernehmen. Sie goss großzügig Öl über sich und verteilte es mit langsamen, kreisenden Bewegungen. Marcus’ heiße Blicke brannten auf ihrer Haut und er wirkte wie hypnotisiert. Ella drückte ihren öligen Körper an ihn.

„Du bist immer noch staubig“, gurrte sie.

Er zog sie an sich und küsste sie erneut, bis ihr vor Lust fast schwindlig wurde.

Sie streichelte seinen Rücken, ließ die Fingernägel über die Haut schaben und als seine Lippen sie freigaben, weiteten ihre Hände die Erkundung auf Marcus’ muskulösen Brustkorb aus, fuhren die Wölbungen der Muskeln nach, kneteten die Verhärtungen in seinen Oberarmen und betasteten den Waschbrettbauch. Sie öffnete den Leitungshahn und zog Marcus zu sich unter den Duschkopf. Das Wasser prasselte mit sachtem Trommeln auf sie nieder, wusch Schaum und Öl fort und verschwand gurgelnd im Abfluss. Irgendwann drehte er das Wasser ab, stieg aus der Wanne und trocknete sie mit einem flauschigen Badetuch ab. Sie tat dasselbe für ihn, schweigend, ganz auf seinen Körper und ihn konzentriert, im Einklang mit sich und dem Wunsch, diese Minuten mögen ewig dauern.

Sie warf das Tuch in den Wäschekorb, griff nach seiner Hand und zog ihn mit sich ins Schlafzimmer. Dort schlüpften sie gemeinsam unter die Bettdecke. Mittlerweile war es dunkel geworden und die samtschwarze Nacht flutete den Raum. Müde vom warmen Duschbad, entspannt durch die Zärtlichkeiten, die sie im Bad ausgetauscht hatten und erschöpft von den Aufregungen des Tages wurde Ella schlagartig müde. Marcus zog sie eng an sich und somit lag sie an seine Brust gekuschelt da. Beide schwiegen eine ganze Weile und als sie aufblickte, sah sie seinen gedankenverlorenen Blick an die Zimmerdecke. Im Mondlicht wirkte die Iriden silbrig-blau und der entrückte Gesichtsausdruck erinnerte sie, dass er nicht von dieser Welt war.

Sie musterte das geliebte Gesicht, brannte sich die freundlichen Augen, die hohen Wangenknochen, die gerade Nase und das energische Kinn in ihr Gedächtnis ein.

Die Furcht vor der Trennung wurde übermächtig, bis sie dachte, daran ersticken zu müssen. Sie verbarg ihren Kopf an Marcus' Schulter.

Er hob ihr Kinn und betrachtete sie stumm, ehe er mit dem Daumen ihre Jochbeine streichelte und ihre Wangen küsste. „Liebste, was hast du? Was beschäftigt dich?“

Ella schmiegte sich enger an ihn. Er ließ sie gewähren und wartete geduldig, bis sie in der Lage war, zu sprechen.

„Ich habe Angst dich zu verlieren. Vor allem jetzt, wo deine ... wo dein Tagebuch aufgetaucht ist und du dich allmählich an alles zu erinnern beginnst.“

„Du verlierst mich nicht, ich bin der Deine für immer.“

Sie wusste nicht, wie sie all die Gedanken in Worte fassen konnte, die in ihr wühlten. Jahrhundertelang war sein Körper hinter Mauern verborgen gewesen, sein Verbleib rätselhaft, sein Ruf und seine Ehre beschmutzt. Doch nun, einen kleinen Mauerfall später, war alles anders.

Die Knochen lösten das Geheimnis sicher nicht. Aber er hatte zu Papier gebracht, was ihm in den letzten Wochen des Lebens widerfahren war. Vielleicht fand sich in dem Journal die Ursache für seinen Tod.

Der Wunsch, alles zu erfahren, was sich vor Marcus' Tod ereignet hatte, und die Angst, dass er sie verlassen musste, sobald das Rätsel gelöst war, zerrissen sie innerlich. Also schwieg sie und klammerte sich nur umso enger an Marcus.

„Das Tagebuch muss nicht der Grund für mein Verweilen hier sein", flüsterte er an ihrem Haar, als ahnte er, was in ihr vorging.

„Ich fürchte mich." Ella zitterte.

„Hab keine Angst, dann habe ich auch keine", murmelte er, doch das sachte Beben seiner Glieder verriet seine Besorgnis. In dieser Nacht schliefen sie eng umschlungen ein, als fürchteten sie, den jeweils anderen im Schlaf zu verlieren.

Als Ella am Morgen erwachte, lag Marcus nicht mehr neben ihr. Stattdessen fand sich ein Apfelzweig mit üppigen Blüten auf dem Kopfkissen. Ella rollte den schmalen Papierstreifen ab, den Marcus um den Blütenzweig gewickelt hatte, und las die Bedeutung seiner Liebesgabe, die er in schwungvollen Buchstaben niedergeschrieben hatte.

„*Ich möchte Dir den Vorrang geben.*" Ella drückte den Zettel an die Brust, ehe sie die Schublade ihres Nachtschränkchens öffnete, in der schon etliche gleichartige Botschaften von Marcus lagen. Sie notierte die zur Nachricht gehörende Blüte und legte das Papier hinein.

Mit einem leisen Lächeln steckte sie den Apfelzweig in die Vase und trat ans Schlafzimmerfenster. Vielleicht würde sie ein Sachbuch über die Blumensprache verfassen. Jetzt, da sie einen Experten an ihrer Seite hatte.

Marcus stand im Garten und arbeitete am Pavillon. Er war nahezu fertig mit dem Aufbau. Er verpasste der Gartenlaube in Kürze einen finalen Farbanstrich und dann würde er sich ein neues Projekt suchen müssen, hatte er kürzlich gescherzt. Ella erinnerte sich wehmütig daran. Wenn Aufgaben ihn bei ihr hielten, könnte sie noch hundert Jahre lang Arbeiten für ihn finden.

Er bemerkte sie und strahlte sie an, dass ihr ganz warm wurde. Ella beugte sich vor. „Hast du gefrühstückt?"

Er verneinte, immer noch lächelnd. *„Doch still, was schimmert durch das Fenster dort? Es ist der Ost und Julia, die Sonne! Sie ist es, meine Göttin! Meine Liebe!“*

Sie lachte. „Das ist von Shakespeare.“

„Sie spricht. O sprich noch einmal, holder Engel!“

„Du Schwätzer, kannst du denn das ganze Stück *Romeo und Julia* auswendig?“

„Nenn' Liebster mich, so bin ich neu getauft!“ Er grinste, sichtlich angetan von ihrem Geplänkel.

„Liebster, soll ich Euch das Frühmahl kredenzen?“, antwortete sie vergnügt, um ihm wenigstens ein bisschen Kontra geben zu können.

Marcus warf ihr einen hungrigen Blick zu, bei dem ihr der Mund trocken wurde. Sie konnte nicht verhindern, dass ihre Stimme krächzend klang: „Oh, bist du denn unersättlich?“

Er wackelte mit den Augenbrauen. „Ich bin nichts weiter als dein williger Liebessklave.“

Lachend warf sie ihm eine Kusshand zu, ehe sie in den Raum zurückkehrte.

Sie ging hinunter in die Küche und bereitete Kaffee zu, deckte den Frühstückstisch, toastete Brot, stellte Aufschnitt, Butter und Marmelade und ihr geliebtes Müsli mit frischem Obst auf den Tisch. Dann ging sie ins Bad, stieg unter die Dusche und machte sich fertig. Nachdem sie Lipgloss aufgetragen hatte, blickte sie in den Spiegel. Sie hielt inne und betrachtete ihr Abbild einen Moment lang. Die Frau, die ihr entgegenblickte, hatte keine Ähnlichkeit mit jener, die Frankfurt gestresst und fast schon fluchtartig verlassen hatte. Die Haut war makellos und die feinen Lachfältchen zeigten, dass hier jemand stand, der oft lächelte. Doch am deutlichsten sah man das Glück in den moosgrünen Augen. Ihr Blick strahlte wie zwei Sterne. Ella warf sich eine Kusshand zu und kehrte in die Küche zurück.

An ihrem Platz fand sie einen Zweig. Diesmal war es roter Salbei und auf dem kleinen Zettel stand: *Dein für immer! In Liebe, Marcus.*

Dieser Romantiker! Sie steckte den Stängel in ein Wasserglas und wartete am Tisch, bis er kam.

Ein sacht auf ihren Nacken gehauchter Kuss riss sie aus den Gedanken.

„Warum diese düstere Miene? Beunruhigt dich etwas?" Sanft strich er ihr über die Wange, ehe er sich ihr gegenüber niederließ.

Sie schenkte ihm ein Lächeln. „Ich habe nur an meine Arbeit gedacht."

Marcus nahm sich eine Scheibe Toast, die er großzügig mit Butter bestrich.

„Du wirst dick werden, wenn du weiterhin so viel Butter isst."

Er zwinkerte ihr zu. „Wenigstens wird sie mich nicht umbringen."

Ella rollte die Augen und goss Milch über ihr Müsli.

„Dein Vogelfutter würde mich eher töten, als das bisschen Butter", neckte er sie liebevoll. „Aber jetzt erzähl mir, was dich gerade beschäftigt hat."

Ella leckte einen Tropfen Milch aus ihrem Mundwinkel, ehe sie antwortete. „Ich habe über dich nachgedacht."

„Über mich?" Marcus lächelte das überhebliche Lächeln eines Mannes, der seiner Selbst sicher war.

Mit kraus gezogener Nase beobachtete Ella seine Selbstgefälligkeit und beschloss, ihm einen Dämpfer zu verpassen. „Ja, ich habe daran denken müssen, wie altmodisch du bist."

„Ich glaube nicht, dass mir die Richtung gefällt, die unser Gespräch jetzt nimmt." Er schüttelte den Kopf und sah sie über den Rand seiner Kaffeetasse hinweg an.

Ella unterdrückte ein Schmunzeln. „Die modernen Männer sind ganz anders als du." Marcus' Blick verdüsterte sich und sie entschied, dass sie es mit ihrem Scherz nicht übertreiben durfte. „Sie sind unsicherer. Und dadurch fällt es allen, Männern wie Frauen schwer, einen Lebenspartner zu finden."

Marcus leerte kopfschüttelnd seine Tasse und füllte nach. „Ich kann nicht glauben, dass es für moderne Menschen so mühsam sein soll, Ehegatten zu finden."

„Die Frauen sind heutzutage selbstständig, verdienen ihr eigenes Geld. Eine Partnerschaft ist kein Zweckbündnis mehr. Vielmehr heiraten die Menschen aus Liebe."

Marcus begann zu lachen. „Das ist es, was man heutzutage über die Ehen meiner Zeit denkt? Zweckbündnisse? Vermutlich, um Reichtum und Ansehen zu vergrößern?"

„War es denn nicht so?"

„Nun ja, auch“, räumte er ein. „Aber es gab genügend Ehen, die nicht nur aus materialistischen Gründen geschlossen wurden.“

Ella erstarrte. „Warst du verheiratet?“

Marcus lehnte sich zurück und streckte unter dem Tisch seine Beine aus, sodass seine Unterschenkel ihre Knöchel berührten. „Was denkst du von mir?“ Er zog eine Augenbraue hoch. „Wie hast du mich einmal genannt? Einen Schürzenjäger und Lebemann. Ich denke, das trifft es am besten, um mich zu beschreiben. Ich glaube nicht, dass sich die wenigen Erinnerungen, die ich habe, so sehr von der Wirklichkeit unterscheiden.“

Sie kniff die Augen zusammen. „Das glaube ich dir nicht.“

Er gab seine lümmelnde Haltung auf, beugte sich vor, ergriff ihre Hand und drückte einen Kuss darauf. „Der Tod verändert einen Mann.“

„Und den Status einer Ehefrau“, gab Ella säuerlich zurück.

Ein Lächeln zuckte um Marcus’ Mundwinkel. „Bist du eifersüchtig?“

Sie musste sich eingestehen, dass er recht hatte. Doch um keinen Preis der Welt würde sie zugeben, dass sie so albern war, auf eine Frau neidisch zu sein, die seit über zweihundert Jahren tot war. „Gewiss nicht.“

Marcus kam auf ihre Frage zurück. „Ich erinnere mich nicht, ob ich verheiratet war. Aber vermutlich wäre ich ein miserabler Ehemann gewesen und hatte genug Verstand, es zu unterlassen“, meinte er stattdessen.

„Oh.“ Sie kam sich dumm vor, dass sie tatsächlich kurz überlegt hatte, er könnte eine Ehefrau im Stich gelassen haben, um in Deutschland Soldat zu spielen. „Du lügst, du hättest einen wunderbaren Ehemann abgegeben“, sagte sie leise und die Kehle wurde ihr eng. „Und bestimmt warst du ein wundervoller Vater.“

Ein Schatten legte sich über seine sonst so heitere Miene. „Ich habe meinen Sohn offenbar noch vor seiner Geburt im Stich gelassen. Wenn ich nur ein bisschen Mumm besessen hätte, wäre seine Mutter meine Gemahlin gewesen.“ Er streckte die Hand nach ihr aus. Ellas Wange streifte ein kalter Hauch. Marcus’ Augen weiteten sich vor Schreck und instinktiv hob sie den Arm.

Ihre Finger glitten durch die seinen hindurch und berührten ihr Gesicht.

Sie sprang entsetzt auf. Der Stuhl polterte zu Boden. Mit einem Satz war sie bei ihm und umfasste die Schultern. Sie fühlte den Stoff des Hemdes, die Wärme der Haut und einen festen Körper. Aufschluchzend ließ sie sich auf Marcus' Schoß sinken und erwiderte seine Umarmung.

„Einen Moment lang dachte ich, du würdest dich auflösen." Sie weinte.

Marcus drückte sie enger an sich. „Aber nein, es war nur Einbildung", log er. „Das ist alles ein bisschen viel für dich gewesen." Er senkte den Kopf auf ihre Schulter und holte tief und hörbar Luft. Seine Hand zitterte.

Das verriet Ella mehr, als wenn er tausend Worte benutzt hätte. Es ging zu Ende. Ein Kloß stieg ihr in der Kehle auf. Wie konnte sie verhindern, dass das Unvermeidliche geschah? Dass er wieder hineingerissen wurde in das große, graue Irgendwo? Er war die erste und einzige wahre Liebe ihres Lebens. Wer würde mit ihr lachen, weinen und alt werden, sobald er fort war? Wer würde die Zukunft mit ihr teilen?

„Du lügst, wenn du meinst, ich würde einen guten Ehemann abgeben", flüsterte er in diesem Moment.

„Ich sehe die Dinge so, wie sie sein können", entgegnete Ella schlicht.

Ein Läuten kündigte Besuch an und riss sie aus ihrer Melancholie. Auch wenn ihre Welt zerbrach, da draußen drehte sich der Erdball weiter und sie musste so tun, als sei alles in bester Ordnung. Sie räusperte sich, wischte sich übers Gesicht und richtete sich auf.

Marcus schnaubte frustriert. „Wer immer es ist, schick ihn weg."

„Wie Ihr wünscht, Mylord!", spöttelte sie und ging zur Haustür.

Ein Blick durch das Seitenfensterchen zeigte ihr, dass Sofie und ein dicklicher, schwarzhaariger Mann mit umgehängter Kameratasche vor der Tür standen. Seufzend öffnete sie. „Hallo Sofie."

„Ella." Sie nickte ihr freundlich zu und deutete auf ihren Begleiter. „Das ist Mr Collins vom Daily Report."

Er reichte ihr die Hand. „Guten Tag, Miss Francke. Freut mich, Sie kennenzulernen."

„Mr Collins möchte ein paar Fotos schießen. Er ist Fotojournalist bei der hiesigen Tageszeitung."

„Wenn Sie erlauben", meinte er höflich.

„Tun wir nicht." Marcus tauchte hinter Ella auf.

Sie überging seinen Einwand und ließ den Journalisten und Sofie eintreten.

„Ein paar Fotos tun niemandem weh", erklärte sie an Marcus gewandt.

„Ella?" Sofie berührte sie vorsichtig am Arm. „Ist alles in Ordnung?"

Sie zuckte zusammen und wandte sich wieder ihren unerwarteten Gästen zu.

„Ja, ja." Sie hoffte, dass sie nur unkonzentriert wirkte, lieber hielten die beiden sie für zerstreut als irre. Sie ging mit ihnen in die Küche.

„Oh, hast du Besuch?", fragte Sofie mit einem Blick auf den Frühstückstisch und das benutzte Geschirr.

„Ja, also, weißt du …" Sie wurde rot und Sofie grinste. Der Reporter, Mr Collins hielt sich vornehm im Hintergrund und tat, als wäre er mit seinen Unterlagen beschäftigt.

„Ein Mann?" Sie schaute zur Küchentür. „Willst du ihn mir vorstellen?"

Ella räusperte sich und sah zu Marcus, der amüsiert grinsend am Tresen gelehnt auf ihre Antwort wartete.

„Er ist wieder weg", flunkerte sie. „Zurück nach London, muss wieder arbeiten."

Sofie wirkte enttäuscht. „Was macht er beruflich?"

„Ich bin neugierig. Was für einen Beruf habe ich denn?" Marcus musterte sie neugierig.

„Er ist … im Gartenbau tätig. Blumen und solche Sachen", behauptete Ella.

Sofie spitzte interessiert die Lippen. „Gärtner?"

„Viel zu profan, außerdem sind Gärtner bucklig", protestierte Marcus.

Sie verdrehte die Augen. „Kein Gärtner, er macht … er ist Landschaftsarchitekt."

Die Freundin nickte zufrieden. „Ah, das hätte deiner Tante gefallen. Ein Freund im Geiste."

Ella blies eine vorwitzige Locke aus der Stirn und wandte sich an den Journalisten, Mr Collins. „Wollen wir jetzt in den Keller?"

„Gerne, ich will Sie nicht lange aufhalten." Er steckte sein Notizbuch wieder fort.

Sie öffnete die Kellertür und ließ dem Journalisten und Sofie den Vortritt.

Unten angekommen packte Mr. Collins eine teure Digitalkamera aus und fotografierte das Geröll und den ehemals verborgenen Kellerraum.

„Ist es nicht zu dunkel?", fragte Ella.

„Nein, nein, außerdem kann ich am Computer Korrekturen vornehmen", sagte er geistesabwesend, ehe er Sofie vor dem Loch in der Wand postierte.

„Wann erscheinen die Fotos?"

„Kommt drauf an, ob mein Redakteur noch ein paar Zeilen über die Ergebnisse aus der Pathologie einfügen möchte. Diese Woche noch."

Er bat Ella, sich neben Sofie zu stellen und knipste weitere Bilder.

„Das ist unnatürlich, dieses Interesse an Tod und Unglück." Marcus tauchte hinter dem Journalisten auf.

Sie ignorierte ihn und versuchte, ein freundliches Gesicht zu machen, während Mr Collins fotografierte und Marcus neugierig seine Kamera musterte.

Ganz abrupt bückte er sich und packte den Apparat ein. „Das war's. Vielen Dank."

Marcus hockte sich neben den Journalisten und begutachtete die Digitalkamera mit großem Interesse.

„Was für ein seltsamer Apparat ist das?", erkundigte er sich.

„Ein Fotoapparat."

„Sieht anders aus als die Fotomaschine, die Sofie besitzt", meinte Marcus.

„Wie bitte?" Verwirrt hob Mr Collins den Kopf und Ella trat eilig zu ihm.

„Ihre Kamera, ein beeindruckendes Modell."

Stolz holte der Mann den Apparat wieder aus seiner Tasche und reichte ihn ihr.

„Eine digitale Spiegelreflexkamera“, verkündete er. „Von der Hasselblad abgesehen, eine der besten auf dem Markt.“

Ella hielt den Fotoapparat hoch, damit Marcus ihn sich genauer betrachten konnte, und tat so, als hätte sie selbst Interesse daran.

„Die technischen Möglichkeiten dieser Zeit sind wahrhaft verblüffend“, sagte er beeindruckt.

„Männer und ihr Spielzeug“, stöhnte Ella und reichte dem Fotojournalisten die Digitalkamera.

Er lachte. „Wohl wahr“, stimmte er zu und packte die Kamera ein. „Interessieren Sie sich für Fotografie?“

„Nein.“

Sofie trat zu den beiden, und nachdem der Fotojournalist seine Tasche geschultert hatte, gingen sie wieder nach oben. Mr Collins verabschiedete sich und Ella brachte ihn zur Haustür, während Sofie in der Küche blieb.

Sie schloss die Tür und drehte sich stirnrunzelnd zu Marcus um, der ihr gefolgt war. „Warum bringst du mich immer in solch unmögliche Situationen?“ Er zog sie an sich, doch sie löste sich aus seiner Umarmung.

„Er muss gedacht haben, ich will ihn anmachen.“

„Anmachen?“ Marcus musterte sie fragend. „Hatte er irgendwo einen Schalter, den du betätigen solltest?“

Ella verschluckte sich beinahe an ihrem Lachen. Er beobachtete sie amüsiert und gleichzeitig verwundert.

„Er dachte, ich suche einen Liebhaber.“

„Oh“, machte Marcus, um sie gleich darauf erneut in die Arme zu ziehen. Er küsste sie zärtlich. „Allein der Gedanke, dass du einen anderen Mann mir vorziehen könntest, macht mich ganz krank.“

Ella blickte in sein Gesicht und las darin so viel Verlangen, dass ihr schwindlig wurde. „Du bist tatsächlich ganz grün um die Nase herum. Vielleicht legst du dich ein wenig hin, solange Sofie da ist.“

„Um zu verpassen, wie ihr in meinem Tagebuch lest? Sie hat es bestimmt dabei.“

„Ella?“ Sofie kam aus der Küche.

„Was machst du da?“

Sofie betrachtete sie ratlos und sie wich sofort einen Schritt von Marcus zurück.

Reflexartig streckte und dehnte sie sich. „Ich habe mir einen Nerv eingeklemmt“, presste sie hervor und warf ihm zornige Blicke zu, weil er lauthals zu lachen begann, als er ihre Verrenkungen beobachtete.

„Ich glaube, jetzt ist er wieder an Ort und Stelle“, erklärte sie stöhnend und wandte sich Sofie zu. „Möchtest du einen Kaffee?“

„Das wäre wundervoll.“ Sofie seufzte. „Ich habe die halbe Nacht damit verbracht, die Tagebücher von Samuel Pepys zu lesen.“

Sie kehrten in die Küche zurück. „Wer ist Samuel Pepys?“, fragten Ella und Marcus gleichzeitig. Ihre Blicke trafen sich und Ella unterdrückte ein Schmunzeln.

„Ein Tagebuchautor und Chronist unter Karl dem Zweiten von England“, erklärte Sofie.

„Und das soll dabei helfen, mein Tagebuch zu übersetzen?“

„Und das ist hilfreich für die Übersetzung?“, fragte Ella ihre Freundin.

Sie schaltete die Kaffeemaschine an, und während diese gurgelnd ihre Arbeit tat, antwortete Sofie: „Ich halte es für vorteilhaft, mich mit der Sprache und der Ausdrucksweise von damals vertraut zu machen.“

Ella holte eine Porzellantasse aus dem Schrank und gab zwei Löffel Zucker hinein, da sie wusste, dass Sofie ihren Kaffee gerne süß und schwarz trank.

„Soweit ich weiß, sprach man bereits zu Shakespeares Zeiten ein nahezu modernes Englisch.“ Ella reichte ihr die Tasse.

„Stimmt, aber bestimmte Ausdrücke haben sich doch noch verändert.“ Sofie schnupperte genießerisch an dem dampfenden Kaffee und nahm einen Schluck. „Wäre peinlich, wenn wir gravierende Fehler bei der Übersetzung machten. Die Historiker würden uns auslachen.“

„Moment mal“, protestierte Marcus. „Das meint sie doch nicht ernst, oder? Sie hat nicht vor, einen Haufen wildfremder Menschen meine geheimsten Gedanken lesen zu lassen?“

„Willst du die Aufzeichnungen etwa jemandem zum Lesen geben?“

Sofie zuckte mit den Achseln. „Eigentlich schon, außer das Journal ist langweilig und öde.“

Die Aussage versetzte ihr einen Stich und sie konnte dies ihrer Freundin nicht einmal sagen, ohne dass die sie für durchgedreht hielt.

„Langweilig und öde? Was bildet dieses Weibsbild sich ein? Sie redet von meinem Leben“, polterte Marcus los. Er warf die Arme in die Luft. „Sie entweiht meine Knochen, führt Freudentänze über meinen sterblichen Überresten auf und jetzt bezeichnet sie mein Leben als Nichtigkeit.“

„Marcus ist keine Nebensächlichkeit“, stellte Ella sachlich fest.

Sofie musterte sie verwundert. „Er ist tot, seit über zweihundert Jahren.“

Ella kaute auf der Unterlippe herum. „Dennoch. Meinst du nicht, er hat Respekt und Frieden verdient? Er lag zweihundert Jahre unter meinem Haus eingemauert. Und du redest davon, ihm noch das letzte bisschen Würde zu rauben.“

Marcus streckte die Hand aus und berührte ihre Wange.

„Ich liebe dich.“ Er wirkte aufgewühlt und Ella musste sich zwingen, ihm weder in die Arme zu fallen noch auf ihn zu reagieren.

„Siehst du das so?“ Sofie ließ sich auf einen Stuhl sinken. „So habe ich das offen gesagt noch gar nicht betrachtet.“ Nachdenklich nippte sie an ihrem Kaffee. „Ich muss mir das durch den Kopf gehen lassen. Und ich verspreche dir, dass ich weder Übersetzung noch Tagebuch jemandem zeigen werde, ohne vorher mit dir darüber zu reden.“

„Danke!“ Ella schenkte Sofie ein nervöses Lächeln. „Hast du das Tagebuch dabei?“

„Hmm“, machte sie, weil sie gerade trank. Sie griff in ihre Handtasche und legte das Journal auf den Tisch.

Marcus streckte seine Hand danach aus, strich nach kurzem Zögern aber nur über den Einband.

Ella ging hin und schlug die erste Seite auf. Der Blick von Marcus saugte sich an dem Eintrag fest. Gern hätte sie es mit ihm gelesen, doch stattdessen wandte sie sich Sofie zu.

„Grauenvolle Schrift, nicht wahr?“ Die beobachtete sie aufmerksam.

„Meine eigene ist furchtbar, die hier ist nur altmodisch.“

„Du hast kein Problem damit?“, erkundigte sich Sofie neugierig.

Als sie den Kopf schüttelte, klatschte Sofie begeistert in die Hände. „Super! Ich kann dieses schwungvoll gekünstelte Gekritzel kaum lesen."

„Oh Wunder, oh Wunder", spöttelte Marcus. „Würdest du bitte die nächste Seite umblättern? Ich habe die hier schon gelesen."

Ella schlug die Seite um. „Ich hole einen Block und Kuli. Dann können wir anfangen", erklärte sie. „Würdest du den Tisch abräumen?"

Sofie erhob sich und währenddessen übersprang Marcus die für ihn unwichtigen Eintragungen. Ella warf ihm warnende Blicke zu, die er jedoch nicht beachtete.

Als Sofie Platz nahm, schloss die das Tagebuch und Marcus trat sichtlich enttäuscht zurück. Ella setzte sich mit Block und Stiften bewaffnet neben ihre Freundin. Diese drehte sich zu ihr um und musterte sie neugierig, bis es Ella unmöglich war, ihre Neugier zu ignorieren: „Du willst etwas wissen, oder?"

„Der Mann, der bei dir war. Ist das dein Freund?"

Ella räusperte sich, um so Zeit zu gewinnen.

Sofie Augen wurden rund. „Oh, ein One-Night-Stand?" Sie schüttelte den Kopf. „Tut mir leid, geht mich nichts an."

„Schon gut, nein, kein One-Night-Stand. So etwas ist nicht meins." Hilfe suchend sah sie zu Marcus.

Er zuckte mit den Achseln. „Es ist deine Zeit, nicht meine. Du musst dir etwas einfallen lassen." Er setzte das Gesicht eines boshaften Kobolds auf. „In meiner Zeit wärst du wohl unter ähnlichen Umständen meine Mätresse gewesen."

Sie warf ihm einen bösen Blick zu. „Er ist so etwas wie meine Mätresse."

Sofie lachte und Marcus wirkte belustigt und schockiert gleichermaßen.

„Also nichts Ernstes?", wollte Sofie wissen.

Ella rutschte auf ihrem Stuhl herum. „Doch", gab sie schließlich zu. „Mir war es nie zuvor ernster." Sie schob den Block zurecht. „Können wir uns jetzt mit unserer Arbeit beschäftigen?"

Sofie schlug das Buch auf. Sie beugten sich über die erste Eintragung.

„Instanto?“, fragte Ella verblüfft. „Was zur Hölle bedeutete denn `Instanto´?“

„Meine Güte, das geht ja schon gut los. Kaum beim Datum und schon die ersten Schwierigkeiten“, entgegnete Sofie und kaute auf ihrer Unterlippe. Sie griff nach dem Wörterbuch und blätterte.

„Was heißt das nun?“ Ella musterte Marcus fragend und gab ihm mit einer Bewegung der Augenbrauen zu verstehen, dass er ihr helfen sollte.

Er verschränkte die Arme vor der Brust. „So, keine zwei Zeilen weit seid ihr gekommen ohne meine Hilfe. Ich dachte, die Frauen bräuchten keine männliche Unterstützung mehr?“, foppte er sie.

„Das ist keine Hilfe“, maulte sie. Obwohl sie ihn finster anstarrte, ließ er sich nicht erweichen, dafür blickte Sofie sie verdutzt an. Noch verwirrter war sie, als sie feststellte, dass Ella mit dem Küchenstuhl zu sprechen schien.

„Sag mal, Ella, ist alles in Ordnung mit dir? Du redest mit einem leeren Stuhl?“

Sie zuckte zusammen. „Hm, du weißt ja, dass ich oft mit mir selbst rede.“ Sie ignorierte Marcus’ Lachen und seufzte. „Das ist eine dumme Angewohnheit, die ich mir einfach nicht abgewöhnen kann.“ Sie hielt die Augen auf Sofie geheftet, und vermied Marcus anzublicken.

Sofie nickte verständnisvoll. „Mach dir keine Gedanken. Es irritiert mich manchmal, aber es ist in Ordnung. Jeder von uns hat doch seine Spleens. Ich zum Beispiel kann Gummibärchen nur essen, wenn ich sie nach Farben sortiert habe.“

Ella konnte sich ein Kichern nicht verkneifen und fühlte im selben Moment Marcus’ warmen Atem an ihrem Nacken. Er hauchte einen sachten Kuss darauf und der wollüstige Schauder, der sie nun überlief, ließ ihr das Lachen im Hals ersterben. „Instanto bezeichnet den aktuellen Monat. Wenn deine Freundin aufpasst, wird sie feststellen, dass ich diesen Ausdruck vermutlich öfter benutzt habe.“

„Bestimmt ist das eine Zeitangabe?“, schlug Ella vor.

Sofie wandte sich ihr zu. „Höchstwahrscheinlich. Das lässt sich herausfinden!“

Eine halbe Stunde später arbeiteten sie konzentriert an einem besonders ausführlichen Eintrag, als es an der Tür klingelte.

Erstaunt öffnete Ella Beth und Danny Loomis, dem Geisterjäger, die auf ihrer Schwelle standen.

„Hallo Ella, meine Liebe. Wie geht es dir?"

„Beth, schön, dass du vorbeischaust." Sie nickte Danny zu. „Ihr kennt euch?"

Beth strahlte sie an. „Wir sind uns gestern auf dem Friedhof begegnet."

„Solche Orte bieten reichlich paranormale Aktivitäten", warf der Geisterjäger ein. Er hatte seine Daumen in die Gürtelschlaufen eingehakt und wippte auf den Fersen. Er blickte neugierig über Ellas Schulter in das Innere des Hauses.

„Danny hat mir von den Messergebnissen des Grundstücks erzählt." Beths Gesicht war eine Mischung aus Neugier und Besorgnis. „Ist alles in Ordnung bei dir? Ich habe von dem Leichenfund gehört."

Ella nickte. „Ich nehme an, ganz Maidenly Green redet darüber."

Beth lächelte und strich sich die Haare zurück. „Der Tratsch blüht", gab sie zu.

„Wenn das alles ist", erklärte sie leichthin. „Was führt euch hierher?"

„Ich hoffte, Mrs Payton würde Sie davon überzeugen können, dass es in Ihrem Interesse ist, wenn wir im Haus Untersuchungen anstellen würden", meinte Danny Loomis erwartungsvoll.

„Nein, danke", entgegnete Ella.

„Ganz deiner Meinung", stimmte Marcus zu.

Sie zwang sich, ihre Aufmerksamkeit ausschließlich auf Danny und Beth zu richten. „Dafür gibt es keinen Grund. Das einzig Gruslige waren der Leichenfund und die Versuche, mich mit technischen Hilfsmitteln an einen Spuk glauben zu lassen."

Beth musterte sie zweifelnd. „Und wenn es doch bei dir spukt? Danny hat mir ein paar interessante Dinge über erdgebundene Geister erzählt." Sie wirkte besorgt. „Du solltest das nicht auf die leichte Schulter nehmen."

Ella tätschelte ihren Arm. „Mach dir keine Sorgen. Es gibt keine Geister." Sie warf dem Geisterjäger einen humorvollen Blick zu. „Vielleicht haben wir draußen im Garten einen Maulwurfsgeist, aber im Haus ist alles bestens."

Sofie kam aus der Küche. „Was ist denn los?“ Sie entdeckte Beth. „Hallo.“ Dann musterte sie Danny neugierig. „Wir kennen uns, oder? Sie wohnen auch im `Porter's Inn´, nicht wahr?“

Er nickte und schüttelte ihr die Hand. „Danny Loomis, Geisterjäger.“

„Wie drollig.“ Sofie sah zu Ella. „Wozu brauchst du einen Geisterjäger?“

„Das war ein Missverständnis“, entgegnete sie.

„Schick ihn weg. Er hat hier nichts verloren“, meldete sich Marcus zu Wort.

Danny wandte sich an Beth. „Sie können gerne bleiben, ich werde einen kleinen Spaziergang zurück in den Gasthof unternehmen.“

Nach kurzem Hin und Her verabschiedeten sich beide und fuhren davon. Ella blieb in der Tür stehen und winkte Beth hinterher.

Sofie stand neben ihr. „Dieser Loomis wirkt nicht, als wird er so schnell klein beigeben. Ich bin überzeugt, dass er nochmal hier auftauchen wird.“

Ella seufzte. „Fürchte ich auch.“ Sie drehte sich um und sah nach Marcus, doch der war verschwunden.

Sofie folgte ihr in die Küche, wo Ella Marcus über das Tagebuch gebeugt vorfand. Als er die beiden bemerkte, zog er sich ein paar Schritte zurück und beobachtete missbilligend, wie Sofie das Journal an sich nahm. „Dann machen wir mal weiter!“ Sie ließ sich am Tisch nieder und geduldete sich, bis auch Ella Platz genommen hatte.

Sie lasen und übersetzten den restlichen Nachmittag Passagen aus dem Buch, bis Sofie feststellte, dass sie zu erschöpft und zu hungrig sei, um weiterzuarbeiten. Nachdem sie ihre Sachen zusammengepackt hatte, verabschiedete sie sich von Ella. Die wartete, bis die Haustür ins Schloss gefallen war, ehe sie sich Marcus zuwandte.

„Hast du etwas Interessantes herausgefunden? Du konntest doch mehr lesen als wir?“

Marcus machte eine wegwerfende Handbewegung. Er wirkte unzufrieden. „Ich hätte hinten anfangen sollen. Das Ganze war nicht sonderlich aufschlussreich. Bisher nur Materialauflistungen und unbedeutendes Geplänkel.“

Ella umarmte ihn. „Es wird alles gut werden.“

„Es ist alles gut“, erwiderte Marcus und musterte sie liebevoll. „Dich in meinen Armen zu halten ist das Paradies auf Erden.“ Ein Glücksgefühl durchströmte sie, als er sie an sich drückte, sie seinen Duft einsog und sein Kinn ihre weichen Locken streifte.

Einen Moment lang war ihr die Welt um sie herum gleichgültig. Sie liebte ihn so sehr, dass ihr Herz über dem Gedanken zerbrach, eines Tages ohne ihn sein zu müssen.

Kapitel 11

„Ich habe schon schlechte Erfahrungen gemacht“ Fingerhut

Marcus weckte sie mit sachtem, aber nachdrücklichem Rütteln aus tiefstem Schlaf. „Ella? Bist du wohlauf?“

Sie bewegte sich seufzend neben ihm, spürte das körperwarme Leinen über die Haut gleiten und seinen Griff um ihren Oberarm. Schlaftrunken sah sie zu ihm auf. „Ich bin in Ordnung, was ist denn los?“ Sie gähnte und versuchte die Nebelfetzen aus ihrem Verstand zu verjagen, vor allem als sie erkannte, wie beunruhigt er schien. Sie blinzelte und streckte die Hand nach ihm aus. Sein Körper fühlte sich klamm an.

„Was hast du? Bist du krank?“

„Mir fehlt nichts, ich habe nur schlecht geträumt“, murmelte er und sank in die Kissen zurück.

Ella zögerte einen Moment, dann kuschelte sie sich an ihn. An Schlaf war nicht mehr zu denken, als sie merkte, wie angespannt er war. „Willst du darüber reden?“

„Ich habe von Penelope geträumt“, gestand er, nachdem er tief Atem geschöpft hatte.

„Erinnerst du dich wieder?“ Es fiel ihr schwer, ihn das zu fragen. Sie fürchtete sich davor, was er erzählen würde. Vielleicht hatte ihm der Traum klar gemacht, dass er nie eine andere Frau als Penelope lieben können würde, und dass sie, Ella nichts weiter als eine Gefühlsverwirrung gewesen war.

Als ahnte er ihre Ängste, zog er sie enger an sich. Er legte seine Hand beschützend an ihren Hinterkopf und einen Moment lang hatte sie sogar den Eindruck, dass er sich an ihr festhielt. „Ich weiß nur, dass ich ihr beistand, als sie Nicholas gebar. Sie war nie besonders robust und quälte sich über lange Stunden, ehe sie unseren Sohn zur Welt brachte. Der Arzt, nach dem ich geschickt hatte, tat sein Möglichstes, doch vergebens", flüsterte er in ihr Haar.

„Sie starb bei der Geburt?"

Marcus nickte. „Ich hörte den gellenden Schrei eines gesunden Säuglings und das ersterbende Seufzen Penelopes." Nach all den Jahrhunderten nahm es ihn immer noch so sehr mit, dass seine Stimme zitterte.

Ellas Herz verkrampfte sich vor Mitgefühl. „Das tut mir unglaublich leid!" Dann war also Penelope oder Constance Aldly tatsächlich die Mutter von Marcus' Sohn. Sie schwieg. Das Offenkundige musste nicht auch noch laut ausgesprochen werden. Die arme Frau hatte nicht nur ihr Leben gelassen, sondern war obendrein mit dem Stigma einer gefallenen Frau begraben worden. Und niemand grämte sich darüber mehr als Marcus. Ella beschloss, niemals zuzulassen, dass sie Dinge zu bereuen hatte. Wenn sie eines Tages der Tod ereilte, wollte sie mit sich und allen im Reinen sein.

Er küsste sie auf den Scheitel. „Damals glaubte ich, meine ganze Welt sei zerbrochen. Daran erinnere ich mich überdeutlich. Das Gefühl, ich hätte alles verloren. Absolut und unrettbar alles."

Sie richtete sich auf und sah ihm in die Augen. „Ich wollte, ich könnte etwas unternehmen, um dir deinen Kummer zu erleichtern."

Das Lächeln, das über seine Miene glitt, so gekonnt, wie es wohl seine Absicht war, verbarg keineswegs die Melancholie dahinter. „Falls du das ernst meinst, ich glaube, mich könnten diese flauschigen Teigfladen trösten, zu denen du immer diesen klebrig-köstlichen Baumsirup servierst."

Sie ging auf seine Ablenkung ein. „Du meinst Pancakes mit Ahornsirup." Sie setzte sich auf. „Also gut, wenn dich das aufmuntert, dann sollst du das bekommen." Als sie aus dem Bett kletterte, zog sie ihn mit sich. „Du wirst mir helfen! Und keine Widerworte! Auch die modernen Männer sind emanzipiert!", fügte sie hinzu.

Zusammen rührten sie Teig, aßen hinterher süße Pfannküchlein, die im Sirup schwammen und tranken dazu Kaffee.

Sie hatten sich eben angezogen, als es an der Haustür klingelte. Ella lief hinunter und ließ Sofie eintreten, die sofort mit dem Tagebuch wedelte.

„Lass uns keine Zeit verlieren, ich kann es kaum erwarten, weiterzumachen!" Sie platzte schier vor Energie und so beugten sie sich kurz darauf über den nächsten Eintrag.

„Ein Ausbund an Fröhlichkeit schien er mir nicht zu sein", meinte sie, während sie die neueste Passage ins Deutsche übersetzten.

„Nein, anscheinend nicht." Nachdenklich hob Ella den Kopf und sah direkt in Marcus' Gesicht. Seine Augen waren trauerumwölkt. „Er hatte Kummer."

Sofie warf ihr einen kurzen Blick zu. „Woher weißt du das? Du hast vorgeblättert, als ich eben auf der Toilette war, richtig?"

„Es ist spürbar", behauptete Ella. „Bei jedem Wort fühlt man, wie traurig er ist."

Ihre Freundin brummte und setzte die Notizen fort.

„Verrate nicht zu viel, sie wird nicht verstehen, woher du das alles weißt", warnte Marcus sie.

Sie nickte und zuckte erschrocken zusammen, als Sofie einen Schrei ausstieß. „Was ist los?", fragte sie und beugte sich hektisch und mit rasendem Herzen über das Tagebuch.

Sofie deutete auf eine Stelle. „Du hast recht. Hier steht es: Seit Penelope tot ist, ist die Welt ein dunkler Ort …"

Erneut stach es in ihrem Innern. Natürlich war sie nicht die Einzige, die Marcus je geliebt hatte. Aber das zu wissen und einen Beweis vor Augen zu haben, in diesem Fall der Eintrag in seinem Journal, waren zwei unterschiedliche Dinge. Selbst wenn die betreffende Frau seit einer schieren Ewigkeit tot war.

„Es war anders mit Penelope. Wir liebten einander wie Bruder und Schwester und einen süßen Sommer lang glaubten wir, uns verbände mehr als Freundschaft. Ich ging nach London, sie blieb in Maidenly Green. Wir sahen uns erst um Weihnachten herum wieder, da war die Schwangerschaft kaum mehr zu verbergen. Sie schämte sich so sehr, dass sie nicht gewagt hatte, mir davon zu erzählen." Marcus sah ihr fest in die Augen.

Sie lächelte und berührte seine Hand verstohlen. Es erleichterte sie, dass er sich echt und warm anfühlte.

Sofie blätterte geräuschvoll um. „Ach, wie traurig. Anscheinend ist seine Frau im Kindbett gestorben."

„Frau?", rief Ella und Marcus fragte im gleichen Augenblick: „Meint sie Frau im Sinne von Gemahlin?"

Sie starrten einander atemlos an, dann beugte sich Ella eifrig über das Tagebuch und suchte die entsprechende Stelle, während er, die Hand auf ihre Schulter gelegt, auf den Bericht starrte, um es ihr gleichzutun.

„Penelope, meine Freundin, Gemahlin und Mutter meines Sohnes Nicholas", flüsterte er. „Ich war nicht der Schuft, für den ich und alle Welt mich hielt."

Hinter Sofies Rücken gelang es Ella erneut, Marcus' Hand zu drücken.

„Aber warum ist sie dann aus der Familienbibel gestrichen worden und liegt als Constance Aldly in einem mickrigen Grab?", fragte sie.

Sofie starrte sie aus großen Augen an. „Constance? Hast du nicht zugehört? Penelope war ihr Name. Wie kommst du darauf, dass Penelope und Constance dieselbe Frau war? Das steht hier nirgends." Sofie sah sie misstrauisch an. „Du hast doch gespitzelt? Oder?"

Ella zuckte mit den Achseln. „Ein bisschen", log sie und war sich der Skurrilität des Ganzen bewusst. Nie konnte sie die Wahrheit darüber erzählen, woher sie so manches erfuhr, was den verschwundenen Viscount betraf. Wer würde ihr auch glauben?

Sofie machte eine wegwerfende Handbewegung. „Geschenkt, ich hätte es ebenso gemacht. Ist doch zu verführerisch." Sie zwinkerte. Eine Stunde später gähnte sie verstohlen. „Ich finde, jetzt ist es genug. Können wir Schluss machen?"

Ella beendete den Satz und sah auf. „Bist du sicher?" Sie war ebenfalls erschöpft, doch Marcus zuliebe hätte sie die halbe Nacht vor dem Tagebuch gesessen. Andererseits klammerte sie sich an die Hoffnung, ihn umso länger bei sich halten können, je langsamer die Übersetzung des Journals fortschritt.

„Absolut sicher", bekräftigte Sofie. „Ich bin hundemüde."

Ella klappte das Buch zu und Sofie nahm es an sich.

„Vielleicht hast du recht. Wir sollten ausgeschlafen sein, wenn wir uns mit den Einträgen beschäftigen." Ella rieb sich die Augen und schob den Stuhl zurück. „Wollen wir uns morgen wieder zusammensetzen?“

Sofie bejahte. „Kann nur sein, dass ich mittags rüber nach Sussex fahren muss. Da gibt es ein paar exzellent ausgestattete Herrenhäuser, die nur darauf warten, fotografiert zu werden.“ In ihrer Stimme schwang ein bedauernder Unterton mit.

Ella gab sich Mühe, die Erleichterung zu verbergen. „Kann man nichts machen.“

An der Haustür umarmten sie sich zum Abschied. Ella eilte zu Marcus zurück, doch aus der Küche war er verschwunden.

Sie fand ihn im Gewächshaus. Die schwüle Luft im Inneren war zum Schneiden dick und wie eine unsichtbare Wand. Er stand vor weißem Iris und streichelte die Blütenblätter selbstvergessen. Sie legte einen Arm um seine Hüften.

„Ich habe ihr am Tag nach ihrem Geständnis einen solchen Strauß geschenkt.“ Er wirkte unsagbar traurig.

„Eine schöne Geste“, erwiderte Ella.

„Weißer Iris bedeutet: unbeirrbar und für immer stehe ich zu dir.“ Er schlug mit der flachen Hand gegen den Holzrahmen. Sie zuckte zusammen. „Ich habe unseren gemeinsamen Sohn im Stich gelassen. Was für ein Vater tut das? Und warum in aller Welt wusste niemand davon, dass Penelope, ich meine Constance, meine Gemahlin war?“ Er wandte sich Ella zu. „Wäre mein Sohn zum Zeitpunkt meines Todes älter gewesen, vermutlich hätte er mich getötet. Und das zu Recht“, sagte Marcus verbittert. „Ich habe ihm sein angestammtes Erbe verwehrt.“

„Aber wenn du Constance geheiratet hattest, dann war doch alles in Ordnung.“

„Offenbar habe ich diese nicht unwichtige Tatsache ganz schnell vergessen, als sie gestorben war.“

„Du bist Hals über Kopf aus England geflohen. Das macht kein Mann, der außer sich vor Erleichterung und Freude ist.“ Sie schlang die Arme um ihn und zog ihn an sich.

Marcus vergrub sein Gesicht in ihrer Schulter. „Oh Ella, ich wünschte, ich könnte mich erinnern. In meinen Träumen sehe ich Bilder, Szenen, die ich nicht einzuordnen weiß. Ich fühle mich zerrissen und das Einzige, das mich zusammenhält, bist du.

Deine Liebe gibt mir die Stärke festzuhalten und daran zu glauben, dass ich besser bin, als ich befürchte zu sein."

„Du bist ein guter Mann, Marcus. Du bist ehrlich, treu und zuverlässig. Ich bin sicher, dass du dich nie anders verhalten hast, als man es von einem Gentleman deiner Zeit erwartet hat." Sie ergriff seine Hand. „Und jetzt lass uns aus dem Treibhaus verschwinden. Ich kriege kaum mehr Luft hier drin."

Besorgt sah Marcus sie an und führte sie nach draußen. Genauso, wie es sich für einen Gentleman gehörte.

Den restlichen Abend schien er bedrückt, in sich gekehrt und gelegentlich, wenn er glaubte, Ella bemerke es nicht, wirkte er gedanklich meilenweit entfernt. So sehr sie sich auch bemühte, es gelang ihr nicht, ihn abzulenken, geschweige denn aufzumuntern.

So war sie erleichtert, als sie sich zu Bett begaben. Eine Nacht über alles schlafen, was ihn belastete, würde vielleicht helfen. Sie lagen nebeneinander und Ella streckte den Arm aus. Ihre Hand glitt durch seinen Oberkörper, Panik überrollte sie. Sie setzte sich auf und griff nach ihm, um ihn zu berühren, sogar festzuhalten und konnte ihn nicht ertasten, weil er substanzlos wie Rauch war.

„Marcus!", rief sie verzweifelt. Tränen schossen ihr in die Augen. Wieder und wieder versuchte sie, ihn zu berühren, seinen Körper festzuhalten. Der Schreck schnürte ihr die Kehle zu und sie sah ihm an, wie gerne er etwas unternommen hätte, doch es war unmöglich. Er sprang aus dem Bett, fort von ihr, die Miene von Qual erfüllt.

Ihr Herz klopfte wild und wie höhnisch in der Brust. Sie stand ebenfalls auf. Beim flüchtigen Blick in den Schlafzimmerspiegel, erkannte sie sich fast nicht wieder. Das Gesicht leuchtete kalkweiß, die Augen schienen zwei schwarze Löcher voller Furcht und Hoffnungslosigkeit.

„Es geht vorbei, Liebste." Marcus' Stimme klang hohl.

„Nein, ich lasse es nicht zu. Ich will nicht ohne dich sein!" Sie schluckte die Trauer hinunter, wild entschlossen, festzuhalten, was sie so sehr begehrte. Sie fixierte ihn, als könne sie ihn mit der Kraft ihrer Wünsche im Diesseits halten.

Sie glaubte zu sehen, wie der Körper an Substanz gewann und stürzte sich auf ihn. Tatsächlich prallte sie gegen seine feste, lebendige Brust.

Aufschluchzend umarmte sie ihn. „Oh Gott, ich dachte wirklich … Ich hatte Angst, wir hätten keine Zeit mehr, uns zu verabschieden“, stammelte sie.

Marcus zog sie enger an sich und küsste sie mit einer Mischung aus Leidenschaft, Sehnsucht und Erleichterung. Sie bekamen Zeit geschenkt, dennoch ahnte sie, dass das Lebewohl nur aufgeschoben war. Für Stunden, vielleicht sogar Tage, doch gewiss nicht für immer.

Sie klammerte sich an ihn und wusste, dass sie diese Nacht keine Ruhe finden würde. Nicht, wenn sie fürchten musste, er könne entschwinden, während sie schlief.

„Marcus?“

Er hauchte einen Kuss auf die rundeste Stelle ihrer Schulter. „Ja? Was wünschst du, meine Blume?“

„Können wir aufstehen? Ich finde nach dem eben ohnehin keinen Schlaf mehr.“

Mit einer zärtlichen Geste strich er eine Haarsträhne hinter ihr Ohr. „Natürlich, lass uns runtergehen. Wir können uns etwas Heißes zu trinken machen und reden.“

Und das taten sie auch. Sie saßen in der Küche, tranken abwechselnd Kakao und Kaffee und unterhielten sich über alles, was ihnen wichtig und interessant erschien.

Eine ganze Weile später zogen sie sich auf die Terrasse zurück und beobachteten den Sonnenaufgang. Ella saß auf seinem Schoß und kuschelte sich an Marcus’ Brust. Entspannt und seltsam friedlich. Sie war nicht sicher, weshalb sie in dieser Stimmung war, ob es die Erleichterung war oder die Müdigkeit, doch sie nahm es hin. Vielleicht könnte sie eines Tages auch mit ähnlicher Gelassenheit akzeptieren, Marcus zu verlieren. Noch während sie das dachte, wusste sie, dass dies nie geschehen würde. Wenn der Moment kam, würde sie schreien und fluchen und um sich schlagen. Aber garantiert akzeptierte sie nicht das grausame Schicksal, von ihm getrennt zu werden.

Ella blickte ihn forschend an. Sie wagte, zu behaupten, dass sie ihn inzwischen gut genug kannte, um wenigstens zu erahnen, was in ihm vorging. Und diesmal dachte er an die Zeit ohne sie.

„Versprich mir, dein Leben zu leben. Genieße jeden Augenblick und lasse dir niemals von irgendjemandem oder etwas Grenzen auferlegen", sagte Marcus. Er wirkte ungewohnt ernst und bedrückt. Und war damit ihr Spiegelbild.

Der Gedanke, ihn zu verlieren, hatte die Macht, sie verrückt werden zu lassen. Doch weil sie wusste, dass er ähnlich empfand, konnte sie stark bleiben. Ihre Liebe gab ihr genug Kraft ihn zu trösten und sie begriff, dass es ihm, der zum Gehen gezwungen war, schwerer fallen würde Abschied zu nehmen, als ihr selbst. In diesem Augenblick schwor sie sich, ihre gemeinsame Zeit zu genießen und nicht in Furcht vor einer ungewissen Zukunft zu erstarren. Sie wollte sich an ihr Zusammensein als etwas Schönes erinnern und keinesfalls als etwas, das von Tränen überschattet wurde.

„Was würdest du mit deinem Leben anfangen, wenn du eine zweite Chance bekämst?", fragte sie spontan.

Marcus hauchte ihr einen Kuss auf die Nasenspitze. „Dich suchen, um den Rest meines Lebens mit dir zu verbringen."

„Hört sich nach einem hervorragenden Plan an", erklärte Ella. Ihr Herz klopfte wie das eines frisch verliebten Teenagers. Sie schlang die Arme um seinen Hals und küsste ihn. Seine Lippen schmeckten nach Kakao mit einem Hauch Zimt. „Hm, süß!", murmelte sie und vertiefte den Kuss. Sie kostete seine Nähe und seinen Geschmack mit der Inbrunst einer Verdurstenden aus.

Marcus' Hände gingen auf Wanderschaft, den Rücken hinunter, kurz auf den runden Pobacken verharrend, dann glitten sie am Hosenbund unter das T-Shirt und streichelten ihre samtige Haut. Ella schloss verträumt die Augen.

„Alles in Ordnung?", raunte Marcus an ihrem Ohr.

„Ich genieße den Augenblick."

Als Sofie am frühen Vormittag vor der Tür stand, hatte Ella die fünfte Tasse Kaffee getrunken und war so mit Koffein aufgeputscht, dass sie keinerlei Müdigkeit verspürte, obwohl sie kaum mehr als zwei Stunden Schlaf gehabt hatte.

„Ist alles in Ordnung mit dir? Du siehst nicht gut aus."

Ella fuhr sich über das Gesicht. „Keine Sorge, ich habe nur die halbe Nacht gelesen", beeilte sie sich zu sagen.

„Muss ja ein Wahnsinnsbuch gewesen sein", meinte Sofie. „Können wir weiterarbeiten? Ich muss mich morgen an mein Notebook setzen und endlich die ganzen Fotos sichten, nummerieren und so weiter. Und die kommenden Tage ist es auch nicht viel besser. Immerhin steht Sussex für heute auf der Kippe." Sie seufzte. „Vor Samstag werde ich gar keine Chance haben, mich wieder mit dem Tagebuch auseinanderzusetzen."

Ella verzog enttäuscht das Gesicht. Das würde Marcus nicht gefallen.

Wie auf's Stichwort kam er die Treppe hinunter. „Ah, mein Lieblings-Plagegeist."

Ella drehte sich um und schimpfte ihn stumm. Er lachte. „Ich hätte nie gedacht, dass es von Vorteil sein könnte, unsichtbar zu sein. Ich kann sagen, was ich will. Niemand außer dir kann mich hören." Als ihm klar wurde, dass sie ihm nicht zustimmte, fügte er hinzu: „Und du bist die Einzige, deren Meinung mir wichtig ist, meine Sonnenblume."

Besänftigt unterdrückte sie ein Lächeln und wandte sich Sofie zu, aus den Augenwinkeln sah sie, dass Marcus ebenfalls schmunzelte.

„Irgendwann musst du mir erklären, was dort oben auf der Treppe so interessant ist."

Ella lachte. „Ich halte Zwiesprache mit Tante Ediths Hausgeist", behauptete sie, weil Sofie ihr ohnehin nicht glauben würde.

Kopfschüttelnd ging diese in die Küche. Dort nahm sie eine Tasse vom Wandbord und schenkte Kaffee hinein. „Dass Leute, die in alten Häusern wohnen, sich immer mit Geisterspuk herausreden." Sie ließ sich auf einen der Stühle sinken und packte das Tagebuch, Stifte, Blöcke und die Übersetzungen vom Vortag aus. „Habe ich dir erzählt, dass die alte Dame, deren Herrenhaus ich Anfang der Woche fotografierte, ständig mit ihrem Ehemann sprach? Ihr Mann ist vor fünf Jahren gestorben."

Ella riss die Augen auf und starrte Marcus an.

„Wirklich?", murmelte Ella. „Interessant."

Unbeeindruckt schlug Sofie das Tagebuch auf und forschte nach der richtigen Stelle. „Wir waren hier, nicht wahr?" Sie deutete auf den Eintrag vom sechzehnten Juli siebzehnhundertneunundfünfzig. „*Ein kalter Tag. Lt. Gibbs suchte mich auf …* "

„Ich erinnere mich an ihn. Ein fürchterlicher Stiefellecker …"

Sofie fuhr mit dem Finger die Zeilen entlang. *„Gibbs ist ein dienstbeflissener Mann. Ich werde ihn für eine Beförderung vorschlagen …"*

„Ein Stiefellecker also?" Ella warf Marcus einen Blick aus hochgezogenen Augenbrauen zu.

„Er war ein Stiefellecker, damals war ich offenbar noch nicht zu der Erkenntnis gelangt." Er gab wieder den hochmütigen Adligen und Ella verkniff sich ein spöttisches Lachen.

Gemeinsam übersetzten sie die nächsten Eintragungen. Manchmal verbesserte Marcus die beiden, und Ella gelang es mehr als einmal, der Freundin die richtige Übersetzung so zu vermitteln, dass diese sich nicht über Ellas Wissen wunderte.

Irgendwann lehnte sie sich zurück und gähnte. „Ich habe genug", sagte die und klappte das Tagebuch zu.

Ella wischte sich verstohlen über die Augen. Es war später Nachmittag und mittlerweile hatten Kaffee und Cola ihre Wirkung verloren.

„Ich auch", gestand sie seufzend.

Sofie packte die Unterlagen ein und erhob sich. „Na, dann lass ich dich allein, damit du dich hinlegen kannst."

An der Haustür winkte Ella ihr zum Abschied, während ihr Auto vom Hof fuhr.

Marcus trat hinter sie und hauchte ihr einen Kuss auf den Nacken. Sie kuschelte sich an ihn.

„Du siehst müde aus. Am besten legst du dich ein wenig hin und schläfst."

„Normalerweise würde ich mich weigern, wie ein kleines Kind ins Bett geschickt zu werden. Aber heute bin ich viel zu erschöpft dafür." Ella quiekte erschrocken, als Marcus sie auf seine Arme hob. Er stieg die Treppen nach oben und legte sie sanft auf die Matratze. Sie blickte zu ihm hoch und bewunderte das Haar, das ihm ungezähmt ins Gesicht hing. Das Tropenblau seiner Augen faszinierte sie noch genauso wie am ersten Tag.

„Du siehst auch müde aus", erklärte sie und klopfte neben sich.

Er schmunzelte und schlüpfte hastig aus den Hosen, ehe er sich zu ihr gesellte. Fest schloss er die Arme um sie, zog sie an sich und sie kuschelte sich bereitwillig an ihn. Inhalierte seinen Duft, schwelgte in der Wärme, die sein Leib ausstrahlte. So lagen sie eine ganze Weile beisammen. Ella genoss Marcus' Nähe mehr, als sie zugegeben hätte und stieß einen leisen Seufzer aus.

„Nie hätte ich geglaubt, wieder einen anderen Menschen so sehr zu lieben. Deine Liebe lässt mich an Wunder glauben, Ella."

Einen Moment ruhte sie bewegungslos an neben ihm. Sein Dasein war ein Mysterium. Wenn man es genau nahm, war er gestorben, um sie zu finden. Hätte er sein erstes Leben als sterblicher Mensch weitergeführt, wäre er nach England zurückgekehrt und hätte irgendeine blasse, öde Debütantin geheiratet. Vermutlich hätte er mit ihr ein paar ebenso langweilige Sprösslinge in die Welt gesetzt und wäre irgendwann gestorben, ohne die Verdammnis als Geist zu erleiden. Und Ella hätte niemals herausgefunden, dass wahre Liebe existierte.

Es war der Himmel. Und zugleich die Hölle.

Und sie wollte keine Minute dieser Erfahrung missen. Sie wünschte sich nur, dass Marcus die schlimmen Erlebnisse und all die lange Zeit als Geist erspart geblieben wären. Sie schmiegte sich in seine Umarmung und schlief ein.

Sie erwachten mitten in der Nacht von den Geräuschen aufheulender Motoren. Ella lag in Löffelchenstellung an Marcus geschmiegt und lauschte einen Moment desorientiert.

Er hingegen war pfeilschnell wach, sprang auf und sah aus dem Fenster.

„Um Himmels willen, was ist da los?" Unwillig schälte sie sich aus dem warmen Bett, trat neben ihn und beobachtete das Geschehen im Hof. Schock lähmte sie.

Eine Gruppe Jugendlicher raste auf Motorrädern über das Grundstück. Ein Teil von ihnen fuhr durch die Blumenbeete und mähte die Gewächse und Büsche förmlich nieder. Drei bis vier Jungen verwüsteten den Pavillon und ein paar weitere hatten sich mit Steinen und leeren Bierflaschen bewaffnet, mit denen sie die Scheiben des Gewächshauses einwarfen.

Ella stieß ein Schluchzen aus und schlug, völlig außer sich über die Vorgänge, die Hände vor den Mund. Sie zwang ihr Entsetzen nieder, griff nach ihrem Handy und alarmierte die Polizei. Die Stimme am anderen Ende blieb ruhig, obwohl sie Ellas Panik sicher wahrnahm. „Keine Sorge, Miss Francke, ein Wagen ist bereits unterwegs." Die Anweisungen, die ihr der Polizist gab, nahm sie kaum wahr. Sie war froh, Marcus an ihrer Seite zu wissen. Er legte beschützend den Arm um sie. Nachdem sie das Telefonat beendet hatte, musterte er sie kurz.

„Ich werde diesen Halunken Mores lehren!“ Er ließ sie los, nachdem er ihr einen Kuss auf den Scheitel gepresst hatte und trat entschlossen zur Tür.

„Marcus!“, rief sie ihm hinterher. Auch wenn ihn wohl nichts verletzen konnte, so packte sie die Sorge. Ganz Gentleman sah er es als seine Pflicht an, sie zu beschützen. Doch er war unfähig, die Rowdys zu berühren. Für unbelebten Gegenstände galt dies nicht. Was also, wollte er unternehmen?

Ella eilte die Stufen hinunter und blickte durch das kleine Fenster neben der Haustür, um alles zu beobachten. Das Herz schlug heftig gegen ihre Rippen und sie merkte, dass sie vor Anspannung und Furcht Mühe hatte, stillzuhalten.

Ein paar der Jungen hatten ihre Motorräder säuberlich nebeneinandergestellt, ein interessantes Verhalten, wenn man bedachte, dass es kein Problem für sie darstellte, fremder Leute Eigentum zu beschädigen.

Marcus versetzte dem vordersten Bike einen kräftigen Stoß, worauf es mit einem Krach umkippte und die anderen mit sich zu Boden riss.

Einige Kerle ließen von Gewächshaus und Pavillon ab und rannten zu ihren Maschinen. Zwei begannen lautstark zu streiten und schubsten sich. Es war abzusehen, dass dieser Zwist in einem Faustkampf gipfeln würde.

Marcus wandte sich weiteren Randalierern zu, die die mühevolle Arbeit der letzten Wochen zu zerstören versuchten.

Rasch bückte er sich nach einen Zimmermannshammer, der achtlos im Gras lag und schlug dem erstbesten Burschen kräftig auf die Zehen. Der junge Mann heulte auf, ließ den Farbeimer fallen und hüpfte auf dem heilen Fuß herum. Seine Kumpels starrten ihn ratlos an und Marcus nutzte die Gunst der Stunde und gönnte den beiden dieselbe Behandlung. Achtlos warf er nun den Hammer fort. Gegen ihren Willen musste Ella lächeln, als sie beobachtete, wie die Kerle panisch umhersahen, pöbelten und versuchten, ihre Furcht wegen des unerklärlichen Vorfalls zu überspielen.

Die Steinewerfer amüsierten sich nach wie vor mit der Zerstörung des Gewächshauses. Rasend vor Wut stürmte Marcus zu ihnen und ballte die Fäuste. Dann entschied er sich um, denn er hob einen der Gesteinsbrocken auf, zielte und traf einen der Rowdys an der Schulter. Mit einem Aufschrei ließ dieser den Stein, ins Gras fallen, mit dem er bereits Scheiben am Haus ins Visier genommen hatte.

In der Ferne erklang das Heulen der Polizeisirene und noch nie war Ella so erleichtert gewesen, das zu hören.

Marcus feuerte in schneller Folge mehrere Steinbrocken auf die Burschen ab.

„Die Bullen!“, schrie jemand.

Das war das Stichwort zum Aufbruch, die Randalierer sprangen auf ihre Zweiräder, ließen die Motoren aufheulen und brausten vom Hof. Dennoch erfüllte Ella Eiseskälte. Sie zweifelte nicht daran, dass die Gang wiederkommen würde. Sie waren bereits zweimal beim Cottage aufgetaucht. Was sollte sie von einem dritten Besuch abhalten?

Eine halbe Stunde später stand die Polizei bei ihr vor dem Haus. Der Schreck hatte sie immer noch in den Klauen und Tränen liefen über ihr Gesicht. Sie bemühte sich, die Flut einzudämmen. Vergebens. Der Polizist, der sie befragen wollte, zog ein Papiertaschentuch aus der Tasche und reichte es ihr, während Marcus beschützend den Arm um sie legte. „Weine ruhig, meine Rose“, flüsterte er.

Es fiel ihr unglaublich schwer, ihn wie Luft zu behandeln, wagte es aber, verstohlen den Kopf zu neigen, sodass ihre Schläfe an seiner Wange zu ruhen kam. Sie ließ den Blick über die Zerstörung schweifen.

„Sie haben alles kaputt geschlagen“, sagte sie mit gepresster Stimme. Marcus’ Körper verströmte Wärme und Geborgenheit. Zu gerne hätte sie sich an ihn gekuschelt, doch sie wusste, wie das auf den Polizisten und seinen Kollegen, der am Pavillon mit einer Taschenlampe zugange war, wirken würde.

Der Gesetzeshüter betrachtete den Schaden kopfschüttelnd. „Es kommt leider vor, dass Jugendliche nach zu viel Alkohol und Drogen anfangen, zu randalieren.“ Er machte sich Notizen auf seinem Block. „Und Sie haben niemanden aus der Gang erkannt?“

Ella schüttelte den Kopf. „Nein, aber vermutlich waren es dieselben, die vor ein paar Tagen mit ihren Motorrädern durch mein Grundstück gerast sind.“

Der Bart des Mannes zitterte. „Sie waren bereits einmal da?“

Ella zwang sich zur Ruhe. Ihr war eiskalt. „Ich bin mir ziemlich sicher, dass sie es waren."

„Aber beschwören können Sie es nicht?" Der Polizist kratzte sich mit seinem Bleistift im Nacken.

„Nein, aber es liegt nahe, oder?"

Der Mann zuckte unverbindlich mit den Achseln, machte sich aber weitere Notizen. Sein Kollege rief ihn zu sich. Ella und Marcus folgten ihm.

Der zweite Polizist, ein sommersprossiger, rothaariger Jungspund leuchtete auf eine armlange Holzlatte.

„Da ist Blut."

„Altes Blut?", fragte der Ältere.

„Es ist noch feucht." Der Rothaarige sah Ella an. „Haben Sie sich verletzt? Haben Sie irgendwas hier angefasst?"

Sie schüttelte resolut den Kopf. „Natürlich nicht."

Der Polizist griff nach dem Holz. „Das nehmen wir mit. Vielleicht können wir damit jemandem die Sachbeschädigung nachweisen."

Der Ältere reichte ihr die Hand zum Abschied. „Falls Ihnen noch etwas einfällt, oder die Bengel zurückkehren, rufen Sie uns an, ja?"

„Vielen Dank, Sir!"

Der Jüngere tippte grüßend an die Mütze und sie nickte ihm zu.

Das Auto fuhr langsam vom Grundstück. Als sie außer Sicht waren, wandte Ella sich Marcus zu. Ihre Blicke versanken ineinander und er schlang die Arme um sie. Eng zog er sie an die Brust, legte beschützend die Hand auf ihren Rücken und sie fühlte seinen warmen Atem über den Scheitel wehen. Zum ersten Mal seit dem abrupten Aufschrecken aus dem Schlaf entspannte sie sich. Sie barg ihr Gesicht an seiner Schulter. Sie wusste, wem sie diesen Angriff zu verdanken hatte, aber sie würde sich niemals aus Rose Cottage verscheuchen lassen!

„Wir müssen uns jemanden holen, der die Schäden repariert."

„Alles, was dich glücklich macht, meine Blume!"

Sie löste sich aus der Umarmung. „Ich kann nicht mehr schlafen, wollen wir uns Frühstück zubereiten und die Zeit vertreiben, bis ich irgendjemand erreiche, der uns helfen wird?"

Seine tropenblauen Augen strahlten sie an und sein Blick traf sie wieder einmal mitten ins Herz. „Das halte ich für eine sehr gute Idee.“ Er grinste lüstern. „Mir fallen da ein oder zwei Beschäftigungen ein, die uns aufs Vortrefflichste ablenken können.“

Obwohl ihr nicht nach Lachen zumute war, kicherte sie. „Das glaube ich dir sofort!“

Wenige Stunden später stand sie am Fenster und beobachtete den Glaser und seinen Gesellen dabei, wie sie die Scheiben im Gewächshaus ersetzten. Sie hatte gleich am Morgen bei Beth angerufen und auf deren Empfehlung hin waren die beiden Handwerker noch am Vormittag vor ihrer Tür aufgetaucht. In der Zwischenzeit hatten sie und Marcus die Schäden am Pavillon so weit wie möglich beseitigt.

Ella kehrte an den Tisch zurück und zog eine Tasse zu sich.

„Reichst du mir den Kaffee?“

Marcus griff nach der Kanne, die sie ihm hinhielt. Die Glaskanne fiel krachend auf die Tischplatte und zersprang in Dutzende Scherben. Sonnenlicht glitzerte auf der Kaffeepfütze und wurde von den Splittern reflektiert. Ein pervers anmutender Lichterreigen spiegelte sich auf Decke, Tisch und Wand wider. Der Duft von Kaffee schwängerte die Luft und die braune Flüssigkeit tropfte unbeachtet auf den Boden.

Sie starrten entsetzt auf die Bescherung. Erst nach einigen Atemzügen wagten beide es, sich anzublicken.

Marcus war durchscheinend und substanzlos wie Rauch. Ella keuchte schockiert und fühlte sich einen Moment wie gelähmt, dann begriff sie, was geschehen war, und sämtliche Luft schien ihren Lungen zu entweichen. Sie streckte die Hand nach ihm aus, doch er wich ihr aus.

„Es ist nicht aufzuhalten“, erklärte er mit tieftrauriger Stimme.

„Ich will dich nicht gehen lassen. Ich kann dich nicht gehen lassen“, sagte sie. Sie biss sich auf die Unterlippe und drängte ihre Tränen zurück. Abrupt stand sie auf und ging um den Tisch herum. Er sprang hoch und machte Anstalten, den Stuhl zwischen sich und Ella zu bringen.

„Weich mir nicht aus“, bat sie, während sie sich die Augen rieb, als würde dies das Brennen darin verscheuchen.

„Ich fühle mich wie gefangen zwischen zwei Welten.“ Seine Stimme klang rau. „Ich kann dem Sog in die Geisterwelt kaum widerstehen.“ Er stieß einen verzweifelten Laut aus. „Nur dir ist es zu verdanken, dass ich überhaupt noch hier verweilen kann.“

Sie hob die Hand und ließ sie über Marcus’ geisterhafter Wange schweben. „Wenn du mich jetzt verlassen musst, dann ist es so. Aber du sollst wissen, dass ich niemals wieder einen Mann so sehr lieben werde wie dich.“ Sie schloss die Augen und verharrte regungslos. „Ich kann dich spüren“, sagte sie schließlich. „Mein Körper kann deinen vielleicht nicht berühren, doch meine Seele kann die deine fühlen.“ Das Herz pochte wild gegen ihre Rippen, ihr Innerstes quoll schier über vor Zärtlichkeit für ihren geisterhaften Liebhaber. Sie schlug die Lider auf.

„Weil deine Seele Teil meiner ist“, entgegnete Marcus. Er verharrte reglos und sah ihr tief in die Augen.

So standen sie beieinander, bis Ella irgendwann tatsächlich meinte, seine Haut wahrzunehmen. Es dauerte eine Zeitlang, ehe sie merkte, dass sein Körper Substanz gewonnen hatte.

„Es ist wieder vorbei“, sagte Marcus, als Ella sich vorsichtig vergewisserte, ob er feste Gestalt besaß. Erst behutsam und dann mit zunehmender Erleichterung tastete sie ihn ab. Ließ die Finger durch sein Haar gleiten, streichelte über das Gesicht, die Schultern, berührte den Bauch, griff nach seinen Händen, hob sie an ihre Lippen und hauchte unzählige Küsse darauf.

„Ella“, stöhnte er schließlich.

Sie war dazu übergegangen, sein Gesicht zu liebkosen. „Ich liebe dich“, murmelte sie. „Ich liebe dich so sehr.“

Marcus zog sie fest an sich und erwiderte ihren Kuss mit verzehrender Leidenschaft.

„Ich werde noch die Farbe deiner Augen wissen, wenn die Welt deinen Namen vergessen hat.“

„Mein poetischer Galan!“ Ella lachte an seinen Lippen. Sie löste sich nur widerstrebend aus seinen Armen. „Ich muss die Scherben wegräumen.“ Sie bückte sich und warf die Bruchstücke sowie die Papiertücher, mit denen sie den verschütteten Kaffee aufwischte, in den Mülleimer, den ihr Marcus reichte. Während er den Behälter zurückstellte, räumte sie rasch den Tisch ab und wischte nach. Marcus zog Ella an sich und küsste sie hingebungsvoll. Ein kurzes, energisches Klopfen an der Hintertür ließ sie erschrocken aufspringen.

„Überraschung!“ Sofie trat ein.

„Sofie! Hattest du nicht gesagt, deine Arbeit erstickt dich diese Woche?“

Sie stellte ihre Handtasche auf den Tisch. „So war das vorgesehen“, sie pustete eine Strähne aus ihrem Gesicht. „Doch dann gab mein Notebook mittags den Geist auf und so musste ich notgedrungen einen Reparaturdienst dafür suchen.“

„Setz dich“, forderte Ella sie auf. „Möchtest du einen Kaffee?“ Sofie ließ sich auf einen Stuhl fallen, schlüpfte aus ihren Pumps und seufzte erleichtert.

„Unbedingt“, gab sie zurück.

„Was ist mit deinen Daten? Ist alles gesichert?“

„Logisch, doppelt und dreifach. Ich muss nur warten, bis mein Notebook wieder funktioniert. Der Junge vom Computerladen war sehr hilfsbereit. Er hat mir versprochen, er schaut noch heute nach und gibt mir Bescheid.“ Sie stellte die Handtasche auf ihren Schoß. „Ich habe das Tagebuch dabei. Wenn du Zeit und Lust hast, können wir ein bisschen daran arbeiten.“

Ella stimmte lächelnd zu.

Über die Schulter Sofies verfolgte sie, wie Marcus zur Anrichte hinüberging und sich ein Glas Wasser einschenkte. Er machte sich nicht die Mühe, verstohlen zu nippen, was ihm einen anklagenden Blick Ellas einbrachte.

„Ich liebe dich“, beantwortete er ihren stummen Vorwurf.

Sie lächelte und sandte ihm ein lautloses „Ich dich auch.“

Er gesellte sich zu ihnen an den Tisch, während Sofie die richtige Seite im Tagebuch suchte.

Die Art, wie sich seine Augen bewegten, als er auf das Journal starrte, ließen Ella vermuten, dass er beim Blättern einzelne Passagen und Sätze erhaschen konnte. Marcus legte die Hand auf Ellas Schulter, wanderte nach oben und liebkoste ihren Nacken, ohne den Blick von den Eintragungen zu lösen.

Es musste ein seltsames Gefühl sein, über Ereignisse zu lesen, an die man sich nicht mehr erinnern konnte. Ella beobachtete ihn nachdenklich, bis Sofie ihre Aufmerksamkeit auf sich lenkte. Die kaute auf einem Bleistift. „Unser Offizier war tatsächlich ein

Gentleman“, sagte sie. „Ich bin gespannt, warum er starb. Vielleicht war’s ein Unfall.“

Ella räusperte sich. „Seine Leiche war in meinem Keller versteckt. Ich denke, er wurde umgebracht.“

„Wollen wir nachsehen?“ Sie wollte die letzte Seite aufschlagen.

Ella hielt sie zurück. „Nein, es … es bringt Unglück, wenn man von hinten anfängt.“

Sofie lächelte. „Also weiterhin chronologisch.“ Sie beugte sich erneut über ihre Aufzeichnungen und Ella sah zu Marcus auf, der ungewöhnlich schweigsam war und sie kein einziges Mal neckte, wie es seine Art war. Obwohl es ihnen unmöglich war, in Sofies Anwesenheit miteinander zu sprechen, fanden sie dennoch genug Gelegenheiten, sich auszutauschen. An diesem Abend aber schien Marcus völlig auf die Eintragungen konzentriert zu sein.

Ella verspürte die bohrende Gewissheit, dass er etwas Wichtiges herausgefunden hatte. Solange Sofie bei ihr am Küchentisch über der Übersetzung brütete, konnte sie ihn kaum fragen und das machte sie hibbelig. Sie bezwang Neugier und Ungeduld nur mit Mühe und war erleichtert, als Sofie gegen zehn Uhr abends das Tagebuch zuschlug.

„So, genug. Wir haben den ganzen Tag übersetzt, ich kann nicht mehr!“ Sie gähnte. „Ich muss morgen früh raus und habe wieder einen langen Tag vor mir.“

Nachdem Ella Sofie verabschiedet hatte, kehrte sie zu Marcus in die Küche zurück.

„Ist alles in Ordnung?“

Er saß gedankenverloren am Tisch, starrte aus dem Fenster und schien sie nicht zu bemerken, also trat sie zu ihm, beugte sich vor und umarmte ihn.

„Ihr habt von den Überfällen auf Außenposten der Franzosen bei Lübbecke gelesen. Ich erinnere mich daran.“

„War es schlimm?“

Marcus zuckte mit den Schultern und zog Ella auf seinen Schoß. Er küsste sie hungrig, und als sie sich an ihn lehnte, glitten seine Finger unter ihren Pullover und streichelten die weiche, warme Haut. „Wenn du bei mir bist, ist alles erträglich“, murmelte er an ihrem Ohr.

Sie schmiegte sich an ihn, hauchte Küsse auf seinen Hals, ehe sie von seinen Beinen rutschte, seine Hand griff und ihn hochzog. „Komm, lass uns zu Bett gehen!“ Sie schenkte ihm einen verruchten Blick, der ihm zeigen sollte, dass sie durchaus anderes im Sinn hatte als zu schlafen. Schmunzelnd folgte er ihr.

Als sie das Schlafzimmer betraten, stieß Marcus die Tür zu, zog sie an sich und begann an ihrem Ohrläppchen zu knabbern. Wohlige Schauer rieselten über ihren Körper. Dennoch schob sie ihn energisch von sich.

„Zieh dich aus und warte im Bett auf mich“, bat sie und räusperte sich. Sie zog den Reißverschluss ihres Rockes auf und ließ ihn auf die Knöchel rutschen. Wie meist trug sie halterlose Strümpfe und als sie hinausging, fühlte sie Marcus’ Blicke im Rücken brennen.

Als sie seiner Musterung entkommen war, konnte sie gar nicht schnell genug Kerzen holen, mit denen sie für romantische Stimmung sorgen wollte.

Sie huschte wieder in den Raum, drehte sich um und streckte ihm die Kerzen entgegen. „Ich habe uns ...“, sie verstummte, als ihr Blick auf Marcus fiel. Sie legte die Dinge in ihren Händen auf der Kommode ab und näherte sich auf Zehenspitzen dem Bett. Marcus lag auf dem Bauch, den Arm angewinkelt neben seinem Kopf und schlief tief und fest. Das Gesicht war entspannt, er schien sogar zu lächeln. Ella beugte sich über ihn, küsste ihn auf die Schläfe, zog die Decke ein Stück höher und machte sich fertig fürs Schlafengehen, ehe sie zu ihm ins Bett kroch.

***

Als sie erwachte, kniete Marcus auf dem Bett und starrte das geschnitzte Kopfteil an.

„Ist alles in Ordnung?“, fragte sie beunruhigt. Zu ihrer Erleichterung wandte er den Kopf und lächelte, ehe er sie küsste. „Im Traum konnte ich mich an etwas erinnern.“ Sein Blick wirkte entrückt. „Ich befand mich in meinem Zelt, als der Bote hereinkam. Zwei Jahre lang war ich nun von zu Hause fort und hasste inzwischen jede Minute. Die Trauer hatte ich überwunden und mein Gemüt beruhigt, mittlerweile war mir bewusst, wie töricht und überstürzt ich damals gehandelt hatte, als ich mich für den Militärdienst meldete.

Ich hatte Nicholas in der Obhut meiner Familie zurückgelassen und Vater war alles andere, als begeistert gewesen, das Kind aus der absolut unpassenden Verbindung seines Erben mit einer Bürgerlichen aufnehmen zu müssen. Ich vertraute darauf, dass mein Bruder Edwin dafür Sorge trug, dass es Nicholas an nichts fehlen würde.

Der Bursche, der mir an diesem Tag die Botschaft brachte, sah aus wie ein ertränktes Huhn, kein Wunder. Draußen prasselte heftiger Regen nieder. Tief und bedrohlich klingendes Donnergrollen wie die Prophezeiung drohenden Unheils übertönte in regelmäßigen Abständen jede Unterhaltung, also wandte ich meine Aufmerksamkeit dem Botenjungen zu, der mir zitternd einen Briefbogen entgegenstreckte. Ich nahm den Brief entgegen und warf dem Burschen eine Münze zu. Als er die Zeltplane zurückschlug, platschten fette Regentropfen ins Innere.

Ich zerbrach das Siegelwachs mit dem Familienwappen der Wyndhams und erkannte sogleich die Handschrift des Privatsekretärs meines Vaters. Hier verschwimmt die Erinnerung, ich weiß noch, dass ich schleunigst meine Sachen packte und nach Hause zurückkehrte", beendete Marcus seinen Bericht.

Geduldig hatte Ella seiner Erzählung gelauscht. „Und du bist absolut sicher, was das Schreiben deines Vaters betrifft?" Sie zögerte. „Immerhin war es ein Traum."

„Es war eine Erinnerung!"

„Aber du weißt nicht mehr, wo dieser Brief stecken könnte?"

„Ich hatte ihn bei mir", erklärte Marcus bestimmt.

„Bei deiner … in der Kammer lag nichts", meinte Ella. Sie strich sich die Haare zurück.

„Natürlich nicht, der Inhalt war zu brisant. Ich muss ihn versteckt haben."

„Aber wo? Marcus, du kannst ihn praktisch überall zwischen hier und Deutschland versteckt haben."

Marcus legte sich auf den Fußboden und kroch unter das Bett, bis nur noch seine Füße zu sehen waren.

„Wenn ich mich doch nur erinnern könnte. Das Bibelloch war irgendwo in diesem Schlafzimmer."

„Warum um Himmelswillen solltest du den Brief in diesem Geheimversteck hinterlegt haben?" Unvorstellbar, falls sie all die Wochen tatsächlich auf den so wichtigen Dokumenten geschlafen hatte.

„Als Beweis, dass die Heiratsurkunde existierte. Die Papiere entschieden über das Schicksal meines Sohnes." Er kam wieder hervor. Staub hatte sich in seinem Haar verfangen. „Ich habe kläglich versagt. Hätte ich die Heiratsurkunde doch nur meinem Bruder anvertraut. Stattdessen hielt ich es für besser, das Schicksal meines Sohnes in die Hände eines zornigen Greises zu legen." Er stand auf und Ella streichelte seinen Unterarm.

„Er war dein Vater, du wolltest das Beste für deinen Sohn und dein Vater tat dasselbe für dich."

Marcus schüttelte wütend den Kopf. „Und wohin hat das geführt? Keiner von uns hat irgendetwas gewonnen." Er lachte rau auf. „Nun ja, die Torringtons haben ein lohnendes Geschäft geschlossen. Sie sind ihre altjüngferliche Tochter Katherine losgeworden und haben obendrein noch ihre Familie in Adelskreise befördert. Nach meinem Tod erbte Edwin den Titel, als einziger legitimer Nachfolger meines Vaters."

Ella seufzte. „Wie kompliziert." Sie stutzte. „Dann hatten doch die Torringtons durchaus Gründe dafür, dass du nie zurückkehrst und die Heiratsurkunde verschwindet. Oder?" Sie rieb sich den Nacken. „Ziemlich vager Gedanke."

„Das ist aber genau die Vorgehensweise, die ich Charles Torrington zutraue. Der Mann ging über Leichen, wenn es zu seinem Vorteil war. Die Wyndhams waren vielleicht nur Viscounts, aber wir standen der Königsfamilie schon immer nahe. Was könnte lohnender sein für einen Emporkömmling als die Einheirat in eine solche Familie?"

„Dann hatte Steven also recht mit seiner Bemerkung, die Wyndhams seien mit dem Königshaus verbandelt?"

„Meine Rose, in jenem Sommer, bevor Henry VIII. König wurde, soll er eine heimliche Affäre mit der reizenden Jocelyn Mantelieu gehabt haben. Keine drei Monate später wurde das Mädchen mit dem Viscount Wyndham verehelicht, dem sie nur sechs Monate später einen gesunden Stammhalter schenkte."

Ella starrte ihn fassungslos an. „Dann sind die Wyndhams also Nachfahren von Heinrich dem Achten?“

Marcus winkte ab. „Wer glaubt denn schon solches Geschwätz? Obwohl ich zugeben muss, dass mein Bruder Edwin erstaunliche Ähnlichkeit mit Henry hatte.“

Ella dachte an das Bild des stark übergewichtigen, verlebt aussehenden Monarchen und unterdrückte ein Schaudern. „Nun ja, ich bin erleichtert, dass du von dieser Familienähnlichkeit nichts abbekommen hast.“

Marcus grinste. Plötzlich erstarb sein Lächeln. „Das Bett“, sagte er.

Er ging zum Kopfteil, besah sich die Schnitzereien und drückte auf eines der Blätter, woraufhin an der Seite eine Klappe geöffnet wurde. Behutsam griff Marcus hinein und zog ein Pergamentpaket hervor. Vorsichtig faltete er es auf. In der Mitte lag die Botschaft seines Vaters an ihn.

„Der Brief!“, rief Ella ehrfürchtig aus.

Neugierig beugte sie sich über Marcus, während dieser das Schreiben auffaltete und die Nachricht auf einem vergilbten Pergamentbogen entzifferte.

„Er hat die despektierlichen Unterlagen im Bibelloch verwahrt?“ Sie runzelte die Stirn. „Was bedeutet das?“

„Wir Wyndhams sicherten uns stets ab. Im Herrenhaus gab es ebenfalls ein Versteck. Mein Vater hat die Heiratsurkunde also nicht verbrannt, sondern dort versteckt“, erklärte Marcus.

„In Ordnung“, sagte Ella langsam. „Und was tun wir nun?“

„Wir müssen uns die Dokumente aus Wyndham Manor beschaffen und meinen direkten Nachfahren übergeben.“

„Und was können die damit anstellen?“, wollte Ella wissen.

„Ihr rechtmäßiges Erbe einfordern.“

„Selbst nach all der langen Zeit?“

„Natürlich. Adel verpflichtet“, erklärte Marcus hochnäsig.

Ellas Magen zog sich zusammen. „Irgendetwas sagt mir, dass Steven das gar nicht gefallen wird.“

„Was kümmert mich dieser Erbschleicher?“, entgegnete er, ganz der arrogante Adlige, dem sie zu Anfang begegnet war.

Ella schmunzelte. „Ich liebe es, wenn du den Aristokraten raushängen lässt.“

Marcus zwinkerte ihr zu und schüttelte den Staub von seinen Kleidern. „Wir müssen uns beratschlagen."

„Dann lass uns das in der Küche bei einer Tasse Kaffee tun."

Kurz darauf reichte sie ihm einen Porzellanbecher mit dampfendem Kaffee, ehe sie sich zu ihm an den Tisch setzte.

„Ich bitte dich nur ungern darum, aber du musst mich zum Herrenhaus bringen", meinte Marcus, während er den Becher zwischen seinen Händen drehte.

„Ich soll mir unter einem Vorwand Zutritt verschaffen, damit du an die Heiratsurkunde gelangen kannst? Kein Problem, das bekomme ich hin, ich werde mich mit Steven beschäftigen, damit ich lang genug im Haus bleibe, dass du die Unterlagen holen kannst."

Marcus blickte Ella finster an und einen Moment lang dachte sie, er überlegte es sich doch anders. Zu deutlich sah sie ihm an, wie sehr ihm der Plan missfiel. „Zu Lebzeiten hätte ich mir eher sämtliche Gliedmaßen brechen lassen, als eine Frau, noch dazu meine Geliebte, in Gefahr zu bringen. Doch leider will das Schicksal zwar, dass ich durch Wände gehen kann, jedoch nur an Orten, an denen du dich befindest."

Ella blinzelte ein paar Mal. „Du hast es versucht, oder?"

Marcus nickte. „Es scheint, dass ich an dich und dieses Anwesen gebunden bin. So wenig es mir gefällt, von dir diesen Gefallen zu erbitten, so muss ich es dennoch tun. Es gilt, vergangenes Unrecht zu sühnen."

„Unrecht, das deinen Nachfahren zugefügt wurde." Ella schluckte. Sie brauchte eine gute Ausrede, um vor Steven glaubhaft zu wirken. „Ich könnte vorgeben, es mir mit dem Verkauf doch überlegt zu haben", sagte sie schließlich und spann den Faden weiter: „Vor allem jetzt, im Hinblick auf die Rowdys, die mich hilflose Frau heimgesucht haben. Ich bin sehr beunruhigt deswegen."

Marcus ergriff ihre Hand und küsste sie. „Ich will, dass es deine freie Entscheidung ist. Es ist schon so lange her und du hast mit dieser Sache nichts zu tun. Tu es nur, wenn du dir absolut sicher bist!"

„Es bedeutet dir so viel", erklärte Ella. „Und vielleicht ist das der Grund, aus dem wir diese besondere Beziehung zueinander haben. Also rede es mir nicht aus: Ich tue das aus freien Stücken für dich.“ Sie versuchte ihre wachsende Besorgnis zu unterdrücken, doch dann purzelten die Worte ohne ihr Zutun über die Lippen: „Vielleicht ist dies das Einzige, das dich noch hier festhält.“

Marcus griff nach ihr und schlang die Arme um sie. „Nein, das Einzige, das mich noch im Hier und Jetzt festhält, bist du und deine Liebe. Du hast mich wieder zum Menschen gemacht.“

Ella barg ihr Gesicht an seiner Schulter. „Aber offenbar ist sie weder stark genug, dich zu einem vollwertigen Menschen zu machen, noch, dich hier festzuhalten.“

„Wie oft geschieht das, was uns widerfuhr?“ Marcus strich ihr zärtlich durch das Haar.

Ella atmete seinen Duft tief ein, ein Versuch, diesen Geruch in ihrer Erinnerung zu konservieren.

Sollte es vorbei sein, würde sie versuchen das Ende mit Haltung und Anstand akzeptieren und sie würde helfen, Marcus’ Nachfahren zu ihrem angestammten Recht zu verhelfen. Das war sie ihm und ihrer Liebe schuldig.

„Lass uns keine Zeit vergeuden. Ich werde mich umziehen. Wir gehen gleich im Anschluss hinüber.“ Sie schob den Stuhl zurück und erhob sich. „Alles wird gut“, versprach sie, ohne zu wissen, wen von ihnen beiden sie damit beruhigen wollte.

Kurz darauf stand sie Marcus gegenüber.

„Du hast dich viel zu fein herausgeputzt“, meinte er missbilligend.

Ella sah an sich hinunter. Sie trug eine kurzärmlige Wickelbluse, den hellblauen Godet-Rock und halbhohe Pumps. „Ich weiß beim besten Willen nicht, was es an meiner Kleidung auszusetzen gibt.“

Anklagend deutete Marcus auf ihre Beine. „Diese durchsichtigen Strümpfe mit dem Spitzensaum.“

„Aber die Spitze sieht man doch nicht. Davon abgesehen ist meine Bekleidung kein bisschen anstößig. Steven wird sicher hingerissen sein.“ Sie war zwar keineswegs überzeugt, dass er sich von ihr umgarnen ließ, aber es reichte, wenn er sich lange genug mit ihr unterhielt, bis Marcus gefunden hatte, was er suchte.

Der schnaubte. „Ich verbiete dir, mit ihm zu tändeln.“

„Was soll ich nicht? Du meinst vermutlich flirten? Keine Sorge, alles, was ich tun werde, ist, ihm lange genug auf die Nerven zu fallen, bis du wieder bei mir bist." Sie schmiegte sich besänftigend an Marcus.

„Ich weiß", entgegnete er und seufzte. „Das Ganze gefällt mir kein bisschen."

„Du machst dir zu viele Gedanken. Was soll denn schon schiefgehen?", beruhigte Ella ihn.

„Du hast recht, dennoch werde ich erst beruhigt sein, wenn wir die Heiratsurkunde gefunden haben."

Sie durchquerten das Waldstück, das die Grundstücke voneinander trennte und so standen Ella und Marcus bald vor dem Herrensitz der Wyndhams. Sie betätigte die Klingel und wie schon bei ihrem ersten Besuch öffnete Angus, der Butler den Eingang. Als er sie erkannte, verkleinerte er den Türspalt, sodass nur die Hälfte seines Gesichts zu sehen war.

„Sie wünschen?", fragte er würdevoll, was nicht zu dem argwöhnischen Blick passte, mit dem er sie beäugte.

„Ist der Viscount zu sprechen?"

„Ich weiß nicht, ob Seine Lordschaft anwesend ist."

„Wären Sie so freundlich, nachzusehen, ob er vielleicht im Hause ist und mich empfangen würde?"

Angus nickte knapp und schloss die Tür. Ella konnte ihm sein Verhalten kaum verübeln. Das letzte Mal war sie in Rage gewesen. Niemand, der bei Verstand war, ließ einen solchen Besucher erneut unbedarft ein, vielleicht hatte der Viscount befohlen, sie nur nach Rücksprache mit ihm überhaupt erst ins Haus zu lassen.

Sie warteten eine schiere Ewigkeit, bis der Butler erschien. Einladend stieß er die Tür auf. Marcus nutzte die Gelegenheit und glitt durch das Eingangsportal in die Halle, ehe Ella eintrat. Diesmal nahm sie sich die Muße und sah sich um. Bei ihrem letzten Besuch war sie viel zu aufgeregt gewesen, um sich mit der Einrichtung zu beschäftigen obendrein wollte sie dieses Mal so viel Zeit herausschinden, wie es nur möglich war. Eine breite Treppe führte in das erste Stockwerk und sie konnte beobachten, wie Marcus die Stufen hinauf hetzte und sich nach rechts wandte, zur Galerie, wo alte Gemälde an den Wänden hingen. Am reizvollsten fand Ella jedoch den riesigen Kristallleuchter an der Decke. Einzelne Sonnenstrahlen verfingen sich in dem geschliffenen Glas und reflektierten das Licht nicht nur an die

Wände, sondern auch auf die anderen Prismen, die wiederum leuchteten und funkelten.

Tief beeindruckt wandte sie sich an das Ende der Treppe. Dort standen links und rechts auf Beistelltischen Vasen, in denen sich üppige Blumenbouquets befanden. Unwillkürlich fragte sie sich, welche Botschaften die Triebe des Gestecks vermitteln sollten, und ob derjenige, der die Sträuße gebunden hatte, um die Bedeutung der einzelnen Blumen wusste.

Lächelnd wandte sie sich den Wänden zu. Zahlreiche Gänge und Türen unterbrachen die Mauern, dennoch gab es immer wieder größere Flächen, an denen goldverzierte Rokoko-Spiegel und alte Gemälde hingen, kontinuierlich unterbrochen von Wandleuchtern.

Ella war so abgelenkt, dass sie erst auf den Hausdiener aufmerksam wurde, als dieser sie ansprach. „Madam?“

Sie konzentrierte sich auf den alten Butler.

„Wenn Sie mir bitte folgen würden, Miss Francke?“ Der Diener deutete in einen der dunkleren Gänge. Sie fühlte ein nervöses Grummeln im Magen.

Hier klebten cremefarbene, mit moosgrünem Floralmuster verzierte Tapeten an den Wänden und Wandleuchter spendeten spärliches Licht. Der Butler ging sicheren Schrittes bis ans Ende des Flurs und klopfte an eine Tür, ehe er sie, auf einen gedämpften Zuruf hin, öffnete und Ella eintreten ließ.

Sie stand in einem kleinen Raum mit Steinboden, auf dem ein dicker Veloursteppich ausgebreitet lag. Ellas erster Blick traf auf ein mannsgroßes Gemälde an der Wand, das eine mittelalterliche Folterszene darstellte. Eine stattliche Auswahl an Peitschen und Gerten verteilte sich an der gegenüberliegenden Wandseite und gaben dem Zimmer ein unheilverkündendes Flair. In einer Glasvitrine lagen metallene Folterwerkzeuge. Sie entdeckte darunter etwas Stiftartiges, vielleicht ein Hexenstecher, ein paar Handschellen, Daumenschrauben und einen Gegenstand, der wirkte wie eine silbrige Birne.

Ella schluckte und verspürte spontan den Drang davonzulaufen, unterdrückte dieses Verlangen jedoch und sah zu Steven, der in der Zimmerecke neben dem Fenster lehnte und sie mit einem dünnen Lächeln musterte. „Ich hielt es für angemessen, Sie in diesem Raum zu empfangen, um Ihnen zu zeigen, dass ich kein Mann bin, mit dem Sie ungestraft spielen können."

Ohne imstande zu sein, es zu verhindern, wichen ihre Beine einen Schritt nach hinten aus. Fort von Steven.

Er lächelte unvermindert weiter, legte den Ellenbogen entspannt auf den Fenstersims und musterte sie schweigend.

„Ich habe darüber nachgedacht, vielleicht doch zu verkaufen", plapperte Ella drauflos. Sie zwang sich, nicht auf die Sammlung zu starren und sich dabei zu fragen, ob die Teile zur Dekoration dienten oder ob Steven davon Gebrauch machen würde.

„So", sagte er gedehnt und starrte sie mit seinem Schlangenblick an. „Wie sicher ist denn dieses `Vielleicht' ein `auf jeden Fall'?"

Ella kreuzte die Hände hinter dem Rücken und wischte sich die feuchten Handflächen an ihrem Rock ab. „Nun ja, ich kann noch nichts versprechen, aber da Sie ein finanzkräftiger Kaufinteressent zu sein scheinen, dachte ich, ich wende mich zuerst an Sie."

„Dachten Sie." Er wollte sie einschüchtern, das merkte Ella sofort. Leider gelang ihm das schon allein durch die Umgebung. Furchteinflößend wie sie war, konnte Ella ihren Drang, augenblicklich wieder zu gehen, kaum bezähmen. Dennoch lächelte sie Steven unverbindlich an, willens so lange auszuharren, wie es nötig war, damit Marcus die Heiratsurkunde beschaffen konnte.

„Ja", entgegnete sie freundlich. „Aber natürlich ist es kein Problem, wenn Sie lieber auf ein Geschäft mit mir verzichten. Immerhin hatten wir unsere Schwierigkeiten miteinander. Ich verstehe vollkommen, wenn Sie deshalb von Ihrem Angebot zurücktreten wollen." Sie vermied es, seine hinterhältige Aktion zu mit dem Geistergeheul zu erwähnen.

Steven kratzte sich am Kinn. „Und Sie wollen ernsthaft verkaufen?"

„Ich denke darüber nach", korrigierte sie ihn. Das Letzte, das sie wollte, war, dass er schon morgen mit einem Notar vor der Tür stand.

Urplötzlich schoss ihr die Frage durch den Kopf, ob er von Marcus und der Heiratsurkunde wissen konnte. Sein Wunsch, Rose Cottage zu erwerben war vor dem Tod ihrer Tante offenbar nicht vorhanden gewesen. Auch die Rowdys, die sie wiederholt in Angst und Schrecken versetzt hatten, waren zu Lebzeiten Ediths nie in Erscheinung getreten, sicher hätte ihr andernfalls jemand davon erzählt. Zu schade, dass Ella Steven Stapleton die Anstiftung zur Sachbeschädigung kaum nachweisen konnte. Sie ballte die Hände zu Fäusten und holte tief Luft.

„Weshalb wollen Sie Rose Cottage zurückkaufen?“, fragte sie.

Steven erstarrte für den Bruchteil einer Sekunde. „Das habe ich Ihnen doch bereits erläutert“, entgegnete er ungeduldig.

„Wirklich?“ Ella setzte eine überraschte Miene auf. „Ich kann mich nicht erinnern.“ Sie hob entschuldigend ihre Hände. „Ich hatte die letzten Monate sehr viel Stress.“

Der Viscount stieß sich vom Sims ab und kam einen Schritt auf sie zu. „Es geht Sie zwar nichts an, aber mein Cousin kehrt nach England zurück. Er hat seine Kindheit in Rose Cottage verbracht und ich hielt es für eine nette Idee, ihn wieder dort unterzubringen.“ Er verschränkte die Arme vor der Brust. „Um der alten Zeiten willen. Man tut doch so einiges für die Familie, das mit Abstand und Vernunft betrachtet unsinnig erscheint.“

„Verstehe.“ Ella nickte. Das Letzte, das sie Steven zutraute, war eine großzügige Geste wie diese. Dafür hatte sie einmal zu oft das berechnende Funkeln in seinen Augen gesehen. Aber vielleicht täuschte sie sich auch und er war seiner Familie gegenüber ein ganz anderer Mensch.

„Nicht erschrecken“, erklang Marcus’ Stimme hinter ihrem Rücken. „Ich habe die Urkunde, lass uns gehen.“

Stoisch hielt sie den Blick auf Steven gerichtet. „Eine wirklich großzügige Geste von Ihnen, Viscount Stapleton.“

„Du lernst es nie“, kommentierte Marcus die falsche Anrede Ellas trocken.

Sie verkniff sich ein Lächeln. „Jetzt halte ich Sie nicht länger auf. Ich freue mich, dass wir die Angelegenheit klären konnten. Sobald ich eine endgültige Entscheidung getroffen habe, lasse ich es Sie wissen.“ Sie wandte sich ab und Stevens Hand packte blitzschnell ihren Unterarm.

„Warten Sie noch einen Moment.“ Er schenkte ihr sein Schlangenlächeln. „Wäre es nicht reizvoll für Sie, sich hier genauer umzusehen? Man sagt mir nach, die Anwendung der einzelnen Instrumente anschaulich erklären zu können. Ganz so, als hätte ich jedes einzelne ausgiebig getestet."

Ella warf ihm einen entsetzten Blick zu, riss sich los und floh. Stevens Lachen folgte ihr den Gang entlang.

Ihr Herz klopfte immer noch wie wild, als sie und Marcus den Waldpfad zu Rose Cottage entlangliefen. „Das hat er doch nicht ernst gemeint, oder?", fragte sie.

„Da er mit Torrington blutsverwandt ist, traue ich ihm alles zu", erklärte er.

„Du mochtest die Torringtons nicht", stellte sie fest, froh, so von ihrem Besuch bei Steven Stapleton abgelenkt zu werden.

„Charles war eine von Ehrgeiz zerfressene Krämerseele und seine Frau Anne kaum einen Deut besser. Einzig Katherine schlug aus der Art. Soweit ich mich erinnere, war sie ein Mauerblümchen mit Puddinggesicht."

Ella warf ihm einen vorwurfsvollen Blick zu.

Marcus zuckte mit den Schultern. „Katherine war ein nettes Ding. Nur leider ihren Eltern treu ergeben. Wäre ich hier gewesen, hätte ich die Vermählung zu verhindern gewusst."

Sie erreichten Rose Cottage und nie war sie froher heimzukehren. Marcus nahm ihr den Haustürschlüssel ab, sperrte auf und ließ Ella den Vortritt.

„Ich liebe deine altmodische Art", meinte sie seufzend.

Er musterte sie mit hochgezogenen Augenbrauen. „Jedes Mal, wenn du so etwas sagst, bin ich zutiefst schockiert über dieses barbarische Zeitalter."

Sie lachte, während er ihren Arm tätschelte und den Schlüssel in ihre Hand fallen ließ.

„Ich werde die Urkunde im Bibelloch verstecken." Er stieg die Stufen eilig empor.

Ella schlüpfte aus ihren Straßenschuhen und folgte ihm. „Ich komme mit nach oben und ziehe mich um."

Marcus, der die Stufen bereits zur Hälfte überwunden hatte, drehte sich um. „Du wirst doch nicht etwa deine Seidenstrümpfe ausziehen?" Er wirkte enttäuscht.

Sie blieb vor ihm stehen. „Sie gefallen dir also?"

„Wem könnte der Anblick nicht gefallen? Sie sind durchsichtig, fein wie Spinnweben und lassen deine Beine glänzen wie mit Feenstaub überhaucht." Er warf ihr einen heißblütigen Blick zu.

„Erst die Arbeit, dann das Vergnügen“, sagte sie streng. Verführerische Gedanken strichen ihr durch den Kopf, als Marcus sich umdrehte und weiterging, während sie die Aussicht auf seinen knackigen Hintern genießen konnte.

Kapitel 12

„Drohende Trennung“ Wermut

Ella und Marcus beugten sich über den Daily Report und lasen den Artikel, der auf der vorletzten Seite veröffentlicht worden war. Es war nur ein kleiner Absatz, der neben dem bedeutend größeren Foto von ihr und Sofie im Gewölbekeller abgedruckt worden war.

„Sehr nett von deiner Freundin, dir die Zeitung mitzubringen“, meinte Marcus.

Ella faltete die Gazette zusammen und legte sie in die Schublade, in der sie Schreibmaterialien aufbewahrte.

„In der Tat“, entgegnete sie. Sie wirkte bedrückt. „Wir haben das Tagebuch bald fertig übersetzt.“

Marcus nickte. „Ich weiß.“

„Und wir haben deine Heiratsurkunde gefunden.“ Ella umarmte ihn. „Ich habe Angst, dich dann zu verlieren.“

„Ich auch.“ Er vergrub das Gesicht in ihrem Haar. „Ich fühle, wie mich meine Kräfte verlassen“, gestand er.

Ella wich erschrocken zurück und starrte ihn an. Sie berührte forschend seine Wange. „Ich kann dich anfassen. Deine Haut ist fest und warm.“

Er griff sich ihre Hand und hauchte einen Kuss darauf. „Die Geisterwelt ruft nach mir. Ich kann den Sog beständig fühlen. Und du weißt selbst, dass ich immer wieder meine Körperlichkeit verliere.“

Lautlose Tränen rollten über Ellas Wangen. „Ich dachte, wenn ich …, vielleicht passiert es nicht, wenn ich nur fest genug daran glaube, dass du bei mir bleibst.“

Marcus küsste sie. „Mein Herz und meine Seele sind dein auf ewig. Auch wenn ich weg bin, wird dir meine Liebe und mein

Sehnen gelten. Aber ich werde es nicht aufhalten können. Es wird mich dir entreißen."

Ella biss sich auf die Lippen. Auf seinem Gesicht lag all die Qual, die sie in der Seele verspürte, sobald sie daran dachte, wie es sein würde, ihn nie wieder berühren zu können, niemals mehr mit ihm zu sprechen oder ihn auch nur zu sehen.

„Was wird dann aus dir? Wirst du erneut zum Geist?"

„Ich weiß es nicht, vielleicht."

Sie spürte, dass er ihr etwas verschwieg und scheute sich, ihn darauf anzusprechen. Die Vorstellung über sein ungewisses Schicksal war zu schrecklich. Ihr Herz zog sich vor Schmerz zusammen und Kälte erfüllte sie bei dem Gedanken, wie allumfassend Marcus' Einsamkeit wäre, wenn er wieder zu dem Schattenleben als Spukgestalt verdammt werden würde. Eine der Tränen kitzelte sie, doch sie ignorierte es. „Ich ertrage das nicht. Was soll ich nur ohne dich tun? Du bist mein Leben!"

Er wischte ihr die Nässe aus dem Gesicht und zwang sie, ihn anzusehen. „Ich will, dass du weiterlebst und du glücklich wirst. Schau nicht dein ganzes Leben lang zurück und bedaure, was wir verloren haben. Blick nach vorn und freue dich auf das, was vor dir liegt."

Ella blickte ihn an und war sicher, dass es in ihm kein bisschen besser aussah als in ihr. Auch er hatte Angst vor der Trennung, vor dem, was ihn erwartete.

„Wirst du mir ein Zeichen schicken? Eine Nachricht, damit ich weiß, dass alles in Ordnung ist mit dir?" Die Bitte fiel ihr unglaublich schwer, weil es bedeutete, dass sie den Abschied von Marcus als Wahrheit akzeptierte.

„Ich werde tun, was immer mir möglich ist."

Ella zwang sich zu einem zittrigen Lächeln. „Ich werde hier in diesem Haus bleiben und darauf warten", erklärte sie.

„Ich bitte dich, tu das nicht. Lebe dein Leben, mach es zu etwas Großartigem, etwas, auf das du gern zurückblicken wirst."

Sein Blick war so bezwingend, so feierlich, dass sie nicht anders konnte, als zu nicken. „Ich verspreche es dir." Sie schluckte hart.

Marcus drückte ihr erneut einen Kuss auf die Hand. „Was hältst du von einem Mitternachtspicknick?", fragte er und wechselte damit das Thema. „Ich möchte jede einzelne Minute, in der mir mein irdisches Dasein noch vergönnt ist, genießen und ich kann mir nichts Schöneres vorstellen, als meine Zeit mit dir zu verbringen."

Ella wischte sich über die Augen. „Was hältst du von Teufelseiern und Hackbraten und selbst gebackenem Brot?"

„Klingt deliziös." Er schenkte ihr ein strahlendes Lächeln, ehe er die Umarmung löste und ebenfalls aufstand. „Ich werde dir dabei helfen."

Marcus ließ es sich tatsächlich nicht nehmen, Ella beim Kochen zu unterstützen.

Er würfelte die Zwiebeln, schälte Eier und verlangte von ihr eine Erklärung über die Funktionsweisen des Herdes und des Backofens, nachdem sie Brot und Hackbraten hineingeschoben hatte. Dann saßen sie gemeinsam mit einem Glas Rotwein davor und beobachteten das Essen.

Als sie endlich die Decke für das Picknick auf der Wiese vor dem Pavillon ausbreiteten, war es tatsächlich Mitternacht geworden. Der Mond stieg auf und nur sein bleicher Schein und der Lichtstrahl aus dem Küchenfenster erhellten die Szenerie. Die Luft war angenehm und trug den Duft nach Wald und süßem Gras heran. Grillen zirpten zwischen den Halmen und eine Schafherde schrie in der Umgebung.

Ella lag an Marcus' Brust gekuschelt auf der Picknickdecke und starrte mit ihm in den nächtlichen Himmel. So nah bei ihm, störte sie die Kühle der Nacht kaum.

„Das könnte ich bis in alle Ewigkeit tun", sagte sie.

„In den Himmel starren?", erkundigte er sich.

„In deinen Armen liegen."

„Dich auch nur einen Augenblick halten zu dürfen, ist, als hätte man das Paradies erreicht."

Ella seufzte. „Du bist so herrlich romantisch, Mylord."

„Ich bin ein ausgestorbenes Fossil", entgegnete er humorvoll.

„Nein, du bist nicht mal ansatzweise ein Fossil."

Sie hingen schweigend ihren Gedanken hinterher, bis Marcus merkte, dass Ella fröstelte. „Lass uns die Sachen zusammenpacken und hineingehen."

„Die Nacht ist so schön", protestierte sie. Sie sah zum Pavillon hinüber. „Was hältst du davon, unsere Liebeslaube einzuweihen?" Sie lächelte verheißungsvoll, griff nach ihm und zog ihn hoch.

Seine Hände glitten auf ihren Po und sie lachte hell, ehe sie sich ihm entzog. Sie rannte zum Pavillon und ließ sich auf die einfache Bank sinken, überkreuzte die Beine und beobachtete, wie Marcus sich langsam näherte.

Sie lächelte und schob den Rock hoch, sodass die Knie zu sehen waren. Er sank zu ihren Füßen nieder und legte die Hände auf die Oberschenkel.

„Und jetzt?“ Seine Finger wanderten ihre Schenkel hinauf, bis sie unter dem Stoff den Übergang zwischen Bein und Rumpf erreichten. Er begann die Stelle zu liebkosen und Ella lehnte sich zurück, die Augen genießerisch geschlossen. Kleine, wohlige Schauder rieselten über ihren Rücken. Ihre Nase umschmeichelte der Geruch des frischen Lärchenholzes, aus dem Marcus den Unterstand gebaut hatte. Bei Tageslicht sah man, dass das helle Holz samtig schimmerte, weil er es nicht nur geschliffen, sondern auch mit einer Bienenwachsimprägnierung eingelassen hatte. Jetzt im Mondschein war es einfach nur eine quadratische Hütte mit einer Sitzbank rundherum an den Wänden und ohne weiteres Inventar.

„Vielleicht können wir hier eine Liebeslaube für uns einrichten.“ Sie blickte zu Marcus, im düsteren Licht sah sie das Weiß seiner Augen und Zähne aufblitzen.

Er grinste. „Diese Idee sagt mir sehr zu.“ Er umfasste ihr Gesicht, zwang sie zu sich und küsste sie hingebungsvoll. „Wir sollten die Laube dringend einem ausgiebigen Test unterziehen“, schlug er vor. Er legte seine Hände auf ihren Schultern ab.

Ella unterdrückte ein Kichern. „Meinst du wirklich?“

„Aber ja! Unbedingt sollten wir das tun!“

Sie streckte die Beine aus und schlang sie um Marcus’ Hüften. „Du bist jetzt in meiner Gewalt, Exzellenz!“ Sie beugte sich vor und küsste ihn zart auf den Mund.

„Was kann ich tun, damit du endlich lernst, wie man Mitglieder des Adels in ihrer korrekten Form anspricht?“, fragte er gespielt gequält.

„Oh“, hauchte sie und leckte sich betörend langsam über die Lippen, weil sie wusste, wie verrückt es ihn machte, wenn sie das tat. „Ich weiß es nicht, vielleicht fällt dir eine erfolgversprechende Lehrmethode ein, wenn du gründlich nachdenkst?“

Sie öffnete die obersten Knöpfe seines Hemds, glitt mit der Hand in den Ausschnitt und streichelte ihn. Er beugte sich vor und küsste sie ausdauernd und hingebungsvoll, bis sich jeder Zentimeter ihres Körpers anfühlte wie geschmolzene Schokolade.

Marcus ging auf die Knie, schob das Oberteil hoch und liebkoste sie am Bauch. Ella wölbte sich ihm entgegen und fühlte sich von kleinen Flammenzungen durchzuckt, als er ihren Nabel umkreiste.

„Du riechst köstlich", flüsterte er und unterbrach seine Spielerei. „Zu viel Stoff", erklärte er, richtete sich allerdings auf und küsste sie mit verzehrender Langsamkeit. Als er die Lippen von ihr löste, glühten seine Augen in der lauschigen Dunkelheit der Laube metallisch blau. „Ich liebe dich, Ella. Ich liebe dich mehr, als ich auszudrücken vermag."

„Ich dich auch", entgegnete sie und schluckte schwer.

Sie sahen sich an, versanken in den Blicken des anderen und verloren sich darin.

Ella wusste nicht, wie viel Zeit vergangen war, doch ihr erhitzter Körper reagierte empfindsam und die Nachtluft ließ sie frösteln.

„Dir ist kalt. Uns hier der Leidenschaft hinzugeben, war vielleicht doch keine glänzende Idee. Lass uns hineingehen."

Sie berührte mit der Handfläche seine Wange und dachte, wie warm, wie lebendig er sich anfühlte. „Wir können das drinnen fortsetzen", schlug sie spitzbübisch grinsend vor. Als sie sich aufrichtete, sprang einer der Knöpfe an ihrer Bluse ab und kullerte davon. „Oh nein!" Sie folgte dem abtrünnigen Accessoire und bückte sich, als sie im selben Moment eine Stimme aufschreckte.

„Was haben wir denn da Nettes?"

Ella erstarrte, wurde von hinten gepackt und hochgezerrt. Grobe Hände drehten sie um.

Marcus' zorniger Aufschrei weckte sie aus ihrer Schockstarre und sie unternahm Versuche, sich zu befreien. Ohne Erfolg.

„Die Schlampe hat uns offenbar schon erwartet." Der Sprecher leckte sich über die wulstigen Lippen und glotzte gierig auf ihre aufklaffende Bluse. Dunkle Haarsträhnen fielen in seine Stirn. Der andere befand sich hinter ihr und hielt sie fest. Ella kämpfte gegen den harten Griff an und der Dunkelhaarige schlug ihr mit der flachen Hand ins Gesicht.

Ihr Kopf flog zur Seite und seltsamerweise schmeckte sie erst das Blut der geplatzten Lippe, ehe ihr der Schmerz die Tränen in die Augen trieb.

„Lasst mich los!“ Ihre Stimme klang rau und fremd. „Ich bin nicht allein!“ Erneut war sie wie gelähmt vor Panik.

Der Rowdy lachte nur und packte sie roh, sodass sie vor Schmerz aufschrie. Sie kämpfte wild gegen den Griff. Grausen erfasste sie, als ihr klar wurde, was die Zwei im Schilde führten. Das Entsetzen steigerte sich, als der andere an seiner Hose herumfummelte.

„Die Tussi bettelt ja förmlich darum, einmal von uns eingeritten zu werden, was Rory?“

Dieser Rory lachte hämisch. Der andere starrte gierig auf Ellas Lippen.

Sie verdoppelte ihre Anstrengungen, sich zu befreien, sodass Rowdy Mühe hatte, sie zu bändigen.

„Halt das Weib fest!“, fluchte der Dunkelhaarige.

Ein eisiger Windhauch wehte durch die Laube. Der Rowdy grunzte angestrengt. Der Luftzug wurde stärker und graues Dämmerlicht erhellte die bis dahin lauschige Dunkelheit. Eine Böe fegte über die Kerle und Ella hinweg. Ihre Haare wirbelten durcheinander und fielen ihr wild und ungestüm ins Gesicht. Zwischen den Strähnen sah sie, wie der Rowdy vor ihr mit offenem Mund auf die Quelle des Windes starrte: ein grau leuchtender Schemen mit dem deutlichen Umriss eines Menschen.

Rory hatte Ella losgelassen und sie floh in eine Ecke der Hütte. Mit einer Mischung aus Erleichterung und hysterischem Humor beobachtete sie das Szenario.

In der Laube herrschte Eiseskälte. Raureif überzog die Innenwände, kroch zum Boden und glitt zu den Männern, die im Nu ebenfalls von weißem Frost eingehüllt waren.

Ella starrte auf den Dunkelhaarigen, dessen Hose halb offen stand. Im selben Moment erhob sich ein Brüllen, ein Geräusch wie von einer ganzen Armee zorniger Untoter.

Jetzt hielt die beiden Rowdys nichts mehr, stolpernd und schreiend rannten sie aus dem Pavillon und Ella lachte hysterisch.

Sie fühlte Nässe über ihr Kinn laufen und wischte mit dem Handrücken darüber, um daraufhin Blut zu entdecken. Überfordert starrte sie auf ihre besudelte Hand und wandte sich dann wieder Marcus zu. In seinen Augen wirbelte ein Kaleidoskop dunkelster Emotionen. Seine Wut entlud sich in dem grauen Licht, das das Innere der Hütte flutete.

Draußen heulten die Motoren der Bikes auf, als die Kerle davonrasten. Ella zitterte unkontrolliert und zwang sich tief Luft zu holen. Der Duft von Blut, metallisch und schwer, stieg ihr in die Nase, wurde aber überlagert vom Geruch nach Bier, Abgasen und Zigarettendunst, der mit den Angreifern hereingetragen worden war.

Sie lenkte ihre Aufmerksamkeit auf Marcus. Das graue Licht, das er ausstrahlte, verdunkelte sich und erlosch dann mit einem Schlag komplett. Ebenso wie Marcus.

„NEIN!" Ihr Aufschrei hörte sich in den eigenen Ohren fremd an. Sie stolperte zu der Stelle, an der er verschwunden war und wäre beinahe auf ihn gefallen, weil er plötzlich vor ihr auf dem Boden lag. Sie schluchzte auf und ihr Magen verkrampfte sich. Ging es ihm gut? Ihre Hände strichen über sein Gesicht und erleichtert spürte sie Haut, Knochen und Muskeln. Die Wärme, die der Körper ausstrahlte. Langsam beruhigte sich ihr rasendes Herz. Als er die Augen öffnete, stürzte sie sich förmlich auf ihn und übersäte seine Wangen und Lippen mit Küssen.

Marcus richtete sich auf und zog sie an sich. „Geht es dir gut, meine Rose?"

Ella schmiegte sich an ihn und sie war überzeugt, nie wieder etwas zu empfinden, das sich so gut anfühlte, wie er in diesem Moment.

Sie lachte hysterisch und er wiegte sie geduldig in den Armen, bis sie sich beruhigt hatte. „Ich dachte … sie würden mir etwas antun." Sie schob ihn von sich und starrte ihn an. „Wie hast du das gemacht?"

Marcus zuckte ratlos mit den Schultern, sagte aber: „Ich beschütze die Meinen." Er streichelte ihre Wange. „Lass uns hineingehen, wir müssen deine Verletzung versorgen." Sie kehrten ins Haus zurück, wo Marcus sie sofort ins Badezimmer brachte und sich um ihr lädiertes Gesicht kümmerte.

Frustriert starrte Ella auf ihr Spiegelbild. „Ich brauche Eis um die Schwellung zu kühlen“, meinte sie. „Vielleicht sieht man dann nichts mehr davon!“

Natürlich war dem nicht so und als Ella die Tür öffnete, keuchte Sofie entsetzt auf.

Die Reaktion ließ sie einen Blick in den Garderobenspiegel werfen. Die Unterlippe war rot und dick. Die Schwellung des Kiefers war über Nacht zurückgegangen und ansonsten zeugten glücklicherweise nur die lila Schatten unter den Augen vom Schrecken des Überfalls.

Sofie berührte Ella am Arm, woraufhin sie unverzüglich zurückzuckte, weil ein eisiger Schmerz durch den Unterarm schoss.

Forsch schob sie Ellas Ärmel hoch und starrte auf die blau verfärbten Fingerabdrücke.

„Ella, was ist passiert?“ Sofie zog eine Miene, als würde sie jeden Moment anfangen zu weinen.

„Ein paar der Rowdys sind letzte Nacht zurückgekehrt und haben mich im Garten erwischt.“

Sofie riss die Augen auf. „Oh mein Gott, Ella! Hast du die Polizei informiert?“

„Das war nicht nötig, die beiden haben sich selbst angezeigt.“ An diesem Morgen war ein Polizist vor ihrer Tür gestanden und hatte sie zu dem Vorfall befragt. Natürlich hatte sie den Teil mit dem Wind und dem Raureif in der Gartenlaube für sich behalten.

„Selbstanzeige? Wie kamen sie denn dazu?“ Sofie klang verwirrt.

„Irgendwas hat ihnen entsetzliche Angst eingejagt, sie müssen direkt zur Polizei gerannt sein.“

„Wie bitte? So etwas habe ich ja noch nie gehört.“

„Laut der Polizei ist es genau so gewesen. Scheint übrigens, als hätten die beiden und ihre Gang schon einiges mehr auf dem Kerbholz“, erzählte Ella.

Erst jetzt ging ihr auf, dass sie noch immer vor der Tür standen. Ella trat zur Seite und ließ die verwirrt dreinblickende Sofie herein.

„Aber komm, wir haben zu arbeiten.“

Ihre Freundin zögerte. „Bist du sicher?“

„Natürlich." Sie lächelte verhalten, weil ihr selbst diese einfache Geste Schmerzen verursachte. „Ich bin mit einer blutigen Lippe, blauen Flecken und einem Schrecken davongekommen. Mir geht's gut!"

Tatsächlich lenkte sie die Arbeit an der Übersetzung diesmal so gut ab, dass sie den Vorfall in der Gartenlaube komplett vergaß.

Sofie kaute nachdenklich auf ihrem Bleistift und deutete auf den neusten Eintrag in Marcus' Büchlein.

„Was meint er nur damit?", überlegte sie laut. „Was haben Makkaroni, Pflaumen und Bonbons mit einer Entführung zu tun?"

Über Sofies Kopf hinweg warf Ella Marcus einen flehenden Blick zu. Doch er zuckte nur grinsend mit den Achseln und schien sich, wie so oft, köstlich zu amüsieren.

Sie zog eine Flunsch. „Ich habe keine Ahnung", erklärte sie. Sie beugte sich über die Aufzeichnungen und las die Passage noch einmal aufmerksam durch.

„Er schreibt hier, dass eine Pflaume für die Bonbons einer Mätresse bezahlt wurde. Und zwar von einem Makkaroni", grübelte Ella laut und ignorierte Marcus' Lachen im Hintergrund. „Ich gehe davon aus, dass ein Makkaroni der Name für einen Menschen ist."

„Gut kombiniert, meine Rose", bestätigte Marcus.

„Aber Bonbons? Und Pflaumen? Die Briten sind zwar ein seltsames Völkchen, aber Bonbons mit Pflaumen bezahlen? Er schreibt ausdrücklich bezahlen, nicht tauschen."

Ella fixierte Marcus aus zusammengekniffenen Augen. Er genoss die Verwirrung und Ratlosigkeit der Frauen. Sie beschloss, ihm zu zeigen, dass sie keineswegs auf seine Hilfe angewiesen waren.

„Wenn er bezahlen schreibt, dann bedeutet das mit ziemlicher Sicherheit, dass er hier einen umgangssprachlichen oder zu seiner Zeit benutzten Ausdruck verwendete. Mit `plum´ kann demnach nur ein Geldbetrag gemeint sein. Entweder lächerlich niedrig oder unglaublich hoch."

„Ich bin beeindruckt", entgegnete Marcus. „Du hast recht, genau das bedeutet es."

„Und die `drops´?", fragte Sofie. „Vielleicht tatsächlich Bonbons, wenn `plum´ einen niedrigen Geldbetrag bezeichnet.

Oder Schmuck, bei einer hohen Summe. Was sonst sollte man einer Mätresse schenken. Oder ein Haus? Haben sie ihren Mätressen nicht auch Häuser geschenkt?"

„Ihr seid gut", gab Marcus beeindruckt zu.

„Es wäre natürlich nett, genau zu wissen, wovon er da geschrieben hat. Aber da wir ihn nicht fragen können, müssen wir uns mit dieser Interpretation unserer Übersetzung zufriedengeben." Ella lehnte sich selbstgefällig zurück.

„Ein `Makkaroni´ ist ein Stutzer, ein Geck, als `plum´ bezeichneten wir eine unerhörte Geldsumme und `drops´ waren schlicht und ergreifend Ohrringe."

Sie schenkte ihm ein Lächeln und wandte sich dann zusammen mit Sofie den Aufzeichnungen zu.

Die Zeit verflog, während die beiden Frauen eine Seite nach der anderen übersetzten.

„Lies mal, ich habe wirklich Schwierigkeiten mit dieser schnörkeligen Schrift. Sieht ja hübsch aus, aber beim Lesen kriegt man auf Dauer Augenkrebs."

„Blödsinn, ist doch ganz einfach", erklärte Ella. „Siehst du, das ist ein b und das da ein p."

Sie arbeiteten sich konzentriert durch weitere Eintragungen, bis Ellas Blick auf die Küchenuhr fiel.

„So spät schon!" Sie schloss das Tagebuch mit einem lauten Knall.

Sofie starrte sie verwundert an. „Was soll das?"

Ella deutete auf die Uhr an der Wand.

„Du willst doch in dreißig Minuten gehen. Wir kommen jetzt auf die letzten Seiten. Ich würde es nicht ertragen, an der spannendsten Stelle abbrechen zu müssen", erklärte sie. Das war nur die halbe Wahrheit. Was tatsächlich in ihrem Kopf vorging, konnte sie Sofie jedoch kaum gestehen. Was, wenn Marcus endgültig entschwand, sobald der abschließende Eintrag des Journals gelesen war? Sie wollte sich vom Schicksal noch ein wenig Zeit mit ihm stibitzen. Ihre Melancholie versteckte sie hinter einem breiten Lächeln.

Sofie erwiderte es mit einem Zwinkern. „Jetzt bist du ebenfalls neugierig, was? Und anfangs hättest du das Tagebuch am Liebsten dort unten liegen lassen."

Gemächlich packte sie ihre Sachen in die Tasche und verließ kurz darauf beschwingten Schrittes das Haus. Ella und Marcus standen in der offenen Eingangstür und sahen ihr nach.

Er trat zu Ella und küsste sie auf den Nacken. Sie wartete, bis sie sicher war, dass Sofie weg war, ehe sie sich ihm zuwandte.

„Das hat dir Spaß gemacht, oder?"

„Was denn?" Seine blauen Augen waren das Spiegelbild unwissender Unschuld. Und hätte Ella ihn inzwischen nicht so gut gekannt, wäre sie darauf hereingefallen. Aber sie bemerkte das leichte Zucken seiner Mundwinkel und wie sich die Lachfältchen vertieften. „Du bestehst immer wieder darauf, dass ihr modernen Frauen kaum mehr auf uns Männer angewiesen seid. Ich wollte euch beide unter keinen Umständen echauffieren." Ella schlug ihm mit der Faust auf den Oberarm.

„Warum schlägst du mich?"

„Oh, nur um dir zu beweisen, dass wir modernen Frauen euch Männern auch darin ebenbürtig sind." Sie ging an ihm vorbei ins Haus und leises Lachen folgte ihr. Der Klang seiner Stimme brachte ihr Innerstes zum Beben und so ließ sie sich willig zurückhalten, an die Wand drängen und leidenschaftlich küssen. Sie erwiderte die Liebkosung nicht weniger wild. Ihre Finger vergruben sich in seinem Haar, während Marcus sich an sie presste. Sie stöhnte wollüstig, als sie die harte Brust an ihrem Busen fühlte und wie seine Hitze ihre Haut zum Glühen brachte.

Er küsste sie zärtlich. „Du bist unglaublich." Seine Stimme, eine Mischung aus Ehrfurcht und Faszination, war atemlos. „Du erlaubst mir, Dinge mit dir anzustellen, die keine anständige Frau meiner Zeit auch nur ansatzweise zugelassen hätte."

Ella biss ihn sacht in den Hals. „Und dabei tust du so, als wüsstest du die modernen Frauen nicht zu schätzen."

Kapitel 13

„Ich habe eine schmerzliche Erinnerung.“ Adonisröschen

Ella wurde aus dem Schlaf gerissen, weil Marcus neben ihr im Bett so heftig zitterte, dass die Matratze wackelte. Als sie merkte, dass er träumte, streckte sie die Hand aus und schüttelte ihn. Er erwachte mit einem Ruck und sprang auf. Als sie das Nachtlicht anschaltete, blinzelte er und blickte sich verwirrt um. Besorgt setzte sie sich auf.

„Alles in Ordnung?“

Er sah sie ausdruckslos an und nickte langsam. „Ja, ja, ich denke schon.“ Zerstreut wirkend kletterte er ins Bett zurück und Ella strich ihm über die Stirn. „Hast du schlecht geträumt?“, fragte sie.

„Alles in Ordnung.“ Marcus zog sie an sich und schien sofort wieder einzuschlafen.

Das er sie nur hatte beruhigen wollen, wurde ihr beim Frühstück bewusst.

„Was ist heute Morgen mit dir los?“, fragte Ella, als er zum zweiten Mal Zucker in den Kaffee streute. Sie deutete auf seine Tasse. „Noch mehr und du hast Sirup. Gibt es ein Problem? Bist du wegen irgendetwas beunruhigt?“

Marcus sah irritiert auf. Offensichtlich hatte er nicht mitbekommen, dass sie mit ihm sprach. Besorgt musterte sie ihn, ohne dass sich ihr der Grund für sein Verhalten erschloss. Er wirkte zutiefst aufgewühlt. Sein Lächeln war jedoch liebevoll und entwaffnend wie immer. „Ich kann kaum ausdrücken, wie sehr ich dich verehre und respektiere, Ella! Du bist selbstbewusst und mutig, außerdem besitzt du eine sanfte Seele und ein mitfühlendes Herz.“

Gerührt und mit heißen Wangen wegen des Kompliments ergriff sie seine Hand.

„Ich liebe dich auch, aber falls das ein Versuch ist, mich abzulenken, klappt es nicht." Aufmunternd fixierte sie ihn.

„Ich erinnere mich wieder. Warum und wie ich gestorben bin", gestand er ohne Umschweife.

Ein schockiertes Keuchen war alles, das ihr im ersten Moment über die Lippen kam, ehe sie ihre Stimme wiederfand. „Kannst ... willst du mir davon erzählen?"

Marcus' Augen starrten gedankenverloren vor sich auf den Tisch, dann hob er den Kopf und Ella erkannte ihn schier nicht wieder, so schwarz und verloren schien sein Blick. Sie legte ihre zweite Hand über die seine und er drückte ihre Finger fest, sodass sie einen Schmerzlaut unterdrücken musste.

Er räusperte sich. „Ich kam spätnachts in Maidenly Green an. Auf Wyndham Manor lagen alle bereits in tiefem Schlaf und so wandte ich mich gen Rose Cottage, das zu dieser Zeit verlassen war. Nach dem Tode meiner deutschstämmigen Großmutter hatte man das Haus verschlossen und betrat es nur zum Hausputz. Dort hoffte ich ein Bett vorzufinden, um niemanden wegen meiner verfrühten Ankunft aus der wohlverdienten Nachtruhe zu reißen. Ich verschaffte mir also Zutritt und ging ins Schlafgemach. Dort versteckte ich Vaters Brief kurzentschlossen im Bibelloch und begab mich zur Ruhe. Erschöpft wie ich war, schlief ich bis weit in die Mittagsstunden hinein. Ich hatte mich eben angekleidet und das Tagebuch und Schreibutensilien in meine Jacke gesteckt, als ich Schritte im Obergeschoss vernahm.

Ich trat vor die Tür und sah mich Charles Torrington gegenüber. So lange er in meiner Nähe war, wollte ich Vaters Brief nicht aus dem Versteck holen, also beschloss ich, ihn dort zu belassen und zu einem anderen Zeitpunkt zu holen. Ich konnte Torrington noch nie leiden, aber an diesem Tag hätte ich sein feistes Gesicht am liebsten Bekanntschaft mit meiner Faust schließen lassen. Er schien ähnlich zu empfinden, denn er war alles andere als erfreut mich zu sehen.

Nach einem kurzen, nicht sonderlich freundlichen Schlagabtausch drängte ich mich an ihm vorbei, wurde aber in der Bewegung unvermittelt von etwas Schwerem gerammt. Ich taumelte und fiel die Stufen hinab. Im Fallen sah ich Henri Marsden, den ehemaligen Privatsekretär meines Vaters mit einem Holzprügel in der Hand.

Ich versuchte, mich zu fangen, doch Henris Schlag hatte mich mit voller Wucht getroffen. Ein reißender Schmerz durchzuckte mich. Das Letzte, das ich wahrnahm, waren Blitze, die vor meinen Augen tanzten. Noch bevor ich am Fuß der Treppe angekommen war, wurde es endgültig Nacht um mich."

Ella drückte seine Hände an ihre Brust. „Oh Marcus", wisperte sie schockiert. „Es tut mir ja so leid."

Emotionslos starrte er sie an. „Geschehen ist geschehen." Als sie ihn aufmerksam musterte, konnte sie weder Zorn noch Hass auf seiner Miene erkennen. Für ihn schien das tatsächlich keine Bedeutung mehr zu haben. „Es ist Vergangenheit und ich bin bei dir, meiner wahren Liebe, und wenn der Mord an mich nötig war, damit ich dir begegne, dann war er ein akzeptables Mittel." Er nahm ihr Gesicht zwischen seine Hände. „Ich habe einmal zu dir gesagt, du wärst wunderschön, wenn du zornig bist", sagte er zärtlich. „Ich habe mich getäuscht. Du hast das süßeste, strahlendste Lächeln, das ich je gesehen habe. Lächle für mich, meine Liebste."

Er wollte sie ablenken, und es klappte. Sie strahlte ihn an.

„Du wirst dafür sorgen, dass man die Wahrheit über die Ereignisse um mein Verschwinden erfährt? Sorg dafür, dass man mein Tagebuch liest. Versprichst du mir das?"

Ella nickte. „Wolltest du nicht, dass dein Tagebuch privat bleibt?"

„Ich habe meine Meinung geändert", entgegnete er. „Und du musst mir noch etwas versprechen."

„Alles, Marcus." Der Gedanke, dass die gemeinsame Zeit plötzlich zu Ende sein könnte, schoss wieder an die Oberfläche ihres Bewusstseins und ließ sie zittern.

„Ich möchte, dass du meinem direkten Nachfahren die Heiratsurkunde und den Brief übergibst. Er und niemand sonst ist der rechtmäßige Viscount Wyndham."

„Ich verspreche es dir. Ich werde Adam Stapleton die Dokumente zukommen lassen."

Marcus sah ihr beschwörend in die Augen. „Du übergibst sie ihm persönlich. Deinen Eid darauf!"

„Ich werde ihn ausfindig machen und tun, was du verlangst." Mit einem Mal hatte sie das Gefühl, der Abschied sei nahe und das zerriss ihr das Herz. Ab jetzt wollte sie ihm keine Minute mehr von der Seite weichen. Ausgerechnet in diesem Moment klingelte es an der Haustür. Eisern blieb Ella sitzen, bereit sich keinen Meter von Marcus fortzubewegen.

„Jemand begehrt Einlass."

„Wer auch immer es ist, er geht wieder", entgegnete sie.

„Du kannst die Welt weder ausschließen noch anhalten." Marcus deutete mit einer Kopfbewegung in den Flur. „Sieh nach, wen es an unsere Schwelle verschlagen hat."

Er hatte recht, also tat sie widerwillig, um was er sie bat.

Sofie lächelte strahlend, als Ella öffnete. „Hallo Ella."

„Was machst du denn so früh am Morgen hier?", fragte sie überrascht. Sie trat zur Seite und machte eine einladende Geste. „Willst du reinkommen?"

„Nein, ich muss gleich weiter. Du hast dein Handy so gut wie nie an und ans Telefon gehst du ja auch nicht. Ich wollte dir nur sagen, dass ich Adam Stapleton deine Nummer gegeben habe."

„Wieso denn das?" Verdutzt musterte sie ihre Freundin. „Und woher kennst du Adam Stapleton?"

„Tja", begann sie triumphierend. „Ich saß gestern bei Artie an der Theke und plauderte mit ihm, als mich dieser wahnsinnig attraktive Brite anspricht. Wie sich herausstellte, ist er seit gestern im `Porter's Inn´ abgestiegen und ganz wild darauf, Rose Cottage zu besichtigen. Offenbar hat er hier seine Kindheit verbracht."

Ella schüttelte den Kopf. „Langsam wird mir das wirklich zu viel. Wer kommt als Nächstes, um meinen Keller, mein Haus oder mich zu besichtigen?"

Sofie lachte. „Sei nicht böse mit mir. Dieser Engländer ist wirklich sexy. Und er hat unsagbar traurige Augen, bestimmt lässt er sich nur zu gern von dir trösten." Sie zwinkerte und wandte sich ans Gehen. „Also, ich muss weiter. Erzähl mir, wie dein Date mit Adam war." Beschwingt lief sie zu ihrem Wagen.

„Erst erzählst du mir von deinem", rief Ella ihr nach.

Mit einem zustimmenden Handzeichen stieg Sofie in ihr Auto und fuhr davon.

„Was wollte sie?" Marcus kam aus der Küche.

„Offenbar besucht uns dein Nachkomme Adam demnächst persönlich“, erklärte Ella seufzend.

„Mein Nachfahr Adam?“, fragte Marcus neugierig. „Der Adam, dem du die Urkunden übergeben sollst?“

„Genau der. Scheint so, als wäre das Schicksal praktisch veranlagt.“

„Kein Umstand, der uns verärgern könnte.“ Er grinste und blickte über seine Schulter nach hinten. „Ich werde ein paar letzte Arbeiten an der Gartenlaube vornehmen.“

Ella nickte. „Ich werde uns einen Kuchen backen.“

Kurz darauf tigerte sie lustlos durch das Haus. Marcus war nach draußen gegangen und ohne seine Gegenwart, hatte sie jeglicher Elan verlassen. Sie lief am Telefon vorbei, das just in diesem Moment klingelte. Ella zögerte. Niemand außer Sofie, den Paytons und Marcus' Nachfahre besaßen ihre Nummer.

„Hallo?“, sagte sie in den Hörer.

„Hallo, meine Name ist Adam Stapleton. Sprechen Sie Englisch? Meine Deutsch ist bisschen schlecht…“ Die Stimme war rauchig-sexy, mit unverkennbar englischem Akzent und ihr Besitzer schien verlegen zu sein.

„Wir können Englisch sprechen. Ich beherrsche die Sprache recht gut“, entgegnete Ella.

„Hervorragend!“ Der Mann klang sofort erleichtert, weil er seine Muttersprache benutzen konnte. „Sind Sie Ella Francke?“

„Die bin ich. Sie wollen Rose Cottage besichtigen?“

„Wenn es Ihnen nicht zu viel Umstände macht. Ich bin in dem Haus aufgewachsen und es wäre wirklich sehr großzügig von Ihnen, wenn Sie mir den Besuch erlauben würden.“

„Ich bin fast immer im Haus. Wann wollen Sie denn vorbeikommen?“, fragte Ella zögernd.

„Da kann ich mich ganz nach Ihnen richten, ich bin im `Porter's Inn´ in Maidenly Green abgestiegen.“

Sie verabredeten sich letztendlich für Samstagabend.

Ella legte auf und drehte sich lächelnd zu Marcus um, der in diesem Moment zur Tür hereinkam. „Dein Verwandter kommt am Wochenende.“ Sie ging zu ihm und streckte die Arme nach ihm aus, doch er hielt sie mit einer Geste zurück.

„Ich bin im Augenblick nicht körperlich“, erklärte er.

Ella stoppte. „Oh", sie schluckte. Wie immer in dieser Situation, begann ihr Herz ängstlich zu pochen. „Hast du … möchtest du mit mir auf die Terrasse gehen und die Abendsonne genießen?"

Er nickte und in seinen Augen lag eine Sehnsucht, die sie teilte. Leben, seine Haut berühren, riechen, von ihm liebkost und geküsst werden. Dafür würde so manche Frau sterben. Sie täte es.

Schweigend ließen sie sich auf den Stühlen nieder und starrten auf die Felder.

Ella wusste nicht, wie lange sie so dasaßen, als sie plötzlich seine Hand auf ihrem Arm spürte. „Marcus." Bebend setzte sie sich auf seinen Schoß. „Ich bin so froh!"

Stumm zog er sie in die Arme.

„Es passiert zu schnell", stammelte sie. „Ich hatte gehofft, wir hätten mehr Zeit."

„Alle Zeit der Welt würde nicht ausreichen, um mich vorzubereiten."

Ella verschloss seine Lippen mit den ihren und küsste ihn innig. „Glaubst du, ich könnte zu dir gelangen, indem ich jetzt ebenfalls sterbe?"

Marcus erstarrte und blickte sie entsetzt an. Sie wollte ihn küssen, doch er hielt sie zurück. „Ich bin nicht einfach gestorben. Ich wurde ermordet. Willst du einen Attentäter anheuern?"

Es war ein spontaner Einfall gewesen, je länger sie daran dachte, umso interessanter fand sie die Idee, Marcus ins Jenseits zu folgen.

„Wie willst du sterben? Soll er dir die Gurgel durchschneiden? Dich in der Badewanne ertränken? Vielleicht ein Genickbruch bei einem Sturz?" Seine Hände zitterten. „Soll dein letztes irdisches Gefühl der Schmerz sein? Die Qual, wie du verzweifelt und doch nutzlos nach Luft ringst? Und dann, nachdem du all dieses Entsetzen, den Schrecken und den Schmerz auf dich genommen hast, feststellen, dass alles vergebens war? Dass wir beide immer noch getrennt voneinander sind? Ich werde nicht einfach nur ins graue Zwischenreich zurückkehren." Er biss sich auf die Lippen. Eine Geste, die Ella nie an ihm gesehen hatte. „Ich gehe ins Licht", fuhr er fort. „Wenn ich körperlos werde, ist da ein goldener Schein über allem. Und es wird mit jedem Mal intensiver. Ich sehe Schemen und Personen darin. Ich werde erwartet. Willst du wirklich riskieren, unerlöst in der Geisterwelt, gefangen zwischen Leben und Tod umherzuwandern, so wie ich es tat, bevor ich dich traf?“

Die deutlichen Worte waren wie eine kalte Dusche für Ella. „Vergib mir, Marcus. Es war dumm von mir.“ Sie sah in sein blasses, angespanntes Gesicht und erkannte die Pein darin. Den Zwiespalt, der in ihm tobte.

Er legte seine Stirn an die ihre. „Ich könnte es niemals ertragen, dich auch nur eine Minute lang leiden zu sehen.“

„Ich will nur bei dir sein“, flüsterte sie, das Herz wurde ihr schwer und wenn Marcus sie verließ, würde es brechen. Das wusste sie. „Für immer.“

„Wir werden zusammen sein. Sobald es für dich Zeit ist, ins Licht zu gehen.“ Er küsste sie zärtlich. „Ich werde auf dich warten. Ich schwöre es.“

***

Ella goss die Blumen an der Frontseite des Hauses, als der Geländewagen des Geisterjägers Danny Loomis in die Einfahrt fuhr. Sie stellte die Gießkanne ab und wartete, bis er ausstieg und zu ihr kam.

„Ich wollte mich verabschieden und noch einmal nach dem Rechten sehen.“ Er warf einen forschenden Blick auf das Haus.

„Tut mir leid, es hat sich kein Höllenschlund aufgetan und es gab auch keine Invasion Untoter, seit Sie das letzte Mal hier waren“, erklärte Ella heiter.

Danny grinste schief und warf einen flüchtigen Blick auf Ellas lädierte Lippe. Ein Schatten huschte über seine Miene. „Habe gehört, dass Sie überfallen wurden. Tut mir leid. Nach so einem Erlebnis werden die Geister Sie kaum mehr schrecken, was?“

Ella lächelte. „Nach all den Dingen, die mir bisher widerfahren sind, scheinen mir eventuell vorhandene Geister in meinem Cottage tatsächlich als die harmloseren Zeitgenossen.“ Eigentlich fand sie den Geisterjäger ganz sympathisch und dass er mit seinen Geräten Marcus’ Gegenwart entdecken konnte, machte ihn glaubwürdig.

Danny wirkte unschlüssig und Ella hatte plötzlich die Eingebung, dass dies der richtige Moment war, um von einem Experten alles über erdgebundene Wesenheiten in Erfahrung zu bringen.

„Sind denn diese Geister, von denen Sie immer sprechen, tatsächlich ein Problem?“

Danny hob die Hände. „Nicht unbedingt.“ Er grinste. „Verraten Sie das nur niemandem. Immerhin verdiene ich mein Geld damit, die Lebenden vor ihnen zu retten.“

„Also sind die erdgebundenen Geister nicht gefährlich?“, bohrte Ella nach.

„Es sind geplagte Seelen. Unfähig, ins Licht zu gehen.“ Der Geisterjäger zog eine Zigarettenschachtel aus seinem Werkzeuggürtel und zündete sich einen Glimmstängel an, nachdem er Ella einen angeboten hatte, was sie ablehnte. Er ließ sich auf der Sitzbank nieder und streckte die Beine aus. Dann stieß er genüsslich Rauch aus. „Erdgebundene Seelen haben schlicht und ergreifend noch irgendetwas im Diesseits zu erledigen. Oder sie starben auf gewaltsame Art und überraschend, ohne zu merken, was mit ihnen geschah. Diese Geister gehen ins Licht, sobald sie ihren Zustand erkennen.“

Marcus hatte also andere Gründe für sein Verweilen auf Erden.

„Und dieses Licht, wie Sie es nennen, zieht die Geister dann an und zwingt sie hinein?“

Danny nahm einen tiefen Zug aus der Zigarette. „Stellen Sie sich den schönsten Ort der Welt vor, einen Platz, an dem alles nur Licht und Wärme und Liebe ist, ein Ort, an dem all die Menschen sind, die sie je geliebt haben. Würden Sie sich dann gezwungen fühlen, dorthin zu gehen?“

Ella öffnete den Mund und schloss ihn wieder. Danny stieß eine Rauchwolke aus und lehnte sich behaglich zurück. „Der Teufel selbst würde mich nicht daran hindern können, an solch einen Ort zu gehen“, erklärte er leise. Er warf ihr einen schrägen Blick zu. „Wieso interessiert Sie das denn auf einmal?“

Ella zuckte mit den Achseln. „Das Haus inspiriert mich. Ich denke darüber nach, einen Geisterkrimi zu schreiben.“

Der Mann nickte unbeeindruckt und sog erneut an seiner Kippe.

„Wie sieht es mit Berührungen aus? Kann ein Geist einen Sterblichen berühren?"

„Nein", sagte Danny prompt, fügte aber hinzu: „Ich habe allerdings gelesen, dass dies vorkommen kann. Wenn starke positive Gefühle im Spiel sind, oder die Seelen geliebter Menschen auf den erdgebundenen Geist treffen."

„Sie reden von Wiedergeburt?"

Danny wiegte seinen Kopf hin und her. „Wie gesagt, ich habe es nur gelesen. Für gewöhnlich spüre ich die Geister auf, trete in Kontakt und schicke sie ins Licht. Ich habe keine Ahnung, ob so ein Fall, über den Sie spekulieren, jemals eingetreten ist. Sehen Sie, ich glaube nicht an Wiedergeburt." Er schnaubte. „Auch ein Geisterjäger glaubt nicht alles." Danny drückte seine Zigarette in der Blumenerde aus und ließ den Stummel darin stecken.

Er stand auf, klopfte sich auf die Hosenbeine und reichte Ella die Hand zum Abschied.

„Falls Sie mich doch brauchen, Sie wissen ja, wie Sie mich erreichen können." Auf einmal schien Danny es eilig zu haben. Er ging zu seinem Wagen und winkte ihr zu, ehe er davonfuhr.

Ella hörte den Kies knirschen, als Marcus sich näherte. Er war im Gewächshaus gewesen und hatte einen Blumenstrauß zusammengestellt. Ella lächelte, als sie das üppige Bouquet sah. „Das ist wunderschön!"

Seine Miene erhellte sich und er beugte sich über sie, um ihr einen Kuss auf die Schläfe zu hauchen, dann hob er den Blick, sah den schwindenden Rücklichtern des Geisterjägerautos hinterher und runzelte die Stirn. „Was wollte er schon wieder hier?"

Sie wollte ihn nicht aufregen, also zuckte sie mit den Schultern. „Er hat sich verabschiedet. Das war alles." Sie ergriff seine Hand und war erleichtert, dass sie ihn berühren konnte. „Komm, lass uns irgendwas zusammen machen. Worauf hast du Lust?"

Den restlichen und den nächsten Tag verbrachten Ella und Marcus kaum eine Minute getrennt. Er half ihr beim Kochen und am Nachmittag spazierten sie durch den Wald. Manchmal konnten sie einander berühren, oft jedoch nicht. Er schwieg eisern darüber, doch sie wusste, dass er das goldene Licht immer häufiger und stärker wahrnahm. Sie erkannte es an dem sehnsüchtigen Blick, mit dem er ins vermeintliche Nichts starrte, wenn er sich unbeobachtet wähnte.

Abends platzte Beth in die zerbrechliche Idylle. „Ella, meine Liebe, du hast schon seit Tagen nichts mehr von dir hören lassen. Geht es dir gut?“

Ella überlegte einen Moment, welche Ausrede sie Beth auftischen konnte. Es schien ihr, als sauste die Zeit nur so dahin.

„Alles bestens“, versicherte sie.

Beth starrte auf ihre Blessuren und Ella wusste, dass sie sich scheute zu fragen, ob der Überfall sie belastete. Da Ella sich wohler fühlte, nicht daran erinnert zu werden, schwieg sie dazu.

„Führt dich irgendetwas Besonderes her?“, erkundigte sie sich, um Beth abzulenken.

Die lächelte strahlend. „In der Tat. Du hast dich die letzten Tage so eingeigelt. Ich wollte dich dazu überreden, mit mir nach Maidenly Head für einen kleinen Einkaufsbummel zu fahren?“

Marcus trat in den Flur und mischte sich ein: „Du musst deine Lebensmittelvorräte ohnehin aufstocken. Verabrede dich mit ihr.“

Ella biss sich auf die Lippen. „Ich habe genug Lebensmittel, um das Wochenende durchzuhalten“, erklärte sie.

„Du musst einkaufen gehen. Wir haben deine Vorräte ziemlich aufgebraucht“, widersprach Marcus.

Ella schwieg einen Moment, da sie wusste, dass er recht hatte. Und aus ein paar Eiern, Kaffee, Milch, Margarine und Gewürzen konnte sie kaum zwei Tage lang etwas Vernünftiges zubereiten.

Sie seufzte und Beth nahm das zum Anlass, auf sie einzureden. „Ich rede nicht vom Supermarktbesuch, sondern vom Shoppen durch die Einkaufsstraße. Einfach aus Spaß und zum Vergnügen. Wenn du sowieso einkaufen gehen musst, was spricht dagegen? Wir werden bestimmt Spaß haben.“ Sie lächelte aufmunternd. „Gib dir einen Ruck, es wird dir gut tun, einmal aus dem Haus und aus dem Dorf rauszukommen.“

„Ich pflichte ihr bei“, meinte Marcus. „Ich bitte dich, vernachlässige deine Freundinnen nicht wegen mir. Verabrede dich mit Beth!“

Ella wusste, was er damit sagen wollte: Ihre Freundinnen würden noch da sein, wenn er fort war.

Sie gab sich geschlagen. „Also gut, ich komme mit, aber nicht den ganzen Tag. Zwei, drei Stunden, länger nicht."

Beth strahlte. „Wundervoll! Wir werden bestimmt Spaß haben." Sie überrumpelte Ella mit einer herzlichen Umarmung, bevor sie sich umdrehte und ging.

Obwohl sie zugesagt hatte, Beth zu begleiten, blieb sie unentschlossen und unwillig. Nur Marcus zuliebe machte sie sich am nächsten Tag bereit zum Ausgehen, statt die Verabredung in letzter Minute abzusagen.

Nervös blickte sie zu ihm. „Es ist wirklich in Ordnung, wenn ich dich allein lasse?" Sie spielte mit dem Autoschlüssel in ihrer Hand.

Er lachte. „Geh! Du wolltest doch nur ein paar Einkäufe machen. Du hast Beth drei Stunden versprochen."

„Aber wenn …", sie sprach nicht zu Ende und beide wussten, was sie sagen wollte: Was, wenn er in dieser Zeit verschwand?

Die Phasen, in denen er körperlich war, wurden immer seltener. Auch im Augenblick war er nur dem Aussehen nach als feste Gestalt anwesend.

„Du brauchst Vorräte. Der Kühlschrank ist leer", erinnerte er sie beharrlich.

Verzweifelt sah Ella ihn an.

„Ich liebe dich, Ella. Du musst akzeptieren, dass es mit uns zu Ende geht", sagte er sanft. „Wir wussten beide, dass es nicht gut gehen wird."

Ella pfefferte ihre Handtasche mit Wucht in eine Ecke. Die Nieten verursachten ein hohles Geräusch an der Wand und klirrten beim Aufprall auf den Boden.

„Ich will es aber nicht akzeptieren", schrie sie wütend. Und weil die fortgeschleuderte Tasche noch nicht genug Druck abgebaut hatte, warf sie den Schlüsselbund hinterher. Zurück blieb eine Schramme in der Wandvertäfelung. „Ich gebe dich nicht auf!" Ihre Stimme steigerte sich zu einem zornigen Kreischen. „Ich habe es verdient, einmal im Leben zu bekommen, was ich will." Beinahe hätte sie mit dem Fuß aufgestampft.

Marcus umarmte sie und erleichtert sank sie gegen seinen wieder festen Körper. Sie begann zu weinen. Der Kummer schüttelte ihren Leib regelrecht durch. Das Gesicht an seiner Schulter vergraben, ließ sie die ganze angestaute Trauer heraus.

Nie zuvor in ihrem Leben hatte sie derart emotional reagiert. So kannte sie sich nicht und ein bisschen erschrak sie vor sich selbst.

„Ich liebe dich so sehr", schniefte Ella.

„Ich weiß, Liebste." Er presste sie noch enger an sich und wartete, bis die Tränen verebbten und das Zittern nachließ. Erst dann entließ er sie aus seiner Umarmung.

Aus brennenden Augen starrte sie ihn an. „Ich kann es nicht ändern, oder?"

Marcus verneinte kopfschüttelnd. Seine Miene drückte Pein und Sorge aus, die Ella Schmerzen verursachte. Sie bückte sich nach ihrer Handtasche und blickte ihn an. „Wirst du da sein, wenn ich wiederkomme?"

Er gab ihr keine Antwort. Natürlich, er gab niemals Versprechen, die er nicht zu halten in der Lage war. Denn, wie er ihr einmal gesagt hatte: Was man versprach, das hielt man. „Erinnere dich immer daran, wie sehr ich dich liebe." Er schenkte ihr ein bedauerndes Lächeln.

Ella warf ihm nur einen schmerzerfüllten Blick zu, blinzelte die aufsteigenden Tränen fort und ging hinaus zu ihrem Wagen. Dort drehte sie sich noch einmal um und winkte Marcus zu, der in der Haustür stand und ihr nachblickte.

Die Fahrt nach Maidenly Head, die benachbarte Kleinstadt dauerte ihr viel zu lang. Von Marcus getrennt zu sein, versetzte sie bereits jetzt in Unruhe. Sie war nie vereinnahmend gewesen, genoss und gab auch in Beziehungen Freiheit, doch mit Marcus war es etwas anderes. Ihre Zeit war befristet und genau deshalb wollte sie keine Minute ohne ihn verbringen. Mittlerweile bedauerte sie den geplanten Stadtbummel. Einen Rückzieher konnte sie aber nicht mehr machen, im Zweifelsfall würde sie sich zügig von Beth verabschieden und vorzeitig heimkehren, beschloss sie.

Das Städtchen war entzückend und Ella dachte darüber nach, ob Marcus eine moderne Stadt gefallen würde. Vermutlich würde er vieles im Stadtkern wiedererkennen, die zahlreichen Häuser und Cottages im Fachwerkstil stammten aus dem sechzehnten Jahrhundert und die Gassen waren wie anno dazumal mit Kopfsteinpflaster bedeckt.

Beth und sie trafen sich auf dem kleinen Parkplatz im Zentrum Maidenly Heads.

Die Frau des Bürgermeisters begrüßte sie strahlend und tätschelte ihr den Arm. „Wie schön, dass du gekommen bist."

Ella erwiderte das Lächeln. „Ich habe es doch versprochen. Wohin wollen wir nun gehen?"

Beth hakte sich bei ihr ein. „Lass uns die Christian Street hinunterlaufen."

Wäre sie nicht so nervös und traurig gewesen, und zudem von Beth abgelenkt, hätte sie den historischen Straßenzügen, die sich mit modernen Geschäften mischten, und den Plätzen mehr Beachtung geschenkt.

Beth zog sie als erstes in ein Café. „Ein paar Petit Fours sind jetzt genau das Richtige, Ella."

Vor dem Lokal standen Tische und Stühle und etliche Menschen nutzten den warmen Sommertag, um dort ihren Kaffee oder Tee zu hausgemachtem Gebäck oder Eiscreme zu genießen.

Sie betraten das Café und Ella entdeckte in der Auslage neben anderem Backwerk auch die verlockenden Teilchen, von denen Beth geschwärmt hatte und sie hielten, was sie versprachen. Kurzzeitig ließ Ella sich ablenken, aß die süßen Gebäckstücke und trank dazu köstlichen Schwarztee. Dennoch war sie mehr als froh, als Beth das leere Geschirr beiseiteschob. „Gehen wir jetzt in das Antiquariat?"

Da Geschäft lag nicht weit entfernt in einer Gasse. Der Laden war klein und kuschelig, doch die Regale erwiesen sich als vergleichsweise gigantisch: hoch und vollgestopft mit alten Büchern und Folianten. In den vereinzelten Sonnenstrahlen, die durch die Scheiben fielen, tanzten Staubkörner einen lustigen Reigen. Der Geruch in den Räumlichkeiten war die typische Mischung, die überall auf der Welt dieselbe war: ein Mix aus Moder und Staub und Druckerschwärze und Leder und Papier.

Der Antiquar, braungebrannt und verwittert wie die Ledereinbände seiner Bücher, erhob sich dienstbeflissen, als er Beth erkannte. „Sie kommen wegen der Erstausgabe?"

Sie begrüßte den Mann mit einem Händeschütteln. „Genau, und dann interessiere ich mich noch für ein altes Exemplar von Shakespeares Hamlet."

„Haben Sie besondere Vorstellungen diesbezüglich?" Sie verneinte und der Antiquar nickte. „Dann kommen Sie am besten mit. Wir können schauen, ob wir fündig werden."

Beth warf Ella einen Blick zu. „Ist das für dich in Ordnung? Es wird hoffentlich nicht lange dauern."

„Geh nur und lasst euch Zeit, ich sehe mich hier ein wenig um", sagte Ella lächelnd.

Sie wandte sich dem erstbesten Regal zu, überflog die Buchtitel und wanderte zum nächsten. Gelegentlich zog sie ein interessant anmutendes Exemplar heraus und besah es sich näher. So griff sie auch nach einem großen, unhandlichen Buch, das ihr sofort ins Auge stach. Ella betrachtete den Einband und strich mit zitternden Fingern über den Namen des Autors.

„Nicholas Stapleton", las sie.

Marcus' Sohn? Aufgeregt schlug sie die erste Seite auf und überflog den Inhalt. Ihr Herz raste. Der ledergebundene Wälzer war tatsächlich von Nicholas verfasst worden. Sie konnte ihre Begeisterung kaum unterdrücken. Was Marcus wohl dazu sagen würde? Nichts hielt sie mehr. Sie musste sofort nach Hause fahren und ihm das Buch zeigen.

Der Ladenbesitzer schlurfte wieder herein, in der Hand ein in braunes Papier gewickeltes Päckchen, ihm folgte Beth. „Hast du etwa auch etwas Interessantes gefunden?"

Ella lächelte und hob das Buch zum Beweis hoch, es war so schwer und unhandlich, dass sie beide Hände dafür benötigte. „Allerdings."

Der Antiquar blickte auf das Kompendium und nickte. „Eine gute Wahl, Miss, aber haben Sie gesehen, dass der Buchrücken sich löst? Ich kann Ihnen das reparieren, aber dazu müssten Sie es hier lassen."

Ella starrte auf den Einband und bemerkte den Makel erst jetzt. „Das stört mich nicht. Ich möchte es sofort mitnehmen."

Der Mann fixierte sie, als habe sie eben gedroht, seinen Laden in Schutt und Asche zu legen. Er blinzelte. „Ganz wie Sie wollen, Miss. Sie erlauben, dass ich Mrs Payton als Erstes bediene?"

Ella nickte und drückte das Buch an ihre Brust, wartete, bis Beth bezahlt und die Shakespeare-Ausgabe eingesteckt hatte, ehe sie an die Theke trat. Sacht legte sie den Wälzer hin und holte ihren Geldbeutel heraus. Als der Händler ihr die stattliche

Summe nannte, zog sie die Kreditkarte hervor. Der Mann sah ihr den Schock wohl an, denn er lächelte entschuldigend. „Eine Rarität."

Ella nickte. „Ich verstehe, es ist eine Kostbarkeit!" Sicher würde Marcus es ebenso sehen und damit war es ihr den hohen Preis wert.

Vor dem Laden deutete Beth auf das Bücherpaket. „Bestimmt willst du es erst zu deinem Wagen bringen? Es ist nicht nur unhandlich, sondern garantiert auch schwer."

„Um ehrlich zu sein, möchte ich jetzt ohnehin nach Hause fahren. Und mit diesem teuren Buch lasse ich das Auto ungern länger herumstehen."

Beth wirkte enttäuscht. „Ist das dein Ernst?" Sie berührte Ella fürsorglich am Arm.

Sie lächelte der Älteren zu. „Sei mir bitte nicht böse. Wir werden das wiederholen!"

Beth seufzte. „Unbedingt!" Sie drückte Ella an sich und die beiden verabschiedeten sich, ehe jede in eine andere Richtung davonging.

Ella eilte zu ihrem Wagen, packte das wertvolle Buch in den Kofferraum und fuhr beim Supermarkt vorbei, wo sie die Lebensmitteleinkäufe in Windeseile hinter sich brachte. Keine halbe Stunde später erreichte sie das Cottage. Mit einer seltsamen Mischung aus Angst und froher Erwartung betrat sie ihr Haus. Sie versagte es sich, nach Marcus zu rufen, aus Furcht, er könnte verschwunden sein und so trug sie ihre Einkäufe in die Küche. Langsam und bedächtig machte sie sich ans Aufräumen. Von Marcus war keine Spur zu sehen und zu hören.

Als sie die Ungewissheit nicht mehr aushielt, lief sie in den Garten. Doch dort war er nicht. Enttäuscht ging sie nach oben. Die Schlafzimmertür war geschlossen. Vorsichtig drückte sie die Klinke hinunter. Süßer, üppiger Geruch schlug ihr entgegen.

Ihr stockte der Atem. „Mein Gott, das ist das Schönste, das ich je gesehen habe."

Im ganzen Raum verteilten sich Blumen. Auf dem Bett, den Nachttischen, den Kommoden, dem Fenster. Bunte Blüten, einzelne und in Sträußen. Alle waren fein säuberlich mit kleinen Zetteln versehen.

Sie griff nach der erstbesten Notiz, die an einer Calla befestigt worden war. *Ich bewundere Dich. Du bist schön.,* war darauf zu lesen. Ella drehte das Papier und las auf der Rückseite: `Calla´.

Sie schluckte und las die Botschaft einer Immortelle: *Ewige Liebe.* Ein Strauß Margeriten sagte ihr: *Du machst mich glücklich.*

Eine Traubenhyazinthe: Nur *Inniges und Süßes weiß ich über dich.*

„Gefällt es dir?", erklang Marcus' Stimme hinter ihr.

Ella drehte sich um. Sie sah sofort, dass sie ihn nicht berühren konnte und so hauchte sie einen Kuss auf seine substanzlosen Lippen. Eine warme Brise kitzelte ihr Gesicht.

„Es ist einfach unglaublich", sagte sie ergriffen.

Sie wanderte durch den Raum und las jeden einzelnen Zettel. Wann immer sie hochsah und Marcus anblickte, merkte sie, dass er sie mit einer Mischung aus Wehmut und Freude beobachtete. Schließlich hatte sie alle Botschaften gesehen und wandte sich ihm wieder zu. „Danke!"

Er lächelte und streckte die Hand nach ihr aus. Sie wollte ihre hineinlegen, musste jedoch feststellen, dass er nach wie vor körperlos war. Besorgt sah sie ihn an.

„Wir müssen reden", sagte er.

Sie setzten sich zwischen die Blumen auf das Bett. Marcus schwieg einen Moment und sie hatte Angst vor dem, was er ihr sagen würde.

„Ich schwinde dahin", begann er.

Ella sah ihn nur an. Ihr Herz brannte. So oft hatte sie sich diese Situation vorgestellt, sich davor gefürchtet, gehofft, falsch zu liegen und sie nie erleben zu müssen. Sie hatte geglaubt, das wäre das Schlimmste, das sie sich ausdenken konnte. Nun begriff sie, dass ihre Vorstellung nicht einmal annähernd dafür ausgereicht hatte.

„Meine Kräfte schwinden. Ich komme nicht dagegen an."

„Du meinst, du bleibst durchscheinend?"

„Nein", damit zerstörte Marcus Ellas letzte Hoffnung. Wenn sie ihn nicht mehr berühren konnte, so wäre sie zufrieden gewesen, ihn wenigstens um sich zu haben. Als Geist.

„Meine Rose, ich werde endgültig ins Licht gehen."

Gegen ihren Willen kullerten nun die Tränen, perlten heiß und reichlich über ihre Wangen, obwohl sie nicht wollte, dass ihr Weinen das Letzte war, das Marcus von ihr zu sehen bekam.

„Wie lange noch?“, wollte sie wissen, in der bangen Hoffnung dem Schicksal noch ein paar Stunden oder gar Tage abzuringen.

Er deutete auf das Blumenmeer. „Das ist mein Abschiedsgeschenk. Der Sog ist zu stark.“

„Das ist ungerecht! Es ist einfach nicht fair! Ich habe dich doch erst gefunden!“

Marcus streichelte über ihr Haar. Für Ella war es kaum mehr als ein kühler Hauch, der sie streifte. Allein das bewies ihr, dass es endgültig zu Ende war. Solange Marcus erdgebunden gewesen war, war seine Spukerscheinung von Frost begleitet gewesen. Doch nun fühlte sich der Kontakt angenehm an. Wie Eiscreme an einem drückend heißen Sommertag.

„Kann ich etwas für dich tun?“, fragte Marcus liebevoll.

Seine Miene, auch wenn sie ihm anmerkte, wie sehr es ihn mitnahm, gehen zu müssen, wirkte heiter und gelöst. Sie liebte ihn zu sehr um ihm den Abschied zu erschweren, indem sie sich heulend und klagend wie eine Dramaqueen benahm. Seine letzte Erinnerung an sie sollte nicht jene sein, in der sie litt, sondern wie sehr er ihr Leben bereichert und erfüllt hatte. Er sollte mit der Gewissheit gehen, dass er akzeptiert und geliebt wurde, so wie er war. Sie nickte und blickte ihn an. „Können wir uns den Sonnenuntergang ansehen?“ Sie hatten so oft gemeinsam auf der Terrasse sitzend die Abendsonne beobachtet, dass dies zu Ellas liebsten Erinnerungen gehören würde, und die letzten Minuten mit ihm damit zu verbringen, würde sie vielleicht ein wenig trösten.

„Was immer du willst, meine Rose.“

Sie gingen nach unten und im Vorbeigehen nahm Ella den Bildband mit, den sie im Antiquariat erstanden hatte. Sie wollte Marcus wenigstens noch das Wissen um das Schicksal seines Sohnes als Abschiedsgeschenk geben.

„Ich habe das in Maidenly Head gefunden.“ Sie legte das Buch vor sich auf den Gartentisch.

Marcus starrte auf den Einband und blickte dann Ella an. „Mein … mein Sohn?“, fragte er mit erstickter Stimme.

„Zum Zeitpunkt, als das Buch erschien, war er bereits ein alter Mann. Er hatte ein gutes Leben. Eine Frau, Kinder und Enkel. Er wurde geliebt.“

Marcus' Finger glitten wenige Millimeter in der Luft schwebend über den Buchdeckel. Ella wusste, dass er nicht in der Lage war, darin zu blättern. Seine Augen glänzten verdächtig.

„Soll ich es für dich aufschlagen? Es ist ein Gartenbuch."

Marcus schüttelte den Kopf.

Stattdessen nahmen sie in der Hollywoodschaukel Platz und bewunderten das Abendrot. Sie sprachen nicht mehr über seinen Sohn, doch Ella fühlte, dass das Wissen um Nicholas' Leben ihm ein wenig Frieden gab. Sie saßen eng beieinander und sie ignorierte die Kühle, die sein geisterhafter Körper ausstrahlte. Je tiefer die Sonne sank, desto durchsichtiger wurde Marcus. Als die letzten Fetzen Tageslicht erloschen, verschwand auch er.

„Ich liebe dich", raunte seine Stimme, dann senkte sich bleierne Stille über Ella.

Mit brennenden Augen fixierte sie die Stelle, an der er eben noch gesessen hatte.

Sie legte sich auf die Gartenschaukel, die Beine angezogen und starrte vor sich hin. Gern hätte sie geweint, doch sie hatte keine Tränen mehr. Irgendwann schlief sie vor Erschöpfung ein.

Als Ella erwachte, war es dunkel und kühl. Abendtau war aus Wiese und Wald aufgestiegen und jetzt in der Kälte der Nacht empfand sie die Feuchtigkeit als doppelt unangenehm.

Sie schleppte sich ins Wohnzimmer und legte sich auf die Couch, ein Plaid über sich gebreitet, weil sie weder die Kraft noch den Mut fand, das Schlafzimmer zu betreten, das sie bis dahin mit Marcus geteilt hatte.

Sie fühlte sich leer und verloren, starrte an die Decke und beobachtete die Lichtkringel, die die hereinfallenden Mondstrahlen an die Wände zauberten. Sie wünschte sich Marcus zurück. So sehr, dass ihr die Anstrengung Magenstechen verursachte. Schließlich fiel sie erneut in einen unruhigen Schlaf, in dem sie wirres Zeug träumte. Als sie erwachte, erfüllten Sonnenstrahlen den Raum. Reglos blieb sie liegen und lauschte. Im Haus herrschte Grabesstille.

Ella erhob sich mit dem Elan einer alten, lebensmüden Frau. Ihre Augen schienen verquollen, der Gaumen trocken und aus irgendeinem Grund fühlte sie sich am ganzen Körper klebrig.

Sie schleppte sich die Treppen hoch ins Badezimmer. Ihre Kleider ließ sie an Ort und Stelle liegen und kletterte in die

Wanne. Bibbernd saß sie da und beobachtete, wie das heiße Wasser anstieg. Sie goss Duschöl hinein. Dann brach sie in Tränen aus, als ihr der Duft in die Nase stieg und damit die Erinnerung an Marcus und ihre gemeinsamen Bäder und das Duschen hochkamen. So konnte sie keine körperliche Entspannung finden, außerdem wurde sie immer unruhiger, sodass sie nach kurzer Zeit aus dem Wasser kletterte.

Weil sie den Gedanken ins Schlafzimmer zu gehen nicht ertrug, zog sie ungebügelte Kleider aus dem Wäschekorb, um sich anzuziehen. Dann holte sie ihr Handy, und dachte nach. Kurz haderte sie mit sich, ehe sie entschied, dass sie ihr Treffen mit Sofie nicht absagen, sondern in den Pub verlegen wollte. Sie musste aus dem Cottage raus, wenigstens für ein paar Stunden. Es hatte all seinen Zauber und die Geborgenheit verloren, jetzt wo Marcus fort war.

Keine Stunde später stand Ella vor Sofies Zimmertür.

Besorgt zog die sie in ihr Zimmer. Ella nahm nur am Rande von dem hellen, sonnigen Raum Notiz.

„Was ist denn mit dir los? Du siehst schrecklich aus. Ich habe mir schon am Telefon gedacht, dass etwas nicht stimmt."

Ella schenkte ihrem Spiegelbild an der Garderobe nur einen flüchtigen Blick. Die bleiche Person mit dem zerzausten Haar, den dunklen Augenringen und den zerknitterten Kleidern hatte kaum Ähnlichkeit mit der glücklichen Frau, die ihr noch vor Kurzem entgegengestarrt hatte. Mitfühlend schob Sofie sie zur gemütlichen Sitzcouch und zwang sie sanft darauf. An der gegenüberliegenden Wandseite stand ein Bett mit geblümter Tagesdecke, auf dem ausgebreitet Papiere, Fotos und das Notebook lagen. Sofie schenkte ihr Kaffee aus einer Thermoskanne in eine Tasse und drückte diese Ella in die Hand.

„Pass auf, das ist heiß! Und jetzt erzähl: Was ist passiert?"

Das Unvorstellbare, dachte sie. Sie hatte die Liebe ihres Lebens gefunden und wieder verloren. Aber die ganze Wahrheit würde ihr die Freundin nicht glauben. „M… mein Freund hat Schluss gemacht."

Sofie nahm ihr die Tasse weg, stellte sie auf dem Tischchen vor sich ab und umarmte Ella.

„Oh Liebes, das tut mir leid. Du schienst so glücklich zu sein." Sie tätschelte ihren Rücken und schwieg. Vielleicht wartete sie auf

Tränen oder auf Ellas Erklärung, es ginge ihr gut. Doch das wäre gelogen gewesen. Im Moment glaubte sie nicht, jemals über diesen Kummer hinweg zu kommen.

„Willst du reden?“, fragte Sofie schließlich mit sanfter Stimme.

Ella schüttelte den Kopf, um gleich darauf zu nicken.

„Was hat ihn denn so besonders gemacht?“

Verträumt starrte Ella auf die Blumen auf der Decke. „Er bringt mich zum Lachen. Er macht mich völlig verrückt mit seinen Foppereien, aber gleichzeitig schafft er es, dass ich ihm nie lange böse sein kann. Wenn er bei mir ist, fühlt sich alles richtig an. Zusammen mit ihm ist alles schöner und besser. Er weiß immer, wenn mich etwas bedrückt, und hört mir zu, ohne zu urteilen. Er ist für mich da, selbst wenn ich gar nicht weiß, dass ich ihn brauche. Für ihn bin ich perfekt, so, wie ich wirklich bin. Ungeschminkt, müde, schlecht gelaunt, er findet mich immer toll“, sprudelte es aus ihr hervor. Marcus war für sie noch so präsent. Es schien ihr unwirklich, dass er tatsächlich fort war. Er hatte sie verlassen. Der Gedanke versetzte ihr einen Stich mitten ins Herz.

Sofie seufzte. „Meine Güte, das hört sich nach wahrer Liebe an. Bist du sicher, dass er echt ist?“

Der Schmerz des Verlusts warf sie schier nieder und die Bemerkung, ob Marcus existierte, versetzte sie in Aufruhr. Sie war nicht verrückt, nur weil er verschwunden war. Er war so lebendig und wirklich gewesen wie sie und Sofie.

„Und warum ist dieses Prachtexemplar so dumm und lässt eine wunderbare Frau wie dich fallen?“, wollte die wissen.

„Er musste weit weg und deshalb …“ Ella biss sich auf die Lippen.

Sofie drückte ihre Hand. „Ich verstehe, der Dummkopf dachte, es wäre besser, eure Beziehung zu beenden.“

Ella nickte, erleichtert darüber, dass sie ihr eine Erklärung lieferte.

„Männer sind Idioten“, erklärte Sofie. „Weißt du was? Gegen Liebeskummer hilft am besten Rotwein. Rot wie die Liebe und rot wie das Blut, das man diesen Idioten abzapfen sollte.“

„Kein Alkohol“, entgegnete Ella. „Ich möchte einfach nur ein bisschen Ablenkung. Wie wäre es, wenn wir das Tagebuch fertig übersetzen? Damit wäre uns beiden geholfen: Ich beschäftige mich sinnvoll und du kommst deinem Ziel näher."

Sofie musterte sie forschend. „Bist du sicher?"

Sie nickte eifrig. „Und ob, Arbeit ist ein erfolgreich erprobtes Mittel zur Ablenkung." Dass sie das Journal an Marcus erinnern und garantiert nicht auf andere Gedanken bringen würde, wusste Sofie nicht, aber Ella wollte vermeiden, dass sie der Freundin bei einem Trinkgelage die Wahrheit über ihren geheimnisvollen Geliebten ausplauderte.

Sie rückten den kleinen Tisch zurecht, machten es sich bequem und lasen im Tagebuch weiter. Obwohl Ella bereits von Marcus erzählt bekommen hatte, was damals geschah, entsetzte es sie, darüber zu lesen, denn die Notizen waren nicht die Berichte eines Mannes, der Jahrhunderte später davon gesprochen hatte, sondern zum Zeitpunkt des Geschehens niedergeschrieben worden, voller Eindrücke und Emotionen. Das machte sie in Ellas Augen realistisch und kaum erträglich.

„Was für eine fürchterliche Geschichte", meinte Sofie, während sie den Satz beendete. Sie musterte Ella, die mit einem flauen Gefühl im Magen und eiskalten Fingern auf den Eintrag starrte. „Es nimmt dich heute zu sehr mit. Sollen wir aufhören?"

Ella sah auf. „Auf keinen Fall." Sie schüttelte den Kopf. „Wir haben nur noch zwei Seiten." Es fiel ihr schwer, sich ihr Entsetzen und ihr Mitgefühl nicht anmerken zu lassen, die Vorstellung, was Marcus durchlitten haben musste, ehe er starb, war einfach zu schrecklich. Vor allem, wenn man wusste, was für ein lebensfroher, gütiger Mann er war.

Sofie zog eine betroffene Grimasse. „Es wird bestimmt nicht schöner werden."

Ella zuckte mit den Schultern. „Egal, lass uns nicht kurz vor dem Ende aufhören. Ich übersetze, du schreibst:

… sie haben mich im Keller eingemauert. Ein schmales Fensterloch lässt Licht und Luft herein … ich rufe, niemand scheint mich zu hören. Alles ist ruhig. Es müssten doch Menschen oder Tiere zu hören sein?

Ich bin so allein. Noch nie zuvor verspürte ich solches Entsetzen. Diese Einsamkeit zermürbt mich. Ich werde sterben und niemand ist bei mir. Das ist das Schlimmste."

„Das muss um die Zeit herum gewesen sein, als das Feuer im Cottage ausbrach. Laut anderer Dokumente hat sich über Wochen hinweg niemand dem Haus genähert", murmelte Sofie.

„… bin wieder längere Zeit bewusstlos gewesen. Eine göttliche Gnade. In meinen Träumen wanderte ich durch meine Rosengärten bei Wyndham Manor. Der süße Duft der Rosenblüten liegt mir noch jetzt in der Nase."

Die Notizen brachen ab und wurden auf der nächsten Seite fortgesetzt:

„Ich träumte mir Penelope herbei. Sie saß auf der Marmorbank bei den Rosen und trug ihr Lieblingskleid. Jenes mit dem Springrock und aus blauem Taft, den ich ihr geschenkt habe. Sie hatte Homers Ausgabe der Odyssee auf den Knien liegen. Als sie mich entdeckte, lächelte sie traurig und streckte mir ihre Hand entgegen, doch so sehr ich mich auch anstrengte, ich war unfähig zu ihr zu gelangen ... Statt bei ihr zu sein, erwache ich wieder in meinem Kerker.

Ich fühle, wie ich schwächer werde. Ich habe Angst.

Zeitweise kann ich kaum noch sehen. Ich bin verzweifelt. Schlimmer als Schmerz, Hunger oder die Einsamkeit ist der Durst. Meine Kehle ist ausgedörrt. Ich ertappe mich, wie ich die feuchten Wände ablecke. Natürlich hilft das nicht ansatzweise.

Mit Gottes Gnade wird es bald vorbei sein.

Der Pastor meinte in einer seiner letzten Predigten, das Paradies wäre ein unendlich großer Rosengarten von betörender Schönheit. Ich kann mir nichts berückenderes vorstellen, als mich endlich mit eigenen Augen von seiner Herrlichkeit zu überzeugen …

Ich …" die Schrift riss ab, ein langer Tintenstrich deutete an, dass Marcus endgültig die Kraft verlassen und ihn der Tod ereilt hatte.

Ella schniefte. „Damit enden die Aufzeichnungen." Sie erinnerte sich an seine Furcht vor dem Keller, der Angst und Hoffnungslosigkeit in seinen Augen, als er von der Einsamkeit und den Qualen erzählte, die er beim Sterben und später als Spukgestalt durchlitten hatte. Was für eine Folter muss das für einen so fröhlichen Mann wie Marcus gewesen sein!

„Wie furchtbar, so zu sterben. So allein und eingesperrt." Sofie schüttelte sich.

Schweigend hockten sie da und versuchten, die Schilderungen zu verarbeiten.

„Nachdem ich jetzt das ganze Tagebuch kenne“, begann Sofie schließlich zögernd, „macht es mir nicht den Eindruck, als wäre er ein Mensch gewesen, der Geheimnisse liebte.“

Ella schüttelte den Kopf. „Nein, gewiss nicht.“

„Dann wäre es in Ordnung, wenn es veröffentlicht würde?“, erkundigte sie sich behutsam. „Vermutlich interessieren sich nur Historiker dafür“, beeilte sie sich hinzuzufügen.

„Natürlich, tue damit, was du für richtig hältst.“

Sie musterte Ella fragend. „Bist du sicher? Die letzten Male hatte sich das anders angehört …“

„Nein, ich meine es ernst. Veröffentliche es. Lass andere daran teilhaben. Marcus ist … war kein Mensch, der Heimlichtuerei schätzte.“

Der Inhalt des Tagebuchs hatte Ella aufgewühlt und sie wollte dringend allein sein. Also packte sie ihre Sachen zusammen. „Ich gehe jetzt. Es ist spät geworden und ich habe dich lange genug aufgehalten.“

Sofie griff nach ihr. „Das hast du ganz und gar nicht. Du kannst hierbleiben, wenn du magst.“

Ella lächelte und tätschelte ihre Hand. „Nein, mir geht's schon besser. Und ich wäre jetzt ohnehin lieber allein.“

„Falls du dich anders entscheidest, gib mir Bescheid. Ich verschiebe meine Termine und den Abflug am Wochenende kann ich ebenfalls canceln, dann verbringe ich noch ein paar Tage hier in Maidenly Green. Oder du fliegst einfach mit mir zurück nach München.“ Sie stockte einen Moment. „Und dann begleitest du mich nach Immenstadt. Wir machen uns da ein paar schöne Tage, wenn du willst.“

„Ich überlege es mir, danke.“

Zum Abschied umarmte Sofie sie herzlich und Ella lief betont leichtfüßig die Treppe hinunter zum Wagen. Bevor sie einstieg, winkte sie ihrer Freundin am Fenster.

Der Vauxhall glitt wie von selbst über die Straße. Sie fuhr durch den Ort und musste sich zurückhalten, um die erlaubte Geschwindigkeit einzuhalten. Vielleicht … was wäre, wenn sie und Marcus Unrecht hatten und er wieder zurückgekehrt war? Sie lenkte den Wagen in die Einfahrt zu ihrem Haus hoch und hielt vor dem Eingang.

Ella stieg hastig aus dem Auto und schloss die Fahrertür mit einem Knall. Im Gegensatz zu der Eile, die sie angetrieben hatte, verharrte sie nun reglos und starrte auf das Cottage, als sähe sie es zum ersten Mal. Das Fachwerk und die Rosenranken am Spalier ließen es aussehen wie das Set zu einem Märchenfilm.

Angestrengt fixierte sie das Haus und hoffte auf die Gewissheit, dass alles gut werden würde, dass Marcus im Inneren auf sie wartete. Als Mensch, zum Anfassen, zum Lieben, Lachen und Leben. Unterschiedlichste Gefühle durchströmten Ella. Freude, Willkommen, Sehnsucht, Trauer, Trennungsangst, dunkle Vorahnung und Einsamkeit kämpften um die Vorherrschaft. Schließlich lief sie auf das Cottage zu und öffnete die Tür. Irgendetwas war anders, als sie eintrat. Ein unbestimmbares Empfinden überkam sie und ihr Blick fiel als Erstes auf die Treppe. Doch Marcus blieb verschwunden. Ein Kloß stieg in ihrer Kehle auf, der auch nach mehrmaligem Schlucken festsaß.

Anthony Marcus Adam Nicholas Stapleton, Viscount Wyndham war fort.

Das Cottage war nicht länger ein Zuhause. Es war einfach ein Haus. Boden, Wände, Dach. Es würde ihr kaum schwerfallen, das Anwesen zu verkaufen.

Im nächsten Moment presste sie die Lider zusammen. Nein, das gelänge ihr auf keinen Fall. Ihr Herz würde sich ständig fragen, ob er vielleicht zurückkehrte. Und gleichermaßen warten und hoffen, dass das Wunder geschah. Dass Marcus zu ihr kam. Aber dann wäre sie fort aus Rose Cottage. Sie ertrug nicht einmal den Gedanken daran.

Sie blickte erneut auf die Treppe. Der Druck in ihrem Inneren verstärkte sich. Es musste das Fehlen von Marcus' Anwesenheit sein, das ihr dieses mulmige Gefühl verursachte, diesen Eindruck, dass irgendetwas falsch war.

Sie stellte die Handtasche an der Garderobe ab, legte die Schlüssel dazu und ging in die Küche. Dort schaltete sie den Wasserkocher an und holte Tasse und Teebeutel aus dem Schrank. Ein Knarren hinter ihr ließ sie erstarren. Ihr Herzschlag explodierte regelrecht. Mit einem Mal hatte sie das Gefühl, nicht mehr allein im Raum zu stehen.

Obwohl ihr Instinkt sie warnte, drehte sie sich mit einem freudigen Lächeln um. „Marcus?"

„Hallo Ella!" Steven trat aus dem Schatten, eine Spitzhacke in der linken Hand.

Sie wich zurück und stieß mit dem Rücken an die Arbeitsplatte. „Was haben Sie hier verloren?", fragte sie und unterdrückte das Wimmern, das ihre Kehle emporkriechen wollte. Ihr Blick wurde wie magnetisch von dem Werkzeug in seiner Hand angezogen, doch sie zwang sich, ihm ins Gesicht zu schauen.

Steven kam auf sie zu, und obwohl er lächelte, strahlte er etwas Bedrohliches aus. Die Spitzhacke unterstrich die Gefahr, die von ihm ausging. Ein unbestimmtes Gefühl flüsterte Ella ein, dass er wahnsinnig geworden war.

„Ich habe nicht lange gebraucht, um dahinterzukommen, was dein Besuch kürzlich bei mir zu bedeuten hatte."

Ellas Augen suchten einen Ausweg, aber der Viscount stand zwischen ihr und den Türen. Ihre Hände tasteten nach hinten und sie bekam den Heißwasserkocher zu fassen.

„Ich habe keine Ahnung, wovon Sie sprechen, Mr Stapleton."

Der Inhalt blubberte inzwischen. Sie packte das Gerät am Griff und zerrte so heftig, dass die Steckdosenabdeckung absprang, als der Stecker nachgab. Brodelnd heißes Wasser schwappte auf ihre Hände, doch das ignorierte sie. Er heulte wütend auf, als sie ihm den Kocher entgegenschleuderte und ihn der Behälter an der Stirn traf, während sich der Inhalt über seine Schulter ergoss.

Sie nutzte den Moment und rannte an ihm vorbei in den Flur. Hinter sich hörte sie den Viscount vor Schmerz laut fluchen.

„Hilfe, Marcus!", rief sie.

„Ella", raunte seine Stimme vom oberen Treppenabsatz her und für den Bruchteil einer Sekunde fühlte sie Erleichterung. Sie steuerte die Stufen an.

Steven stürmte wutschnaubend aus der Küche. Er bekam sie am Handgelenk zu fassen und schleuderte sie gegen die Garderobe. Sie schrie vor Schmerz, als ihr Kopf an den Schrank prallte.

„Wo sind die Papiere, du kleines Miststück? Sie gehören mir!", fauchte der Viscount außer sich vor Zorn.

Unvermutet wurde die Haustür aufgeschlagen und ein hochgewachsener Mann stürzte sich auf Steven. Der ließ Ella überrascht los und wurde von dem Unbekannten zu Boden geworfen.

Sie wich zurück und warf einen Blick auf den Fremden. Er besaß ein markant geschnittenes Gesicht mit hohen Wangenknochen und eckigem Kinn. Einen flüchtigen Moment lang sah er sie an und seine bernsteinfarbenen Augen weiteten sich. Ella stockte der Atem. Wenn er sie direkt ansah, war die Ähnlichkeit mit Marcus frappierend. Sein Haar war heller und deutlich kürzer als Marcus', doch davon abgesehen, sah er wie dessen Spiegelbild aus. Das musste Adam Stapelton sein. Er stöhnte, als ihm Steven die Faust in den Magen rammte.

Ellas Erstarrung löste sich und sie rannte die Treppen nach oben, dorthin, wo sie Marcus gehört hatte.

„Ella, meine Rose, bist du verletzt?" Seine Stimme war kaum mehr wie das Flüstern des Windes und trieb ihr die Tränen in die Augen.

Steven hatte sich von seinem Widersacher befreit und stürmte die Stufen hinauf. Ella streckte die Hand nach der Schlafzimmertür aus. Sie zögerte einen Moment zu lang und wurde von Steven erneut gepackt. Er schlug ihr ins Gesicht, dann stieß er sie gegen die Wand. Für einige Sekunden wurde ihr schwarz vor Augen. Sie zweifelte nicht, dass er sie töten würde. Er war wie von Sinnen. Seine Miene war wutverzerrt und in seinem Blick glühte der Wahnsinn.

„Wo ist es? Sag mir endlich, wo es ist!" Er spuckte beim Sprechen. Sie versuchte, sich loszureißen, doch wie die Male zuvor war Steven zu stark für sie. Adam Stapleton hatte sie erreicht und packte seinen Cousin. Mit zwei gezielten Fausthieben ins Gesicht brachte er ihn dazu, Ella loszulassen.

„Ella, ins Schlafzimmer. Schnell!" Diesmal tat sie sofort, was Marcus befahl.

Sie schlug die Tür zu und drehte den Schlüssel im Schloss herum. Dann ließ sie sich heftig atmend gegen das Holz sinken. Adrenalin pumpte durch ihren Körper und hemmte ihr Schmerzempfinden.

Vor der Tür hörte sie die Geräusche eines erbitterten Kampfes. Ein Poltern, ein Krachen und etwas Schweres, das die Treppe hinunterpurzelte. Da die Holztür nicht sonderlich massiv war, bildete Ella sich ein, das scheußliche Knacken zu hören, als der

Treppensturz endete. Sie schloss die Augen. Wer mochte der Unterlegene gewesen sein?

Langsam wurde die Klinke hinuntergedrückt, das Türblatt bog sich, weil sich jemand dagegenstemmte. Ihr Herz raste und ihre Knie zitterten. Sie hielt den Atem an.

Es klopfte. „Ella, sei ein braves Mädchen und lass mich hinein. Ich will nur die Urkunde!“

Darum ging es also. Steven hatte von den Dokumenten erfahren, die ihn Titel und Reichtum kosten konnte. Nackte Panik kroch Ellas Rückgrat empor. Schluchzer kamen über ihre Lippen und sie bebte, weil ihr entsetzlich kalt wurde.

„Ella, mach es uns nicht so schwer. Gib mir die Heiratsurkunde meines Vorfahren.“ Stevens Stimme klang nun kühl und überlegt, ein krasser Gegensatz zu den gewalttätigen Bemühungen, ins Zimmer zu gelangen. Die Tür wölbte sich erneut unter seinem Gewicht.

„Marcus, bitte hilf mir“, bat sie flüsternd. Doch es geschah nichts. Sie blieb allein.

Sie schloss kurz die Augen, ein fürchterliches Krachen und Beben an der Zimmertür versetzte sie in neue Panik. Steven versuchte weiterhin, die Tür aufzubrechen und es gab kein Entkommen für sie. Verzweifelt starrte sie auf das dünne Holz, das erste Risse zeigte. Nach zwei weiteren heftigen Schlägen barst der Eingang und der Viscount stand im Schlafzimmer.

Ella wich zurück, stolperte und fiel auf das Bett. Mit einem Satz war Steven über ihr, drückte sie in die Matratze und legte seine Hände um ihren Hals. Sie lag inmitten eines Meeres aus Blumen, einem Ort, der Schönheit und Gutes verhieß, und war doch gefangen in der Realität des Schreckens.

Vergebens kämpfte sie gegen Stevens Griff an, bäumte sich auf, erfolglos. Schmerz explodierte in ihrer Kehle und breitete sich bis hinter der Stirn aus. Blitze und Sterne überzogen ihr Sichtfeld. Ihr schwanden die Sinne...

... es fühlte sich an, als flöße ihre Seele aus ihrem Leib und mit einem Mal sah sie sich am Fußende des Bettes stehen. Es war sehr seltsam, dabei zuzuschauen, wie Steven die leblose Hülle, die einst Ella gewesen war, würgte. Das Gesicht wirkte völlig fremd auf sie und obwohl sie wusste, dass es sie bestürzen sollte, was da geschah, war es ihr gleichgültig. Nichts davon hatte noch länger eine Bedeutung für sie, ihr war, als geschähe dies jemand Unbekanntem, als wäre es ein Theaterstück und nicht mal ein gutes. Statt hierzubleiben trieb sie etwas, den Raum zu verlassen. Also gab sie dem Drängen nach und fand sich plötzlich am Fuß der Treppe neben dem Leichnam Adams. Er lag in grotesker Verrenkung auf dem Boden, die Beine und den Kopf in unnatürlichem Winkel verdreht.

„Was ist passiert?“, fragte ein Mann.

Ella hob den Blick und sah Adam ein paar Meter entfernt dastehen. Er starrte auf seine Leiche und schien verwirrt, dann, als habe er irgendetwas gehört, wandte er sich in die andere Richtung. Plötzlich strahlte er vor Glück und streckte die Hand aus, als wolle er nach etwas greifen, ehe er sich auf einen für Ella unsichtbaren Punkt zubewegte. Je weiter er darauf zu ging, desto heller und weißleuchtender wurde seine Gestalt. Ella war davon überzeugt, dass er in das von Marcus beschriebene goldene Licht lief und dort von geliebten Menschen erwartet wurde. Sie zögerte, dann sah sie sich um, doch für sie erschien nichts vergleichbares, auch Marcus blieb unsichtbar, vielleicht war er ebenfalls ins Paradies eingegangen und sie war verdammt als ruheloser Geist umzugehen, allein und gepeinigt, so wie er all die Jahrhunderte, bis sie sich trafen.

Ratlos verharrte sie an Ort und Stelle.

Ein leises Stöhnen lenkte ihre Aufmerksamkeit auf sich. Erst blickte sie sich verwirrt um, dann sah sie das Unmögliche: Auf wundersame Weise lag Adam nicht mehr verdreht und zerbrochen auf dem Parkett, sondern lang hingestreckt, er atmete und rappelte sich ein wenig umständlich auf. Er torkelte zum Garderobenspiegel, der neben der Treppe hing und blickte hinein. Ella schien für ihn unsichtbar zu sein.

Sie trat aufgeregt zu ihm und berührte seinen Arm, doch ihre Hand fuhr hindurch, als sei sie aus Rauch. Panik ergriff sie. Sie war unfähig, sich bemerkbar zu machen. Marcus hatte es geschafft, zu ihr durchzudringen, sie schaffte es garantiert ebenfalls. Also zwang sie sich zur Ruhe und starrte in Adams Gesicht, der im Augenblick damit beschäftigt war, sich zu betasten.

Ella sah ihn aufmerksam an und taumelte fassungslos rückwärts. Als Adam ins Haus gestürmt war, hatte er bernsteinfarbene Augen besessen, doch nun blickte sie in tropenblaue Güte.

„Marcus", raunte sie erschüttert, natürlich blieb sie ungehört und Berührungen waren unmöglich. War das ein perverser Plan des Schicksals? Sie nun in die Geisterrolle zu stecken und ihm im Gegenzug ein neues Leben zu gewähren? Der Gedanke ließ sich nicht weiterverfolgen, denn ehe sie richtig begreifen konnte, was geschehen war, entstand ein lichtdurchflutetes Tor an der Stelle des Spiegels.

Eine Gestalt trat hindurch. Ein alter Mann, nicht gebrechlich, aber faltig von den Jahren eines langen, ereignisreichen Lebens. Er lächelte Marcus gütig an und Ella schienen dieses Lächeln und die bernsteinfarbenen Augen merkwürdig vertraut.

„Nicholas", flüsterte Marcus.

Überrascht verglich Ella die beiden und erkannte, dass es die Ähnlichkeit von Vater und Sohn war, wegen der ihr der Ältere bekannt vorkam.

„Hallo Vater", sagte der alte Mann.

Marcus versuchte zu sprechen, doch ihm versagte die Stimme, er machte einen Schritt auf den anderen zu. „Bist das wirklich du, Nicholas?"

Er nickte. „Ich bin es." Er streckte seinen Arm aus und ergriff Marcus' Hand.

Bei diesem Anblick schmolz Ellas Herz. Endlich waren Vater und Sohn wieder vereint!

„Wir haben lange auf diesen Moment gewartet", erklärte Nicholas.

„Worauf und was ist mit mir passiert?" Marcus war verwirrt. Verständlich, alles geschah schnell und unerwartet. Wie gerne wäre Ella für die Dauer seines irdischen Daseins an seiner Seite!

Nicholas lächelte mild. „Auf deine zweite Chance. Du und Ella, ihr habt eine zweite Zukunft bekommen."

„Was?", rief sie aus. Ihr Herz begann zu rasen.

„Was?" So wie Marcus Nicholas anstarrte, begriff er nicht, was der ihm begreiflich machen wollte.

„Dir wurde ein menschliches Leben gewährt. Ihr beide habt eine glückliche, gemeinsame Zukunft vor euch." Sein Sohn strahlte über das faltige Gesicht. „Und auch wir beide werden uns wiedersehen, Vater." Er grinste verschmitzt und in diesem

Lächeln erkannte Ella in Nicholas' Miene Marcus so unverkennbar, dass es ihr vor Sehnsucht fast die Seele zerriss.

„Und was wird aus Adam?“ Bedeutungsvoll sah Marcus an sich herunter.

„Er wurde bereits von seiner Familie willkommen geheißen. Sie haben aufeinander gewartet. Adams Bestimmung war es, dir seinen sterblichen Körper zu überlassen. Sei unbesorgt. Er ist glücklich, dort, wo er jetzt ist.“

Nicholas tätschelte Marcus' Hand. „Du wirst mithilfe der Heiratsurkunde beweisen können, dass du der wahre Viscount Wyndham bist. Nach all der Zeit wird uns endlich Gerechtigkeit widerfahren.“ Er wandte sich ans Gehen.

Marcus hielt ihn zurück. „Nicholas, werde … wann sehen wir uns wieder?“

Sein Sohn lachte schelmisch. „Ich habe mir stets meine leiblichen Eltern herbeigesehnt. Auch mir wurde eine zweite Chance gewährt. Diesmal können wir alles richtig machen, Vater.“ Er verschwand im Licht, das zu einer immer kleiner werdenden Kugel schrumpfte.

Kaum verblasste die Erscheinung vollends, da wurde es um Ella herum schwarz...

... sie kam auf dem Bett zu sich, rang gequält nach Luft und jeder Knochen in ihrem Leib schmerzte. Steven hatte von ihr abgelassen. Sie richtete sich keuchend und röchelnd mit unsäglichen Mühen auf und sah, dass Steven von Adam Stapleton zurückgerissen worden war. Während sie Atem schöpfte und gegen die zuckenden Blitze vor ihrem Sichtfeld kämpfte, erinnerte sie sich an die außerkörperliche Erfahrung und was sie beobachtet und belauscht hatte. Dies war nicht länger Adam. Der Mann, der da gegen seinen wahnsinnigen Verwandten kämpfte, war Marcus. Der holte eben mit der Faust aus und schlug Steven nieder. Marcus wich zurück und Ella war versucht, zu ihm zu laufen, doch im selben Moment rappelte sich der tobende Steven auf und rannte auf ihn zu. Es war beinahe lächerlich. Marcus sah ihn kommen, sprang beiseite und Steven, der sich auf einen Aufprall eingestellt hatte, konnte nicht rechtzeitig abbremsen. Er rammte Marcus, sodass dessen Hinterkopf gegen den Fensterrahmen krachte. Der Viscount dagegen knallte an das offene Fenster, verlor das Gleichgewicht und stürzte kopfüber hinaus.

Mit weit aufgerissenen Augen starrte Ella auf die Öffnung. Es herrschte Stille. Für einen Moment schien die Welt den Atem anzuhalten. Dann stöhnte Marcus und kippte vornüber. Sofort war sie bei ihm und legte seinen Kopf auf ihren Schoß. Ihr Herz raste, sodass sie das Pochen bis in den Schläfen fühlte. Sie strich ihm die blonden Haare aus dem Gesicht. Einem so lieb gewonnenen und doch so fremden Gesicht.

„Ist alles in Ordnung mit dir? Du hast mir das Leben gerettet. Ich bin … ich weiß nicht, ist es wirklich wahr? Bist das tatsächlich du, Marcus?“, sprudelte es aus ihr heraus.

„Ich bin es wirklich, Ella.“ Er schlug die Lider auf. Augen in der Farbe des tropischen Himmels blickten ihr entgegen.

Ella sprang auf und wich zurück. Sie empfand völligen Aufruhr und wusste nicht, wie sie damit umgehen konnte. Begeisterung, Glück und die Angst, sich zu früh zu freuen, kämpften in ihr um die Vorherrschaft.

Schwerfällig erhob er sich und blieb auf Armlänge vor ihr stehen. Sie zitterte unkontrolliert und einen Moment lang hatte sie Atembeschwerden. Um sie herum begann sich alles zu drehen. Das waren wirklich Marcus’ Augen. Sie kannte sie so gut wie ihre eigenen.

„Marcus?“ Sie näherte sich einen zögerlichen, kleinen Schritt.

Er nickte. „Ja, meine Rose. Ich bin es.“

Schluchzend warf sie sich in seine Arme und verbarg ihr Gesicht an seiner Brust. Sie weinte all die Angst und den Schmerz heraus. Ihre Knie gaben nach, er hielt sie im Arm und streichelte sie, bis sie die Fassung wiedergewonnen hatte.

„Wie ist das möglich? Was ist passiert?“ Verwundert berührte sie ihn, die Schultern, den Bauch, die Hände und musterte jede Einzelheit an ihm. Sie zweifelte keine Sekunde daran, dass er nicht Marcus war.

„Adam ist bei dem Treppensturz gestorben und ich fand mich in seinem Körper wieder.“

Ellas Augen leuchteten hoffnungsfroh. Später, irgendwann einmal würde sie ihm erzählen, dass sie alles beobachten durfte. Jetzt gab es wichtigere, viel bedeutendere Dinge zu klären. „Wir können jetzt zusammen sein?" Ihre Stimme zitterte. „Für immer?"

„Für immer, meine Rose!" Er strahlte.

„Bist du sicher? Bist du dir wirklich sicher?" Ihre Lippen bebten.

Er beugte sich über sie und küsste sie voller Hingabe und Liebe. Und da wusste Ella mit absoluter Sicherheit, dass Marcus bei ihr bleiben würde.

Und das dies der Erste von vielen weiteren Küssen war…

Epilog

„Dein für immer!", roter Salbei

Umgeben vom Frühlingsgrün der Natur, strahlte das Weiß des Fachwerkhauses mit dem Schwarz der Balken um die Wette. Der neue Anstrich war wirklich nötig gewesen! Marcus, immer noch euphorisiert von den modernen Gegebenheiten hatte sich kaum davon abhalten lassen können, den Malern zur Hand zu gehen.

Ungeduldig sah Ella zur Einfahrt.

Seufzend ließ sie sich auf der Bank vor dem Haus nieder, zog eine Tüte Lakritz hervor und naschte. Sie stieß einen genießerischen Laut aus und lehnte sich an. Obwohl Marcus vor mehr als zweihundertfünfzig Jahren zur Welt gekommen war, hatte er sich erstaunlich problemlos an dieses Jahrhundert angepasst und fuhr inzwischen sogar Auto. Er müsste jeden Moment aus Maidenly Head zurückkehren und hatte sicher Neuigkeiten wegen der Verkaufsverhandlungen um Wyndham Manor zu berichten. Nachdem die Angelegenheit um Stevens Tod und die Erbschaft geklärt war, hatten sie beschlossen, das Herrenhaus zu verkaufen. Tatsächlich fanden sich rasch Interessenten für das traumhaft schöne Anwesen und Ella war neugierig, wer nun den Zuschlag erhielt. Die Entscheidung darüber hatte sie Marcus überlassen. Sie wollte, dass allein er bestimmte, wer in seinem Elternhaus leben durfte.

Aufgeregt erhob sie sich, als sie den schnurrenden Motor eines Sportwagens hörte. Tatsächlich lenkte Marcus seinen roten Spider auf den Hof und hielt mit einer sachten Bremsung an. Er stieg aus, nachdem er ein in braunes Papier eingeschlagenes Päckchen vom Beifahrersitz geholt hatte.

„Ich habe alles so schnell erledigt, wie es mir möglich war, meine Rose." Mit wenigen Schritten war er bei ihr und küsste sie, ehe er sich tiefer beugte und ihren dicken Bauch liebkoste. „Hallo mein Sohn!"

Ella lachte kopfschüttelnd. „ER könnte auch eine Tochter sein." Wie zur Bestätigung trat das Ungeborene sacht gegen ihre Bauchdecke.

Marcus grinste und streichelte die Rundung. „Ich habe auf diesen bewegten Bildern seine Männlichkeit gesehen!", behauptete er.

Einen Moment lang überlegte sie, ob sie ihn darauf hinweisen sollte, dass das, was er dafür gehalten hatte, die Nabelschnur gewesen war, beschloss dann aber, ihm nicht die Vorfreude auf den Sohn zu rauben, auch weil sie selbst davon überzeugt war, einen Jungen zu bekommen. Stattdessen küsste sie ihn auf die Wange und deutete auf das Päckchen in seiner Hand. „Ist es das?"

Stolz reichte er ihr die Box. „Mach es auf! Am Mobiltelefon hat mir die Verlegerin versprochen, es sei das schönste Kompendium, das der Verlag je herausgebracht hat."

Neugierig zerriss sie das Papier und hob einen wunderschön gestalteten Bildband hoch.

„Die geheime Sprache der Blumen von Ella und Marcus Stapleton." Ella strich über den samtigen Schutzumschlag und bewunderte das kunstvolle Cover. Sie blinzelte gegen Freudentränen an, während sie sich wieder setzte, um im Buch zu blättern. „Oh Marcus, es ist wirklich traumhaft!"

Er legte den Arm um ihre Schulter und zog sie an sich. „Du wirst doch nicht anfangen, jetzt zu weinen?"

„Das liegt am Baby!", behauptete sie. Sie räusperte sich und sah ihn auffordernd an, während sie das Buch auf ihren Schoß sinken ließ. „Wie liefen die Verkaufsverhandlungen für Wyndham Manor? Klappte alles reibungslos?"

Fragend runzelte er die Stirn. „Falls du damit in Erfahrung bringen möchtest, ob nun alles seine Ordnung hat, dann kann ich dir mitteilen: Ja, die nötigen Dokumente wurden unterzeichnet. Simon de Lacy, ein Londoner Philanthrop, unanständig reich, umwerfend attraktiv und mysteriös hat das gesamte Anwesen gekauft."

Ella schmunzelte. „Reich, attraktiv und mysteriös? Philanthrop? Liest du neuerdings die Klatschpresse oder woher hast du deine Informationen?“

Gequält blickte Marcus sie an. „Rachel, die Vorzimmersekretärin hat mich bis ins kleinste Detail informiert, während ich warten musste.“

Ella kicherte. „Und mein galanter Ehemann konnte nicht anders, als der Frau zuzuhören, während sie ihn mit Klatsch und Tratsch aus der Regenbogenpresse vertraut machte.“

Amüsiert zuckte er mit den Achseln. „Ich denke, du musst mir noch vieles über das moderne Leben beibringen.“

Sie beugte sich vor und küsste ihn. „Ich finde es viel reizvoller, wenn du so altmodisch bleibst, wie du bist.“

Er legte seine Hand auf ihren Bauch. „Darauf werde ich dich ... wie heißt es? Festtackern?“

„Festnageln“, erwiderte sie. „Und wenn wir dabei sind: Ein Hühnchen habe ich auch noch mit dir zu rupfen!“ Schwerfällig erhob sie sich und ließ sich von ihm zur Haustür begleiten, die er ihr aufstieß, damit sie ungehindert eintreten konnte. „Im Wohnzimmer stehen mittlerweile zehn Bouquets! Wenn du so weiter machst, haben wir bald mehr Blumen im Cottage als draußen in den Gewächshäusern!“

Marcus’ tropenblaue Augen beäugten sie liebevoll, sodass ihr wohlige Schauer über den Rücken liefen. „Ich habe dir noch nicht ansatzweise genug Sträuße und Gestecke zukommen lassen!“

Ende?

Es gibt kein Ende, denn wahre Liebe endet nie...

Nachwort

Blume	Ihre Bedeutung
Belladonna	Du bist schön, aber nicht ungefährlich.
Rose, rot	Ich liebe dich über alles. (Leidenschaft) Du hast mein Herz gewonnen. Ich bin verrückt nach dir.
50 Rosen, rot	Bedingungslose Liebe und Hingabe.
Immergrün	„Ich behalte dich in zärtlicher Erinnerung" oder auch: „Unsere Liebe möge ewig bestehen".
Baldrian	Ich werde dich beschützen.
Ahornzweig	Ich übe Zurückhaltung.
Birkenzweig	Du hast Sanftmut.
Chrysantheme, gelb	Ich beginne, mich zu verlieben.
Farnkraut	Ich mache nicht gerne viele Worte.
Geranienblüte	Ich habe heftiges Verlangen.
Nelke, rot	Ich liebe dich heiß.
Rose, dornenlos	Du bist unwiderstehlich.
Flieder, dunkel	Mein Herz gehört dir.
Tuberose	Wollust
Apfelzweig	Ich möchte Dir den Vorrang geben.
Salbei, rot	Dein für immer!
Iris, weiß	Unbeirrbar und für immer stehe ich zu dir.
Sonnenblume	Ich habe nur Augen für dich.
Adonisröschen	Ich habe eine schmerzliche Erinnerung.
Calla	Ich bewundere Dich. Du bist schön.

Immortelle	Ewige Liebe
Strauß Margeriten	Du machst mich glücklich.
Traubenhyazinthe	Nur Inniges und Süßes weiß ich über dich.
Nelke, gelb	Ich verachte dich.
Sprekelie	In allem müssen wir auch realistisch denken.
Klee, vierblättrig	Sei mein!
Sanddorn	Seien wir vorsichtig, dass keiner unser Geheimnis entdeckt.
Farn	Geheimnis
Aloe	Ich bin betrübt.
Fingerhut	Ich habe schon schlechte Erfahrungen gemacht.

Die Veröffentlichung von Charlotte de Latours „Le Language des Fleurs" im Dezember 1819 war der Beginn des Drucks zahlreicher Bücher dieser Art.

Die im Roman „Ghost Lover" vorkommenden Deutungen der Blumen und Pflanzen wurden Charlotte de Latours Überlieferungen entliehen. Außerdem wird im Roman aus William Shakespeares „Romeo und Julia" zitiert.

Leseprobe

„Tigerlilie"

Ein wenig unsicher näherte Anna sich dem Speisezimmer. Sie atmete durch und trat ein. Etliche Kandelaber standen verteilt auf Möbeln und Fensterbänken und erhellten so das Innere mit goldenem Flackern und der Duft und die Wärme der Bienenwachskerzen schwebten in der Luft.

Annas Blick schweifte umher und blieb an den Männern hängen, die sich engagiert über Fragen der Politik austauschten. Noch hatte keiner von ihnen Anna bemerkt, so musterte sie Christopher ungestört. Er trug sein langes Haar im Nacken mit einem Samtband zusammengebunden, ein altmodisches Accessoire, doch damit wirkte er weniger exotisch und fast gesittet. Sein Frack war von exzellenter Qualität und Passform, ebenso wie die Hose, die sich wie eine zweite Haut um Oberschenkel und Po spannte. Sein ganzes Aussehen war das eines Dandys. Gegen ihn nahmen sich die anwesenden Herren eher wie Enten in Gesellschaft eines Schwans aus. Einzig der unbekannte Gentleman im Raum wirkte auf sie interessant. Er trug eine gelangweilte Maske zur Schau, doch er strahlte etwas aus, das Anna auf eine unbestimmte Art und Weise anzog. Als er sie bemerkte, leuchteten seine Augen auf. Nun wurden auch die anderen Gentlemen auf sie aufmerksam, und Lord Winchester eilte ihr entgegen. „Anna, Ihr seht bezaubernd aus!" Er reichte ihr den Arm. „Darf ich Euch mit Lucas St. Clare, Earl of Pembroke bekanntmachen?" Gemeinsam gingen sie zu dem Neuankömmling hinüber. „Lucas? Ich möchte dir Miss Anna Whitley vorstellen. Miss Whitley, Lucas St. Clare, der Earl of Pembroke."

Sie knickste. „Mylord."

Er grüßte sie höflich und gab ihr einen Handkuss. Seine Lippen verharrten einen Moment länger, als es schicklich gewesen wäre über ihrer Hand. „Miss Whitley, sehr erfreut, Eure Bekanntschaft zu machen." Die Stimme des Earls klang rauchig, und die feinen Fältchen um seine Augen vertieften sich, als er sie anlächelte.

Bronzegoldene Finger umklammerten plötzlich Annas Ellbogen und zogen sie von Lord Pembroke fort. Irritiert starrte sie Christopher an, der sie besitzergreifend von dem Earl fortriss. Seine Miene war finster, und Anna bemerkte mit Verwirrung die aggressiven Blicke, mit denen sich die beiden Männer taxierten.

„Wenn Ihr uns entschuldigen wollt? Ich muss mit meinem Mündel ein Wort unter vier Augen wechseln." Christopher zerrte Anna aus dem Esszimmer, hinaus in den Flur. Sein Griff war fest, als habe er Angst, sie würde sich losreißen. Dabei war das letzte, nachdem es Anna verlangte, weiteres Aufsehen zu verursachen, ihre kopflose Tat zur Teatime sorgte für genug Stoff zum Tratschen. Vor einem schweren Brokatvorhang blieb Christopher stehen. In der Nische dahinter gab ein hohes Fenster den Blick hinab auf die Straße und die nächtliche Landschaft frei. Der Vollmond tauchte die Umgebung in kalten Schein und düstere Schattengebilde verteilten sich über der Gegend. Durch den Fensterrahmen drang ein Luftzug, streichelte Annas nackte Arme und eine Gänsehaut entstand. Wieder einmal fühlte sie Wellen des Zorns durch ihren Körper strömen.

„Was sollte das? Bist du verrückt geworden?" Sie schüttelte Christophers Hände ab. „Wie kannst du behaupten, ich wäre dein Mündel? Ich bin doch kein Backfisch! Und dass du mich zu allem Überfluss wie einen solchen behandelt hast, ist der Gipfel der Unverschämtheit!" Sein brennender Blick ließ sie innehalten. Ihr Herz pochte wie ein panisches Vögelchen in der Brust. Gerne wäre sie zurückgewichen, aber hinter ihr befand sich die Wand.

„Dir ist mein Ruf sicherlich zu Ohren gekommen. Ich tue, was immer mir beliebt!" Sein Finger zeichnete die Kinnlinie nach, und die Haut brannte, wo er sie gestreift hatte. Er trat näher, sodass sich ihre Körper beinahe berührten.

„Ich mag dich nicht. Du bist kein netter Mann", krächzte Anna.

Christophers Mund nahm den ihren in Besitz. Seine Lippen, fest und unnachgiebig, zwangen die ihren auseinander. Sie wimmerte und machte einen halbherzigen Befreiungsversuch, den er mit einer entschlossenen Umarmung erwiderte. Die rechte Hand lag in ihrem Nacken, und die langen Finger liebkosten die zarte Haut, während sein linker Arm ihre Hüfte umschlang. Sie hatte der Umklammerung kaum etwas entgegenzusetzen und wollte es auch nicht. Heißes Verlangen flutete ihr Innerstes, brodelte in den Adern und schien auf ihrem Leib zu verdampfen. Sie seufzte an seinen Lippen. Der Kuss war nicht der erste ihres Lebens, doch er versetzte sie in nie gekannten Aufruhr. Die Überraschung und Intensität der Emotionen ließen Anna taumeln. Sie sank gegen Christopher und erwiderte die Liebkosung, obwohl sie eher hätte versuchen sollen, sich aus der Umarmung zu befreien. Ohne ihr Zutun wanderten die Hände unter seinen Frack. Sie ertastete einen festen, muskulösen Rumpf. Er keuchte und mit einem Mal schaltete sich ihr Verstand ein. Was tat sie da? Durch den Nebel der Sinnenlust drang die Furcht. Sie kämpfte gegen Christopher an, und schließlich gab er sie frei. Wildes Feuer glomm in seinen Augen, und das Versprechen, das sie darin las, hätte sie beinahe wieder in seine Arme getrieben. Ihr ganzer Körper zitterte und pulsierte, und sie war sich seiner Gegenwart schmerzhaft bewusst.

„Du bist alles andere als ein netter Mann!“, fauchte sie aufgebracht.

Er trat einen Schritt zurück und schenkte ihr ein überhebliches Lächeln. „Du magst keine netten Männer.“

Anna schnappte empört nach Luft und starrte Christopher fassungslos nach, als er im Esszimmer verschwand. Dann sank sie gegen die Wand und hob die Hand an die Lippen. Noch immer glaubte sie seinen fordernden Mund zu fühlen und die Hitze seines Leibes brannte an ihrem. Es verwirrte und erschreckte sie zutiefst, dass sie so empfand. Sie durfte nie vergessen, was für ein Mann er war! Doch warum sehnte sie sich danach, erneut seinen Mund, seinen Körper zu fühlen? Sie ahnte die Antwort, nein, sie spürte es! Ihr war, als schwebte sie auf Wolken und ihr Verstand war von den Emotionen komplett überwältigt und gelähmt. Das gefiel ihr nicht. Zitternd rang sie nach Luft, kämpfte gegen die Tränen an, die in ihr hochsteigen wollten, weil sie sich in Erinnerung rief, dass Christopher sie nur als Mittel zum Zweck ansah. Sie war verzweifelt und fühlte sich gedemütigt und brauchte einen Moment, ehe sie sich wieder im Griff hatte, ihre Kleider in Ordnung brachte und aus der Nische heraustreten konnte.

„Anna? Seid Ihr wohlauf?“

Weitere Titel der Autorin:

Tigerlilie

Als der Earl of Munthorpe, Christopher Drysdale, um die Hand von Anna Whitley anhält, ist eine Ohrfeige ihre Antwort. Nie würde sie einen Mann mit solch skandalösem Ruf ehelichen, wie er Christopher nachgesagt wird.

Doch dann gerät Anna in eine Notlage, die sie zwingt, seinen Antrag anzunehmen. Bald stellt sich heraus, dass Christopher mehr Geheimnisse umgeben, als sie geahnt hat. Geheimnisse, die ihre Liebe auf eine harte Probe stellen und drohen, ihr das Herz zu brechen.

Überarbeitete und erweiterte Neuauflage des 2012 erschienenen Romans „Tigerlilie"

Ein Cowboy im Tutu - Die Delaneys 2

Ich verzaubere jedes Lebewesen. Das gilt sowohl für Frauen als auch für Rinder. Doch dann treffe ich auf die ungezähmte Cecily. Mit ihrem Temperament wirbelt sie alles durcheinander und hinterlässt bei jedem Schritt Chaos in meinen Leben und meinem Herzen. Ich hasse sie.

John Delaney! Allein sein Name lässt meine Haare zu Berge stehen. Ich will nicht an ihn denken, will seine Lippen nicht auf meinen spüren. Doch warum macht es mich rasend, dass er die fiese Shailene umschwirrt und nicht mich?
Jeder Band ist in sich abgeschlossen und kann ohne Vorkenntnis der anderen Romane gelesen werden.

Ein Penner unter´ Weihnachtsbaum - Die Delaneys 1

Ein erfundener Verlobter bringt die leicht versponnene Piper ganz schön ins Schwitzen. Um ihre überfürsorgliche Familie nicht zu enttäuschen, engagiert sie den in finanzielle Nöte geratenen William Turner. Der steht kurz davor, obdachlos zu werden und kann das Geld gut gebrauchen. Umgeben von ihrer chaotischen Familie und dem Zauber der Weihnacht, erleben Piper und William ihr ganz persönliches Wunder.

Ein bezaubernder Chick-Lit mit viel Herz und Weihnachtsstimmung ....

Über die Autorin:

Ivy Paul lebt und arbeitet in Augsburg.
Sie liebt es ungewöhnlich und hat daher keinen Hund sondern Hühner, außerdem frönt sie als begeisterte Do-it-yourself-Anhängerin der Seifensiedekunst und dem Kosmetik rühren.
Daneben ist sie begeisterte Leserin von so ziemlich allem, was ihre Neugier weckt.

Impressum:

Stefanie Johann
Weichselweg 34
86169 Augsburg
Ivy.paul@ymail.com

Printed in Poland
by Amazon Fulfillment
Poland Sp. z o.o., Wrocław

67278007R00164